alfred hitchcock

Alfred Hitchcock

Die drei ???
Streng geheim

Erzählt von M. V. Carey
und Robert Arthur
nach einer Idee von Robert Arthur

Franckh-Kosmos

Aus dem Amerikanischen übertragen und bearbeitet von
Leonore Puschert

Titel der Originalausgabe:

»The Three Investigators in The Mystery of the Cranky Collector«

Text by M. V. Carey, based on characters created by Robert Arthur

»The Three Investigators in The Mystery of the Silver Spider«

Text by Robert Arden, based on characters created by Robert Arthur

»Alfred Hitchcock and The Three Investigators in The Mystery of the Wandering Cave Man«

Text by M. V. Carey, based on characters created by Robert Arthur

The three translations published by arrangement with
Random House, Inc., New York

Umschlaggestaltung von Atelier Reichert
unter Verwendung einer Illustration von Silvia Christoph

Die deutsche Bibliothek - CIP-Einheitsaufnahme

Die **drei ??? - streng geheim** / erzählt von M. V. Carey und
Robert Arthur nach einer Idee von Robert Arthur. Alfred Hitchcock.
[Aus dem Amerikan. übertr. und bearb. von Leonore Puschert]. -
Stuttgart : Franckh-Kosmos, 1995
ISBN 3-440-06924-9

ISBN 3-440-06924-9
Printed in Czech Republic / Imprimé en Republique tchèque
Herstellung: Těšínská Tiskárna, Český Těšín

Die drei ???
Streng geheim

Die drei ???
und der schrullige Millionär 5

Die drei ???
und die silberne Spinne 141

Die drei ???
und der Höhlenmensch 261

Die drei ???
und der
schrullige Millionär

Erzählt von M. V. Carey
nach einer Idee von Robert Arthur

Die drei ???
und der schrullige Millionär

Alfred Hitchcock hat das Wort 7
Der alte Geizkragen 9
Eingesperrt! 15
Ein Millionär verschwindet 23
Ende der Party 31
Überfall! 40
Schritte im Dunkeln 47
Gespeicherte Geheimdaten 55
Die rätselhafte Botschaft 65
Immer dieser Dachboden 74
Justus im Schaufenster 82
Das Buch des Bischofs 90
Tränen der Götter 99
Eine Falle wird gestellt 108
Justus hat eine Erleuchtung 115
Die Erde bebt! 122
Nicht umzubringen 127
Ein Geheimnis aus alter Zeit 132

Alfred Hitchcock hat das Wort

Seid gegrüßt, Krimi-Freunde! Mit Vergnügen präsentiere ich euch den neuesten Fall der jungen Detektive Justus, Bob und Peter, uns allen bestens bekannt als »die drei ???«. Diesmal bewahrt das Trio einen stadtbekannten alten Geizhals vor einem Schicksal, das ihm so mancher nur zu gern gegönnt hätte. Und nebenbei lüften die Jungen ein seit vierhundert Jahren schlummerndes Geheimnis aus Südamerika um eine schillernde historische Persönlichkeit und einen verschollenen Schatz.
Dies allein hört sich schon recht aufregend an, doch es tut sich auch sonst noch allerlei. Eine chaotische Party, ein verräterischer Computer und ein Spukhaus halten die Jungdetektive in Atem. Weiteres will ich meinen Lesern an dieser Stelle nicht verraten, denn das ginge auf Kosten der Spannung.
Ach ja: Wer von euch den drei ??? bisher noch nicht begegnet ist, sei hiermit über sie ins Bild gesetzt.
Justus Jonas, Erster Detektiv und Anführer des Teams, ist von nicht zu übersehender Körperfülle. Böse Zungen würden ihn sogar »fett« nennen; doch das stört ihn nicht allzusehr.
Scharfsinnig und hartnäckig verfolgt er seine Ziele, und wenn es darum geht, aus einem unwichtig erscheinenden Fingerzeig die enthüllende Schlußfolgerung zu ziehen, ist er unschlagbar. Peter Shaw ist Zweiter Detektiv. Seine Stärke sind Leistungen, die Kraft, Geschick und Ausdauer erfordern. Er ist der beste Sportler der drei. Eine schwache Stelle hat er allerdings: Ihm graut vor Gespenstern ... Bob Andrews, ein vielseitiges Talent, ist zuständig für Recherchen und Archiv. Er versteht sich auf gezielte Nachforschungen in alten Büchern und Dokumenten, und oft fördert er aus der Bibliothek erstaunliche und äußerst wertvolle Informationen zutage. Die drei ??? wohnen in der kleinen Küstenstadt Rocky Beach, ganz in der Nähe von Hollywood. Ihre »Zentrale«, das hervorragend ausgestattete Detek-

tivbüro, befindet sich auf dem Lagerplatz des »Gebrauchtwaren-Center T. Jonas«, des Betriebs von Justus' Onkel Titus und Tante Mathilda.
Nun würde ich aber vorschlagen, daß wir in die Geschichte einsteigen. Ich wünsche viel Spaß und Spannung!

Alfred Hitchcock

Der alte Geizkragen

»Paßt auf, daß da drinnen nichts schiefläuft!« schärfte Harry Burnside den drei Jungen ein. »Der alte Griesgram bekäme einen Tobsuchtsanfall.«
Burnside war sonst ein liebenswerter Bursche mit Sinn für Humor, aber im Moment war er gar nicht gut aufgelegt. »Ein solcher Geizkragen!« brummelte er. »Hat einfach nicht genug rausgerückt, damit ich für euch drei was Vorzeigbares zum Anziehen besorgen konnte. Sag mal, Justus, hast du die Jacke da beim Verleih vorher anprobiert, oder hat man sie dir einfach verpaßt? Die sitzt ja überhaupt nicht!«
Justus Jonas hielt sein Serviertablett mit Käsegebäck und Fleischbällchen von sich ab und sah an sich herunter. Er war nun einmal recht gut gepolstert, und diese weiße Kellnerjacke hatte sich über dem Bauch nur mit Mühe zuknöpfen lassen.
»Was Besseres konnte ich nicht finden«, erklärte er Burnside. »Sie hatten zwar eine weiter geschnittene Jacke, aber da reichten mir die Ärmel bis über die Fingerspitzen. Und ich bin bei der Arbeit heute ja wohl auf meine Hände angewiesen.«
Peter Shaw stand mit einem Tablett voller Karottensticks und Kräutercremes hinter Justus. Ihm war die weiße Jacke viel zu kurz – sie reichte kaum bis zur Taille, und die Handgelenke schauten nackt und knochig aus den Ärmeln hervor. Er wirkte wie eine diensteifrige Vogelscheuche.
Bob Andrews war sonst immer darauf bedacht, daß er ordentlich aussah. Nun aber hatte der Kleinste der drei Jungen eine Jacke abbekommen, die ihm überall zu groß war. Notgedrungen hatte er die Ärmel mehrmals umgekrempelt, um beim Servieren die Hände frei zu haben. Das sah schlampig aus, bei ihm ein ganz ungewohnter Anblick.
Harry Burnside seufzte. »Na schön, nun ist nichts mehr zu retten. Dann geht mal los und bietet den Gästen eure Appetithäpp-

chen an. Und macht einen großen Bogen um den alten Pilcher. Wenn euch was runterfällt, reißt der euch glatt den Kopf ab!«
Burnside hielt die Küchentür auf, und Justus, Bob und Peter trugen ihre Tabletts hinaus. Im Wohnzimmer gingen sie mit ihrem Angebot zwischen den Gästen umher. Es herrschte ein großes Gedränge im Raum, denn außer den vielen Leuten enthielt er eine Menge klobiger alter Möbel und ausladender Regale mit allem möglichem Krimskrams. Die hohen Glastüren zum Garten waren geöffnet und ließen die Wärme des Juniabends, doch leider keinen frischen Luftzug ein. Allen drei Jungen war es heiß und unbehaglich. Jeder trug sein Tablett aufmerksam und gespannt vor sich her, damit nichts zu Boden fiel und niemand angerempelt wurde. Der jähzornige Mr. Pilcher durfte auf keinen Fall in Wut geraten!
Die Jungen kannten Mr. Pilcher nicht, aber sie hatten schon viel von ihm gehört – freilich nichts Gutes. In Presseartikeln aus der Wirtschaft wurde Pilcher als vielfacher Millionär und einer der reichsten Männer der Westküste bezeichnet. Bei seinen Nachbarn in Rocky Beach und bei den Geschäftsleuten, die mit ihm verkehrten, hatte er hingegen den Ruf, der übelste Geizkragen der ganzen Stadt zu sein. Allgemein hieß es, er sei so knickrig, daß er noch immer neunzig Cent seines ersten selbstverdienten Dollars besaß.
Als Harry Burnside den Jungen diesen Job als Aushilfskellner bei Pilchers Party angeboten hatte, war ihnen sofort klargeworden, daß Burnside in der Klemme saß. Er hatte seinen Partyservice neu eröffnet und war der jüngste Unternehmer in dieser Branche. Bei dem Fest in Pilchers Villa ging es um seinen ersten großen Auftrag. Er hatte improvisieren müssen, um Helfer zusammenzubekommen, und obendrein waren ihm von Pilcher ausgemacht harte Bedingungen gestellt worden. Nach Burnsides Äußerungen war es für Pilcher anscheinend eine Art Sport, den Aufwand für die Bewirtung seiner Gäste so niedrig wie möglich zu halten. Burnsides Einwänden hielt Pilcher ent-

gegen, es mache ihm eben Spaß, billig davonzukommen. Er hatte gefeilscht und die Kosten gedrückt, wo es nur ging. Dem Servierpersonal hatte er nur den Mindestlohn und keinen Cent mehr zugestanden. So waren die Tische im Garten von Realschülerinnen aus Rocky Beach gedeckt worden; der Barmixer war Student an einer Hotelfachschule in Los Angeles, und als Küchenhilfe machte sich ein Arbeitsloser namens Ramon nützlich, den Burnside über die Sozialstation aufgetrieben hatte. Das Servieren der Vorspeisen oblag den ungelernten Kellnern Justus, Bob und Peter.

Die Jungen hatten den Aushilfsjob nicht des Geldes wegen angenommen. Natürlich war ihnen ein Zusatzverdienst jederzeit willkommen, aber in diesem Fall überwog die Neugierde. Die drei ??? von der einzigen Junior-Detektei am Ort waren stets ungelösten Rätseln auf der Spur, und Jeremy Pilcher verkörperte ein solches Rätsel. Für Rocky Beach stellte er sozusagen eine lebende Legende dar. Obendrein war er ein sprichwörtlicher Einsiedler. Die Chance, diesen Mann und seinen Wohnstil kennenzulernen, durften sie sich nicht entgehen lassen. Pilchers Haus war ein baufälliger alter Kasten an der Mockingbird Lane inmitten eines verwilderten Gartens. Das Anwesen wirkte so düster und verwahrlost, daß es in der Stadt gerüchteweise hieß, dort spuke es.

Die Party, die Burnside für den Gastgeber ausrichtete, wurde zu Ehren von Pilchers Tochter Marilyn gefeiert. Sie war das einzige Kind des alten Mannes, eine wohlbehütete Erbin, die im Internat erzogen worden war. Zu anderen Kindern aus Rocky Beach hatte Marilyn daher nie Kontakt gehabt. Zur Zeit studierte sie an einer Hochschule im Osten der Vereinigten Staaten. Von Harry Burnside hatten die Jungen erfahren, sie wolle anläßlich dieser Party ihre Verlobung bekanntgeben. Außerdem hatte ihnen Burnside anvertraut, daß Jeremy Pilcher gegen die Verlobung war und dieses ganze Fest ausdrücklich mißbilligte.

»Er behauptete steif und fest, das sei nur hinausgeworfenes

Geld«, hatte Burnside den Jungen erzählt. »Irgendwann ließ er sich dann doch dazu überreden, weil seine Tochter ihm ständig in den Ohren lag. Er dachte sich, wenn er die Party für sie arrangierte und dazu noch ein paar Musiker anheuerte, würde sie wieder eine Zeitlang Ruhe geben. Er sagte noch, er wollte ihr kräftig einheizen und ihr den Verlobten madig machen, damit sie ihn vor dem Hochzeitstermin wieder laufenlassen sollte. Pilcher will ihr nämlich einen flotten Erfolgstyp von der Wall Street unterjubeln. Vielleicht nimmt er sie auch als Teilhaberin in sein Unternehmen auf. Ich habe den Eindruck, das wäre ihm letztlich am liebsten.«

Als Justus unter den munter plaudernden Gästen sein Käsegebäck herumreichte, fragte er sich, welcher der Männer wohl Pilcher war. Die Anwesenden waren überwiegend mittleren Alters. Justus wußte, daß Pilcher älter war – mindestens siebzig. Und die meisten Männer trugen schicke, teure Anzüge und sahen aus wie Stammkunden von Modefriseuren und Fitness-Clubs. Sie wollten nicht zu dem Bild passen, das sich Justus von Pilcher gemacht hatte.

Andererseits hätte durchaus jedes der Mädchen, die mit lautem Durcheinanderrufen und schallendem Gelächter das Stampfen und Schmettern der Dreimannkapelle zu übertönen suchten, Marilyn Pilcher sein können – sowohl die weißgewandete Rothaarige als auch die Dunkle in Rosa oder die Blonde in dem blauen Kleid, die sich angeregt mit der farblos wirkenden Dame in grauer Seide unterhielt. Diese Frau machte einen irgendwie unglücklichen Eindruck. Als das blonde Mädchen sich kurz abwandte, um ein paar Worte an den geschniegelten jungen Mann an ihrer Seite zu richten, hob die Frau den Blick zur Zimmerdecke. Erschrocken hob sie ihre Hand an die Kehle.

Justus schaute auch hinauf. Da oben hing ein großes Spinngewebe in einer Ecke. Und es war nicht zu übersehen, daß jemand an der Wand darunter ein Insekt zerdrückt hatte.

Die graugekleidete Frau verzog angeekelt das Gesicht und sah

schnell weg. Justus bemühte sich, ernst zu bleiben. Die Arbeit als Kellner war in mancher Hinsicht anstrengender als die Aufgabe des Ersten Detektivs bei den drei ???, doch es gab auch vergnügliche Augenblicke.
Gerade als die Musiker eine Pause eingelegt hatten, ließ eine der jungen Serviererinnen draußen ein Glas fallen. Klirrend zerbrach es auf den Fliesen des Gartenweges. Augenblicklich erkannte Justus, wer Pilcher war: der große, hagere Alte mit dem schütteren grauen Haar und dem abgetragenen schwarzen Anzug, der an vielen Stellen speckig glänzte. Er kam aus einer Ecke gestürzt und hastete mit einem Wutschrei zur Gartentür. Eine Sekunde lang dachte Justus, nun würde er gleich das Mädchen packen und schütteln. Doch der Mann konnte sich gerade noch zügeln. »Kannst du nicht achtgeben, du dummes – «
Mitten im Satz brach er ab und stierte von der Tür aus das Mädchen zornbebend an. Dann machte er auf dem Absatz kehrt und lief im Sturmschritt an seinen Gästen vorbei, durch das Speisezimmer und auf die Küche zu.
»Nun reg dich doch nicht auf, Dad, ja?« Das blonde Mädchen in dem blauen Kleid eilte Pilcher nach.
»Marilyn...« Die Dame in Grau streckte eine Hand aus, als wollte sie das Mädchen zurückhalten. Doch dann gab sie es auf und ließ die Hand sinken. Sie wandte sich zu dem geschniegelten Jüngling, der bei ihr stand. »Also weißt du, Jim! Dieser unmögliche Mensch!« stieß sie hervor.
Der junge Mann trabte Marilyn und Pilcher hinterher. »Laß mal, Marilyn. Mr. Pilcher, das Mädchen hat es bestimmt nicht mit Absicht getan. Mr. Pilcher? Ich möchte doch nur – «
Pilcher würdigte ihn keines Blickes. Er stieß die Küchentür auf und stellte sich hochaufgerichtet in den Türrahmen. Justus hatte die bange Ahnung, daß der Alte tief Luft holte, um wegen des Ungeschicks der Serviererin ein Donnerwetter loszulassen.
Justus stand ruhig da, den Blick in die Küche gerichtet. Er sah Harry Burnside zwischen Herd und Arbeitstisch hin- und her-

wieseln und im Eiltempo die Speisen auf Platten anrichten. Am Spülbecken wusch der dunkelhaarige Helfer Teller ab.
»Burnside, schaffen Sie mir sofort diesen Trampel aus dem Haus!« brüllte Pilcher los. Anscheinend kümmerte es ihn nicht, wer sonst noch zuhörte. »Und wenn Sie glauben, daß ich Ihnen das Glas ersetze, dann irren Sie sich. Kommt überhaupt nicht in Frage!«
»Dad, nun laß es doch gut sein...« beschwor Marilyn Pilcher ihren Vater. »Sonst bekommst du am Ende noch einen Herzanfall. Und du machst uns hier die nette Stimmung kaputt. Dad, hör doch! Bitte!«
Marilyn legte dem alten Mann die Hand auf den Arm und versuchte ihn sanft von der Küchentür abzudrängen. Doch Jeremy Pilcher war in voller Fahrt und für Ablenkungsmanöver überhaupt nicht zugänglich.
Der Helfer an der Spüle drehte sich mit mürrischer Miene zu Pilcher um. Die Szene ging ihm wohl gegen den Strich. Einen Augenblick lang starrten er und Pilcher einander an. Dann glitt dem Mann der Teller, den er gerade hielt, aus der Hand und zersprang auf dem Steinboden in Scherben.
Die Partygäste hatten ihre Unterhaltung mittlerweile eingestellt. Voll Unbehagen standen sie herum und taten so, als hätten sie Pilchers Wutanfall nicht bemerkt. Das Klirren des Tellers hallte nun überlaut durch die Stille – wie eine Explosion, oder wie das Krachen bei einem Auffahrunfall.
Pilcher rang in höchster Erregung nach Atem.
»Dad, nun mach bloß keine Katastrophe daraus!« rief Marilyn. »Das ist doch nicht so schlimm, wenn ... wenn ... Dad, was ist?«
Pilcher krümmte sich jäh vornüber und riß beide Arme vor die Brust.
»Ich hab's dir doch gesagt!« jammerte seine Tochter. »Ich hab' dich gewarnt! Ray! Ray, kommen Sie schnell her! Er wird ohnmächtig!«

Sie faßte den alten Mann um den Leib, aber er war zu schwer für sie. Seine Knie gaben nach, und er sackte am Boden zusammen.

Da geht erst ein Glas, dann ein Teller zu Bruch – und der alte Geizkragen bekommt erst einen Wut-, dann einen Herzanfall. Er muß schon ein merkwürdiger Patron sein, dieser Jeremy Pilcher. Nun, die junge Serviererin im Garten war eben ungeschickt. Warum jedoch der Anblick des Hausherrn für den Tellerwäscher ein solcher Schock ist, daß auch ihm Zerbrechliches aus der Hand fällt, und warum Pilcher nun völlig unangemessen mit einem Zusammenbruch reagiert, ist nicht ganz verständlich. Steckt etwas dahinter? Wir werden sehen. Die Party hat ja eben erst angefangen!

Eingesperrt!

Aus dem Wohnzimmer kam ein dunkelhaariger junger Mann angelaufen. Zusammen mit Harry Burnside hob er Jeremy Pilcher vom Fußboden auf. Marilyn holte aus dem Speisezimmer einen Stuhl, und sie setzten den alten Mann darauf.

»Oh Dad, ich wußte doch, daß was passiert!« Das Mädchen war vor Aufregung und vor Angst um ihren Vater dem Weinen nahe.

»Wer ist sein Arzt?« Eine stämmige, resolute Frau hatte sich zwischen die Umstehenden gedrängt und nahm Pilchers Handgelenk, um ihm den Puls zu fühlen. »Wo ist das Telefon?« fragte sie. »Ich werde seinen Arzt anrufen.«

»Nein!« stieß Jeremy Pilcher mühsam hervor. »Keinen Arzt! Den brauche ich nicht.«
Der dunkelhaarige junge Mann beugte sich über Pilcher. »Mr. Pilcher, wir wollen Ihnen doch nur – «
»Ich sag' doch, ich brauche keinen Arzt, Sie hergelaufener Strolch!« krächzte Pilcher.
Den jungen Mann kümmerte die Beleidigung nicht. Er schien sie ganz einfach zu überhören. Justus, der alles mitbekommen hatte, fragte sich verwundert, ob Pilcher die Menschen in seiner Umgebung immer so unhöflich behandelte.
Doch dann hörte Justus, wie ein Gast seinem Nebenmann eine Erklärung zuflüsterte. »Der Bursche ist Ray Sanchez. Er ist Privatsekretär beim alten Pilcher.«
»Tja, was nimmt man nicht alles in Kauf, um nicht auf der Straße zu liegen«, lautete der trockene Kommentar des anderen Mannes.
»Ich will rauf!« befahl Pilcher jetzt. »Ich will mich oben ausruhen. In ein paar Minuten ist alles wieder in Ordnung.«
Ray Sanchez sah sich unter den Anwesenden um. Sein Blick fiel auf Peter, der in seiner zu kleinen Kellnerjacke beim Tisch mit dem kalten Buffet stand. »Du da«, sagte Sanchez. »Hilf uns mal eben, ja?«
Peter stellte sein Tablett ab und kam her. Er und Sanchez hoben Pilcher von dem Stuhl hoch und geleiteten den alten Mann mit Mühe und ganz langsam zur Diele, von der eine Treppe zum Obergeschoß hinaufführte. Marilyn Pilcher ging voraus, und die Gäste machten Platz.
Jeremy Pilcher erschien Sanchez und Peter, die ihn die Treppe hinaufschleppten, so schwer wie Blei. Als sie das Schlafzimmer des alten Mannes erreicht hatten, waren sie ganz außer Atem. Der Raum lag im vorderen Teil des Hauses, und aus den Fenstern konnte man die Berge sehen.
Sanchez und Peter legten Pilcher behutsam auf das Bett, und Marilyn lief ins Badezimmer nebenan, um ihrem Vater ein Glas

Wasser zu holen. Doch Pilcher stieß das angebotene Glas brüsk zur Seite. Das Wasser spritzte über das ganze Laken. »Nitro!« ächzte Pilcher. »Wo sind meine Nitro-Tabletten?«
»Sofort.« Hastig riß Marilyn Pilcher die Nachttischschublade auf und nahm eine Medizinflasche heraus.
»Los, los, her damit!« fauchte der alte Mann. »Steh nicht so dämlich rum, du blöde Gans!«
»Dad, manchmal bin ich wirklich versucht, dir Gift zu geben – dann kannst du sehen, wo du bleibst!« Sie schüttelte aus der Flasche eine weiße Tablette in die ausgestreckte Hand ihres Vaters.
»Da hab' ich zum Glück einen Riegel vorgeschoben«, knurrte der alte Mann. »Du weißt ganz genau, was in meinem Testament steht – wenn mir etwas Verdächtiges zustößt, dann bist du dran!«
Er legte sich die Tablette unter die Zunge und ließ sich wieder zurücksinken.
Peter war dieser haßerfüllte Wortwechsel zwischen Vater und Tochter äußerst peinlich. Er wollte sich unauffällig zurückziehen, aber Marilyn Pilcher merkte es und hielt ihn am Ärmel fest. »Du bleibst hier bei meinem Vater«, wies sie ihn an. »Ich muß wieder zu den Gästen hinunter. Kommen Sie mit, Ray, Sie müssen mir helfen.«
Peter geriet in Panik. Er wollte nicht mit diesem kranken, bösartigen alten Mann alleingelassen werden. »Aber Miss Pilcher«, protestierte er, »das kann ich nicht. Ich soll hier – «
»Du sollst tun, was man dir aufträgt.« An der Art, wie Marilyn das sagte, merkte man, daß sie Pilchers Tochter war.
»Und wenn er nun … wenn die Atmung aussetzt? Wenn sein Herz – «
»Da kann nichts passieren. Ein Herzinfarkt ist das ja nicht«, erklärte Marilyn ungeduldig. »Es ist nur seine Angina pectoris. Eine Verkrampfung der Blutgefäße. Sein Herz bekommt dann nicht genügend Sauerstoff. Im Augenblick hat er starke

Schmerzen, aber durch das Nitro wird das gleich besser. Gefährlich ist es nicht.«
»Du müßtest mal an meiner Stelle sein!« fuhr Pilcher auf. »Dann würdest du nicht mehr sagen, es sei nicht gefährlich.«
»Ja doch, Dad«, sagte das Mädchen. Dann wandte sie sich ab und ging aus dem Zimmer.
Ray Sanchez lächelte Peter zu, hob die Schultern und ging Marilyn nach.
Jeremy Pilcher lag mit geschlossenen Augen regungslos da. Peter setzte sich in einen Sessel neben dem Bett und beobachtete den alten Mann. Pilchers Haut war ganz grau, bis auf die Stellen, an denen die Adern bläulich hervortraten. Die schmale Nase stach spitz aus dem Gesicht hervor, und die Wangen waren eingefallen. Peter sah sich die Hände des Alten an. Sie waren skelettartig dürr, und die Knochen zeichneten sich unter der Haut deutlich ab. Pilcher hatte die Arme über der Brust gekreuzt, als sei er auf dem Totenbett aufgebahrt.
Bei dieser Vorstellung wurde es Peter angst und bange. Rasch sah er weg und blickte sich in dem Raum um, in den es ihn verschlagen hatte. Der offene Kamin war seit dem vergangenen Winter nicht gereinigt worden; graue Asche häufte sich hinter dem angelaufenen Messingschutzgitter. Davor stand ein Messingkorb mit einigen Holzscheiten und einem Stapel vergilbter Zeitungen. Ein Schiffsmodell und zwei Kerzen in Porzellanleuchtern zierten den Kaminsims.
Peter holte tief Atem. Es roch muffig im Raum. Er hatte den Eindruck, als dringe der Staub aus den Wänden und den Vorhängen und steige wie Dunst aus dem fadenscheinigen, schmutzigen Teppichboden. Er fragte sich, ob hier jemals irgendwer saubermachte.
Ein Spiegel, der über einer breiten Kommode hing, wirkte flekkig und trübe. Stellenweise hatte sich der Belag hinter dem Glas gelöst. Zwei kleine Sessel waren zu beiden Seiten der Kommode aufgestellt; der Stoffbezug der Polsterung war verblichen.

Sogar die Aquarelle an der Wand darüber – Bilder von Segelschiffen und aufgewühlter Brandung vor felsigen Küsten – schienen verblaßt.
Überall, vor jeder Wand, gab es vollgepackte Bücherregale; auch die Kommode mit den Sesseln war davon eingerahmt. Peter sah gebundene Bücher und Taschenbücher, kleine Bändchen und dicke Scharteken, die so groß waren, daß sie liegend aufbewahrt werden mußten. Es gab auch Stapel von Dokumenten und zusammengerollte Kartonblätter. Hier und da waren über den Bücherreihen Aktenhefter und große Umschläge abgelegt.
Peter sah zum Bett hin. Der alte Pilcher schien zu schlafen. Sein Atem ging rasselnd, aber gleichmäßig. Die knochigen Hände waren nun nicht mehr verkrampft, sondern lagen entspannt auf der Brust. Peter stand auf und trat an eines der Regale. Er las die Titel auf den Buchrücken. *Blutiger Mord* hieß ein Band, ein anderer *Der Haijäger*. Er entdeckte eine Ausgabe der Erzählungen von Edgar Allan Poe und ein Buch mit dem Titel *Polaris*. Peter nahm es aus dem Regal und schlug es auf. Es war ein Seefahrerhandbuch, eine Anleitung für die Navigation nach dem gestirnten Himmel.
Pilcher stieß einen halb stöhnenden, halb schnarchenden Laut aus. Peter schrak zusammen, als sei er bei verbotenem Tun erwischt worden. Er schob das Buch wieder ins Regal, beobachtete abwartend den alten Mann und horchte auf die Stimmen der Gäste unten. Wie lange würde die Party wohl noch dauern? Wie lange mußte er es hier am Bett des schrulligen Sammlers aushalten?
Er sah sich seine Hände an. Sie waren verrußt und staubig. Das Bücherregal war bestimmt seit Monaten oder gar Jahren nicht mehr gesäubert worden.
Peter ging ins Badezimmer und schloß die Tür hinter sich. Selbst hier gab es Bücher; sie stapelten sich auf einem niedrigen Tisch zwischen der altmodischen Badewanne mit Löwenpran-

ken und dem Waschbecken. Darunter gab es auch eine Sammlung Cartoons und ein Fachbuch über Atomenergie. Pilcher las anscheinend alles, was ihm in die Finger kam.
Auch Justus war ein solcher Vielleser. Wahllos verschlang er Bücher, und erstaunlicherweise wußte er hinterher immer genau, was er gelesen hatte. Nur schien es Peter eine eigenartige Vorstellung, daß Mr. Pilcher, ein so unleidlicher Zeitgenosse, diese Vorliebe mit Justus teilen sollte. Justus konnte zwar auch arrogant und rechthaberisch sein, aber mit diesem Miesepeter konnte man ihn zum Glück nicht vergleichen.
Peter drehte den Wasserhahn auf und wusch sich die Hände mit dem kärglichen Seifenrest auf Pilchers Waschbecken.
Plötzlich hörte er ein scharfes Klicken – im Schloß wurde ein Schlüssel umgedreht.
»Hey!« Peter schnappte sich ein Handtuch und hastete zur Tür. Er drehte den Knauf und zog. Doch die Tür ging nicht auf. Sie war versperrt.
Peter meldete sich leise: »Mr. Pilcher? Mr. Pilcher, machen Sie doch bitte auf.«
Es kam keine Antwort.
Peter rüttelte am Türknauf. »Mr. Pilcher!« rief er nun laut. Hinter der Tür entfernten sich Schritte. Peter legte das Ohr an die Holztäfelung. Unten konnte er die Gäste reden und lachen hören. Die Musiker spielten im Augenblick nicht. In der Nähe wurde eine Tür geöffnet, und nun waren die Laute von unten deutlicher zu vernehmen.
»Mr. Pilcher!«
Aber niemand antwortete, und niemand kam.
Peter wurde es vor Verlegenheit und Beklemmung ganz heiß. War der alte Pilcher erzürnt darüber, daß er einfach sein Badezimmer betreten hatte? Vielleicht traute er Peter etwas Schlechtes zu. Vielleicht hatte er in seiner Verwirrung Peter auch mit einem Einbrecher verwechselt. Ob er wohl nun die Polizei rief?

Peter setzte sich auf den Rand der Wanne und wartete. Schön, sollte die Polizei nur kommen. In seiner Lage konnte ihm das nur recht sein. Doch da vernahm er von neuem Schritte. Es waren die gleichen wie zuvor, und sie näherten sich wieder der Tür zum Badezimmer.

Dem alten Pilcher war es wohl doch klargeworden, daß er von Peter nichts zu befürchten hatte. Nun kam er zurück, um die Tür aufzuschließen und Peter herauszulassen.

Nur – an der Tür tat sich nichts. Statt dessen drang ein Keuchen an Peters Ohren und darauf ein schleifendes Geräusch, als sei Pilcher gestolpert oder als müsse er sich hinter der Tür gegen jemanden zur Wehr setzen. Ein unterdrücktes Stöhnen war zu hören, dann ein dumpfer Fall.

Mit einem Satz stand Peter bei der Tür. Er rüttelte heftig am Knauf. »Mr. Pilcher!« schrie er.

In diesem Augenblick legte die Band unten im Wohnzimmer wieder los mit dem Stück »Baby, Why Ain't You My Baby No More?« Schlagzeug und E-Gitarre machten einen Heidenlärm.

»Mr. Pilcher!« brüllte Peter, doch er verstand kaum sein eigenes Wort. »Mr. Pilcher, ist was mit Ihnen?«

Die Musik dröhnte und jaulte weiter.

Peter brach der Schweiß aus. Einer Panik nahe, schlug er mit den Fäusten gegen die Tür.

Von Pilcher kam keine Antwort. Sein Herz! Nun hatte er doch noch eine gefährliche Herzattacke erlitten, nicht nur einen eher harmlosen Schwächeanfall. Vielleicht lag er jetzt hinter dieser Tür im Sterben!

»Ich muß hier raus!« schrie Peter. Verzweifelt stampfte er immer wieder mit den Füßen auf den Boden.

Niemand hörte ihn. Niemand kam.

Die Schlußakkorde von »Baby, Why Ain't You My Baby No More?« schallten durchs Haus, aber danach ging es ohne Pause weiter mit »Rockin' Rockin' Rockin' All the Night«.

In hilfloser Empörung hämmerte Peter an die Tür. Was kann

ich bloß tun? fragte er sich. Da draußen liegt ein schwerkranker alter Mann, der Hilfe braucht. Was kann ich tun? Was würde wohl Justus in meiner Lage tun?

»Ruhig bleiben und vernünftig überlegen!« kam ihm ein typischer Ausspruch des Ersten Detektivs ins Gedächtnis.

Recht hat er! dachte Peter, und dann sah er sich bedächtig in dem engen Raum um. Sein Blick fiel auf das Fenster.

Das Fenster! Pilcher hatte noch ein richtiges Badezimmer, nicht nur eine Naßzelle mit künstlicher Belüftung. Vor dem Fenster stand ein Baum, ganz nahe beim Haus, allem Anschein nach eine gesunde, kräftige Erle – ideal zum Klettern.

Peter schob das Fenster hoch und zog dann den Tisch heran, auf dem Pilcher seine Badezimmerlektüre gestapelt hatte. Er stieg auf den Tisch und lehnte sich zum Fenster hinaus.

Nun sah er, daß der Raum an einer Seitenwand des Hauses lag. Unten verlief ein betonierter Weg. Sollte er abstürzen, würde er sich garantiert ein Bein brechen. Oder einen Arm. Oder er würde sich gleich den Schädel einschlagen.

Doch Peter, der beste Sportler der drei ???, war Meister im Klettern. Abstürzen kam überhaupt nicht in Frage. Und außerdem konnte er sich das gar nicht leisten.

Er mußte sich klar sagen: Wenn ich nicht schnellstens zu den anderen hinunterkomme und Hilfe auftreibe, dann muß der alte Pilcher vielleicht sterben!

Peter weiß im Augenblick nur: Mr. Pilcher muß etwas zugestoßen sein. Auch wir wissen noch nichts Näheres. Ist der herzkranke alte Herr vor der Tür zusammengebrochen, oder wurde er vielleicht überfallen? Etwa von einem der Partygäste? Wie wird man ihn wohl vorfinden? Am besten macht ihr euch auf eine Überraschung gefaßt…

Ein Millionär verschwindet

Peter kletterte am Baum hinunter, so schnell er es riskieren konnte. Er nahm sich kaum die Zeit, sicheren Halt für Hände und Füße zu finden. Als er aus dem Badezimmerfenster gestiegen war, hatte er im Hof niemanden gesehen, doch unten war er auf ein rothaariges Mädchen gestoßen. »Origineller Weg, abwärts zu kommen«, bemerkte sie. »Wo es doch Treppen gibt.«
»Ganz richtig«, murmelte Peter nur. Er hielt sich nicht mit einer Erklärung auf, sondern lief einfach an dem Mädchen vorbei und zur anderen Seite des Hauses hinüber, wo die Terrassentüren im Wohnzimmer offenstanden.
Die Musiker spielten noch immer in voller Lautstärke, als Peter durch eine der Türen ins Getümmel drinnen trat. Die Gäste hatten alle Mühe, sich bei dem Lärm der Band zu unterhalten. Justus und Bob waren ins Schwitzen geraten, während sie heldenhaft ihre Tabletts umhertrugen.
Peter drängte sich zu Marilyn Pilcher durch, die eben mit einer Frau in einem grauen Seidenkleid sprach. Er faßte das Mädchen am Ellbogen, um sich bemerkbar zu machen. Sie drehte sich um, sichtlich empört bei Peters Anblick. »Du sollst doch bei meinem Vater bleiben!« rief sie laut, um die Musik zu übertönen.
Peter setzte zu einer Erklärung an, gab es aber kopfschüttelnd auf und deutete zur Küche hinüber.
Als beide durch das Speisezimmer gingen, entdeckte Marilyn in einer Ecke Ray Sanchez. Mit Interesse beobachtete er, wie Harry Burnside Platten mit dünnen Schinken- und Truthahnscheiben und Schüsseln mit italienischem Salat auf dem Buffet anordnete.
Marilyn machte Sanchez ein Zeichen. Er folgte ihr in die leere Küche und schloß die Tür hinter sich, damit die laute Musik nicht mehr so störte.

»Dein Vater hat mich im Badezimmer eingesperrt«, erklärte Peter Marilyn, »als ich mir die Hände waschen wollte. Und kurz darauf hörte ich einen lauten Plumps vor der Tür. Bestimmt ist Mr. Pilcher gestürzt. Ich rief laut, aber er antwortete nicht, und da bin ich an einem Baum runtergeklettert. Ich glaube – «
Weiter kam er nicht. Marilyn Pilcher war schon an der Hintertreppe, die von der Küche direkt ins Obergeschoß führte, und Sanchez ging ihr nach.
Vom Speisezimmer her wurde die Tür einen Spalt geöffnet. Justus schaute in die Küche, und Bob sah ihm über die Schulter.
»Was gibt's denn?« wollte Justus wissen.
»Ich glaube, der alte Pilcher ist umgekippt.« Peter berichtete, was geschehen war. »Seine Tochter ist raufgegangen, um nach ihm zu sehen.«
Justus sah zur Decke hoch, dann zur Treppe hinüber. Schon wollte er los.
»Überleg dir das lieber«, meinte Bob. »Marilyn Pilcher will womöglich nicht haben, daß wir gerade dann hereinplatzen, wenn ihr Vater einen Schwächeanfall hat.«
»Wenn es Mr. Pilcher schlecht geht, braucht seine Tochter vielleicht Hilfe«, gab Justus belehrend zurück.
»Dann geh eben rauf, aber wundere dich nicht, wenn du mit dem Kopf unterm Arm wieder runterkommst«, warnte Peter. Doch gleich darauf ging er Justus nach. Er hatte ihn oft genug als selbstsicheren Anführer der drei ??? erlebt. Justus würde schon seinen Mann stehen, falls Marilyn Pilcher ihm den Kampf ansagen sollte. Bob zögerte noch, folgte dann aber Peter.
Im Flur oben schien ein Schneesturm gewütet zu haben. Ein Kissen war aufgeplatzt. Der Bezug lag zerknüllt am Fußboden, und überall flogen Federn herum. Marilyn Pilcher wirbelte sie beim Laufen noch mehr auf, während sie Türen aufriß und in die Zimmer hineinrief. Sanchez schwieg, aber er half beim Suchen.
»Er muß doch hier irgendwo sein!« schrie Marilyn. »Wo

sollte er denn hin? Er kann sich doch nicht in Luft aufgelöst haben!«

Die Tür zu Pilchers Schlafzimmer stand offen. Justus schaute hinein und sah auf den zerknitterten Laken den Abdruck von Pilchers Körper. Im Kamin gegenüber dem Bett zuckten kleine Flammen, und daraus schwebten hauchdünne Fetzen verkohlten Papiers in den Schornstein hinauf. Verdutzt zog Justus die Brauen hoch. Es war ein heißer Tag. Da mußte man doch kein Feuer anzünden? Justus schnappte sich die lange Zange vom Ständer mit dem Kamingerät. Er versuchte die Glut auf die Bodenplatte vor dem Kamin herauszuscharren, aber die brüchigen Überreste des verbrannten Papiers zerfielen zu Flocken, sobald er sie mit der Zange berührte.

»Was machst denn du da?« Marilyn Pilcher riß Justus die Zange aus der Hand. Ihre Stimme war heiser vor Wut. »Warum bist du nicht unten und tust deine Arbeit? Raus hier!«

»Miss Pilcher, meine beiden Partner und ich können Ihnen möglicherweise eher behilflich sein, wenn wir hierbleiben«, erklärte Justus und wirkte dabei auf eindrucksvolle Art und Weise erwachsen. Gemächlich richtete er sich aus der Hocke auf. »Wir verfügen über reiche Erfahrung bei Ermittlungen an Schauplätzen ungewöhnlicher Ereignisse«, fuhr er fort. »Es ist uns schon häufig gelungen, Geschehnisse zu rekonstruieren und rätselhafte Vorgänge zu entschlüsseln, auch und gerade wenn die Nachforschungen anderer erfolglos blieben.«

Marilyn Pilcher öffnete den Mund, doch erst einmal versagte ihr die Stimme. Peter hätte am liebsten Beifall geklatscht. Justus war wieder mal ganz groß!

Gelassen blickte sich der Erste Detektiv um. Die Tür zum Badezimmer war nach wie vor geschlossen; in dem altmodischen Zylinderschloß steckte der Schlüssel. Justus ging hin und schloß auf. Im Raum war alles noch so, wie Peter es zurückgelassen hatte: der kleine Tisch unter dem Fenster und das hochgeschobene Fensterteil.

Justus zog den Schlüssel ab und probierte ihn in der Tür zwischen Schlafzimmer und Flur aus. Er paßte auch hier. »Vermutlich paßt dieser Schlüssel hier im Haus in jedes Türschloß«, meinte Justus. »Miss Pilcher, Ihr Vater hat vor seinem Verschwinden Peter im Bad eingeschlossen. Springt er öfter so mit seinen Gästen um?«
»Gast kann dein Freund sich ja wohl nicht nennen«, gab Marilyn Pilcher spitz zurück. »Er hat hier einen Job, klar?«
»Na schön«, lenkte Justus ein. »Also: Schließt Ihr Vater öfter seine dienstbaren Geister im Bad ein?«
Er wandte sich an Peter. »Nachdem man dich eingesperrt hatte, hörtest du einen dumpfen Schlag. Einen schweren Fall. Und du meinst, das war ein menschlicher Körper? Hätte es Mr. Pilcher sein können?«
»Es ... Na ja, jemand anders kam wohl nicht in Betracht«, meinte Peter. »Es war ja sonst niemand hier.«
»Brannte das Feuer im Kamin schon, als du bei Mr. Pilcher im Zimmer warst?« erkundigte sich Justus.
»Nein.« Peter schüttelte den Kopf. »Das Feuer war nicht angezündet.«
»Es ist ja sehr warm heute«, sagte Justus. »Wozu hätte man da Feuer machen sollen?«
Er sah zum Bett hinüber. »Ein zerrissenes Kopfkissen draußen auf dem Flur«, stellte er fest. »Dafür liegt keines auf dem Bett. Wurde das aufgeplatzte Kissen gewaltsam beschädigt? Und hätte es auf dem Bett nicht ursprünglich zwei Kissen geben müssen? Bei einem Doppelbett hat man normalerweise zwei Kopfkissen.«
Peter runzelte die Stirn. »Ich glaube, es waren zwei da, aber so genau habe ich wohl nicht hingesehen.«
»Natürlich waren es zwei«, fuhr Marilyn auf. »Hört mal, mit diesen Sherlock-Holmes-Mätzchen könnt ihr bei mir keinen Eindruck schinden. Ihr Burschen geht jetzt wieder runter und bedient die Gäste, wie es von euch erwartet wird, und – «

Justus ließ sich nicht stören. »Bis zu einem bestimmten Punkt kann ich mir denken, was heute hier geschehen ist«, fuhr er ungerührt fort. »Es liegt klar zutage. Peter ging ins Badezimmer, und Ihr Vater stand leise auf, zog den Schlüssel an der Tür zum Flur ab und schloß Peter damit im Bad ein. Und dann verbrannte er etwas im Kamin.«

Ray Sanchez war ins Schlafzimmer getreten. »Da ging es wohl um irgend etwas, das niemand zu sehen bekommen sollte«, meinte er. »Manchmal neigt er schon zur Geheimniskrämerei.«

»Ray, nun unterstützen Sie den Bengel nicht auch noch!« empörte sich Marilyn. Sie wandte sich an Justus. »Na ja, dann hat er eben was verbrannt«, sagte sie. »Und darauf eins von seinen Kissen zerrissen, das andere unter den Arm gepackt und sich irgendwo versteckt. Er ist ein richtiges Ekel. Es sieht ihm ähnlich, so was zu tun, bloß um mich in Schwierigkeiten zu bringen. Er hat schon ganz andere Sachen gemacht, wenn ihm was nicht paßte – und den ganzen Zauber da unten hat er von Anfang an abgelehnt.«

»Ihr Vater legt es also darauf an, Ihnen Angst zu machen?« half Justus nach. »Aber wenn es so ist, wo hält er sich versteckt?«

Marilyn stieß verärgert die Luft aus und ließ Justus stehen, um mit ihrer Suche fortzufahren. Ray Sanchez tat desgleichen. Die drei ??? sahen sich das eine Minute lang an und machten dann mit. Erst wollte Marilyn abwehren, dann murmelte sie: »Na schön – Hilfe kann ich ja wirklich gebrauchen.«

Die Jungen merkten bald, daß die großen Räume in dem alten Haus allesamt völlig eingestaubt waren. Die meisten wirkten unbenutzt. In einigen Zimmern standen Betten und Kommoden, andere waren leer bis auf deckenhohe, mit Büchern und Zeitschriften vollgepackte Regale.

»Da sieht man Bücher mit ganz anderen Augen an«, sagte Bob. »Hier ist aus dem Sammeln eine Sucht oder ein Zwang geworden, vergleichbar mit dem Glücksspiel oder dem Nägelkauen.«

»Die Sammelwut ist eine Krankheit«, bestätigte Marilyn Pilcher. »Glaubt mir, krankhaft ist das.«
Doch Jeremy Pilcher hatte nicht nur Bücher angehäuft. Da lagen auch Trophäen von Reisen in ferne Länder – ein türkischer Fez, eine Wasserpfeife, ein Paar Lederpantoffeln, die Marilyn zufolge aus einem ägyptischen Basar stammten. Außerdem gab es Elfenbeinschnitzereien aus Afrika und eine stumpf gewordene Messinglampe, die Pilcher in Marrakesch erworben hatte. Und neben Federschalen und alten Illustrierten waren Navigationsinstrumente in die Regale gepackt.
»Dad wirft niemals etwas weg«, gab Marilyn unwillig zu. »Und es darf hier auch niemand saubermachen. Er fürchtet, jemand könne ihm etwas von seinen kostbaren Schätzen klauen.«
Marilyn seufzte, und die Jungen konnten ihr das durchaus nachfühlen. Sie hatte wohl eine spitze Zunge, aber ein Vater wie Jeremy Pilcher entschuldigte vieles. Und Marilyn selbst hatte offenbar ein starkes Bedürfnis nach Ordnung und Behaglichkeit. Ihr eigenes Zimmer war hübsch eingerichtet und blitzblank. Aufgeräumt und sauber wirkte im Obergeschoß des alten Hauses sonst nur noch der Computerraum, gleich neben Jeremy Pilchers Zimmer. Hier gab es eine gut funktionierende Klimaanlage, und die weißen Wände, die leuchtend roten Metallstühle und die zwei Computer-Terminals verliehen dem Raum sachlichen Bürocharakter.
»Ein Gerät ist mit dem Zentralcomputer in der Firma verbunden«, erklärte Sanchez. »Mr. Pilcher geht nicht mehr so gern aus dem Haus. Dieser Computer liefert ihm alle notwendigen Informationen. Anweisungen für sein Personal gibt er hier in die Maschine ein, dann muß er mit den Leuten schon nicht reden. Außerdem wird das alles gespeichert, damit die Angestellten sich hinterher nicht herausreden können, wenn sie nicht spuren und alle möglichen Fehler machen.«
»Mein Dad will eben immer ganz genau wissen, wo was verbockt wurde«, drückte es Marilyn ingrimmig auf ihre Art aus.

»Tja, hier ist er also auch nicht.«
»Gibt es noch einen Dachboden?« fragte Peter.
Ja, es gab einen. Dort stapelten sich noch mehr Bücher und Schachteln und Souvenirs aus längst vergangener Zeit – nur von Jeremy Pilcher fand sich keine Spur.
Als sie mit ihrer Suche fertig waren, wandte sich Marilyn an Justus. »So«, sagte sie, »und wo steckt er nun? Du bist doch ein so kluger Junge, also verrat mir das mal!«
»Wir konnten inzwischen sämtliche anderen Möglichkeiten ausschließen«, zog Justus Bilanz. »Somit läßt sich allenfalls folgern, daß er die Treppe hinunter und aus dem Haus ging, was keiner merkte, weil die Musik so laut war und die Gäste sich so angeregt unterhielten – «
»Ausgeschlossen«, unterbrach ihn Marilyn. »Ich hatte die Treppe die ganze Zeit im Blick. Wenn er da heruntergekommen wäre, hätte ich ihn bestimmt gesehen.«
»Und die Hintertreppe in der Küche?« brachte Ray Sanchez vor. »Wenn er die benutzte, hätte er in den Keller oder über den Hof hinterm Haus ins Freie gelangen können.«
»Mit seinem Kopfkissen unterm Arm?« hielt Justus dagegen.
»Was soll denn das ständige Gerede über dieses Kissen?« fragte Marilyn aufgebracht.
»Das kann immerhin wichtig sein«, antwortete Justus.
Sie gingen über die Hintertreppe hinunter. Der Aushilfs-Tellerwäscher war noch am Spülbecken beschäftigt.
»Haben Sie meinen Vater gesehen? Ist er über die Hintertreppe hier heruntergekommen?« erkundigte sich Marilyn bei ihm.
Der Mann drehte sich um. An seinem Gesicht konnte man erkennen, daß er mindestens fünfzig oder gar sechzig Jahre alt sein mußte. Sein Körper war jedoch kräftig und muskulös. Auf dem rechten Unterarm hatte er einen Drachen tätowiert. Justus fand seine Miene verdrossen und aufsässig. Marilyns Frage beantwortete der Mann mit einem Kopfschütteln. Dann machte er sich wieder ans Geschirrwaschen.

Harry Burnside kam aus dem Speisezimmer herein. »Gibt's ein Problem?« fragte er.
»Mein Vater scheint abhandengekommen zu sein«, klärte ihn Marilyn auf.
Die drei ??? durchsuchten noch das Untergeschoß, wo sie lediglich Schimmel und alte Koffer und Spinnen entdeckten. Danach gingen sie ins Freie und umrundeten das Haus, fanden aber nur verwilderte Sträucher und von Unkraut durchsetzte, ungepflegte Rasenflächen vor. Die Partygäste saßen nun beim Essen an den Tischen, die man im Garten aufgestellt hatte. Jeremy Pilcher allerdings war nicht dabei.
Nun gab es wirklich keinen Ort mehr, wo sie den Vermißten suchen konnten.
»Dann hatte der Junge da tatsächlich recht«, entschied Marilyn mit einem Blick auf Justus. »Dad hat sich einfach abgesetzt. Er ist mit meiner Heirat nicht einverstanden, also läuft er weg. Er denkt wohl, ich rege mich darüber so auf, daß mir Jim und meine Verlobung nebensächlich werden und – «
Justus hatte allerdings noch Zweifel. »Und wenn es nun ganz anders war?« wandte er ein. »Sie dürfen das Kissen nicht vergessen. Würde ein erwachsener Mensch ein Kopfkissen mitnehmen, wenn er untertauchen wollte? Das sähe höchstens Linus von den Peanuts mit seiner Schmusedecke ähnlich. Und den dumpfen Fall, den Peter hörte, dürfen wir auch nicht außer acht lassen. Ein Laut wie von einem stürzenden Körper. Und was hat das Feuer im Kamin zu bedeuten?«
»Feuer – na wenn schon«, tat Marilyn dies ab. »Und das Plumpsen - das war womöglich nur … nur ein raffinierter Trick von ihm. Für solche Faxen ist er immer zu haben, der alte Schauspieler. Er hat sich Vorteile davon ausgerechnet, wenn ich die Beherrschung verliere.«
Justus schüttelte den Kopf. »Wäre es nicht eine ebenso logische Schlußfolgerung, daß Ihr Vater im Kamin etwas verbrannte, damit es einem anderen nicht in die Hände fällt? Und daß ihn

jemand mit Gewalt weggeschafft und seinen Protest mit dem Kissen erstickt hat?«
Marilyn Pilcher starrte den Ersten Detektiv mit kalkweißem Gesicht an. »Soll das etwa heißen, daß er vielleicht entführt wurde?«
Justus nickte.
Marilyn mußte lange überlegen, ehe sie wieder Worte fand. »Dann verständigen wir am besten die Polizei!«

Ende der Party

»Dein Dad ist verschwunden? Das ist doch wohl nicht dein Ernst?« Das rothaarige Mädchen riß ungläubig die Augen auf. Sie hatte eben erst beobachtet, wie Peter am Baum heruntergeklettert war, und sich darüber herrlich amüsiert. Deshalb hielt sie Marilyns Bedrängnis zuerst einmal für einen schlechten Witz.
Marilyn stand in der Eingangshalle, den Telefonhörer noch in der Hand. Sie hatte soeben das Polizeipräsidium von Rocky Beach angerufen. Der diensthabende Beamte hatte zugesagt, sofort einen Wagen loszuschicken.
»Das ist doch ein Spiel, oder nicht?« fragte die Rothaarige. »Wie das Mörderspiel auf Parties, wenn zum Schein jemand ermordet wird und die übrigen den Täter ermitteln müssen.«
»Laß das dumme Geschwätz, Betsy«, sagte Marilyn. »Es ist kein Spiel.«
Aber die andere war in voller Fahrt. »Und nun müssen wir alle herausfinden, wo dein Dad steckt, stimmt's? Oder wer ihn entführt hat. Ja, darauf kommt's an. Wer hatte ein Motiv?«
»Betsy, du bist ein Schaf«, knurrte Marilyn.

Der geschniegelte junge Mann, der sich zuvor mit Marilyn unterhalten hatte, kam aus dem Wohnzimmer. Er sah erregt und verärgert aus. Bei seiner Serviertätigkeit hatte Justus immer mal die Ohren gespitzt und auf diese Weise mitbekommen, daß es sich um Marilyns Verlobten handelte. Er hieß Jim Westerbrook und war einer von Marilyns Studienkollegen. Die Frau im grauseidenen Kleid war seine Mutter. Beide waren von Boston mit dem Flugzeug angereist und gerade rechtzeitig zur Party eingetroffen.

Am Nachmittag hatte Justus die Dame zufällig dabei beobachtet, wie sie mit dem Zeigefinger prüfend über einen Fenstersims strich, um nach Staub zu fahnden. Er fragte sich, ob sie die Reise nach Kalifornien wohl gern angetreten hatte und ob es ihr behagte, daß ihr Sohn in die Familie Pilcher einheiraten wollte.

»Wo warst du denn die ganze Zeit?« fragte Westerbrook Marilyn. »Alle fragen nach dir.«

»Ich suchte meinen Vater«, antwortete sie.

»Ach? Wieso das? Ist sein Zorn noch nicht verraucht? Laß doch den Alten einfach links liegen.«

Justus stand in Hörweite und zuckte bei Westerbrooks Worten unwillkürlich zusammen.

Marilyn wich zurück und starrte den jungen Mann erbittert an. »Ob er dir gefällt oder nicht, er ist nun mal mein Vater, und einen anderen hab' ich nicht«, fuhr sie ihn an. Mit energischen Schritten lief sie ins Wohnzimmer und brüllte die Musiker an, sie sollten aufhören. Die Band spielte gerade so ohrenbetäubend laut, daß Marilyn sich erst nach dem dritten Anlauf verständlich machen konnte. Aber sie schaffte es, und die Musiker hörten auf zu spielen.

Marilyn wandte sich an ihre Gäste. »Mein Vater ... meinem Vater wurde es am Nachmittag unwohl«, erklärte sie. »Jetzt ist er ... jetzt weiß ich nicht, wo er ist. Wir können ihn nirgends finden. Hat ihn vielleicht jemand gesehen? Falls er die Treppe herunterkam, hätte das doch irgendeinem auffallen müssen.«

Die Leute gerieten in Bewegung, begannen zu murmeln und sahen einander an. Einige Männer hoben bedauernd die Schultern. Justus beobachtete bei so manchem ein Lächeln und einen wissenden Blick. Aber kein einziger meldete sich zu Wort. Niemand hatte Jeremy Pilcher gesehen.

Dann fuhr ein Streifenwagen der Polizei vor. Zwei Beamte stiegen aus und kamen an die Haustür, die Peter öffnete. Marilyn und Sanchez führten die Polizisten in Pilchers Arbeitszimmer am Ende der Halle.

Kaum hatte sich die Tür hinter ihnen geschlossen, machte sich aufgeregtes Geraune unter den Gästen breit. Ein beleibter älterer Mann mit rotem Gesicht sagte laut und deutlich: »So!«

»Harold, sei so gut und behalte das Weitere für dich!« ermahnte ihn vorsorglich die Frau neben ihm.

»Was soll ich für mich behalten?« posaunte Harold. Er holte eine Zigarre aus seiner Brusttasche. »Soll ich für mich behalten, daß vielleicht einer den alten Piraten endlich erledigt hat?«

»Pssst!« zischte die Frau. »Und wenn du rauchen willst, dann tu das draußen. Igitt!« Sie wedelte heftig mit ihrer Handtasche in der Luft herum.

Ein Mann mit weißblondem Haar lächelte der Frau zu. »Bezweifeln Sie etwa, daß Jeremy Pilcher ein Pirat ist?« fragte er spöttisch. »Oder wollen Sie es nur nicht zugeben, solange Sie es sich als sein Gast hier wohl sein lassen?«

»Nun mal langsam, Durham«, mischte sich ein Mann ein, dessen Augen hinter randlosen Brillengläsern kalt blitzten. »Sie sind immerhin sein Anwalt und Treuhänder, vergessen Sie das nicht.«

»Wie käme ich dazu, das zu vergessen?« gab der Anwalt zurück. »Mein prominentester Mandant. Aber was sind das für Töne von Ihnen, Ariago? Ein plötzlicher Anfall von Loyalität? Oder nur ein Ablenkungsmanöver?«

Die Sprechweise des Anwalts war etwas verwaschen. Justus fragte sich, ob der Mann wohl zu viel getrunken hatte.

»Wollen Sie sich nicht etwas deutlicher ausdrücken?« forderte Ariago den anderen heraus.
»Na, Sie wären ja nicht gerade zu Tode betrübt, wenn es den alten Pilcher erwischt hätte, oder? Und sieht es jetzt nicht ganz danach aus? Wir wissen doch alle, wie der geholzt hat.«
Einige Gäste reagierten sichtlich verstört. Andere versuchten das Gespräch in Gang zu halten, ohne sich allerdings etwas von dem Wortwechsel zwischen den beiden Männern entgehen zu lassen. Jim Westerbrooks Mutter betupfte sich die Schläfen mit einem Spitzentaschentuch und sagte: »Also nein, Jim, hier drinnen ist es drückend heiß. Vielleicht sollten wir auf ein paar Minuten in den Garten hinausgehen.«
Westerbrook schien die Aufforderung glatt zu überhören, und Harry Burnside grinste ziemlich boshaft dazu. Mittlerweile hatte Burnsides Bufett bei den Gästen äußerst regen Zuspruch gefunden, und der junge Gastronom konnte es sich erlauben, von der Küchentür aus die Szene zu beobachten.
»Als Sie noch Geschäftsführer bei South's Special Stores waren, da vergaben Sie den Bauauftrag für die neue Filiale in Pomona«, sagte Durham. »Dort läßt es sich bestimmt herrlich leben, wenn man noch was zugesteckt bekommt. Bauunternehmer zeigen sich ja recht gern erkenntlich, wenn ein Auftraggeber bei ihren Angebotspreisen beide Augen zudrückt.«
»Das ist übelste Verleumdung!« brüllte Ariago. »Wie kommen Sie überhaupt auf so etwas – oder drehen Sie etwa ab und zu selber so ein Ding? Na, wie ist das, Durham?«
Durham schwieg. Ariago grinste widerwärtig. »Pilcher hat Sie auf dem Kieker, Durham. Sie haben doch an der Börse eben mal ein paar kleine Geschäfte gemacht, stimmt's? Pilcher sagt, Sie spekulieren mit Geldern, die Sie für Ihre Mandanten als Treuhandvermögen verwalten.«
»Kein Wort mehr, oder – « fuhr Durham auf.
»Hat Pilcher Sie etwa schon überführt?« forschte Ariago boshaft. »Haben Sie da durchgedreht und ihn ... ihn ...«

Er brach jäh ab und blickte sich um. Plötzlich wurde ihm bewußt, daß er und Durham sich da einen höchst peinlichen Auftritt lieferten und daß alle Anwesenden die Grobheiten, die sie einander an den Kopf warfen, mithören konnten. Der Mann mit der Zigarre sah auf seine Uhr. »Ach nee, ist es schon so spät?« sagte er laut. Offensichtlich hatte auch er jetzt genug. »Bleiben die Polizisten wohl noch lange mit Marilyn da drin? Wir jedenfalls müssen jetzt gehen.«

Das wirkte wie ein Signal. Die älteren Gäste verabschiedeten sich mit Handschlag und höflichen Floskeln von ihren Bekannten. Justus hörte mit, wie zwei Geschäftsleute sich zu einem Mittagessen verabredeten. Bei Marilyns jungen Freundinnen und Freunden ging es nicht so förmlich zu. Sie liefen einfach auseinander und verließen das Haus durch die Glastüren über den Garten.

Nun war die Party zu Ende. Als die meisten Gäste gegangen waren, machten sich Harry Burnside und seine Helfer daran, das Bufett abzuräumen. Der stämmige Tellerwäscher zog die rosafarbenen Leinentücher von den Tischen im Garten ab und trug sie zu einer großen Transportkarre im Flur hinter der Küche. Der Barkeeper packte seine Flaschen in Kartons.

Justus, Bob und Peter halfen beim Zusammenklappen der Stühle und Tische und schleppten sie zu Burnsides Transporter. Der Tellerwäscher verstaute die Möbel mitsamt dem anderen Zubehör im Laderaum.

Sie waren noch beim Einpacken, als Marilyn und die Polizisten aus dem Arbeitszimmer kamen. Marilyn wies auf die Treppe. Die beiden Beamten stiegen ins Obergeschoß hinauf, gefolgt von Sanchez. Dann ging Marilyn durch die Halle ins Wohnzimmer. Jim Westerbrook stand unschlüssig herum. Man sah ihm an, daß er sich wünschte, weit weg zu sein.

»Wie geht's – alles in Ordnung?« fragte er Marilyn lahm.

»Ich – ich denke schon«, sagte sie. »Ich weiß nur nicht, was ich von alledem halten soll. Soll ich nun Angst haben, oder was soll ich sonst denken? Meinem Vater sähe es ähnlich, all das geschickt einzufädeln. Er ist ja so durchtrieben, und um diese Party hätte er sich am liebsten ganz gedrückt. Er war mit dem Fest nur einverstanden, damit ich endlich Ruhe gebe. Er könnte jeden Moment hier hereinspazieren und sich darüber schieflachen, daß er mir Todesangst eingejagt hat. Aber wenn er das nun nicht tut? Wenn er tatsächlich irgendwo in eine Zwangslage geraten ist?«

»Was sagen denn die Polizisten?« fragte Westerbrook.

»Sie sagen, sie würden die Ermittlungen aufnehmen. Sie sagen, er sei ja noch nicht lange verschollen. Sie wollten wissen, ob er sich oft auffällig benimmt. Ha! Milde ausgedrückt, was? Sie fragten, ob er Feinde hat. Mein Vater? Klar doch – jede Menge Feinde! Sie erkundigten sich nach Namen. Da hätte ich ihnen gleich das Telefonbuch von Los Angeles in die Hand drücken können.«

»Ach was«, beschwichtigte Westerbrook. »So schlimm kann es doch nicht sein.«

Westerbrooks Mutter trat auf die beiden zu. Sie lächelte wie eine Frau, die überzeugt ist, genau das Richtige zu tun. »Liebes Kind!« wandte sie sich an Marilyn. »Wenn wir dir irgendwie helfen können, dann ruf uns bitte im Motel an.«

»Vielen Dank«, sagte Marilyn.

Mrs. Westerbrook zog ihre Handschuhe an. »Es war ein schönes Fest«, meinte sie. Dann kam ihr, daß das wohl nicht der richtige Ausdruck war, und sie setzte hinzu: »Sehr schön, bis dein ... Also, Kleines, mach dir nicht zuviel Sorgen. Jim, gehen wir besser. Das Mädchen muß jetzt zur Ruhe kommen.«

»Ich werd' dich anrufen«, versprach Jim Westerbrook, und dann ging er mit seiner Mutter weg.

»Wer's glaubt, wird selig«, murmelte Marilyn. »Anrufen, von wegen ...«

Sie drehte sich um und sah Justus. »Na?« fragte sie patzig. »Willst du noch was?«

»Ja ... Miss Pilcher – Marilyn – es tut mir leid«, brachte Justus hervor.
»Na klar«, meinte sie. »Allen tut es leid. Aber was habe ich davon?«
Justus erkannte, daß nun seine Stunde gekommen war. Die Karte der drei ??? lag schon in seiner Tasche bereit. Er überreichte sie Marilyn und wies dann auf Bob und Peter, die abwartend unter der Tür standen.
»Wir konnten schon verschiedene schwierige Fälle lösen«, erklärte der Erste Detektiv. »Wir würden wirklich gern versuchen, Ihnen zu helfen.«
Marilyn sah sich die Karte an. Darauf stand:

Die drei Detektive
Wir übernehmen jeden Fall
? ? ?

Erster Detektiv	Justus Jonas
Zweiter Detektiv	Peter Shaw
Recherchen und Archiv	Bob Andrews

Sie lachte. »Die drei Detektive! Privatdetektive etwa? Sehr witzig!«
Sie sah Justus an, dann Peter und schließlich Bob. »Ja, also vielen Dank für das freundliche Angebot. Wenn ich allerdings einen Privatdetektiv brauche, besorge ich mir selber einen – und dann keinen Schuljungen, sondern einen Profi.«
Justus nickte, nicht übermäßig enttäuscht. Erwachsene nahmen die drei ??? oft nicht ernst – zumindest nicht auf Anhieb. Immerhin legte Marilyn die Karte in die Schublade eines Sofatisches, statt sie gleich in den Papierkorb zu werfen.

Mit ihren Beobachtungen während der Party wären die drei ??? einem professionellen Detektiv gegenüber zunächst einmal im Vorteil, nicht wahr? Der kauzige Millionär und seine Feinde – das scheint ein trübes Kapitel zu sein. Allerdings: Niemand von den Gästen machte sich als möglicher Entführer dadurch verdächtig, daß er etwa gleichzeitig mit Mr. Pilcher von der Bildfläche verschwand. Das wäre nun eine harte Nuß für den Profi. Ob Justus, Bob und Peter sie knacken können?

Die Jungen verließen das Haus. Sie fuhren mit Harry Burnside bis zu seinem Betrieb in Rocky Beach, wo sie ihm noch beim Einräumen seiner Gerätschaften halfen. Der Tellerwäscher startete dann gleich wieder mit dem Transporter, um Tische und Stühle zum Möbelverleih zurückzubringen und um den Transportwagen mit den Tischtüchern und Servietten bei der Wäscherei abzuliefern. Die Jungen bestiegen ihre Fahrräder und fuhren nach Hause.

Bei den Shaws wurde nach dem Abendessen eine Geburtstagsfeier zu Ehren von Peters Großvater abgehalten. Justus und Bob aber hatten Zeit, um sich auf dem Schrottplatz des »Gebrauchtwaren-Center T. Jonas« zu treffen.

Diesen Betrieb führten Justus' Onkel und Tante, Titus und Mathilda Jonas. In ganz Südkalifornien war die Firma wegen ihres riesigen, ausgefallenen Warenangebots bekannt. Dazu hatte einst auch ein alter Campinganhänger mit Unfallschaden gehört. Er gammelte in einer entfernten Ecke des Lagerplatzes so lange vor sich hin, bis sich herausstellte, daß er keinen Käufer finden würde. Da hatte Tante Mathilda den Wagen ihrem Neffen als Klubheim überlassen.

An einem Klubheim war Justus allerdings nicht interessiert.

Zusammen mit Bob und Peter hatte er die Detektei »Die drei ???« gegründet, und ihre zentrale Aktionsbasis, kurz »Zentrale« genannt, war nun dieser Campinganhänger. Wegen gewisser Bedenken, daß Tante Mathilda es sich anders überlegen und das Gefährt praktisch doch noch verkaufen könnte, hatten die Jungen Schrott und Trödel rings um den Wagen aufgestapelt, damit er ihr aus den Augen und aus dem Sinn war. Sie ließen sich Telefon legen und kamen selbst für die Gebühren auf, indem sie sich mit Hilfsarbeiten im Trödellager Geld verdienten. Und sie hatten sich ein kleines Kriminallabor und eine Dunkelkammer eingerichtet.

Als Bob an diesem Abend beim Schrottplatz ankam, stellte er sein Fahrrad in Justus' Freiluftwerkstatt ab und ging dann geradewegs zur Zentrale, um mit dem Ersten Detektiv die Ereignisse des Nachmittags zu besprechen.

»Also was ist deine Meinung?« wollte Bob wissen. »Ist Mr. Pilcher nun verrückt oder nicht?«

»Ein schrulliger Kauz ist er ganz bestimmt. Und vermutlich auch rücksichtslos bis hin zur Brutalität.« Justus sprach mit der Entschiedenheit, die er an den Tag legte, wenn er mit der Lösung eines Rätsels beschäftigt war. »Ist es nicht erschrekkend herzlos, einfach zu verschwinden und die eigene Tochter so zu ängstigen?«

Justus kritzelte auf einem Notizblock herum. »Seine Gäste stellten ja eine recht gemischte Gesellschaft dar«, bemerkte er dann. »Und ich kann mir nicht vorstellen, daß jemand von den reiferen Herrschaften Pilcher sympathisch findet. Mein Eindruck ist, daß sie alle zu seinen Angestellten oder Geschäftspartnern gehören und daß die Einladung eben Pflicht für sie war. Dieser unangenehme Wortwechsel zwischen Mr. Pilchers Anwalt und dem anderen Mann war ... na, ja, das war schon –«

»Übel!« beendete Bob den Satz. »Marilyns Clique schien zu meiner Überraschung dagegen ziemlich normal. Wahrschein-

lich zeichnet sie sich selber durch das unverschämteste Mundwerk an der ganzen Uni aus.«
Das Telefon klingelte.
Justus nahm ab und meldete sich. »Ja?«
Bob hörte aufgeregte Laute aus dem Hörer dringen.
»Geht in Ordnung«, sagte Justus.
Er legte auf. »Es war Marilyn Pilcher. Sie hat einen Erpresserbrief erhalten. Sie möchte, daß wir sofort zu ihr kommen!«

Überfall!

Fünfzehn Minuten später klingelten Justus und Bob an Jeremy Pilchers Haus.
Marilyn Pilcher öffnete die Tür. Sie trug noch immer das blaue Kleid, wie auf der Party am Nachmittag, nur war es inzwischen zerknittert. Die hochhackigen Schuhe hatte sie ausgezogen.
»Sie haben einen Erpresserbrief bekommen?« fing der Erste Detektiv an.
Marilyn reichte ihm einen Bogen Papier. Justus las laut:

»Vater kommt nur frei im Austausch gegen Buch des Bischofs. Keine Polizei. Angelegenheit eilt. Aufschub gefährlich.«

Das Wort *Bischof* war in großen, krakeligen Buchstaben von Hand geschrieben. Die übrigen Wörter waren aus Überschriften in Zeitungen ausgeschnitten worden.
»Ein Bischof taucht wohl in den Schlagzeilen nicht so oft auf«, meinte Marilyn. »Dieses Wort konnte der Entführer nicht gedruckt auftreiben, also mußte er es selbst schreiben. Ich bekam nur diesen Bogen, ohne Umschlag. Jemand schob ihn unter der Hintertür durch, klingelte und lief weg.«

»Und nun sind Sie sicher, daß es sich um Entführung handelt?« fragte Justus. »Heute nachmittag waren Sie doch offenbar der Ansicht, Ihr Vater hätte sein Verschwinden als einen Trick selbst inszeniert.«
»Er ist nicht mehr sehr beweglich«, erklärte Marilyn. »Er hätte es nicht geschafft, nach dem Klingeln so schnell wegzusprinten. Zur Zeit gelingt ihm höchstens noch ein flotter Seniorentrab. Daher vermute ich, daß es tatsächlich eine Entführung ist, und nun muß ich das Buch eines Bischofs finden. Ich habe null Ahnung, was das für ein Buch sein könnte. Hier im Haus gibt es ungefähr acht Millionen Bücher. Das wäre dann also der Job für euch Jungs. Ihr müßt mir helfen, sie alle durchzusehen und die Bände, die vielleicht in Frage kämen, auszusortieren.«
Justus hielt den Bogen mit der Mitteilung des Erpressers hoch. »Die Polizei müßte aber verständigt werden«, sagte er. »Haben Sie schon angerufen?«
»Nein, hab' ich nicht, und ihr laßt das besser auch bleiben. Der Bursche schreibt ja *keine Polizei,* und das Risiko wäre mir zu groß. Auch wenn Dad nicht gerade ein musterhafter Vater ist, will ich nicht, daß ihm was zustößt. Außerdem liege ich ohne Knete auf der Straße, falls ihm etwas passieren sollte. In seinem Testament gibt es eine Klausel, die besagt, daß ich keinen Cent erbe, wenn er unter irgendwelchen verdächtigen Umständen stirbt oder verschwindet. Selbst wenn man überhaupt keine Anklage gegen mich erheben könnte, wäre ich weg vom Fenster!«
»Oh«, sagte Justus.
»Dein Mitgefühl kannst du dir schenken. Dad sorgt eben dafür, daß er nicht den kürzeren zieht. Macht das etwa nicht jeder so? Und nun kommt mit. Es gibt genügend zu tun.«
Sie drehte sich um und ging die Treppe hinauf. Die Jungen folgten, noch ganz verdutzt von dem soeben Gehörten.
Oben stand ein Staubsauger auf dem Flur. Marilyn hatte versucht, die Federn aus dem aufgeplatzten Kissen zu beseitigen,

aber überall haftete noch weißer Flaum. Die Jungen kümmerte das nicht weiter. Bald waren sie dabei, sich planvoll durch den Inhalt der Bücherregale in Jeremy Pilchers Arbeitszimmer zu schuften. Sie fanden Bände über Vögel und über Philosophie, chemische Fachbücher und Science-fiction-Romane. Es gab Lexika und Bücher über Edelsteine und eine Ausgabe der Werke von Charles Dickens in brüchigem Ledereinband.

»Hier ist etwas«, meldete Justus. Er hielt eine verstaubte Taschenbuchausgabe eines Kriminalromans mit dem Titel *Der Mordfall Bischof* in die Höhe.

Marilyn nahm den schmalen Band zur Hand und blätterte die vergilbten Seiten durch. »Ich kann mir nicht gut vorstellen, daß jemand ein Verbrechen begehen sollte, um an diesen billigen Schmöker zu kommen«, meinte sie. »Wir können ihn dem Entführer ja mal anbieten, aber suchen wir besser noch weiter.«

Bob mußte niesen. Dann machte er sich wieder daran, ein Buch nach dem anderen aus staubigen Regalen zu nehmen, einen Blick darauf zu werfen und es wieder einzustellen. »Ihr Vater ist wohl ein richtiger Bücherwurm, wie?« fragte er.

»Eigentlich nicht«, bekannte Marilyn. »Er kauft nur immerzu Bücher. Irgendwann, wenn er mehr Zeit hat, will er sie auch lesen. Sagt er jedenfalls. Vorerst kauft er sie am laufenden Band und stellt sie ins Regal, und damit hat es sich. Das Hamstern macht ihm Spaß. Es verleiht ihm das Gefühl, als wüßte er, was drinsteht. Und niemals gibt er ein gekauftes Buch wieder her. Er kann sich überhaupt von nichts trennen.«

Sie ging auf eine große Kommode zu. »So, nun wollen wir hier weiterfahnden«, murmelte sie und zog eine Schublade auf. Darin lagen Socken und ein Schal und ein unordentlicher Stapel Papier. Marilyn nahm die Blätter heraus und sah sie hastig durch.

»Zeitungsausschnitte«, sagte sie. »Ein Arztrezept, das nicht eingelöst wurde. Und ein paar Reiseprospekte.«

Sie warf das Papier auf die Kommode. »Wenn wir wenigstens

wüßten, wonach wir suchen sollen«, sagte sie. »Ich kann nicht glauben, daß es dieser angestaubte Krimi sein soll.«
»Und wie wäre es damit?« Bob hielt ein Buch in die Höhe. Es hieß *Der Tag, an dem Lincoln erschossen wurde,* und der Verfasser war Jim Bischof.
»Unwahrscheinlich, aber laß es mal draußen«, war Justus' Empfehlung.
»Vielleicht geht es um eine kostbare, seltene Erstausgabe«, sagte Marilyn. »Oder um ein noch gar nicht veröffentlichtes Buch – ein Manuskript. Etwa Aufzeichnungen über wissenschaftliche Versuche? Oder ein Logbuch oder Tagebuch von einem, der darin irgendwelche schrecklichen Geheimnisse und Untaten aus seiner Vergangenheit festgehalten hat. So was könnte ich mir vorstellen.«

Ganz interessant, diese Vermutung der jungen Dame. Ein Manuskript, das geheimnisvolle, aufschlußreiche Fakten enthält, könnte für einen Entführer mindestens ebenso wertvoll sein wie ein kostbarer Prachtband.

»Wir müssen uns eben alles genau ansehen«, beschloß Justus. Nachdem die Jungen alle Regale im Zimmer durchgeforstet hatten, nahmen sie sich die Pappkartons und Aktenhüllen aus den Ablagefächern der Einbauschränke vor. Sie fanden gebündelte Bankauszüge, alte Telefonrechnungen und Ansichtskarten aus entlegenen Teilen der Welt wie Gibraltar und Kairo. Die Postkarten waren nicht beschrieben und versandt worden; offenbar stellten sie nur Souvenirs dar.
»Dad ist in seiner Jugend zur See gefahren«, erklärte Marilyn. »Ehe er ein ... naja, man sagt wohl, Industriekapitän wurde. An der Börse in der Wall Street ist er als Pirat bekannt. Vielleicht

ist er das auch. Man fängt ja nicht ohne weiteres von Null an und besitzt dann eines schönen Tages eine Schiffahrtslinie und etliche Warenhäuser und eine Papierfabrik und zwei oder drei Banken. Da muß man schon fixer sein als die Konkurrenz.«
Oder vielleicht rücksichtsloser, dachte Justus.
Plötzlich klingelte das Telefon. Marilyn erschrak. Als sie abnahm, blieb sie erst einmal stumm, dann rief sie: »Ich versuch's ja! Hören Sie, ich habe hier einen Titel *Der Mordfall Bischof* und ein Buch von einem Autor namens Jim Bischof und – «
Sie brach ab und verzog unwillig das Gesicht, dann sagte sie: »Aber ich will Sie überhaupt nicht hinhalten! Ich weiß nur nicht, wonach ich überhaupt suchen soll und ... und ... warten Sie doch! Hören Sie mir doch zu!«
Sie schwieg, hielt den Telefonhörer von sich weg und starrte ihn an.
»Der Entführer?« fragte Justus.
»Ja. Er glaubt, ich nehme ihn nicht ernst. Es geht ihm nicht um irgendeinen alten Kriminalroman. Er will das Buch des Bischofs, aber mehr sagte er nicht darüber, und dann legte er einfach wieder auf.«
»Ist Ihnen an der Stimme etwas aufgefallen?« fragte Bob.
Sie schüttelte den Kopf. »Heiser«, sagte sie. »Entweder ist der Bursche erkältet oder er hatte ein Taschentuch über die Sprechmuschel gelegt, um seine Stimme unkenntlich zu machen. Ich glaubte irgendeinen Akzent zu hören, aber das kann auch ein Täuschungsmanöver sein.«
Sie wandte sich ab und stöberte weiter in der Kommode. Endlich hatte sie die letzte Schublade ausgezogen und durchsucht, und die Jungen hatten sich die letzte Schachtel aus den Schrankfächern vorgenommen. Nun waren sie alle erschöpft. Und Marilyn hatte Hunger.
»Zum Abendessen bin ich nicht gekommen, und im Kühlschrank gibt es kaum Reste«, meinte sie. »Dad hat bei der Bestellung des Essens für die Party wie üblich geknausert, und

Burnside durfte nur das Notwendigste liefern. Wollen wir uns eine Pizza holen?«
»Spitze«, sagte Bob. »Aber bloß nicht mit Sardellen, ja?«
»Dafür mit extra viel Käse«, war Justus' Wunsch. »Und dazu ein Coke light, ohne Kalorien.«
»Alles klar. Kommt einer von euch mit und hilft mir tragen?«
Bob begleitete Marilyn, und Justus blieb im Haus und suchte weiter. Er war gerade zum nächsten Zimmer unterwegs, als er die Tür zum Dachboden entdeckte. Am Nachmittag war er schon einmal oben gewesen, als er mit seinen Freunden auf der Suche nach Pilcher war. Der Raum unterm Dach war nicht so vollgepfropft wie die zur Zeit unbenutzten Gästezimmer im Obergeschoß. Und im Gegensatz zu diesen hielt sich dort oben überhaupt nie jemand auf. Der Dachboden würde ein ideales Versteck für einen Schatz darstellen.
Justus öffnete die Tür, knipste das Licht am Fuß der Treppe an und stieg die Stufen hinauf.
Oben waren zahlreiche Koffer und Truhen in Ecken geschoben. Es gab auch Kisten und Bücherregale, jedoch nicht allzu viele. Justus trat an das nächste Regal und zog einen schmalen Band heraus. Er trug den Titel *Maschineschreiben im Schnelltempo* und war 1917 erschienen. Gerade als er das Buch ins Regal zurückstellte, hörte er unten die Haustür zufallen. »Bob?« rief er. »Seid ihr's?«
Es kam keine Antwort. Justus drehte sich um und horchte. Nein, das konnten nicht Bob und Marilyn sein. So schnell war der Pizzaeinkauf noch nicht erledigt.
Aber irgend jemand hatte das Haus des schrulligen Sammlers betreten.
Justus hütete sich, nochmals zu rufen. Regungslos blieb er stehen. Die Tür zum Dachboden stand offen, und nun konnte er Schritte in der Eingangshalle hören. Jemand stieg ins Obergeschoß hinauf.

Stoff raschelte. Nun war der Eindringling am Fuß der Bodentreppe angelangt. Justus hörte rauhe Atemgeräusche.
Wer war das? Und wußte er, daß Justus hier oben war? Hatte er Justus rufen gehört, nachdem er die Haustür geöffnet hatte? Ein Schalter klickte. Auf dem Dachboden ging das Licht aus. Die jähe Finsternis wirkte auf Justus regelrecht bedrückend und schnürte ihm die Kehle zu.
Und nun kam der Kerl die Bodentreppe herauf! Justus trat vom Bücherregal weg. Wohin? Er mußte sich verstecken – am besten in einer abgelegenen Ecke!
Nun waren die Schritte auf den obersten Stufen angelangt. Justus wollte sich hinter ein Regal kauern, doch plötzlich fand er sich in gleißendes Licht getaucht. Der Eindringling hatte eine Stablampe bei sich!
Justus versuchte noch wegzutauchen, aber der Lichtstrahl verfolgte ihn unerbittlich. Der Eindringling kam über den Dachboden.
Justus war von dem hellen Licht völlig geblendet. Er konnte nicht entwischen! Es gab kein Versteck mehr!
Er stürzte vor, geradewegs auf das Licht los, und schlug zu. Ein verblüffter Laut und ein schmerzerfülltes Stöhnen waren zu hören, als Justus' Ellbogen sich in den Arm des Unbekannten bohrte. Die Lampe fiel zu Boden und rollte scheppernd davon. Glas splitterte, und der Dachboden lag wieder im Dunkeln.
Damit stand es eins zu eins. Und nun ging es erst richtig los – der Eindringling setzte alles auf eine Karte, um Justus zu erwischen. Stolpernd wich Justus rückwärts aus und tastete sich mühsam durch die Finsternis.
Er spürte an der Schulter eine Berührung und duckte sich zur Seite. Aber der Angreifer verfolgte Justus mit ausgestreckten Händen und versuchte ihn am Arm zu packen.
Justus ballte die Fäuste und schlug wild zu, allerdings ins Leere.

Und dann wurde er heftig angerempelt. Er verlor das Gleichgewicht und stürzte zu Boden.
In diesem Moment riß unten jemand die Haustür auf.
»Justus?« rief Bob herauf. »Komm und laß dir's schmecken!«
Neben sich hörte Justus unverständliches Gemurmel. Der Angreifer lief im Dunkeln zur Bodentreppe hin und trampelte hastig die Stufen hinunter.
Justus rappelte sich auf und lief zur Treppe vor. Fast wäre er beim Hinunterrennen nochmals gestürzt. Im Obergeschoß angelangt, hörte er noch, wie der Eindringling über die Hintertreppe entwischte, die in der Küche endete.
Wieder rief Bob: »Hey, was ist denn los? Justus?«
Justus kam gerade in der Küche an – da wurde die Hintertür zugeschlagen. Als er sie aufriß, hatte der Unbekannte schon den Platz hinterm Haus überquert und war auf dem schmalen Fußweg hinter den Gärten verschwunden.

Schritte im Dunkeln

Marilyn rief die Polizei an. Zwei Beamte tauchten auf und erstellten ein Protokoll über den Eindringling. Sie durchsuchten das Gebüsch hinter dem Haus. Sie schauten in die Garage hinten im Hof. Schließlich empfahlen sie Marilyn, die Nummer 911 anzurufen, falls der Unbekannte zurückkehren sollte.
Die Polizisten fragten Marilyn auch, ob sie etwas von ihrem Vater gehört hatte, und versicherten ihr, daß vermißte Angehörige sich erfahrungsgemäß in den meisten Fällen bald wieder einfanden. Von dem Erpresserbrief erwähnte Marilyn nichts. Von der Haustür aus sah sie dem davonfahrenden Streifenwagen nach, und dann meinte sie bedrückt: »Aber wer war nun dieser Unbe-

kannte? Ein Einbrecher? Oder der Entführer? Das wird ja immer verwirrender.«
»Ich tippe auf den Entführer«, sagte Bob. »Vielleicht dauerte ihm das Warten auf das Buch des Bischofs zu lange.«
»Mag sein«, meinte Justus. »Andererseits dürfte es uns leichter fallen als einem Fremden, hier im Haus das Buch zu finden. Aber vermutlich hat jemand das Haus beobachtet.«
Marilyn blickte sich voll Unbehagen um. »Ich denke, ich werde bei meiner Mutter übernachten«, kündigte sie an. »Hier wird es mir langsam zu unheimlich.«
»Wohnt Ihre Mutter hier in der Nähe?« erkundigte sich Justus.
»In Santa Monica«, antwortete Marilyn. »Meine Eltern sind geschieden. Ja, das mach' ich. Ich geh' zu ihr. Und doch ... vielleicht ist es auch nicht richtig. Falls der Entführer wieder anruft, müßte ich doch hier erreichbar sein. Ich könnte auch Ray Sanchez anrufen und ihn bitten, daß er herkommt. Er ist Dads Sekretär, und da kann er eigentlich nicht nein sagen. Ich könnte ihm ja Überstunden dafür bezahlen.«
»Könnten nicht auch Ihr Verlobter und seine Mutter herkommen?« fragte Justus.
»An sich schon – aber ich bekam einen Anruf. Sie müssen wegen einer ganz dringenden Familienangelegenheit noch heute abend nach Boston zurückfliegen.« Marilyn winkte verächtlich ab. »Wetten, daß die nur ganz dringend von den Pilchers wegwollten?«
»Bob und ich könnten über Nacht hierbleiben«, schlug Justus vor. Die junge Frau blinzelte überrascht, und kurz wirkte sie unschlüssig, als wollte sie nicht zeigen, daß ihr der Vorschlag sehr gelegen kam. Doch schließlich sagte sie: »Ja, prima Idee! Ich bin eure Auftraggeberin, und nun seid ihr eben auch noch meine Leibwächter. Aber erlauben eure Eltern euch das auch?«
»Bestimmt«, sagte Justus. »Die ziehen da schon mit.«
Justus behielt recht. Er und Bob riefen zu Hause an und bekamen großzügig die Erlaubnis, im Hause Pilcher zu übernachten,

damit Marilyn nicht allein bleiben mußte. Bob wärmte die Pizza auf, die er mit Marilyn besorgt hatte, und sie aßen. Und dann ging es weiter mit der Suche nach dem Buch des Bischofs. Sie räumten die Regale in den vollgestopften Zimmern im Obergeschoß aus und wieder ein – immer noch mehr Bücher und Akten und Erinnerungsstücke aus der Zeit, als Pilcher zu Schiff um die Welt gereist war.

»Ihr Vater war in seiner Jugend anscheinend ein richtiger Abenteurer«, fand Bob, als er einen Elefanten aus Elfenbein in die Finger bekam, der laut Marilyn aus Indien stammte. »Muß für ihn eine tolle Zeit gewesen sein, die Seefahrt und all das.«

»Damals konnte er sich das abenteuerliche Leben noch leisten«, erklärte Marilyn nachdenklich. »Als er jung war, hatte er nichts zu verlieren und konnte überallhin reisen. Aber eines Tages hatte er genug Geld beisammen, um die Comet-Dampfschiffahrtslinie zu kaufen. Es war nicht weit her damit – nur zwei verrostete Frachtkähne, die von Houston aus Häfen in der Karibik anfuhren. Es waren Trampschiffe, die je nach Auftrag überallhin dampften. Dad stellte es geschickt an und verdiente mit den beiden altersschwachen Leichtern so viel, daß er ein drittes Schiff bauen lassen konnte. Damit ließ sich nun noch mehr verdienen. Als nächstes kaufte Dad eine kleine Bank in Visalia und ging an die Börse.

Mom sagt, nach seinem Einstieg in den Aktienmarkt hätte er erst richtig Geschmack am Geldverdienen gefunden. Sie behauptet, er wäre ihr vorgekommen wie einer, der sich allmählich zum süchtigen Glücksspieler entwickelt. Na ja. Ich glaube, Mom versteht ihn nicht.«

»Und Sie?« fragte Bob.

Marilyn hob die Schultern. »Ich denke schon, daß ich ihn richtig sehe, so wie die anderen auch. Ich mag es nur nicht, daß er in seinem Haus all das Zeug anhäuft und hortet. Als Unternehmer ist er nämlich gar nicht so. Im Geschäftsleben muß man spüren, wann man loslassen muß. Das hat mir Dad unter anderem bei-

gebracht. Man muß auf Zack sein, sonst ist man abgemeldet. Ich war vielleicht fünf, als sich meine Eltern scheiden ließen. Wenn ich nicht an der Uni bin, wohne ich meistens bei meiner Mutter. In letzter Zeit war ich aber auch öfter bei Dad. Er soll schließlich nicht vergessen, daß er eine Tochter hat.«
Es war spät geworden, als sie mit ihrer Suche in den oberen Räumen fertig waren. Marilyn wünschte gute Nacht und zog sich in ihr Zimmer zurück. Bob und Justus beschlossen, auf dem oberen Flur umschichtig Wache zu halten. So würden sie für Marilyn sofort erreichbar sein, falls sich in der Nacht etwas Beängstigendes ereignen sollte. Außerdem konnten sie von hier aus sowohl die Haupttreppe als auch die Hintertreppe überblicken. Es konnte sich also niemand zu einem Überraschungsangriff anschleichen.
Bob übernahm die erste Schicht. Aus einem der Zimmer rückte er einen Sessel auf den Flur und machte es sich mit einer Dose Cola bequem.
Justus holte sich aus dem Wäscheschrank eine Wolldecke und legte sich auf eines der Gästebetten. Nach all der Aufregung hielt er es für ausgeschlossen, daß er ein Auge zutun würde.
Und mit einem Mal spürte er, wie Bob ihn rüttelte. »Es ist drei Uhr früh«, sagte Bob. »Ich bin erledigt. Jetzt bist du an der Reihe.«
Justus kroch unter der Decke hervor, und Bob nahm seinen Platz ein. »Mmm! Besten Dank fürs Anwärmen.«
»Ungern geschehen«, knurrte Justus. Fröstelnd und übellaunig bezog er seinen Wachposten auf dem Flur und ließ sich im Sessel nieder. Drei Uhr früh – das war ja wohl die hundsgemeinste Uhrzeit, die es gab. Im Vergleich dazu war Mitternacht geradezu liebenswert.
Wie lange mochte es nun noch dauern bis zum Morgengrauen? fragte sich Justus.
Und gerade als er das dachte, rührte sich etwas über seinem Kopf. Mit angehaltenem Atem blickte er auf und horchte.

Nichts! Totenstille. Das düstere alte Haus verursachte ihm zunehmend Unbehagen. Nun spielte ihm seine Phantasie schon Streiche.
Aber dann hörte er es wieder. Eine kaum wahrnehmbare Bewegung, als schliche jemand barfuß über den Dachboden – ein kleines, leichtes Wesen.
Da oben konnte doch unmöglich jemand sein!
Justus stand auf und ging langsam und lautlos auf die Tür zum Dachboden zu. Langsam und lautlos drehte er den Knauf und öffnete behutsam die Tür.
Er schaute in die tiefe Dunkelheit hinauf und roch den klammen Modergeruch des unbenutzten Speichers.
Es mußte jemand auf dem Dachboden sein. Oben an der Treppe. Justus konnte nichts sehen, aber er hörte ein ganz schwaches Rascheln von Stoff und das leise Geräusch, das beim Ausatmen entsteht. Und er war sich darüber klar, daß der für ihn Unsichtbare über das Treppengeländer herunterblicken und ihn beobachten konnte.
Justus bereute bitter, daß er vor dem Öffnen der Tür nicht das Licht im Flur ausgeschaltet hatte. Falls der Bursche, der da oben im Finstern herumschlich, bewaffnet war, gäbe der Erste Detektiv jetzt eine erstklassige Zielscheibe ab.
War es der Eindringling, der ihn schon zuvor überfallen hatte? Wenn ja, weshalb war er zurückgekehrt? Wie war er überhaupt ins Haus gekommen? Und was trieb er da oben unterm Dach?
Justus trat zurück und schloß ganz vorsichtig die Tür zum Dachboden.
»Was ist denn?« flüsterte jemand dicht neben ihm.
Justus schrak zusammen, als hätte er einen Schlag bekommen.
»Mann, ich bin's doch bloß.«
Da stand Bob, ohne Schuhe und mit zerwühltem Haar. Er deutete zur Decke hinauf. »Da oben schleicht die ganze Zeit einer herum«, sagte er, noch immer im Flüsterton.
»Du hast das auch gehört?«

Über ihren Köpfen knarrte ein Dielenbrett. Der Eindringling war wieder vom Treppenhaus weggegangen. Nun tappte er zur Vorderseite des Hauses hin.
»Dann mußt du ja während deiner Wache eingeschlafen sein«, warf Justus seinem Freund vor. »Der Kerl konnte ins Haus rein und kam glatt an dir vorbei, und du hast gepennt und ihn nicht gesehen!«
»Ausgeschlossen!« verwahrte sich Bob dagegen. »Keine Sekunde hab' ich geschlafen. Ich mußte ein paarmal aufstehen und mir die Beine vertreten, um munter zu bleiben, aber ich war die ganze Zeit hellwach!«
Justus richtete einen düsteren Blick zur Decke. »Na, egal wie er reinkam, inzwischen weiß er genau, daß er hier nicht allein ist. Er weiß, daß wir hier sind, und er weiß, daß wir wissen, daß er hier ist ... also – «
Justus riß die Tür auf und rief zum Dachboden hinauf: »Hallo! Wer ist denn da?«
Es kam keine Antwort. Die Schritte des Unsichtbaren verstummten allerdings.
Justus rief noch einmal.
Wieder rührte sich nichts.
Justus knipste das Licht auf dem Dachboden an.
»Du willst doch nicht etwa da rauf!« schrie Bob entsetzt. »Wenn der Bursche nun einen Revolver hat!«
»Wenn er mich erschießen wollte, hätte er das längst getan«, sagte Justus nur. Es hörte sich selbstsicher an, aber innerlich war er das keineswegs.
Er hastete die Stufen hinauf. Er wollte oben sein, ehe derjenige, der im Dunkeln lauerte, wieder bei der Treppe war.
Unbeschadet kam er oben an – doch auf dem Dachboden war niemand zu finden! Justus sah nur die Bücherregale und die Truhen und Kisten, sonst nichts.
Er stand still und horchte.
Kein Laut.

Er ging zur Treppe zurück und sah hinunter. Bob schaute zu ihm herauf.
»Nichts«, meldete Justus. »Wir beide sind anscheinend irgendeiner ... Sinnestäuschung aufgesessen.«
»Ich kann das nicht glauben!« zweifelte Bob.
»Es ist aber niemand da«, behauptete Justus nachdrücklich. »Es sei denn, daß es ... daß es irgendwie möglich ist, das Haus zu betreten und zu verlassen, ohne die Treppen zu benutzen! Ja, das ist es! Es ist ein altes Haus. Irgendwo muß es einen geheimen Zugang geben, den niemand kennt!«
Da tauchte Marilyn hinter Bob in der Diele auf, im gesteppten Morgenrock und mit verdrossener Miene. »Was ist denn in euch zwei gefahren?« fragte sie. »Justus, was machst du da oben?«
»Marilyn, gibt es in diesem Haus vielleicht einen Geheimgang? Ist Ihnen je so was zu Ohren gekommen? Gerüchteweise vielleicht?«
»Nein.« Sie schüttelte den Kopf.
Justus machte sich auf die Suche. Er schaute hinter Kisten und Koffer. Er rückte das Gerümpel zur Seite, das neben dem Schornstein stand, falls sich im Mauerwerk eine verborgene Tür befinden sollte. Er holte sich aus der Küche eine Taschenlampe und kroch dann oben auf allen vieren herum, um den Bereich zu untersuchen, wo das Dachgebälk auf den Fußboden des Speichers auftraf. Dort lagen in einem offenen Spalt von etwa einem halben Meter Breite die Deckenbalken der Zimmer im Obergeschoß frei. Justus leuchtete in den Raum unter den Dielenbrettern, aber er sah nur Schmutz und Unrat, der sich in all den Jahren angesammelt hatte. Für alle Fälle stellte er einen alten Golfball, eine leere Colaflasche und etliche zerknüllte Papierfetzen sicher.
Als Justus den Dachboden gewissenhaft Zoll für Zoll abgesucht hatte, stieg er wieder zum Flur hinunter, wo Marilyn und Bob schon auf ihn warteten.

»Unheimlich!« stellte Bob fest.
»Ihr habt einfach zuviel Phantasie!« beschied Marilyn die beiden. Sie ging wieder in ihr Zimmer und schloß die Tür.
Bob holte sich die Wolldecke, wickelte sich darin ein und legte sich neben dem Sessel auf den Fußboden.
»Willst du dich nicht wieder ins Bett legen?« fragte Justus. »Es ist doch noch meine Schicht.«
»Ich möchte lieber nicht allein sein«, bekannte Bob. »Ich bleibe hier und leiste dir Gesellschaft.«
Also verbrachten die beiden Jungdetektive die letzten Stunden vor Tagesanbruch gemeinsam. Sie behielten die Treppen und die Decke über sich im Auge – und sie horchten gespannt und unablässig. Einmal glaubte Bob, er hätte wieder die verstohlenen Schritte gehört, aber das Geräusch war so leise gewesen, daß er es nicht beschwören konnte.
Endlich zeigte sich vor den Fenstern ein schwaches graues Licht. Nun würde bald die Sonne aufgehen. Das trostlose lange Warten hatte ein Ende.
Doch da wurde Justus jäh aufmerksam. Ein Schlüssel klickte in einem Schloß! Das war unten! Der Hinterausgang in der Küche! Da machte sich jemand an dieser Tür hinter dem Haus zu schaffen. Und er hatte einen Schlüssel!
Justus sprang aus dem Sessel hoch. Wo gab es eine Waffe? Unbewaffnet durfte er nicht hinuntergehen!
Bob schlug seine Decke zurück.
Justus legte beschwörend den Finger an die Lippen. Er nahm einen angelaufenen Messingteller von der Wand neben der Treppe zum Dachboden. Sonst war nichts in Reichweite. Es war nicht die geeignetste Waffe, aber immerhin besser als gar nichts.
Der Erste Detektiv ging zur Hintertreppe und stieg hinunter. Bob folgte ihm.
Unten angekommen, sahen sich die beiden in der Küche um. Die obere Hälfte der Hintertür hatte einen Glaseinsatz, aber

dieser war durch eine heruntergelassene Jalousie verdeckt. So ließ sich nicht ausmachen, wer dahinter stehen mochte.
Mit gezücktem Messingteller trat Justus vor.
Das Schlüsselgeräusch war verstummt. Langsam öffnete sich die Tür.
Justus erhob den Teller, bereit zum Zuschlagen!

Gespeicherte Geheimdaten

»Um Himmels willen!«
Eine grauhaarige Frau wich entsetzt vor Justus zurück. Schützend hob sie die Arme vors Gesicht.
Justus war sprachlos vor Überraschung. Er stand einen Augenblick wie erstarrt, den Messingteller noch erhoben. Dann wurde ihm klar, daß die kleine alte Frau mit dem Einkaufsnetz wohl kaum eine Gefahr darstellte. »Oh, das tut mir aber leid«, entschuldigte er sich. Er ließ den Teller sinken.
»Polizei!« schrie die Frau. »Zu Hilfe!« Sie machte kehrt und flüchtete auf den Weg hinter den Häusern. Ohne sich noch einmal umzusehen, hastete sie davon.
»Halt, warten Sie!« rief Justus beschwörend. »Bitte! Nur einen Augenblick!«
Marilyn Pilcher kam barfuß und im Morgenmantel die Treppe heruntergelaufen. »Mrs. McCarthy, warten Sie doch!« schrie sie der Frau nach.
Sie rannte an Justus vorbei und holte die Frau ein, die schon ein gutes Stück davongelaufen war. »Warten Sie! Das sind nur Justus und Bob. Es ist alles in Ordnung, bestimmt!«
Die Frau ließ sich zur Rückkehr in die Küche überreden. »Bob, Justus, das ist Mrs. McCarthy, die meinem Vater den Haushalt

führt«, erklärte Marilyn. »Mrs. McCarthy, Justus und Bob sind meine Leibwächter.«
Mrs. McCarthy musterte die Jungen höchst mißtrauisch. Sie war noch ganz außer Atem. Justus hatte den Verdacht, daß der Kurzstreckenlauf im Gelände seit etlichen Jahren ihre anstrengendste sportliche Leistung gewesen war.
»Leibwächter? Ich hör' wohl nicht recht«, brachte sie schließlich heraus. »Seit wann bist du ein solcher Star, daß du Leibwächter brauchst? Und wo ist dein Vater? Dem ist doch als Leibwächter nicht beizukommen, meine ich. Der gottlose Alte würde sogar den Leibhaftigen in die Flucht schlagen, wenn der sich hierher verirren sollte.«
»Dad ist nicht da«, sagte Marilyn. »Er ist verschwunden. Seit gestern. Er wurde entführt.«
»Entführt? Das meinst du doch nicht ernst!«
Marilyn setzte der Frau auseinander, daß es bitter ernst war. Sie berichtete von Mr. Pilchers mysteriösem Verschwinden und zeigte Mrs. McCarthy den Erpresserbrief. »Die Jungen wollen mir helfen«, erklärte sie. »Wir suchen das Buch des Bischofs, was immer das sein mag. Haben Sie jemals Dad von einem solchen Buch des Bischofs reden hören?«
»Nein, nie«, sagte die Haushälterin. »Mit der Kirche steht dein Vater nicht auf sehr gutem Fuße, wie du ja weißt. Und bist du ganz sicher, daß sich tatsächlich jemand hier einschlich und ihn fortschleppte und dir dann diesen Wisch hinlegte? Du weißt doch, daß er den blutleeren Habenichts, den du dir als zukünftigen Ehemann in den Kopf gesetzt hast, nicht ausstehen kann – mir geht es im übrigen genauso. An dem ist doch wirklich nichts dran, wenn du mich fragst. Und es war unklug von deinem Vater, wegen dieser Party nachzugeben. Aber du wolltest ja deinen Kopf durchsetzen, nicht? Und dann auch noch am Sonntag, an meinem freien Tag. Na, und jetzt will dein Vater dir vielleicht einen tüchtigen Schrecken einjagen, damit du deine Heiratspläne aufgibst.«

»Nein, so ist es nicht«, widersprach Marilyn. »Wenigstens glaube ich das nicht. Und ich will schließlich kein Risiko eingehen, oder? Der Entführer könnte ihm ja etwas antun.«
Mrs. McCarthy schüttelte den Kopf. »Eine üble Geschichte ist das«, äußerte sie. Sie griff in ihr Netz und holte eine Schürze heraus. Diese zog sie an und machte sich dann an die Zubereitung des Frühstücks, wobei sie unaufhörlich vor sich hinplapperte.
»Es ist dieses Haus«, ließ sie sich vernehmen. »Es ist ein Unglückshaus. War's schon immer. Ein gewisser Harrison Reeves hat es vor langer Zeit gebaut. Die Geschichte hab' ich von meiner Nachbarin gehört, von Dolly Jessup. Reeves war ein reicher Mann, aber an dem Tag, als das Haus fertig war, hat er alles verloren. Das war der große Börsenkrach, der Schwarze Freitag – 1929, weiß man ja. Reeves ist nie hier eingezogen, und das Haus stand jahrelang leer. Und dann, gleich nachdem ich aus New York hierherzog, kaufte eine Familie Whitney den Besitz. An die Leute erinnere ich mich noch. Er war ein großer, strammer Bursche. Es war noch kein Jahr um, da fiel er die Treppe runter und brach sich die Hüfte, und danach konnte er nie mehr richtig gehen.
Nach den Whitneys kam Miss Jensen. Eine alte Jungfer mit mehr Geld, als ihr guttat, dazu noch habgierig und geizig. Sie nahm eine Nichte bei sich auf. Ich weiß noch, die Nichte war ein hübsches kleines Ding, aber unglücklich. Miss Jensen ging sehr streng mit ihr um. Nach der Schule mußte das Mädchen immer gleich heimkommen und die Hausarbeit machen. Wie Miss Jensen behauptete, sollte das den Charakter stärken. Ich meine eher, daß die alte Henne sich dadurch das Hauspersonal sparte. Das war wirklich schändlich, wo doch all die Nachbarskinder auf der Straße rumtollen durften. Als die Kleine ungefähr vierzehn war, gab es Krach wegen einer Brosche, die Miss Jensen angeblich abhandengekommen war. Sie behauptete, das Mädchen hätte sie ihr gestohlen, und sie schickte die Kleine im Zorn

zu ihren Eltern zurück. Ich erfuhr noch, daß das Mädchen ein paar Jahre später mit einem Hallodri durchbrannte, der sie dann sitzenließ. Zuletzt hörte ich, daß sie in San Francisco lebt und sich als Kassiererin in einem Supermarkt durchschlägt.«
Mrs. McCarthy setzte Marilyn und den beiden Jungen Toast, Eier und Speck vor und nahm ebenfalls Platz, um sich eine Tasse Kaffee zu genehmigen.
»Haben Sie jemals etwas darüber gehört, daß es in dem Haus spuken soll?« erkundigte sich Justus. »Bei all dem Schlimmen, was hier passiert ist – gab es da keine derartigen Gerüchte?«
»Na ja, geredet wird schon«, räumte die Haushälterin ein. »Aber über solch alte Häuser reden die Leute ja immer. Ich jedenfalls weiß nichts, und selber erlebt habe ich auch nichts. Aber das Haus ist vom Unglück verfolgt, soviel steht fest. Und manchmal, wenn's draußen richtig trüb und grau ist, hab' ich das Gefühl, daß da irgendwas ist ... irgendwas, das mich beobachtet. Ich – ich kann's nicht genau beschreiben, aber eins kann ich euch sagen: Unter diesem Dach würd' ich keine Nacht zubringen!«
»Ach, Unsinn!« wehrte Marilyn ab.
»Hörten Sie jemals Schritte oben auf dem Dachboden?« wollte Bob wissen.
»Auf dem Dachboden? Nein. Ich hab' überhaupt noch nie was gehört - nicht da oben und auch sonst nirgends. Nur kommt es mir manchmal so vor, als ... als sei da irgendwas, irgendwo.«
Mit düsterer Miene schlürfte sie ihren Kaffee.
Die Jungen ließen das Thema fallen. Von Mrs. McCarthy war keine Hilfe zu erwarten. Im übrigen mußte sich für die unheimlichen Geräusche der vergangenen Nacht in diesem Haus eine natürliche Erklärung finden lassen.

Nun, die drei ??? sind in modernen Häusern aufgewachsen und haben vermutlich nicht bedacht, daß sich auf dem Dachboden in einem so alten Gemäuer manchmal Mitbewohner einnisten, die beim Umherstreifen recht auffällige Geräusche verursachen. (Aber nein, keine Mäuse oder Ratten – ein etwas größeres Kaliber.) Vielleicht findet ihr es heraus. Oder seid ihr etwa so abergläubisch wie Mrs. McCarthy?

Nach dem Frühstück fuhren die beiden Jungen zum Schrottplatz, um Tante Mathilda Bericht zu erstatten. Justus war davon ausgegangen, daß seine Tante sich für die Pilchers interessieren würde, aber dazu hatte sie an diesem Tag gar keine Zeit. In Pasadena wurde nämlich ein altes Haus aus Ziegelmauerwerk abgerissen, und von dort hatte Onkel Titus gerade eine Fuhre gebrauchter Ziegelsteine mitgebracht. Tante Mathilda trug den Jungen auf, die Steine mit dem Hammer von alten Mörtelresten zu säubern. Kurz vor elf gesellte sich dann auch Peter zu Justus und Bob und half ihnen, die abgeklopften Steine neben alten Holzbalken säuberlich zu stapeln.
Als das erledigt war, gingen die Jungen ins Wohnhaus gegenüber. Sie säuberten sich und belegten einige Sandwiches, die sie zu Justus' Werkstatt mitnahmen.
Die Werkstatt befand sich in einer Ecke des Lagerplatzes, in sicherer Entfernung vom Büro und vom Einfahrtsbereich. Ein Blechdach, das von der Innenseite der Umzäunung hervorragte, bot einen gewissen Schutz. Hier standen Justus' Werkbank und eine kleine Handabzugspresse, die er aus dem Schrottlager gerettet und wieder instandgesetzt hatte.
Die drei ??? ließen es sich schmecken. Doch da begann über der Werkbank eine Lampe zu blinken, das Signal dafür, daß in der Zentrale das Telefon klingelte. Rasch zog Justus ein Metallgitter

zur Seite, das ganz unauffällig am Untergestell der Werkbank lehnte. Hinter dem Gitter zeigte sich die Öffnung eines weiten Abzugsschachts aus verzinktem Eisen. Das war Tunnel II, einer der Geheimgänge, die den Jungen den unbemerkten Zugang zu ihrer Zentrale ermöglichten.

Mit seinem Übergewicht war Justus nicht unbedingt für schnelles Vorankommen in solcher Enge geschaffen. Wenn aber ein Anruf für die drei ??? kam, vermochte auch er wie ein Wiesel durch diese Röhre zu schlüpfen. Er bückte sich, kroch auf allen vieren in die Öffnung und robbte so flink los, daß er schon beim fünften Klingelzeichen gegen die Bodenluke am Ende des Tunnels drückte. Sie ließ sich hochklappen, und Justus stieg in die Zentrale hinauf.

Als er den Hörer abnahm, tauchten gerade auch Bob und Peter hinter ihm aus der Luke auf. Der Anrufer war Raymond Sanchez, Jeremy Pilchers Sekretär.

»Marilyn hat mich gebeten, euch anzurufen«, teilte Sanchez mit. »Wir haben den ganzen Vormittag nach diesem rätselhaften Buch gefahndet, aber nichts gefunden. Marilyn meint, ich sollte den Computer ihres Vaters anzapfen, damit wir uns die Speichertexte ansehen und vielleicht etwas daraus entnehmen können. Allerdings wissen wir das Kennwort nicht und finden daher keinen Zugang zum Programm. Marilyn möchte, daß ihr herkommt. Vielleicht habt ihr eher eine Idee, was der alte Knacker – hm, was Mr. Pilcher als Kennwort eingegeben haben könnte.«

Justus drehte sich zu Bob und Peter um und setzte sie ins Bild. »Na, was meint ihr? Wollen wir alle zu Marilyn fahren und die Sache probieren?«

»Klar«, sagte Peter. »Immer los.«

Bob nickte.

»Wir kommen gleich«, meldete Justus an Sanchez weiter, dann legte er auf. »Anscheinend hat sich unsere Auftraggeberin endgültig für uns entschieden.«

»Ich weiß nur noch nicht so recht, ob ich mich auch für sie entschieden habe«, murmelte Peter. »Die Tochter kann einen genauso nerven wie ihr alter Herr.«
Doch natürlich kam Peter mit. Wenige Minuten später klingelten die drei ??? an der Haustür der Pilchers. Mrs. McCarthy öffnete ihnen. Sie hielt eine Spraydose mit Glasreiniger in einer Hand und hatte eine Rolle Küchenkrepp unter den anderen Arm geklemmt. »Ich mach' mal eben ein wenig sauber, solange der alte Nörgler nicht in Sicht ist«, verkündete sie munter. »Wenn er im Haus ist, kann ich das nicht. Kommt nur rein, Jungs. Marilyn und Ray sind am Computer.«
Mrs. McCarthy ging vor den Jungen die Treppe hinauf, wies ihnen oben den Weg und verschwand in einem der vollgepfropften Gästezimmer.
Im Computerraum saß Ray Sanchez vor dem kleineren der beiden Geräte. Die Tasten klickten unter seinen Fingern. Hin und wieder gab die Maschine einen Piepton von sich.
Marilyn stand hinter Sanchez und schaute auf den Bildschirm. »Das hier ist Dads privater Computer«, erklärte sie den Jungen. »Der große ist an das System angeschlossen, das in Dads Büro in der Stadt eingerichtet ist, aber der kleinere hier ist eine unabhängige Einheit. Er ist auch nicht über ein Modem mit dem Telefon verbunden, also ist ein Zugriff auf die Daten von außen her nicht möglich. Wenn wir das richtige Kennwort eingeben, können wir uns Dads private Speichertexte ansehen. Vielleicht entdecken wir dabei auch, daß *Buch des Bischofs* ein Code ist und etwas ganz anderes bezeichnet.«
Sanchez schüttelte den Kopf. »Das mit dem Buch ist doch alles Käse. Ich möchte wetten, daß jemand Pilcher eins auswischen will und deshalb diese Entführung angezettelt hat. Vielen Leuten käme Pilchers Verschwinden äußerst gelegen. Vielleicht hat er auch selbst beschlossen, mal auf Tauchstation zu gehen. Der Alte ist wahrhaftig zu allem fähig. Und Gründe gibt es reichlich.«

»Er ist Ihr Chef«, fuhr Marilyn dazwischen. »Beweisen Sie gefälligst mehr Respekt!«
»Entschuldigung«, sagte Sanchez. Er wandte sich wieder der Tastatur zu. »Mr. Pilcher sammelt Informationen über seine Geschäftspartner«, klärte er die Jungen auf. »Er forscht ihre Familienverhältnisse und ihr Privatleben und all das aus. Ich bekam das zwangsläufig mit. Manchmal setzt er für seine Schnüffelei einen Privatdetektiv ein. Ich mußte schon öfter Rechnungen bezahlen, aber den Abschlußbericht der Burschen bekam ich nie zu Gesicht. Was Pilcher da ans Licht bringt, ist bestimmt manchmal so brisant, daß es in den Firmenakten im Stadtbüro nichts zu suchen hat. Vielleicht speichert er das Zeug hier in dieser Maschine. Aber ein Buch des Bischofs? Ein Bischof gehört nicht zu seinen Bekannten.«
»Und wenn es ein Codewort ist?« brachte Marilyn nochmals vor. »Das wäre doch möglich.«
»Na, das Kennwort zum Programmeinstieg ist es jedenfalls nicht«, entgegnete Sanchez. »Das habe ich bereits getestet, und es hat nicht funktioniert.«
Er überlegte kurz, dann gab er FALSCHER HUND ein.
»Falscher Hund?« wiederholte Peter.
»Paßt doch ganz gut. Bei einem Spiel stellt sich einer so richtig dämlich und verleitet ahnungslose andere Leute zum Mitspielen. Und dann – zack! – legt er sie rein, linkt sie nach Strich und Faden! An solchen Manövern hat Mr. Pilcher Spaß. Deshalb stellt er auch manchmal Leute ein, die keine so weiße Weste haben. Damit kann er sie elegant einschüchtern.«
»Ist doch ganz praktisch, nicht?« meinte Marilyn Pilcher. Darauf erwiderte niemand etwas.
Der Computer gab einen Piepton von sich, und auf dem Bildschirm erschienen die Worte: FALSCHES KENNWORT. EINGABE MIT RICHTIGEM KENNWORT WIEDERHOLEN.
Nun tippte Sanchez AUSTRICKSEN und AUSGETRICKST.

Beides brachte allerdings nur den Piepton und den Hinweis: FALSCHES KENNWORT.
»Sie ... Sie Dreckschleuder!« schrie Marilyn.
»Bitte, wir können es jederzeit sein lassen«, sagte Sanchez kühl. »Es war Ihre Idee!«
»Ach was, nicht aufhören!« gebot Marilyn. »Wir müssen unbedingt dahinterkommen. Aber Sie müssen ja nicht solche dicken Geschütze auffahren. Sie wissen doch, das Geschäft ist für meinen Vater ein Sport, oder ein Spiel. Er ist wie ein Fußballtrainer, der sich total verausgabt. Wäre Ihnen eher damit gedient, wenn er dauernd von Fairness faselte? Bestimmt nicht! Dann würden Sie ihn für einen Waschlappen halten, und das völlig zu Recht. Gewinnen muß man! Allein das zählt, und das wissen Sie ganz genau!«
Justus hatte sich alles wortlos angesehen und angehört, mit fast geschlossenen Augen. Nun fuhr er plötzlich hellwach auf. »Sport, Spiel...« sagte er. »Ihr Vater betrachtet seine Geschäfte als Sport oder Spiel? Könnte uns das vielleicht das Kennwort liefern?«
Sanchez tippte das Wort SPORT ein, doch die Maschine gab nur ihren entmutigenden Piepton von sich.
»Versuchen Sie es mit einzelnen Sportarten«, schlug Bob vor. »Vielleicht erst mal mit Fußball.«
FUSSBALL gab jedoch nichts her, und ebensowenig BASEBALL, BASKETBALL oder HOCKEY.
»Wenn man es genau nimmt, ist mein Vater im Grunde an Sport nicht interessiert«, meinte Marilyn. »Gehen wir mal zu Spielen über.«
Sanchez gab MONOPOLY ein. »Das ist doch ein Spiel nach Mr. Pilchers Geschmack«, fand er.
Aber das Kennwort war es nicht.
»Wie wäre es mit Poker?« kam eine Anregung von Peter.
Sanchez probierte es aus: POKER, dann ROMMÉ und BLACKJACK.

»Oder Spielkarten«, schlug Justus vor. »Zum Beispiel As oder König.«
Sanchez versuchte es. AS und KÖNIG führten zu nichts, doch als der junge Mann JOKER eintippte, hörte sich der anschließende Piepton triumphierend an, und auf dem Monitor zeigte sich ein neuer Text. MACHEN WIR EIN SPIEL! hieß die Aufforderung des Computers.
»Das bringt's!« Peter strahlte.
Sanchez gab den Befehl LIST/F ein.
Auf dem Bildschirm erschien eine lange Liste von Personennamen. Pilcher hatte eine Datei über Ariago gespeichert und desgleichen eine über den Anwalt Durham. Sanchez erkannte auch den Namen des Geschäftsführers der Bank in Visalia, die Pilcher gehörte, und die Namen anderer leitender Angestellter und wichtiger Partner. Sogar Mrs. McCarthy, die Haushälterin, war ihrem Arbeitgeber eine Datei wert.
Und es tauchte auch eine Datei mit dem Namen »Sanchez« auf.
»Aha, Sie hat er ebenfalls unter die Lupe genommen«, sagte Bob zu dem Sekretär.
»Selbstverständlich«, bestätigte Sanchez. »Das macht er mit allen so.«
Doch Justus entging nicht, daß sich auf Sanchez' Stirn kleine Schweißtröpfchen bildeten.
Auch Marilyn Pilcher war es aufgefallen. »Was steht denn in Ihrem Speichertext drin?« fragte sie rundheraus.
»Vermutlich das Übliche«, meinte Sanchez. »Geburtsdatum, Schulbildung und solches Zeug.«
»Das will ich mir ansehen.« Marilyns Stimme klang nun sehr energisch.
»Was soll das denn, Marilyn – «
»Ich will es eben!«
Sanchez zuckte mit den Schultern. Dann drückte er auf eine Taste. Der Cursor bewegte sich zu seinem Namen auf der Liste. Er drückte eine weitere Taste. Die Liste verschwand vom Moni-

tor, und dafür erschien der Titel SANCHEZ, RAYMOND. Der Text darunter lautete:

»Wirklicher Name LUIS ESTAVA; Vater: JORGE ESTAVA. Will sich vermutlich an mir rächen. Werde ihn noch einige Zeit behalten. Macht seine Arbeit gut. Ganz lustig, wie er ins Schwitzen kommt, wenn ich ihm einheize.«

Sanchez sprang auf und stürzte zur Tür. »Ich gehe!« stieß er hervor. »Ich kündige. Fristlos!«

Die rätselhafte Botschaft

»Unglaublich!« Marilyn griff sich an den Kopf. »Ray ist Jorge Estavas Sohn! Dann könnte er es getan haben! Der Entführer könnte Ray sein!«

Justus hob eine Augenbraue. »Der Anstifter vielleicht, aber keinesfalls der Täter. Bekanntlich war er während der Party ununterbrochen im Haus. Aber welches Interesse sollte er an einer Entführung Ihres Vaters haben? Und wer ist Jorge Estava?«

»Ein Geschäftsmann, der in West Los Angeles eine Reifenhandlung hat ... hatte. Der Betrieb lag sehr günstig an einer Straßenecke. Dad wollte dieses Eckgrundstück erwerben, um darauf ein Bürohochhaus zu bauen. Estava sträubte sich gegen den Verkauf, auch dann noch, als Dad mit seinem Angebot raufging. Da eröffnete Dad direkt neben Estava eine zweite Reifenhandlung und machte ihm das Geschäft kaputt. Er unterbot Estava rücksichtslos. Estava versuchte am Ball zu bleiben, aber Verlustgeschäfte konnte er sich nicht leisten. Dad hingegen schon. Nach sechs Monaten gab Estava auf.«

»Und der Sohn dieses Mannes läßt sich hier unter falschem

Namen einstellen«, nahm Bob den Faden auf. »Er will sich an Ihrem Vater rächen, aber Ihr Vater findet heraus, wer er in Wirklichkeit ist. Ich frage mich allerdings, wie Sanchez den Schein wahren wollte, nachdem er mitbekommen hatte, daß Ihr Vater sich über alle Leute in seinem Umkreis vertrauliche Informationen beschafft.«

»Vielleicht hielt er seinen Schwindel für überzeugend genug, um selbst einen Detektiv zu täuschen«, meinte Justus. Er setzte sich an die Tastatur und gab die Befehle für das Ausdrucken der Datei über Ray Sanchez ein. Der Drucker ratterte los, und nach einer halben Minute lag der Text vor. Justus verlas ihn laut für seine Freunde und Marilyn.

In seiner Bewerbung um die Stellung bei Jeremy Pilcher hatte Sanchez die Adresse und die Telefonnummer eines Schulfreundes angegeben. Die routinemäßige Nachprüfung der von Sanchez genannten persönlichen Daten hatte nichts Verdächtiges ergeben, aber Pilcher ließ den jungen Mann dennoch von einem Privatdetektiv überwachen. Dabei stellte sich heraus, daß Sanchez allabendlich nach Dienstschluß zum Haus der Familie Estava in Ocean Park fuhr. Pilchers Detektiv gab sich als Mitarbeiter einer Versicherung aus und kam mit den Nachbarn ins Gespräch; dabei erfuhr er den wahren Sachverhalt.

»Sanchez oder Estava hat also durchaus ein Motiv für die Entführung«, folgerte Bob. »Freilich kommt er mir nicht so vor wie einer, der notfalls Gewalt anwendet.«

»Nein, das ist nicht seine Art«, bestätigte Marilyn. »Und die Sache mit diesem Buch des Bischofs – das scheint mir doch recht wirr. Sieht Ray Sanchez gar nicht ähnlich, und ... oh, ich bin total fertig.«

Sie setzte sich vor den großen Computer und schloß die Augen. »Ich kann nicht glauben, daß es Ray war. Wenn Ray die Sache angezettelt hätte, dann hätte er sich vorher überlegt, wie er das Belastungsmaterial aus dem Speicher des Computers rauskriegt. Es muß jemand anders gewesen sein.«

Justus nickte. »Gut. Dann sehen wir uns ein paar andere Dateien an.« Er rief den unter dem Namen Ted Ariago gespeicherten Text auf.

Die Informationen über Ariago lasen sich zunächst recht harmlos. Er war Witwer, kinderlos, und er bewohnte in Larchmont ein Haus. Ehe Ariago in Santa Monica Geschäftsführer der dortigen Filiale von Pilchers Warenhauskette A.L. Becket wurde, war er bei einem nicht zum Pilcher-Imperium gehörenden Unternehmen, der Firma South's Specialty Stores, Betriebsleiter gewesen.

Bald jedoch präsentierte der Speichertext über Ariago intimere Einzelheiten. Vor längerer Zeit hatte der Mann wegen versuchten Versicherungsbetruges vor Gericht gestanden; ein Gebäude, das Ariago gehörte, war abgebrannt, und bei der Versicherung verdächtigte man ihn der Brandstiftung. Das Verfahren wurde mangels Beweisen eingestellt. Nach Ariagos Ausscheiden bei South's Stores gab es dann noch Gerüchte, er hätte von Baufirmen und Lieferanten, die mit dem Unternehmen in Geschäftsverbindung standen, Schmiergelder angenommen.

Im übrigen war am Schluß der Datei kurz und bündig vermerkt: »Weibergeschichten.«

Die gespeicherten Angaben über Chuck Durham, Pilchers Anwalt, erwiesen sich als fast ebenso aufschlußreich wie im Fall Ariago. Durham war spielsüchtig – Pferdewetten, Poker und riskante Börsengeschäfte. Pilcher hatte ihn im Verdacht, daß er das ihm anvertraute Treuhandvermögen seiner Mündel dafür mißbrauchte, und hatte ihm angedroht, die Anwaltskammer zu verständigen und eine Überprüfung seiner Finanzen zu veranlassen. Damit glaubte Pilcher, Durham »bei Fuß« halten zu können.

Aus der Datei über den Geschäftsführer von Pilchers Bank in Visalia ging hervor, daß er unehrenhaft aus der Marine entlassen worden war. Das war Pilcher also bekannt, und er hatte dafür gesorgt, daß der Mann dies erfuhr.

Justus rief eine Datei nach der anderen auf. Reihenweise waren vertrauliche bis peinliche Fakten vom Bildschirm abzulesen. Nicht einmal Mrs. McCarthy kam ungeschoren davon. Einmal die Woche frönte sie dem Bingospiel an den Automaten in einer großen Spielhalle.

»Ich finde, das bringt uns überhaupt nichts«, meinte Marilyn Pilcher schließlich. »Daraus geht nur eines hervor: daß ... daß uns gestern eine Menge Leute besuchten, die Dad bis aufs Blut hassen müssen. Freunde hat er überhaupt nicht. Ich finde das ekelhaft. Und genauso ekelhaft ist für mich, daß er überall herumgeschnüffelt hat.«

Sie war dem Weinen nahe. In diesem Augenblick war es ihr nicht möglich, sich hinter ihren Vater zu stellen.

Auch Justus mußte sich sagen, daß die gespeicherten Geheimdaten im Grunde wenig nützten. Jeder einzelne, über den im Computer eine Akte angelegt war, hatte ein Motiv, um Pilcher aus dem Weg zu räumen, doch niemand fiel besonders auf. Jedermann war verdächtig - und auf niemanden konnte man den Finger legen.

»Da wäre noch eine Datei«, sagte Justus. »Die können wir uns ja auch noch anschauen. Der Name ist *Mujer vieja.* Das ist Spanisch und heißt *alte Frau.«*

»Hochinteressant!« meinte Peter ironisch. »Da geht es bestimmt nochmal um Mrs. McCarthy. Sie manipuliert das Bingo-System, damit sie immer gewinnt!«

»Wieso sollten Informationen über Mrs. McCarthy auf Spanisch benannt sein?« war Justus' logische Überlegung. Er rief die Datei auf.

Sie unterschied sich gründlich von den anderen. Der Text war in Briefform gehalten und an Marilyn gerichtet. »Erst Sogamoso«, hieß es auf dem Monitor. »Geh zu der alten Frau. Bei Sonnenuntergang am Mittsommerabend fällt ihr Schatten auf die Tränen der Götter. Alles für Dich, doch hüte Dich vor Navarro. Ist er legal? Rückfrage INS.«

»Na so was«, sagte Justus. Er gab die nötigen Befehle für einen Ausdruck der rätselhaften Botschaft ein. Während der Druckkopf über das eingezogene Papier sauste, sah der Erste Detektiv Marilyn erwartungsvoll an.
Sie schüttelte verständnislos den Kopf.
»Dann sagt Ihnen das gar nichts?« fragte Justus.
»Überhaupt nichts.«
»Sie sollen sich vor Navarro hüten«, zitierte Justus aus dem Text. »Kennen Sie denn einen Menschen namens Navarro?«
Marilyn zuckte die Achseln. »Irgendeiner von Dads reizenden Geschäftspartnern, nehme ich an. Auf der Party war jedenfalls kein Navarro. Einige seiner Todfeinde hat Dad wohl übersehen, als er die Gästeliste zusammenstellte.«
Die Jungen merkten, daß sie weinte. Tränen liefen ihr über die Wangen, und sie versuchte gar nicht erst, sie abzuwischen.
»Na schön«, sagte Justus. »Dann finden wir vielleicht woanders einen Fingerzeig.«
Er wandte sich vom Computer ab. Bob hielt ein kleines Notizbuch in die Höhe, das er soeben in einer Schublade gefunden hatte. »Ein Adreßbuch«, meldete er. »Mit handschriftlichen Eintragungen.«
Die Jungen gingen die Seiten des Bändchens durch, doch es enthielt keinen Navarro.
»Vielleicht weiß es meine Mutter«, meinte Marilyn. Offenbar hatte sie sich inzwischen gefaßt. »Mom und Dad stehen nicht mehr miteinander in Verbindung, aber es könnte doch sein, daß sie sich an jemanden aus ihrer gemeinsamen Zeit erinnert.«
»Rufen Sie sie gleich an und fragen danach?« erkundigte sich Peter.
»Oh … das ist ziemlich schwierig. Zur Zeit ist sie böse mit mir. Sie war dagegen, daß ich wieder zu Dad ziehe, und mein Verlobter gefällt ihr auch nicht, und ... na ja, egal, dann ruf' ich sie eben an.«
Marilyn hob den Telefonhörer ab und wählte eine Nummer. Als

sich am anderen Ende der Leitung jemand meldete, war sofort ein ganzer Wortschwall zu hören. »Sie ist nicht da«, erklärte Marilyn den Jungen. »Ich hab' nur den Anrufbeantworter erwischt.«

Aus dem Hörer drang ein Piepton.

»Mutter, ich bin es«, sprach Marilyn auf das Band. »Hör mal, Dad ist wahrscheinlich entführt worden. Ein paar Jungen wollen mir helfen, die Sache aufzuklären. Mom, wenn Justus Jonas und Peter Shaw und Bob Andrews zu dir kommen, dann sprich bitte mit ihnen. Sie müssen Näheres über einen gewissen Navarro wissen. Und über Sogamoso. Wenn dir dazu irgendwas einfällt, dann sag es ihnen, ja? Ich komm' bald wieder nach Hause, aber vorerst kann ich hier nicht weg, bis ich was von Dad gehört habe. Tschüs, Mom.«

Sie legte auf. »Das müßte klappen. Meine Mutter ist in Ordnung, wirklich. Sie wünscht keinem was Böses – auch Dad nicht.«

Die Jungen ordneten die von Justus ausgedruckten Texte, und Marilyn schrieb ihnen die Adresse ihrer Mutter auf. Nach kurzer Beratung beschlossen sie, daß Peter weiterhin, auch über Nacht, bei Marilyn bleiben würde, da Mrs. McCarthy dazu nicht bereit war. Bob hatte zu Hause einiges zu erledigen, doch er erbot sich, nach dem Abendessen noch zur Stadtbücherei zu fahren und das Stichwort Sogamoso zu erkunden.

»Unter Navarro zu suchen, hat überhaupt keinen Zweck«, meinte er zu Justus. »Allein im Telefonbuch von Los Angeles gibt es Tausende von Navarros. Aber Sogamoso ist kein so alltäglicher Name. Das könnte uns schon einen Hinweis einbringen.«

»Vielleicht ist es auch gar kein Familienname«, erwog Justus. »Es könnte auch ein Orts- oder ein Firmenname sein.«

Die an Marilyn gerichtete Computer-Mitteilung mutet zweifellos etwas exotisch an. »Tränen der Götter« in Rocky Beach? Nun, danach würde ich doch anderswo suchen. Justus' Vermutung, es könne sich um einen Ortsnamen handeln, gefällt mir nicht schlecht.

Justus fiel es zu, Mrs. Pilcher aufzusuchen. Er verabschiedete sich von Marilyn und seinen Freunden und radelte los nach Santa Monica.

Mrs. Pilchers Haus stellte sich als geräumiger, ebenerdiger Bungalow in einer ruhigen Straße heraus. Im Gegensatz zu Mr. Pilchers verwahrlostem Anwesen in Rocky Beach blitzte das Haus vor Sauberkeit. Der Rasen war gepflegt und sattgrün, der Zugang zum Haus sah aus, als sei er eben erst gefegt worden.

Mrs. Pilcher kam auf Justus' Klingeln selbst an die Haustür. Die rundliche Frau hatte ein hübsches Gesicht, hellbraunes Haar und ebensolche Augen. Ihre Haut war straff und faltenlos. Mrs. Pilcher mußte also wesentlich jünger als Jeremy Pilcher sein.

»Du bist wohl einer von diesen Jungen, die Marilyn am Telefon erwähnte«, sagte Mrs. Pilcher. »Ich war nicht im Haus, als der Anruf kam. Leider habe ich nicht viel Zeit. Ich erwarte einen ... einen Besucher. Komm rein.«

Sie führte Justus durch die Diele ins Wohnzimmer, das mit lindgrünem Teppichboden ausgelegt war. Die Polstermöbel hatten weiße Leinenbezüge.

Mrs. Pilcher setzte sich in einen großen Sessel beim Kamin. »Geht es Marilyn gut?« fragte sie. »Warum kommt sie nicht wieder zu mir?«

»Sie möchte lieber in der Nähe des Telefons bleiben, falls der Entführer anruft«, antwortete Justus.

»Ich sollte hinfahren«, meinte Mrs. Pilcher, »nur ist mir das so sehr zuwider. Ich hasse dieses Haus. Kaum waren wir dort ein-

gezogen, ging alles schief. Marilyn ist doch nicht allein dort, oder?«
»Mein Freund Peter ist bei ihr«, erwiderte Justus.
»Dein Freund? Also ein Junge wie du. Und wo bleibt die Polizei? Es geht doch nicht an, daß Marilyn nur einen Schuljungen zu ihrem Schutz hat.«
»Peter ist groß und stark«, sagte Justus. »Er ist stärker und schneller als viele Erwachsene. Und es ist nicht im Interesse des Entführers, daß Marilyn etwas zustößt. Er will von ihr nur das Buch des Bischofs.«
»Das Buch des Bischofs?« Gespannt lehnte sich Mrs. Pilcher nach vorn. Doch Justus hatte das Gefühl, daß sie ihm kaum zuhörte. Ihre Aufmerksamkeit galt etwas anderem, das sich vielleicht gerade irgendwo im Haus abspielte.
Justus schwieg kurz und horchte. Aber da rührte sich nichts. Es war ganz ruhig im Haus.
»Wissen Sie irgend etwas von einem solchen Buch – dem Buch des Bischofs?« fragte Justus.
Die Frau schüttelte den Kopf. »Nein. Ich weiß nichts. Aber mir ist nur sehr wenig darüber bekannt, was Jeremy in letzter Zeit treibt. Wir sind seit Jahren geschieden. Bist du deshalb hierhergekommen? Um mich nach einem Buch zu fragen? Jeremy hat tonnenweise Bücher. Hast du dir die mal angesehen?«
»Ja, Madam«, antwortete Justus. »Nur konnten wir das Buch, das der Entführer fordert, nicht finden. Mrs. Pilcher, kennen Sie jemanden namens Navarro? Oder Sogamoso?«
»Soga … Wie war das?«
Justus seufzte.
»Ich bin keine große Hilfe, nicht?« sagte Mrs. Pilcher. »Es tut mir wirklich leid. Wenn ich etwas wüßte, würde ich es dir sagen. Wie war der Name noch? Nicht Navarro – der andere.«
»Sogamoso«, sagte Justus.
Sie schüttelte den Kopf. »Nein. Tut mir leid.«
»Hat Mr. Pilcher jemals eine alte Frau erwähnt?« forschte

Justus. »Im Spanischen heißt das *mujer vieja.* Vielleicht hat er das auf spanisch gesagt.«

Sie wußte nichts. Auch den Ausdruck »Tränen der Götter« hatte sie nie von Jeremy Pilcher gehört. Jedesmal antwortete sie rasch und in knappen Worten, und ganz offensichtlich lag ihr daran, Justus so bald wie möglich wieder loszuwerden.

»*Tränen der Götter* klingt poetisch«, meinte sie. »Nur ist Jeremy Pilcher alles andere als ein Poet. Es tut mir leid. Ich weiß nichts darüber. Habt ihr schon auf der *Bonnie Betsy* nachgesehen? Dort bewahrt Jeremy auch hin und wieder etwas auf.«

»*Bonnie Betsy*?« fragte Justus zurück.

»Jeremys Yacht. Sie ist nach mir benannt. Ich heiße Elizabeth, kurz Betsy. Als Jeremy das Boot taufte, stimmte es noch zwischen uns beiden.«

Die Frau stand abrupt auf. Der Besuch war zu Ende. Justus folgte ihr zur Tür und gab ihr noch eine Karte der drei ???.

»Wenn Ihnen irgend etwas einfällt, das uns weiterbringen könnte, dann rufen Sie bitte unter dieser Nummer an«, sagte er dazu.

Das versprach Mrs. Pilcher, und Justus verließ das Haus.

Er radelte bis zur Ecke und hielt dann an, weil gerade ein Bus über die Kreuzung fuhr. Dabei sah er noch einmal zu Mrs. Pilchers Haus zurück.

Eine untersetzte Gestalt kam auf dem Gartenweg zur Straße her. Es war ein Mann, den Justus schon einmal gesehen hatte – einer der Gäste bei Marilyns Party.

»Ariago!« Justus war so überrascht, daß er den Namen laut aussprach.

Ariago hatte ein Motiv, um Pilcher aus dem Weg zu schaffen. Was führte ihn wohl zu Mrs. Pilcher?

Er mußte im Haus gewesen sein, während sich Mrs. Pilcher mit Justus unterhalten hatte. Hatte er sich irgendwo versteckt gehalten und das Gespräch mitgehört? Justus stellte sich den Mann in einem Nebenzimmer vor, wie er an der Tür lauschte. Kein Wunder, daß Mrs. Pilcher so angespannt und nervös ge-

wesen war und Justus schleunigst wieder loswerden wollte. Sie erwartete gar keinen Besucher – dieser war bereits anwesend. Und genau das wollte sie geheimhalten.
Ob wohl Mrs. Pilcher und Ariago gemeinsame Sache machten? Der sympathisch wirkenden Frau sah dies nicht ähnlich, doch es war durchaus möglich. Alles war möglich.
Justus beobachtete Ariago, wie er die Fahrbahn überquerte und in einen Wagen stieg, der in einiger Entfernung von Mrs. Pilchers Haus geparkt war. Er sah, wie sich die Bremslichter einschalteten. Aus dem Auspuff drang ein Rauchstoß. Gleich würde Ariago losfahren.
Einer Eingebung folgend, wendete Justus sein Fahrrad. Als der Wagen anfuhr, setzte Justus in zweihundert Meter Abstand zur Verfolgung an. Wie besessen trat er in die Pedale.

Immer dieser Dachboden!

Bei der Bücherei kam Bob später an, als er vorgehabt hatte. Sehr bald wurde ihm klar, daß er mit den dort aufliegenden Telefonbüchern nichts anfangen konnte. Im Verzeichnis für Los Angeles gab es spaltenweise Teilnehmer mit dem Namen Navarro, jedoch keine einzige Eintragung unter Sogamoso.
Entmutigt breitete Bob den Ausdruck des Computertextes auf dem Tisch vor sich aus und las ihn stirnrunzelnd nochmals durch.
»Marilyn – Erst Sogamoso«, hieß es da. »Geh zu der alten Frau. Bei Sonnenuntergang am Mittsommerabend fällt ihr Schatten auf die Tränen der Götter. Alles für Dich, doch hüte Dich vor Navarro. Ist er legal? Rückfrage INS.«

Was tun? fragte sich Bob. Die Namen Navarro und Sogamoso waren die einzigen konkreten Hinweise in der Mitteilung. INS war vermutlich die Abkürzung für den »Immigration and Naturalization Service«, die Einwanderungskontrollbehörde. Und Navarro könnte ein Ausländer sein, der sich illegal im Land aufhielt. Diese Erkenntnis brachte allerdings kaum etwas ein. Oder wollte Pilcher etwa, daß seine Tochter einen gewissen Navarro dort anzeigte, falls dieser Mann auftauchen sollte? Der Text war so unklar, daß es einen zur Verzweiflung bringen konnte.

Und zu welchem Zweck hätte Jeremy Pilcher überhaupt in seinem Computer eine so rätselhafte Botschaft speichern sollen? Marilyn schien sich für Computer nicht übermäßig zu interessieren. Pilcher konnte keineswegs sicher sein, daß sie den Text jemals zu Gesicht bekommen würde.

Doch möglicherweise hatte Pilcher nicht genügend Zeit gehabt, um sich etwas Einleuchtenderes zu überlegen. Vielleicht war ihm ganz unvermittelt klargeworden, daß ihm Gefahr drohte. Falls derjenige, von dem die Gefahr ausging, nichts von Computern verstand, war das Speichern der Mitteilung in Pilchers Computer eine ziemlich sichere Maßnahme. Wenn freilich Marilyn mit dem Wortlaut nichts anzufangen wußte, würde ihr all das gar nichts einbringen.

Bob arbeitete stundenweise in der Bücherei und kannte sich im Gebäude gut aus. Er ging zu den Regalen mit den Katalogen und Nachschlagewerken, wo es auch Firmenverzeichnisse gab. Jeremy Pilcher war Geschäftsmann, folglich bestand immerhin die Möglichkeit, daß Sogamoso ein Name oder ein Begriff aus dem Wirtschaftsleben war. Bob suchte den Namen in *Standard & Poor's,* einem dicken Band, der Firmenanschriften aus ganz Amerika enthielt. Dann schlug er noch im Firmenverzeichnis der Finanzzeitung *The Wall Street Journal* und der Handelszeitschrift *Forbes* nach. Nirgendwo fand er den Namen Sogamoso erwähnt. Auch in den vorhandenen Jahrgängen von *Who's*

Who, dem Register namhafter Persönlichkeiten, tauchte der Name nicht auf.
Also gut, dachte Bob. Wenn Sogamoso weder eine bekannte Persönlichkeit noch eine Firmenbezeichnung war, dann mußte Sogamoso eben etwas ganz anderes sein.
Zur Abwechslung griff er nach einem spanisch-englischen Wörterbuch. Als er das Wort auch dort nicht fand, nahm er sich systematisch den großen Atlas auf dem untersten Regal vor.
Und hier wurde er endlich fündig – im Ortsregister auf den letzten Seiten. Sogamoso war der Name einer Stadt in Kolumbien.
»Die Bücherei wird in zehn Minuten geschlossen!« verständigte eine Stimme über Lautsprecher die Besucher.
Hastig schlug Bob die im Register angegebene Seite auf. Die Karte zeigte den Nordwesten Südamerikas und damit auch Kolumbien. Die Staatsgrenzen waren rot eingezeichnet, und der Gebirgszug der Anden war in markantem Weiß, schräg über die Seite verlaufend, wiedergegeben.
Bob sah scharf hin und suchte den Ort Sogamoso. Das Register gab eine Einwohnerzahl von etwas mehr als 49 000 an. Um eine Großstadt handelte es sich also nicht.
Schließlich erspähte Bob den winzigen Punkt im Bergland nordöstlich von Bogotá. Warum nur wollte Pilcher, daß Marilyn sich ausgerechnet an diesen abgelegenen Ort begeben und dort eine alte Frau aufsuchen sollte? Und hatte er damit eine x-beliebige alte Frau gemeint, oder war die Rede von einer ganz bestimmten alten Frau?
Neben der Landkarte war eine kurze Beschreibung von Kolumbien abgedruckt. »Das Land ist sehr dünn besiedelt«, las Bob, »mit Ausnahme des schmalen Streifens zwischen der Küste und den westlichen Ausläufern der Anden. In den feuchten Niederungen in Küstennähe werden Zuckerrohr und Kakao angebaut, das angrenzende Gebiet zwischen 1000 und 2200 m Meereshöhe bringt außerordentlich ertragreiche Kaffee-Ernten hervor. In den Gebirgstälern gedeihen Weizen und Roggen,

und auf den Weiden im Hochland werden Schafe gehalten. Im Tal von Antioquia befinden sich Textilfabriken. In der erzhaltigen Region um Sogamoso ist Stahlindustrie angesiedelt, und in den Bergen werden auch Gold- und Smaragdvorkommen abgebaut. Der Großteil der Bevölkerung Kolumbiens lebt jedoch von der Kaffeeproduktion.«

Eine Signallampe über der Tür begann zu blinken. »Die Bücherei wird in fünf Minuten geschlossen!« ertönte mahnend die Stimme aus dem Lautsprecher.

Bob legte den Atlas zurück und lief zu den Regalen, in denen Lexika und Enzyklopädien standen. In den beiden wichtigsten Bänden fanden sich jeweils seitenlange Artikel zu Kolumbien. Allerdings reichte die Zeit nicht mehr aus, um das alles zu lesen, und Nachschlagewerke konnte man nicht ausleihen.

Wieder blinkte oben die Lampe. Bob sauste zu den Regalen, die Bücher über Südamerika enthielten, und schnappte sich zwei Bände. Einer hieß *Kolumbien, Land der Kontraste,* und der andere *Kolumbien – von New Granada bis Bolivar.*

Bob nahm noch schnell seinen Computer-Ausdruck an sich und lief zur Buchausgabe. Gleich darauf holte er sein Fahrrad aus dem Ständer beim Eingang der Bücherei. Hätte er nur mehr Zeit gehabt, um sich die vorhandenen Bücher über Kolumbien näher anzusehen! Vermutlich hatte er nun nicht gerade die ergiebigsten erwischt – oder etwa doch? Vielleicht fanden sich gerade in den hastig ausgewählten Büchern die Hinweise, die die drei ??? brauchten, um das Geheimnis des schrulligen Sammlers aufzuklären.

Bob radelte heimwärts. Er konnte es kaum erwarten, sich in die Bücher zu vertiefen.

Es war fast zehn Uhr abends, als Peter Shaw im Haus Pilcher die Schritte hörte. Er und Marilyn saßen im Wohnzimmer. Sie hatten sich ein Brathähnchen aus dem Schnellimbiß »Cheerful Chicken« an der nahen Schnellstraße geholt, und sie hatten zum Essen ein Kaminfeuer angezündet. Im Raum war es nun fast zu warm, doch der Schein der Flammen spendete Behagen und drängte die Schatten in die Ecken zurück.

Da begann über ihren Köpfen wieder dieses merkwürdige Getrippel. Sie spielten »Trivial Pursuit«, und Marilyn war am Gewinnen, als sie von oben die ersten Schritte hörten. Es war Peter augenblicklich klar, daß sich auf dem Dachboden jemand bewegte. In dem stillen Haus drang das Geräusch ungehindert bis ins Erdgeschoß.

Peter bekam es mit der Angst. Er wollte nicht da hinaufsteigen. Pilchers kaltes, muffiges Haus war ihm durch und durch unheimlich. Es hätte längst gründlich gereinigt und gelüftet werden müssen, und es besaß diesen völlig überflüssigen Dachboden – einen stockfinsteren Raum, in dem in der vergangenen Nacht jemand herumgetappt war. Peter hatte zwar nicht zur Nachtwache gehört und das rastlose Umhergehen nicht selbst miterlebt, aber Bob und Justus hatten ihm eindrucksvoll davon berichtet.

Und nun fing das wieder an!

Marilyn sah auf. »Hast du das gehört?« flüsterte sie.

Peter hätte am liebsten nein gesagt, doch das ging ja nicht. Er sah an Marilyn vorbei und schwieg.

»Ist die Hintertür abgeschlossen?« wollte Marilyn nun wissen.

»Ich – ich dachte, Sie machen das«, gab er zurück.

Sie stand auf und sah zur Tür hinüber, die in den hinteren Teil des Hauses führte. »Dann hätte ja jemand durch die Küche ins Haus kommen können.«

»Das wäre uns aufgefallen«, entgegnete Peter. »Bestimmt hätten wir es gehört, wenn einer durch die Hintertür gekommen wäre.«

Aber er ging dann doch in die Küche. Die Tür war abgeschlossen, der Riegel vorgelegt. Kein Mensch hätte ins Haus gelangen können.

Oder war es doch jemandem gelungen, sich einzuschleichen und den Riegel von innen wieder vorzuschieben?

Marilyn kam ebenfalls in die Küche und musterte die Tür. Sie zog die Brauen hoch und ging in die Diele zurück. Peter folgte ihr. Mit starrem Blick sah sie zur Treppe hin.
»Horch!« sagte sie. Nun klangen die Schritte lauter. Es gab einen hohlen Widerhall auf den Dielenbrettern des Dachbodens.
»Verdammt!« Marilyn ging zum Telefon, nahm den Hörer ab und wählte 911, die Nummer der Polizei. »Hier schleicht ein Fremder im Haus herum«, meldete sie.
Aber konnte sich tatsächlich jemand eingeschlichen haben? fragte sich Peter. Justus hatte gesagt, daß in der vergangenen Nacht niemand die Treppe herauf- oder heruntergekommen war. Und doch hörte man auf dem Dachboden jemanden umhertappen, immer wieder, unverkennbar. »Gruselig!« entfuhr es Peter.
Marilyn hörte nicht hin. Sie nannte gerade dem diensthabenden Beamten die Adresse.
Peter stieg die Treppe zum Obergeschoß hinauf. Er zitterte, und seine Kehle war so trocken, daß er nicht schlucken konnte, doch Stufe für Stufe ging er weiter.
Da waren immer noch die Schritte auf dem Dachboden. Ein Geist? Oder vielleicht noch etwas Gefährlicheres? Eine reale Bedrohung?
Marilyn legte den Telefonhörer auf und kam Peter nach. Sie war nun nicht mehr die arrogante Tochter aus reichem Haus, sondern hatte nur noch Angst, und sie hielt sich ganz dicht bei dem großen, kräftigen Jungen.
»Als ich klein war«, sagte sie, »hatten wir eine Köchin, die Kindern sehr gerne Angst einjagte. Sie redete mir ein, das hier sei ein Spukhaus.«
»Müssen Sie das ausgerechnet jetzt anbringen?« beschwerte sich Peter.
Im oberen Flur blieben die beiden stehen. Das Geräusch der Schritte verstummte ebenfalls. Sie horchten.
War da über ihnen auch einer, der nun horchte? Wartete irgend-

wer oben an der Treppe, übers Geländer gebeugt, zum Angriff bereit, falls jemand die Tür zum Dachboden öffnen sollte?
»Wir bleiben am besten hier«, beschloß Peter. Er holte einen Stuhl aus dem Computerraum und stellte ihn im Flur auf, damit Marilyn sich setzen konnte.
»Wenn die Polizei herkommt«, sagte Marilyn, »und hier überhaupt nichts findet, so wie es auch bisher nichts zu finden gab – na, was hat das wohl zur Folge?«
»Dann werden sie wohl annehmen, daß Sie durchgedreht haben«, konnte Peter nur antworten.
»Genau. Und irgendwann wird ihnen das zu dumm, und sie kommen erst gar nicht mehr her. Ich kann dann anrufen, so oft ich will, und die sagen, das ist ja bloß die verrückte kleine Pilcher, und rühren sich überhaupt nicht.«
»Ich glaube, die Polizei muß jedem Anruf nachgehen«, meinte Peter. »Sie kann doch nicht riskieren, daß jemand wirklich in Gefahr gerät. Die Männer werden Sie eben nur etwas merkwürdig ansehen, wenn sie herkommen.«
Er überlegte kurz. Was würde Justus tun, wenn er hier wäre? Bestimmt würde er nach einer Spur suchen, die er den Beamten als Beweis vorführen könnte – irgend etwas, das sie nicht einfach als Spinnerei abtun konnten. Ein aufgebrochenes Türschloß zum Beispiel oder … oder Fußabdrücke! Ja, das war's! Fußspuren!
Peter fiel Jeremy Pilchers Badezimmer ein. Als er während Marilyns Party dort eingesperrt war, hatte er eine Dose mit Talkumpuder auf der Ablage über dem Waschbecken bemerkt.
Peter ging durch das Schlafzimmer des alten Herrn zum Badezimmer und knipste das Licht an. Da stand der Puder noch. Er nahm die Dose an sich und stäubte im Flur den Puder auf den Bereich vor der Tür zum Dachboden.
Marilyn sah ihn fragend an.
»Wenn der da oben ein gewöhnlicher Sterblicher ist, kann er nur über die Treppe und diesen Flur wieder herunterkommen«,

erklärte Peter. »Wenn es sich also um einen Menschen handelt, dann sehen wir ihn – hoffe ich wenigstens. Es bleibt ihm gar nichts anderes, als über den Fußboden zu gehen, wo die Puderschicht liegt. Dabei hinterläßt er Fußspuren, und die können sich die Polizisten ansehen.«
»Leuchtet mir ein«, nickte Marilyn. »Aber was sagen wir, wenn er hier herunterkommt, ohne daß Fußspuren zurückbleiben?«
Peter fand keine Zeit zum Antworten. Er hörte einen Wagen in die Zufahrt einbiegen. Türen wurden zugeschlagen. Jemand begann ums Haus herumzulaufen, wohl um das Gebüsch nach Verdächtigen abzusuchen.
Marilyn Pilcher war schon mitten auf der Treppe, als an der Haustür geklingelt wurde. Sie öffnete und ließ zwei uniformierte Polizeibeamte ein. Peter hörte sie sagen: »Ganz oben, unterm Dach. Auf dem Dachboden ist er.«
»Gut«, sagte der eine Polizist. Er kam die Treppe zum Obergeschoß herauf.
In diesem Augenblick kam es Peter so vor, als stiege der unbekannte Eindringling die Bodentreppe herunter.
Peter faßte die Tür vor dieser Treppe ins Auge. Gleich würde sie sich öffnen und der Dachbodenwanderer vor ihm stehen.
Der Polizist mußte beim Heraufkommen ebenfalls den Eindringling oben gehört haben. Er machte seinen Revolver schußbereit.
Peter hörte, wie eine Tür aufging. Aber die Tür vor ihm bewegte sich nicht. Nur das Geräusch eines Knaufs, der sich dreht, drang an sein Ohr. Trat der Eindringling jetzt nicht in den Flur, noch immer unsichtbar? Schritt er nicht an Peter vorüber?
Peter überlief es kalt – eiskalt. Er sah auf den Fußboden, den er mit Puder bestäubt hatte. Die weiße Schicht war unberührt, wie eine dünne Decke frischgefallenen Schnees, und es fand sich keine Trittspur darin.
»Ein Spukhaus!« stieß Peter heiser hervor. »Das ist es wirklich – ein Spukhaus!«

Die Polizisten wurden nicht fündig. Nur beruhigte das Marilyn Pilcher nicht. »Bleib du hier, wenn du willst«, sagte sie zu Peter. »Mir reicht's nun wirklich. Ich gehe nach Hause, zu meiner Mutter!«

Justus im Schaufenster

Justus folgte Ariago, der auf dem Santa Monica Boulevard nach Osten fuhr, auf seinem Fahrrad im Abstand von drei Häuserblocks. Er hielt sich noch etwas mehr zurück, als Ariago im Stadtteil Mayfield das Tempo verlangsamte und ein Parkhaus neben einer Passage mit Einzelhandelsgeschäften ansteuerte. Am westlichen Ende des Einkaufszentrums lag ein Laden der Warenhauskette A.L. Becket. Das könnte die Filiale sein, die Ariago für Pilcher leitete, erwog Justus. Er verwahrte sein Fahrrad in einem Ständer neben Becket, schloß es ab und betrat die Ladenstraße.

Die Entfernung zu Mrs. Pilchers Haus betrug nur wenige Minuten. Warum war Ariago während der Geschäftszeit dorthin gefahren? fragte sich Justus. Und wie oft traf er sich wohl mit Mrs. Pilcher? In Ariagos Vergangenheit gab es dunkle Punkte. Warum hatte er Jeremy Pilchers geschiedene Frau aufgesucht? Hatte sie sich mit ihm gegen Pilcher verschworen? Und wenn ja, was erhoffte sie sich davon?

Justus überlegte scharf. Es führte zu nichts, wenn er immer wieder die höchst spärlichen Informationen durchkaute, die ihm bis jetzt vorlagen. Er beschloß, sich direkt an Ariago zu wenden. Justus würde erklären, daß er und seine Freunde Marilyn Pilcher helfen wollten, und er würde sich erkundigen, ob Ariago irgend etwas über dieses Buch des Bischofs, über Sogamoso und über Navarro bekannt war. Auf solche Fragen würde Ariago natürlich gefaßt sein; zweifellos hatte er das Gespräch zwischen Justus und Mrs. Pilcher belauscht. Immerhin mochte seine Reaktion aufschlußreich sein. Und es war durchaus möglich, daß er etwas wußte, das Justus der Wahrheit näherbringen könnte.

Die Büroräume der Firma Becket lagen im zweiten Obergeschoß, hinter der Abteilung für Kinderkleidung. Eine Frau hinter einem Schreibtisch lächelte Justus zu und fragte, ob sie ihm behilflich sein könnte. Er gab ihr eine Karte der drei ???; dazu stellte er sich als Justus Jonas vor und gab an, er müsse mit Mr. Ariago sprechen.

Die Frau sah sich die Karte an und sagte: »Ach was? Detektive?« Offenbar fand sie das sehr belustigend.

»Es geht um den vermißten Mr. Jeremy Pilcher«, erklärte Justus. »Ich war gestern bei der Verlobungsparty seiner Tochter. Dort machte ich Mr. Ariagos Bekanntschaft.«

»Mr. Pilcher?« Das Lächeln verschwand jäh aus dem Gesicht der Frau. »Vermißt? Ist er denn verschwunden?«

»Die Angelegenheit ist Mr. Ariago bekannt«, entgegnete Justus lediglich.

Da sonst nichts aus ihm herauszubringen war, griff die Frau zum Telefonhörer und wählte einen Nebenanschluß. Sie meldete Justus Jonas bei Mr. Ariago als Besucher an. »Es handelt sich um Mr. Pilcher.«

Nach kurzem Warten legte sie auf. »Mr. Ariagos Terminkalender ist randvoll. Heute kann er Sie nicht empfangen.«

»Oh?« Schon viele Leute hatten für Justus keine Zeit gehabt. So leicht ließ er sich nicht abspeisen. Normalerweise glückte es ihm dennoch, zu der gewünschten Unterredung zu kommen, und auch heute hatte er vor, dies zu erreichen. Möglicherweise wußte Ariago nichts von den in Pilchers Computer gespeicherten Geheimdaten. Wenn er davon erfuhr, würde er vielleicht zugänglicher sein.

»Ich weiß, daß Mr. Ariago ein vielbeschäftigter Mann ist«, sagte Justus, »aber ich glaube, er wird mich empfangen, wenn er erfährt, daß ich Informationen für ihn habe. Und zwar aus Mr. Pilchers privaten Akten.«
Da lächelte die Frau höflich und schlug vor: »Dann richte ich ihm das am besten aus und gebe ihm dazu Ihre Karte. Vielleicht kann er Sie ja später anrufen.«
Justus erkannte, daß sie fest entschlossen war, seinen Besuch bei ihrem Chef zu verhindern. Er sah auf seine Uhr. Kurz nach fünf. Gleich war die Bürozeit vorüber. »Ich warte lieber und spreche ihn selbst an, wenn er weggeht«, meinte Justus.
»Da können Sie lange warten.« Die Frau lachte. »Mr. Ariago bleibt im Büro bis zum Ladenschluß um neun.«
Justus verließ den Bürotrakt und ging zum Aufzug. Was sollte er nun unternehmen? Sollte er aufgeben und nach Hause fahren? Oder doch lieber auf Ariago warten, wenn die Läden dichtmachten?
Justus wog beides gegeneinander ab, während er an der Abteilung Damenmode und Parfümerie im ersten Obergeschoß und dann am Bereich Möbel und Haushaltswaren im Erdgeschoß vorüberfuhr.
Schließlich entschied sich Justus dafür, Ariago aufzulauern. Nach Ladenschluß müßte der Mann Justus' Nachricht zu Pilchers Akten erhalten haben. Bestimmt hatte ihn die Sache beunruhigt und er würde zu einem Gespräch bereit sein. Und wenn nicht, konnten die drei ??? Ariago immer noch beschatten. Irgend etwas lief zwischen ihm und Elizabeth Pilcher, und dies könnte mit Jeremy Pilchers Entführung zu tun haben.

Der Erste Detektiv war schon immer sehr zielstrebig beim Verfolgen einer Spur. Ob es aber diesmal die richtige Fährte ist? Nun ja, Detektive müssen immer mit dem Berufsrisiko rechnen ...

Justus verließ die Firma Becket und stand wieder in der Ladenstraße. Nun mußte er die Stunden irgendwie herumbringen. Er sah sich Schallplatten und Kassetten und Stereoanlagen an. Er aß zwei Grillwürste. Er probierte in einem Sportgeschäft ein paar Sachen an. Er schlenderte durch eine Buchhandlung und überflog ein Buch, das ihn schon immer interessiert hatte, bis zur Mitte. Dann ließen ihn die ungeduldigen Blicke des Verkäufers den Rückzug antreten. Zum hundertsten Mal sah Justus auf die Uhr. Immer noch mehr als eine Stunde, bis Becket schloß. Er machte sich wieder dorthin auf und entdeckte in einer abgelegenen Ecke der Möbelabteilung ein großes, lederbezogenes Sofa. Darauf ließ er sich nieder und wartete weiter. In diesem Bereich der Abteilung war es ruhig – ganz ruhig. Es waren nur wenige Kunden da, und lediglich ein einziger Verkäufer wanderte zwischen den Ausstellungsstücken herum. Seine Schritte wurden von dem dicken Teppichboden verschluckt. Nach einiger Zeit sank Justus der Kopf auf die Brust. Der Eindringling auf dem Dachboden hatte ihn während der vergangenen Nacht nicht zur Ruhe kommen lassen, und prompt überfiel ihn eine bleierne Müdigkeit.
Das Rätsel um den Dachboden in diesem Haus war noch immer nicht gelöst. Was spielte sich dort oben ab? Wanderte da wirklich ein Geist umher? Justus mußte sich energisch klarmachen, daß er doch gar nicht an Geister glaubte. Tote kehrten nicht aus dem Grab zurück. Die Geräusche, die er gehört hatte, waren nichts anderes gewesen als das Knarren und Ächzen des Gebälks bei dem stürmischen Wind vom Meer her. Oder es gab

auf diesem Dachboden irgendwelches Ungeziefer. Vielleicht Riesenratten? Igitt!
Eine Minute lang – wirklich nur eine Minute war das – nickte Justus ein. Ja, eine Minute lang hatte er wohl geschlafen. Dann schreckte er auf und öffnete die Augen.
Es war dunkel. Justus sah sich um. Er war von lauter Schatten umgeben – ungewohnten dunklen Formen. Erst nach wenigen Sekunden fand er sich zurecht. Es handelte sich um die Umrisse von Schränken und Sesseln und Garderobenständern.
Vor Entsetzen wurde Justus ganz starr. Es mußte schon später Abend sein! Das Warenhaus war geschlossen, und er hatte den Ladenschluß total verschlafen.
Er stand auf und horchte. Eigentlich sollte die Putzkolonne am Werk sein, aber er konnte nichts hören. Und nachts waren in den Firmen die Leute vom Wach- und Streifendienst unterwegs. Wieso hatten die ihn nicht gefunden und geweckt?
Nun ja, er wäre nur dann entdeckt worden, wenn sie gezielt auf diesem Sofa nachgeschaut hätten. Allerdings stand es mit der Rückenlehne zum Zentrum der Ausstellungsfläche. Ein Wachmann konnte in einem Meter Abstand vorübergehen, ohne Justus zu sehen. Auch die Leute von der Gebäudereinigung konnten unmittelbar hinter ihm zu Werke gehen und ihn nicht bemerken.
Justus rieb sich die Augen. Hinter den Schränken und Sesseln nahm er einen schwachen Lichtschein wahr. Eine rote Signallampe beleuchtete ein Hinweisschild – AUSGANG.
Justus tastete sich durch die Dunkelheit auf das Schild zu. Als er die Tür erreicht hatte, sah er ein zweites Schild: NOTAUSGANG - BEI ÖFFNEN DER TÜR WIRD ALARM AUSGELÖST.
Justus stellte sich vor, was wohl los wäre, wenn er durch diese Tür ins Freie hinauslaufen würde. Die Alarmklingel würde schrillen, Lichtzeichen würden aufblinken. Und zweifellos gab es im Dienstraum des Werkschutzes eine Fernsehüberwa-

chungsanlage. Es wäre ein leichtes, Justus auf dem Bildschirm zu erkennen, und die Wachmänner würden mit schußbereiter Waffe loslaufen. Noch vor dem Verlassen der Ladenstraße hätten sie ihn geschnappt.

Justus überlief ein Schauder. Vor einigen Monaten war ein junger Mann aus Pasadena in einem solchen Einkaufszentrum nach Ladenschluß entdeckt worden. Er war wegen versuchten Einbruchdiebstahls vor Gericht gekommen, und es wurde in allen Zeitungen darüber berichtet.

Justus legte keinen Wert auf diesen zweifelhaften Ruhm. Was würde das für einen Eindruck machen, wenn man den Leiter einer Detektei nachts in einem leeren Warenhaus aufgriff?

Er drehte sich um und tastete sich im Finstern zum Haupteingang des Warenhauses vor. Dieser war jedoch mit einem massiven stählernen Rollgitter gesichert.

Er ging ganz vorsichtig weiter, um kein Geräusch zu machen, und fand den Ausgang für das Personal. Auch an dieser Tür stand der Hinweis, daß beim Öffnen Alarm ausgelöst würde. Eine Uhr neben dem Ausgang zeigte auf elf. Tante Mathilda würde einen Wutausbruch bekommen.

Justus suchte weiter, bis er einen öffentlichen Fernsprecher entdeckte. Er steckte zwei Zehncentstücke in den Schlitz und wählte den heimatlichen Anschluß. Tante Mathilda kam ans Telefon. Ihre Stimme klang besorgt und aufgebracht.

»Justus Jonas, wo treibst du dich herum?« wollte sie wissen.

»Marilyn Pilcher brauchte meine Hilfe«, erklärte Justus. Das war ja nicht gelogen.

»Und ich brauche deine Hilfe schließlich auch noch hin und wieder«, konterte Tante Mathilda. »Aber daran denkst du ja nicht. Bist du jetzt bei dem armen Mädchen im Haus ihres Vaters? Hat man denn inzwischen etwas von Mr. Pilcher gehört?«

»Nein, noch nichts. Hör mal, Tante Mathilda, könnte ich wohl über Nacht dableiben? Es erscheint mir nötig.«

»Ich bin nicht begeistert, aber wenn es sein muß ... Schön, Justus. Sei vorsichtig.«
Tante Mathilda legte auf.
Im Dunkeln ging Justus vom Telefon wieder zur Möbelabteilung, zurück zu dem Sofa. Dieses Möbelstück war ja nun sein Stützpunkt. Er setzte sich hin und richtete sich auf das stundenlange Warten bis zum Morgen ein.
Bald wurde ihm klar, daß er Hunger hatte. Er hatte einmal eine Geschichte gelesen, von Kindern, die über Nacht in einem Warenhaus eingeschlossen waren. Sie hatten im hauseigenen Restaurant den Kühlschrank geplündert. Allerdings hatte Justus am Nachmittag, als er durch die Abteilungen spazierte, kein Restaurant gesehen. Hier gab es wohl keines. Dafür waren in der Passage zahlreiche Lebensmittelläden mit Imbiß zu finden.
Sollte er sich auf die Suche nach etwas Eßbarem machen? Eine Süßwaren- oder Feinkostabteilung würde es wohl geben. Er verwarf den Gedanken wieder. Das Risiko wäre zu groß. Die Augen fielen ihm zu. Wieder nickte er ein und träumte dabei, er wäre in Pilchers Haus und es klopfte jemand an die Tür. Im Traum wußte er, wer das war – Jeremy Pilcher. Der alte Sammler wollte in sein Haus. »Ich komme!« rief Justus. »Gehen Sie nicht weg! Ich komme schon!«
Mit größter Willensanstrengung richtete er sich auf und öffnete die Augen. Es war Tag! Vor sich sah er Leute. Sie starrten ihn lachend an und winkten ihm zu. Es waren hellwache Morgenmenschen, Geschäftsleute im Straßenanzug, die Zeitung unterm Arm. Einer von ihnen klopfte unablässig an die Fensterscheibe.
Ein Fenster? Gestern abend, als er sich niedergelassen hatte, war hier doch kein Fenster gewesen. Wieso hatte er denn nun eine Scheibe vor sich?
Dann wurde ihm klar, daß er beim Umhertappen im Dunkeln in einem anderen Bereich der Möbelabteilung gelandet war. Er

saß gar nicht auf dem Sofa, das er sich am Abend ausgesucht hatte, sondern auf einem anderen. Und draußen liefen die Leute zusammen, um Justus Jonas zu betrachten, der in Beckets Schaufenster ein Nickerchen machte!

Justus sprang auf. Jeden Augenblick konnten die Hausdetektive anrücken und ihn mitnehmen! Dann würde man die Polizei rufen. Und Tante Mathilda und Onkel Titus herzitieren!

Schon hörte er die Wachmänner. Sie schlossen gerade die Eingangstür für das Personal auf.

Justus lief los und kauerte sich hinter einen großen Büroschreibtisch.

Da kam jemand angelaufen. »Hier war er!« sagte ein Mann. »Da drüben! Irgendwo muß er noch stecken!«

Ein zweiter Mann ging unmittelbar an dem Schreibtisch vorbei. »Wieso haben ihn Ihre Leute gestern abend nicht entdeckt?«

»Wir können schließlich hier nicht in jedem einzelnen Sessel nachsehen«, gab der erste Mann zurück.

Nachdem die Männer weitergegangen waren, richtete Justus sich auf und sah sie nun beim Schaufenster stehen. Sie starrten das Sofa an, als könnte es ihnen Auskunft darüber geben, wo der Gesuchte war.

Hinter sich hörte Justus ein neues Geräusch. Er drehte sich um. Ein magerer Mann in einem olivfarbenen Overall stand an einer Schalttafel neben dem Haupteingang zum Kaufhaus. Langsam ging das große, schwere Rollgitter vor den Glastüren in die Höhe.

Der Weg war frei.

Justus sprang auf und sauste an dem Mann im Overall vorbei. Irgend jemand rief ihm noch etwas hinterher, doch schon flitzte er die Passage entlang und dann durch eine automatische Tür in den Parkbereich.

Sein Fahrrad war noch am Ständer angeschlossen. Vor Aufregung wäre ihm fast der Schlüssel heruntergefallen, doch dann bekam er das Schloß auf und zerrte das Rad heraus. Beim Losradeln hörte er noch, wie ihm jemand aufgebracht hinterherrief. Justus blickte sich nicht um. Manchmal konnte man nur noch eines tun – verschwinden, so schnell es ging!

Das Buch des Bischofs

»An Geister glaube ich nicht«, verkündete Justus. Mißtrauisch sah er Peter an.
»Das sagst du ja immer«, schoß Peter zurück, »aber wenn das kein Geist war, um was kann es sich dann handeln? Auf dem Flur vor dem Dachboden wehte es mich ganz kalt an. Aus Geschichten weiß ich, daß es in Räumen manchmal so kalt wird, wenn ein Geist anwesend ist.«
»Weil es zog«, warf Bob ein. »Du hast einen Luftzug gespürt. Das Haus von Pilcher ist alt und zugig.«
Die drei ??? waren in ihrer Zentrale versammelt. Justus saß am Schreibtisch, noch ganz zerknautscht und übermüdet nach der Nacht im Warenhaus. Peter schien hellwach, aber es war eher ein überanstrengtes, aufgedrehtes Wachsein. Nur Bob wirkte richtig ausgeschlafen.
Bob hatte die Bücher aus der Bibliothek in die Zentrale mitgebracht, und nun schlug er einen Band auf.
»Ist das wirklich so wichtig, ob es auf Pilchers Dachboden spukt?« fragte er. »Unsere Aufgabe ist es, den alten Mann oder eben zunächst dieses Buch des Bischofs ausfindig zu machen. Vielleicht gelingt uns das, wenn wir mehr zu dem Text im Computer wissen. Und jetzt bitte keine Beifallsstürme – aber ich habe Sogamoso gefunden!«
Urplötzlich fuhr Justus hellwach auf. »Du weißt, wer Sogamoso ist?«

»Nicht wer«, sagte Bob, »sondern was. Es ist eine kleine Stadt in Südamerika – in Kolumbien. Nur etwa neunundvierzigtausend Einwohner. Wenn also Marilyn hinreist und nach der alten Frau fragt, dann könnte dort mancher wissen, was sie sucht.«
»Und dabei muß sie sich vor Navarro in acht nehmen«, warf Peter ein. »Diese Warnung steht ja in Mr. Pilchers Computerbrief.«
»Schön, also erkundigt sie sich nach der alten Frau. Nur einen gewissen Navarro darf sie nicht befragen«, fuhr Bob fort.
»Nein.« Justus schüttelte den Kopf. »Navarro ist nämlich nicht in Kolumbien. Zumindest war er nicht dort, als Pilcher seine Mitteilung in den Computer eingab. Pilcher war nicht sicher, ob Navarro legaler Einwanderer ist, und er erwähnte die INS – das ist die gängige Abkürzung für die Einwanderungskontrollbehörde. Vermutlich hält sich also Navarro illegal in den Vereinigten Staaten auf.«
»Einverstanden«, sagte Bob. »Dann muß sich Marilyn, ehe sie nach Sogamoso reist, vor einem illegalen Einwanderer namens Navarro hüten. Ja, und wenn das nun dieser Navarro war, der dich auf dem Dachboden angegriffen hat, Justus? Nicht das unsichtbare Wesen, das wir nur herumtappen hörten. Der andere.«
»Bei dem handelte es sich ganz bestimmt um keinen Geist«, bestätigte Justus. »Sondern um einen Menschen aus Fleisch und Blut!«
Da klingelte das Telefon.
»Marilyn wird sich fragen, was wir jetzt machen«, meinte Peter. »Sie fuhr noch gestern abend zu ihrer Mutter zurück. Im Haus ihres Vaters hielt sie es einfach nicht mehr länger aus.«
»Kann ich verstehen«, bemerkte Justus.
Aber als er den Hörer abnahm, meldete sich nicht Marilyn Pilcher, sondern Luis Estava, der Mann, den die Jungen als Ray Sanchez kennengelernt hatten.
Justus hatte an die Telefonanlage der Zentrale einen Laut-

sprecher angeschlossen. Nun schaltete er das Gerät ein, damit Peter und Bob das Gespräch mithören konnten.
»Das überrascht mich aber, daß Sie sich melden, Mr. Estava«, meinte Justus. »Gestern sind Sie doch so schnell weggelaufen.«
»Nenn mich Ray, ja?« sagte Estava. »Das ist mein zweiter Vorname, und für meine Freunde bin ich Ray. Gestern blieb mir nichts anderes übrig, als abzuhauen. Heute sehe ich das anders. Vorhin war die Polizei bei mir. Ich hätte nicht gedacht, daß Pilchers Verschwinden solche Kreise zieht, aber anscheinend setzen die alle Hebel in Bewegung. Und es sieht so aus, als gehöre ich zu den Tatverdächtigen.«
»Sie hatten ja auch ein Motiv für einen Racheakt gegen Pilcher«, hielt ihm Justus vor.
»Na ja, schon ...« gab Estava zu. »Ich wollte dem Dreckskerl schon immer eins auswischen, weil er meinem Vater die Existenz kaputtgemacht hat, aber er sollte mir in gleicher Münze dafür bezahlen – als Geschäftsmann. Ich müßte ja noch verrückter sein als er, wenn ich ihm mit eigenen Händen an den Kragen gehen wollte. Schließlich ist er ein alter Mann!«
Es hörte sich ehrlich entrüstet an. Justus warf seinen Freunden einen Blick zu.
»Klingt recht überzeugend«, murmelte Bob.
Justus nickte. »Also gut, wir glauben Ihnen das. Aber warum rufen Sie hier an? Was wir uns denken, kann Ihnen doch egal sein.«
»Ist es aber nicht«, sagte Estava. »Marilyn scheint Vertrauen zu euch zu haben, und mir geht es genauso. Ich wollte nur sagen, daß ich bei der Suche nach Pilcher mithelfen will, wenn es was bringt. Wenn der alte Pirat nicht wieder auftaucht, bleibt der Verdacht vielleicht fürs ganze Leben an mir hängen. Falls ihr mich also brauchen könnt, dann ruft an.«
»Da hätte ich gleich eine Frage«, meinte Justus. »Fällt Ihnen zu Sogamoso etwas ein?«
»Soga – Soga – wie war das?«

Justus wiederholte den Namen. Estava konnte sich darunter nichts vorstellen. Auch zu Navarro konnte er nichts sagen. »Ich kenne ein paar Leute namens Navarro«, erwähnte der Sekretär. »In spanischen Wohnvierteln kommt der Name oftmals so häufig vor wie Jones bei den Angelsachsen. Aber niemand von meinen Landsleuten kennt Pilcher.«

»Hat Mr. Pilcher Ihnen gegenüber jemals von den Tränen der Götter gesprochen?« erkundigte sich Justus.

»Tränen der Götter? Soll das ein Witz sein?«

»Ich mein's ernst. Diese ganz speziellen Tränen haben für Mr. Pilcher anscheinend eine sehr große Bedeutung.«

»Tut mir leid«, entgegnete Estava. »Darüber ist mir wirklich nichts bekannt.«

»Noch eine Frage«, fuhr Justus fort. »Sogamoso liegt in Kolumbien, und Kolumbien ist eine wichtige Lieferquelle für Kokain. Könnte Mr. Pilcher etwa am internationalen Drogenhandel beteiligt gewesen sein?«

»Ausgeschlossen. Er verabscheute Drogen in jeder Form«, sagte Estava. »Pilcher warf Mitarbeiter sofort raus, wenn er nur andeutungsweise hörte, daß sie vielleicht Drogen nahmen. Frag Marilyn, wenn du mir das nicht abnimmst.«

Justus bedankte sich. Estava gab ihm noch seine Telefonnummer und legte auf.

»Bei diesem Fall gibt es jede Menge fragwürdiger Spuren«, stellte Justus fest, »und alle scheinen sie im Sand zu verlaufen. Wir sind auf unserer Suche nach Mr. Pilcher in den letzten zwei Tagen keinen Schritt vorangekommen.«

»Ich möchte wetten, daß uns Sogamoso auch nicht weiterhilft«, äußerte sich Peter. »Bis Marilyn dorthinkommt und diese alte Frau findet, ist ihr Vater vielleicht schon gestorben.«

»Und sei es an Altersschwäche«, sagte Bob. »Aber was machen wir nun?«

»Mrs. Pilcher schlug vor, wir sollten uns die *Bonnie Betsy* vornehmen«, berichtete Justus. »Pilchers Haus haben wir mittlerweile gründlich durchgekämmt. Wollen wir uns nun die Yacht ansehen? Den Anlegeplatz muß Marilyn ja kennen.«

»Und wenn wir dort das Buch des Bischofs aufstöbern, bekommt sie ihren Vater hoffentlich zurück«, sagte Bob. »Dann kann er ihr alles Nähere über die alte Frau und die Tränen der Götter selbst erzählen.«

Justus rief bei Mrs. Pilcher in Santa Monica an. Marilyn kam selbst ans Telefon. Sie sagte, die Yacht ihres Vaters läge im Trokkendock bei der Central Coast Marine Corporation. »Das ist die Schiffswerft am Bowsprit Drive«, erklärte sie. »Ich melde euch telefonisch an, damit ihr Zugang zum Boot bekommt.«

Bald radelten die Jungen die Küstenstraße entlang. Nach zwanzig Minuten zügiger Fahrt hatten sie die Abzweigung Bowsprit Drive erreicht.

Die Fahrbahn verlief auf einer lotrecht ins Meer gebauten, fast zwei Kilometer langen Mole. An der Südseite lagen ein Yachtklub und eine Reihe Geschäfte für Bootszubehör, nördlich der Straße erstreckten sich mehrere Werftanlagen. Der Betrieb Central Coast Marine war nur wenige hundert Meter von der Küste entfernt. Ein hoher, dichter Schutzzaun und ein Tor mit einem uniformierten Werkschutzmann in einem kleinen Wachhaus dienten zur Sicherung der Anlage. Vor dem Tor stiegen die drei ??? ab, und Justus meldete sich bei dem Wachmann an.

»O ja, Miss Pilcher hat angerufen«, bestätigte der Mann. »Nur hatte ich eigentlich nicht mit so jungem Volk gerechnet, aber wenn Miss Pilcher es gutheißt, euch hereinzulassen, dann wird das wohl seine Richtigkeit haben. Hier bitte unterschreiben.«

Er schob den Jungen ein Kontrollbuch hin. Alle drei trugen sich ein, und neben den Unterschriften vermerkte der Mann die Uhrzeit. Dann nahm er ein Schlüsselbund von einem Brett hinter sich und händigte es Justus aus. »Die Kabinen und das Ruderhaus auf der *Bonnie Betsy* sind abgeschlossen. Das sind die Schlüssel.«

Er zeigte nach rechts. »Geht da entlang, an dem Schoner vorbei – das Schiff drüben, an dem sie gerade den Rumpf sauberkratzen –, dann seht ihr schon die *Bonnie Betsy*. Sie liegt im Trokkendock unten am Kai. Ihr könnt sie nicht verfehlen. Ein großes Schiff mit schwarzem Anstrich, der Name steht in Goldbuchstaben am Bug.«
Die Jungen bedankten sich und fuhren weiter. Nun wehte ihnen die frische Brise vom Meer her um die Ohren. Über ihren Köpfen kreisten Möwen und stießen mit heiserem Geschrei aufs Wasser herab. Die Luft roch hier scharf nach Tang und nach den Entenmuscheln, die sich an den Rümpfen der zum Reparieren heraufgezogenen Boote festgesetzt hatten und dort allmählich trockneten.
Die meisten Segelschiffe, an denen die Jungen vorüberkamen, waren große Sportboote aus Holz oder Fiberglas von fünfzehn bis zwanzig Meter Länge. Als sie dann allerdings die *Bonnie Betsy* entdeckten, waren sie tief beeindruckt. Bei ihr handelte es sich schon eher um eine kleine Hochseeyacht. Mit dem stählernen, schwarzen Rumpf und dem weißlackierten Aufbau präsentierte sie sich wie ein Traumschiff für Kreuzfahrten.
Peter pfiff durch die Zähne. »Da hat der alte Pilcher sich aber was richtig Feines geleistet!«
»Und dabei mal nicht geknausert«, stellte Bob fest.
Das Schiff war nicht aus dem Wasser gehievt worden, wie die Jungen es bei den kleineren Yachten gesehen hatten. Statt dessen war es in ein Trockendock, eine riesige Wanne mit betonierten Wänden, bugsiert worden. Dann hatte man das Schleusentor an der zur See hin gelegenen Seite geschlossen und das Wasser abgepumpt, bis die *Bonnie Betsy* auf dem Trockenen saß, und zwar auf Stahlträgern im Innern der Betonwanne.
Eine Gangway führte vom Kai zu Pilchers Schiff. Justus ging als erster an Bord. Beim Betreten des Decks gab er einen unwillkürlichen Laut von sich, halb überrascht und halb enttäuscht.
»Was gibt's denn?« fragte Bob.

»Nichts weiter. Ich war nur auf das Gefühl eingestellt, das man normalerweise hat, wenn man an Bord eines Schiffes geht. Ihr wißt doch – als hätte es ein Eigenleben. Alles ist ständig ganz sacht in Bewegung. Und das hier wirkt so ... so tot!«
»Stimmt«, bestätigte Peter. »Als hätte man das Schiff auf ein massives Fundament gebaut, zehn Meter tief unterkellert.«
Die Jungen gingen zu einer Leiter und erstiegen die Brücke. Justus probierte die Schlüssel aus, die ihm der Wachmann gegeben hatte, bis er den richtigen herausfand und das Ruderhaus aufschließen konnte. Beim Eintreten fiel der Blick der drei ??? zuerst auf die mit Salz verkrusteten Fenster aus Sicherheitsglas, unter denen Schränke mit Schubladen eingebaut waren. Im Ruderhaus herrschte Ordnung, alles war blitzblank.
»Eigentlich hatte ich hier eher ein Chaos erwartet«, meinte Bob. »Mr. Pilcher hortet doch sonst alles Erreichbare.«
»Vielleicht macht er bei Schiffen eine Ausnahme«, vermutete Justus. »Auf einem Schiff sollte man nicht über allen möglichen Kram steigen müssen.«
»Oder er hat einen Steuermann, der es nicht duldet, daß man ihm das Ruderhaus vollpackt«, setzte Peter hinzu.
Justus zog eine Schublade in einem der Schränke auf und fand säuberlich aufeinandergestapelte Karten, die er durchblätterte – Seekarten mit eingezeichneten Riffen und Untiefen. Es waren auch Karten der Küstengewässer vor Südamerika darunter.
»Wie oft mag Mr. Pilcher wohl nach Kolumbien gefahren sein?« meinte Justus.
»Sogamoso ist keine Hafenstadt«, erklärte Bob. »Falls er dorthin wollte, hätte er von der Küste aus über Land reisen müssen – vielleicht auch von einem Hafen in Venezuela aus.«
»Hört mal, ich denke, wir wollen hier das Buch des Bischofs suchen«, warf Peter ein. »Also – wo steckt es?«
»Gute Frage.« Bob öffnete eine Schublade nach der anderen und stöberte in den Seekarten herum. Peter sah hinter den Klapptüren der Schrankfächer nach. Justus suchte die offenen

Regale ab. Die Jungen fanden Bücher über Navigation und einige nautische Instrumente, doch nichts, das sich mit einem Bischof in Verbindung bringen ließ.
Als sie das Ruderhaus systematisch durchstöbert hatten, gaben sie es auf. Justus schloß die Tür wieder ab, und sie stiegen über die Leiter zum Hauptdeck hinunter. Zu beiden Seiten des Schiffes öffneten sich Kabinen. Die Jungen machten sich daran, auch hier nachzuforschen.
In den meisten Kabinen hatte offenbar in letzter Zeit niemand übernachtet. Die Bettwäsche war abgezogen, die Matratzen aufgestellt. Den Kajüten der Besatzung hingegen merkte man deutlich an, daß sie bis zuletzt benutzt worden waren. Jemand hatte unter seiner Koje ein zerknülltes T-Shirt zurückgelassen, und in den Abfallkörben fanden sich leere Zigarettenschachteln und Papierfetzen.
Schließlich kamen die drei ??? zu einer Kabine, die größer war als die übrigen. Vor den Bullaugen waren Jalousien heruntergelassen, und im Raum herrschte ziemliche Dämmerung. Als Justus den Schalter bei der Tür anknipsen wollte, ging kein Licht an. »Wahrscheinlich gibt es auf der *Bonnie Betsy* zur Zeit keine Elektrizität«, vermutete Justus. »Wirklich, ein totes Schiff.«
Er ließ die Tür offen, um überhaupt etwas zu sehen, und betrat die Kabine. Ein breites Bett war mit einem Überzug aus Plastik abgedeckt. Auch über Stühle und Tische waren Plastikhüllen gebreitet. An der hinteren Wand gab es zahlreiche Regale, alle mit schmalen Schutzleisten versehen, damit bei starkem Seegang der Inhalt nicht herausfallen konnte.
Auf einem Regalbrett sah Justus eine Stablampe. Er nahm sie an sich, schaltete sie ein und leuchtete den Raum aus.
»Klarer Fall, die Kabine von Pilcher senior!« erkannte Peter.
Die Regale boten den Jungen das mittlerweile vertraute Bild: der alte Sammler hatte alles bis obenhin vollgestopft. Bücher und Aktenstöße waren hoch und quer gestapelt, irgendwo da-

zwischen steckten zwei abgewetzte Tennisbälle. Ein einzelner Lederhandschuh schmiegte sich an einen Pokal, den der Kegelklub Westside einem gewissen Ernest J. Krebs zuerkannt hatte.
Bob schüttelte den Kopf. »Wieso hat Pilcher einen Keglerpokal in seiner Sammlung, den jemand anders gewonnen hat?«
»Weil das Ding eben irgendwo rumstand«, grinste Peter.
Justus wollte sich den Pokal näher ansehen, stolperte aber unterwegs fast über ein Hindernis auf dem Fußboden. Eines der Regale war aus der Verankerung an der Schiffswand herausgebrochen und hatte sich nach vorn geneigt, wobei eine Menge Bücher und Papier auf den Teppichboden heruntergefallen war.
Justus bückte sich und hob das zuoberst liegende Buch auf. Es war ein uraltes Buch, in Leder gebunden und mit einer Metallschließe versehen. Als Justus die Lampe darauf richtete, leuchtete die Schließe in mattem Goldglanz. Der Einband war so alt und brüchig, daß dünne Lederplättchen an Justus' Fingern haftenblieben.
Aufmerksam betrachtete Justus das ins Leder geprägte Schmuckmotiv auf der Vorderseite des Bandes. Es hatte die Form einer hohen, zugespitzten Mütze. Diese war mit einem Kreuz geschmückt.
Justus sah seine Freunde an. »Ich glaube, die Prägung stellt eine Mitra dar«, sagte er. »Das ist eine Bischofsmütze. Nun haben wir ja wohl endlich das Buch des Bischofs gefunden!«
Er wandte sich zur Tür, um wieder auf Deck hinauszugehen. Doch ein Mann versperrte den Türrahmen, ein stämmiger Mann mit breiten Schultern, über denen sich der Stoff eines blauen Arbeitshemdes spannte.
»Was hast du denn hier?« forschte der Mann. Er streckte eine mächtige, schwielige Hand aus. »Damit kommst du mir nicht weg. Los, gib schon her!«

Tränen der Götter

Justus wollte das Buch auf keinen Fall loslassen, aber das gelang ihm nicht. Der Mann in dem blauen Hemd zerrte ihn mit sich aufs Deck und entwand ihm dort das Buch. Justus konnte nichts dagegen machen, denn inzwischen waren noch zwei weitere kräftige Männer aufgetaucht. Einer hielt ein Stück Eisenrohr gepackt und klopfte damit spielerisch in die Fläche der anderen Hand. Dabei sah er Justus begierig an, als wollte er das Rohr lieber ihm über den Kopf hauen.
»Wir haben endgültig die Schnauze voll von Rowdies, die hier über den Zaun steigen und alles kaputtschlagen«, sagte er drohend. »Diesmal werden wir euch nicht bloß rauswerfen. Diesmal werdet ihr schön dableiben und eine Strafe zu spüren bekommen, die Vandalen verdient haben.«
»Wir sind keine Vandalen!« rief Justus empört. »Miss Marilyn Pilcher hat uns den Auftrag erteilt. Wir waren ordnungsgemäß angemeldet und haben uns eingetragen. Fragen Sie den Wachmann am Tor.«
Die Männer sahen einander skeptisch an, aber keiner mochte zugeben, daß ihr Vorgehen vielleicht doch falsch war.
»Wenn Sie uns nur ein Haar krümmen, müssen Sie sich bei Miss Pilcher dafür verantworten«, fuhr Justus fort.
»Und dann kommt es ganz dick für Sie«, verkündete Peter.
»Ja, wir sind nämlich Freunde von Hauptkommissar Reynolds«, erklärte Bob. »Nur zu – rufen Sie beim Polizeipräsidium in Rocky Beach an und melden Sie, daß Sie Justus Jonas und Peter Shaw und Bob Andrews aufgegriffen haben. Sie werden sich wundern, was Sie dann zu hören bekommen!«
»Was meinst denn du, Bo?« wandte sich einer der Männer an seinen Nebenmann.
»Die veräppeln uns doch«, meinte der Mann, der das Buch an sich gerissen hatte. Immerhin warf er einen Blick zum Tor

zurück, durch das die drei Jungen als angemeldete Besucher eingetreten waren.
»Ich werd' das mal überprüfen«, beschloß der dritte Mann und trabte in Richtung Tor.
Nach wenigen Minuten stieß er wieder zu den Wartenden. Den Wachmann hatte er gleich mitgebracht. Dieser sah sich die Jungen an, nickte rasch und sagte: »Ja, das sind sie. Ich hab' sie selbst reingelassen, vor 'ner knappen halben Stunde.«
»Aha.« Der Kerl mit dem Buch war sichtlich enttäuscht. »Schön, dann ist das erledigt. Sie können wieder gehen«, äußerte er zu dem Wachmann.
»Das Buch hätte ich gern zurück, wenn ich bitten darf«, meldete sich Justus.
Der Mann reichte es ihm. »Tut mir leid, Kleiner, aber wir haben hier schon ganz üble Sachen erlebt.«
Die Männer schlenderten davon, und der Wachmann kehrte auf seinen Posten zurück. Justus und seine Freunde sahen ihnen nach. Als sie im Dschungel der am Kai liegenden Yachten verschwunden waren, sah Justus mit tiefem Aufatmen auf das Buch in seinen Händen nieder.
»Du zitterst ja«, hielt Peter dem Ersten Detektiv vor.
»Unsinn!« Justus bemühte sich, die Hände ruhig zu halten. »Die Männer blufften doch nur. Die hätten nichts unternommen.«
Er ließ die Schließe am Buch aufschnappen und schlug den oberen Einbanddeckel zurück. Der Rücken ächzte, als könnte er aufbrechen und die Seiten einzeln aufs Deck flattern lassen. Doch die Bindung hielt stand, und Justus begann die Seiten umzublättern. Sie fühlten sich an wie welke Blätter, so mürb und brüchig, daß sie zu Staub zu zerfallen drohten. In der Mitte des Buches befand sich eine Lücke; an dieser Stelle waren einige Seiten herausgetrennt worden.
»Das ist ein Tagebuch oder etwas Ähnliches«, stellte Justus fest. »Der Text ist von Hand geschrieben und enthält Datumsanga-

ben. Die Eintragungen beginnen mit *Enero.* Das ist spanisch und heißt Januar. Am ersten Januar befand sich der Bischof – falls ein solcher der Urheber des Textes ist – in ... an einem Ort namens Santa Fé de Bogotá.«

»Na also!« rief Bob. »Bogotá liegt in Kolumbien. Damit ergibt sich eine Verbindung zu Sogamoso. Auch Sogamoso liegt in Kolumbien.«

»Genau!« Justus gab sich gelassen, aber seine Augen funkelten. »Also dürfen wir annehmen, daß die Mitteilung im Computer etwas mit Jeremy Pilchers Entführung zu tun hat. Da kann sogar ein ursächlicher Zusammenhang bestehen.«

»Aber was ist das nun für ein Buch?« fragte Peter. »Justus, du kannst doch einen spanischen Text lesen. Um was geht es denn überhaupt?«

Justus konzentrierte sich auf die beschriebenen Seiten. Viele Worte im Text konnte er leider nicht übersetzen. Die Tinte war verblichen und braun geworden. Die Seiten waren mit einer verschnörkelten Handschrift ganz eng beschrieben – so eng, daß sich die Zeilen ineinander verhakten. »Mit dem Text hier komme ich beim besten Willen nicht klar«, bekannte Justus. »Auch wenn es Englisch wäre, könnte ich ihn kaum entziffern.«

Bob sah ihm über die Schulter. »Ja, ich seh' schon«, meinte er. »Das sieht aus wie eins von diesen uralten Schriftstücken, in denen bestimmte Buchstaben von unserer heutigen Schreibweise ganz stark abweichen.«

»Na, worauf warten wir dann noch?« Peter hatte einen Vorschlag. »Wir sollten uns an Dr. Barrister wenden. Bestimmt kennt er jemand, der den Text entziffern kann.«

Dr. Henry Barrister war Dozent für Anthropologie an der Universität Ruxton im nahegelegenen San Fernando Valley. Dr. Barrister hatte den Jungen schon einmal geholfen, als sie sich über Volksmedizin und magische Künste informieren mußten. Er hatte viele Freunde an seiner Fakultät in Ruxton,

und deren Spezialwissen war für die drei ??? eine hochwillkommene Quelle für Informationen.
»Der Weg über Dr. Barrister könnte uns viel Zeit ersparen«, bestätigte Justus. »Bevor wir das Buch nach Ruxton bringen, müssen wir allerdingst erst Marilyn Pilcher fragen. Sie hat uns aufgetragen, das Buch des Bischofs zu finden, damit sie es dem Entführer im Austausch gegen ihren Vater übergeben kann. Vielleicht ist es ihr vor allem wichtig, ihren Vater wieder in Sicherheit zu wissen, und es kümmert sie nicht, was der Entführer sich von dem Buch verspricht.«
»Ja, richtig«, sagte Peter. »Manchmal denke ich gar nicht mehr an diese Entführung. Der alte Pilcher ist überall so unbeliebt. Und wir lassen uns zu leicht von den mysteriösen Begleiterscheinungen beeindrucken, daß wir darüber ganz vergessen, warum wir diesen Fall überhaupt bearbeiten!«
Justus nickte und schloß die Tür zu Pilchers Kabine wieder ab. Dann gaben die Jungen die Schlüssel beim Wachmann am Tor zurück und machten eine Telefonzelle ausfindig. Erst versuchten sie nochmals Marilyn Pilcher im Haus ihrer Mutter in Santa Monica zu erreichen, aber diesmal war der Anrufbeantworter eingeschaltet. Justus hinterließ eine Nachricht und rief dann im Haus Pilcher in Rocky Beach an.
Mrs. McCarthy kam an den Apparat. »Einen Augenblick, ich hole sie.«
Als Marilyn sich meldete, berichtete ihr Justus von seinem Fund, allem Anschein nach dem Tagebuch eines Bischofs. Marilyn reagierte nicht gleich, doch Justus hörte sie tief Luft holen, wie ein Schwimmer, der zu lange unter Wasser gewesen war und nun wieder frei atmen kann.
»Jungs, was bin ich froh!« stieß sie schließlich hervor.
»Eine Frage«, sagte Justus. »Interessiert es Sie, warum dieses Buch eine so große Rolle spielt, oder wollen Sie es dem Entführer übergeben und die ganze Sache vergessen?«
Marilyn zögerte. »Wir haben ein wenig Zeit. Dieser Mann hat

wieder angerufen. Ich sagte ihm, wir wären noch auf der Suche nach dem Buch, aber es gäbe Schwierigkeiten, da wir nicht genau wüßten, um was es eigentlich geht. Da meinte er: Noch einen Tag. Sie haben noch einen Tag Zeit. Länger warte ich nicht mehr.«

»Also noch bis morgen«, meinte Justus. Dann berichtete er von Dr. Barrister. »Er kennt bestimmt Leute, die alte Schriftstücke lesen können. Sollen wir das Buch nach Ruxton bringen?«

»Das wäre vielleicht das beste«, sagte Marilyn nach kurzem Überlegen. »Wenn wir etwas aus der Hand geben, das meinem Vater viel bedeutet, kann das für ihn eine Katastrophe bedeuten. Auch wenn wir ihm damit das Leben retten. So ist er nun einmal. Also macht nur weiter. Wir haben nichts zu verlieren – ich kann ja den Burschen nicht erreichen und ihm sagen, daß wir das Ding jetzt haben.«

Sie hielt kurz inne und fuhr dann fort: »Vermutlich wäre es ohnehin nicht günstig, wenn ich das Buch hier im Haus hätte. Über Nacht, während ich bei meiner Mutter war, muß jemand hier gewesen sein und mein Zimmer durchsucht haben. Die Schreibtischschubladen machten den Eindruck, als hätte einer den Inhalt herausgenommen und wieder zurückgelegt. Wenn das der Mann war, der Dad gefangenhält, dann muß er ja auch Dads Schlüssel haben, nicht? Also kann er nach Belieben hier ein- und ausgehen.«

»Lassen Sie einen Schlosser kommen«, empfahl Justus, »und die Schlösser auswechseln. Und wir wenden uns an Dr. Barrister. Dann melden wir uns wieder.«

Nun rief Justus Dr. Barrister in Ruxton an. Er hatte Glück; obwohl das Sommersemester schon zu Ende war, arbeitete der Dozent noch täglich in seinem Büro. Er war sofort zu einem Gespräch bereit.

Die drei ??? fuhren schleunigst zum Schrottplatz zurück und fragten Onkel Titus, ob er sie nach Ruxton fahren könnte.

»So, so, nach Ruxton zieht's euch«, sagte Onkel Titus. Er grinste und zwirbelte seinen großen Schnurrbart. »Ich habe Tante Mathilda versprochen, einem Mann in North Hollywood eine Fuhre Ziegelsteine zu bringen. Ruxton liegt ja auf dem Weg. Der Lastwagen ist schon beladen. Na, dann kommt mit – hopp, hopp!«

Die drei Jungen stiegen hinten auf, und los ging die Fahrt. Nach knapp einer Stunde ließ Onkel Titus sie am Universitätsgelände in Ruxton aussteigen; später würde er sie dort wieder abholen.

Dr. Barrister hatte einen seiner Freunde bei sich – einen hageren Mann mit völlig kahlem, blankem Schädel. »Das ist Dr. Edouard Gonzaga«, erklärte Dr. Barrister. »Dr. Gonzaga ist der Leiter unserer Fakultät für romanische Sprachen. Er interessiert sich vor allem für alte spanische Handschriften.«

Beglückt packte Justus das Buch des Bischofs aus und reichte es Dr. Gonzaga.

Der Sprachenexperte schlug das Buch auf und sah sich die erste Seite an. »Ah!« sagte er. Aufmerksam blätterte er mehrere Seiten um. Er strahlte übers ganze Gesicht. »Unglaublich!« rief er dann.

»Um was geht es?« wollte Justus wissen.

»Erster Januar, Santa Fe de Bogotá.« Dr. Gonzaga blätterte nochmals zur ersten Seite zurück. »Der Verfasser notiert, er hätte die Messe gelesen und für das Volk von New Granada gebetet, auf daß Gott ihre Mühen segnen möge. Nach der Messe erwartete ihn in der Residenz ein Brief Seiner Majestät des Königs Carlos.«

Dr. Gonzaga sah von dem Buch auf. »Anscheinend seid ihr auf eine echte Rarität gestoßen«, sagte er. »Der Verfasser dieses Tagebuchs war wohl tatsächlich Bischof. Er erwähnt seine Residenz, und auch die Tatsache, daß ein König ein Schreiben an ihn richtet, deutet darauf hin, daß er ein höheres Amt innehatte als das eines einfachen Priesters. Man müßte das Buch genauer untersuchen; es gibt ja Verfahren zur Bestimmung des Alters einer Handschrift anhand des Papiers, der Tinte und so weiter. Aber es scheint so, als ob ihr hier etwas ganz Besonderes habt – die verschollenen Aufzeichnungen des Enrique Jiminez, des blutigen Bischofs!«

»Des blutigen Bischofs?« wiederholte Justus.

Peter schluckte. »Warum hieß er denn so? Ist ihm etwas zugestoßen?«

»Irgendwann, mein Junge, stößt jedem von uns etwas zu«, erklärte Dr. Gonzaga. »Das Leben ist zeitlich begrenzt, und keiner kommt davon. Der blutige Bischof zog sich eine Erkältung zu. In früherer Zeit konnte das gefährlich sein, es entstand leicht eine Lungenentzündung daraus, die oft tödlich verlief. Es gibt Gerüchte, daß ein Diener dem unglücklichen Kirchenoberen auf dem Krankenlager keine Pflege zukommen ließ und damit seinen Tod herbeiführte. Bewiesen ist das nicht. Zu jener Zeit stand nur fest, daß der Diener des Bischofs nach dem Tod seines Herrn verschwand. Mehrere Bewohner der Residenz haben berichtet, daß Bischof Jiminez jeden Tag Eintragungen in ein Buch machte, doch dieses Tagebuch wurde nie aufgefunden.«

Dr. Barrister lächelte die drei ??? an. »Es gibt da ein Geheimnis für euch«, kündigte er an, »und das müßte euch begeistern! Allerdings ist es etwa vierhundert Jahre alt, und die heute vorliegenden Anhaltspunkte haben tüchtig Staub angesetzt.«

»Es könnte sich um Gold handeln«, fuhr Dr. Gonzaga fort. »Als die Spanier durch Südamerika zogen und für ihr Königshaus alles Land am Wege beschlagnahmten, war häufig Gold im Spiel. Ganze Schiffsladungen wurden aus der Neuen Welt nach Spanien verfrachtet. Die Spanier nahmen sich, was sie finden konnten, und setzten dann die Indianer unter Druck, damit sie in Bergwerken weitere Schätze abbauten. Von diesem Bischof Jiminez hieß es, er hätte die indianischen Minenarbeiter grausam behandelt. Daher nannte man ihn den blutigen Bischof. Ob diese Brutalität wirklich ihm anzulasten war oder nicht vielmehr den Beauftragten der spanischen Krone – also den Aufsehern in den Minen –, das läßt sich wohl heute, nach Jahrhunderten, nicht mehr genau feststellen. Jedenfalls schien der Bischof diese Härten später bereut zu haben. Im Alter setzte er sich tatkräftig für eine bessere Behandlung der Indianer ein. Doch leider bleiben den Menschen oft eher die Untaten in Erinnerung als die Buße. So sprechen Historiker noch heute von dem blutigen Bischof und nicht von dem wohlwollenden Reformer.«

Die drei Jungen schwiegen einen Augenblick beim Gedanken an die so lange zurückliegenden Ereignisse. Sie mußten sich fragen, wie sich daraus in der Gegenwart das Tatmotiv für eine Entführung ableiten ließe.

»Wenn es sich bei diesem Buch tatsächlich um das verschollene Tagebuch des Bischofs Jiminez handelt, wäre es dann sehr wertvoll?« fragte Justus schließlich.

Dr. Gonzaga hatte sichtlich Zweifel. »Wertvoll? Nun, das hängt ganz von den Umständen ab. Für Gelehrte, für Historiker wäre es von Interesse, aber es wäre kein spektakulärer Fund – wie etwa eine Ausfertigung der Magna Charta oder ein Brief der Königin Isabella an Christoph Columbus. Reichtümer würde es gewiß nicht einbringen.«

Nun, dem Entführer ist dieses Buch jedenfalls soviel wert, daß er dafür ein Verbrechen beging. Ist er ein ebenso brutaler Ausbeuter, wie man es jenem kolumbianischen Bischof nachsagte? Geht es ihm um eine der Goldminen in den Anden? Wer hat aus dem Tagebuch Seiten herausgetrennt, und was stand darauf?

Der Wissenschaftler nahm den Band sorgsam an sich. »Doch wie gesagt, für einen Philologen ... Faszinierend! Ich kann es kaum erwarten, das Buch vor mir zu haben und mich an die Übersetzung zu machen und –«

»Nein, bitte nicht!« rief Bob.
»Dazu bleibt keine Zeit!« sagte Peter rasch.
»Wie bitte?« Dr. Gonzagas Lächeln war verschwunden.
»Der gegenwärtige Eigentümer des Buches wurde entführt«, erklärte Justus. »Als Preis für die Freilassung fordert der Entführer das Buch des Bischofs. Wenn ihm dieses Buch nicht morgen übergeben wird, ist der Ausgang der Sache höchst ungewiß.«
»Oh«, sagte Dr. Gonzaga. »Ich verstehe. Dann reicht die Zeit wohl auch nicht, um eine Kopie anzufertigen? Aber nein, natürlich nicht. Die Seiten eines solchen Buches müßten in einem Speziallabor sorgfältig fotografiert werden. Die kann man nicht einfach fotokopieren.«
Dr. Gonzaga hielt das Buch vor sich hin. Er sah es lange an, als handle es sich um einen ungeheuer kostbaren Schatz. Dann gab er es mit einem Seufzer an Justus zurück.
»Hoffentlich verschwindet das Buch nun nicht von neuem«, sagte er. »Wenn es euch irgendwie gelingen sollte, es der interessierten Fachwelt zu erhalten ...«
»Das geht klar«, bestätigte Justus. »Wir werden Sie dann sofort verständigen.«
Die Jungen gingen zur Tür. Doch plötzlich wandte sich Justus nochmals um. »Ist Ihnen zufällig etwas über Tränen der Götter bekannt?« erkundigte er sich.
»Tränen der Götter?« wiederholte Dr. Gonzaga. »So nennen manche Indianer in Kolumbien die Smaragde. Warum fragst du? Hat das etwas mit dem Buch zu tun?«
»Durchaus möglich!« antwortete Justus.

Eine Falle wird gestellt!

»Smaragde!« Bob lehnte sich auf seinem Stuhl zurück und sah mit siegessicherem Lächeln zur Decke der Zentrale hoch. »Spanische Eroberer! Ein gestohlenes Tagebuch! Ein verschwundener Diener! Leute, das ist vielleicht ein Fall! Wenn das Alfred Hitchcock erfährt ...«
Justus mußte lachen. »Vorerst würde Mr. Hitchcock ein wenig mehr von uns erwarten«, meinte er. »Nämlich daß wir die Puzzleteile fein säuberlich zusammensetzen.«
Der Erste Detektiv hatte die ausgedruckte Mitteilung aus Mr. Pilchers Computer vor sich auf dem Schreibtisch. »Tränen der Götter«, sagte er. »Und alles für Marilyn, wie es in dem Text heißt. Aber wo sind diese Tränen? Und was hat der blutige Bischof damit zu tun?«
»In Kolumbien gibt es reiche Smaragdvorkommen«, wußte Bob. »In den Büchern aus der Bibliothek las ich, daß Kolumbien der bedeutendste Exporteur von Smaragden auf dem Weltmarkt ist. Nur muß Marilyn anscheinend nach Sogamoso reisen, um ihre Smaragde zu finden. Hatte wohl dieser Bischof seinerzeit auch etwas mit der Smaragdgewinnung zu tun, oder ging es dort nur um Goldminen?«
»Wenn Pilcher seiner Marilyn ein Säckchen voll Smaragde zugedacht hat«, meinte Peter trocken, »dann dürfte die junge Dame ausgesorgt haben.«
Justus sah auf die Uhr. »Es wird allmählich spät. Der Nachmittag ist praktisch schon herum. Wir sollten Marilyn anrufen und ihr berichten, was wir inzwischen wissen«, schlug er vor. Er holte sich das Telefon her und wählte Pilchers Nummer. Gleich nach dem ersten Klingelzeichen nahm Marilyn ab.
»Ich bin's«, meldete sich Justus. »Sie wirken ziemlich nervös. Hat sich der Entführer wieder gemeldet?«
»Nein, aber ich wage es nicht, mich einen Schritt vom Telefon

zu entfernen. Konntet ihr von eurem Freund in Ruxton etwas erfahren?«
»O ja. Bei dem Buch, das wir fanden, handelt es sich vermutlich um das Tagebuch eines Bischofs, der vor etlichen Jahrhunderten in Kolumbien gelebt hat. Man nannte ihn den blutigen Bischof, weil er die Indianer, die dort in den Goldminen arbeiteten, grausam behandelte. Das Tagebuch war seit dem Tod des Bischofs verschwunden. Ob all das zutrifft, ließe sich aber erst dann sicher feststellen, wenn wir das Buch Dr. Barristers Freund, Dr. Gonzaga, für eine Untersuchung mit wissenschaftlichen Methoden überließen. Das wollten wir allerdings nicht.«
»Wollte ich euch auch nicht geraten haben«, sagte Marilyn spitz.
»Noch etwas«, fuhr Justus fort. »Wir wissen nun, was die Tränen der Götter sind. Diesen Namen verwenden die Indianer in der Andenregion für Smaragde.«
»Smaragde – aha.« Marilyn schwieg kurz, dann sagte sie: »Na sowas. Smaragde! Was meinte Dad nur damit? Habe ich von ihm eine Handvoll Smaragde zu erwarten? Und was soll der ganze Hokuspokus mit einer alten Frau und einem Mittsommerabend? Hört sich an wie ein Hexenrezept – so in dem Stil, ich soll bei Vollmond an einem Kreuzweg eine Hasenpfote vergraben.«
»Wenn wir erst Ihren Vater freibekommen haben, klärt sich das vielleicht alles auf«, sagte Justus. »Jetzt ist vor allem wichtig, daß wir das Buch haben und somit die Forderung des Entführers erfüllen können. Wollen Sie heute nacht im Haus Ihres Vaters bleiben? Soll Ihnen jemand Gesellschaft leisten?«
»Meine Mutter will herkommen, also ist das nicht nötig«, erklärte Marilyn. »Sobald ich etwas erfahre, melde ich mich bei euch.« Sie legte auf.
Unmittelbar darauf klingelte das Telefon. Der Anrufer war Harry Burnside. »Marilyn Pilcher hat mir die Rechnung für ihre Party bezahlt«, teilte er mit. »Damit bin ich bei Kasse, wenigstens im Augenblick, und kann mit euch abrechnen. Wollt ihr

vorbeikommen und euch euren Lohn für die Aushilfe abholen?«
»Aber gern«, sagte Justus.
Er legte auf und schloß das alte Tagebuch im Aktenschrank ein. Die Jungen verließen die Zentrale durch Tunnel II und holten ihre Fahrräder aus Justus' Werkstatt.
Burnsides Partyservice befand sich in einer Seitenstraße der Innenstadt. Im Eingangsbereich trafen die Jungen niemanden an, also gingen sie nach hinten zur Küche durch. Dort saß Harry Burnside an einem massiven Schlachtertisch, einen Stift in der Hand und ein aufgeschlagenes Kontobuch vor sich. Eines der Mädchen, die bei Marilyn Pilchers Party die Gäste bedient hatten, ging gerade weg. Sie winkte den Jungen noch rasch zu.
Burnside war gut gelaunt. »Hallo«, begrüßte er die drei ???. »Euer Geld liegt bereit, also nehmt es lieber mit, solange es noch da ist. Nach meiner Berechnung bekommt ihr Tariflohn für viereinhalb Stunden Aushilfe, und 'ne Kleinigkeit hab' ich dazugelegt.« Er gab jedem der drei einen Umschlag.
»So, damit hätten alle ihren Lohn erhalten, bis auf Ramon. Das erledige ich, sobald er zurückkommt. Er ist mit einer Lieferung unterwegs.«
»Ramon?« fragte Justus. »Ach ja – Ramon ist der Mann, den Sie fürs Geschirrspülen mitgebracht hatten, stimmt's?«
»Ja. In den beiden letzten Wochen hat er für mich erledigt, was eben so anfiel.«
Bob öffnete seinen Umschlag und blätterte die Geldscheine durch. »Hey, Sie haben mir zuviel gegeben.«
»Aushilfsvergütung plus kleine Zulage«, stellte Burnside rasch richtig. »Es geht mir gegen den Strich, nur den tariflichen Mindestlohn zu bezahlen. Dabei käme ich mir vor wie der elende Ausbeuter Dagobert Duck. Mögt ihr ein Stück Schokoladenkuchen? Der ist bei einem Kindergeburtstag heute nachmittag übriggeblieben. Ich muß leider verzichten. Beim nächsten Gramm, das ich zunehme, läuft mir meine Freundin weg.«

»Komisch, so was Ähnliches sagte meine Tante Mathilda heute beim Frühstück zu mir«, bekannte Justus. »Aber das hat sie wohl nicht so ernst gemeint.«
»Der Kuchen steht in der Vorratskammer«, sagte Burnside. »Auf dem Regal hinter der Tür.«
Justus ging in die Kammer, einen kleinen quadratischen Nebenraum mit deckenhohen Einbauregalen, in dem Burnside seine Vorräte und Zutaten aufbewahrte – Kartons voll Schokolade, große Behälter für Mehl und Zucker, Kaviardosen, Gläser mit eingelegten Oliven und vieles mehr.
Justus mußte die Tür wieder anlehnen, um an den Schokoladenkuchen heranzukommen. Als er nach dem Messer greifen wollte, das Burnside auf die Kuchenplatte gelegt hatte, stieß sein Fuß an etwas Weiches.
Er sah zu Boden. Jemand hatte eine Plastiktüte mit Inhalt hinter die Tür gestellt. Es war eine rosafarbene Tüte mit Aufdruck in grellem Lila – aus dem Warenhaus Becket.
Nachdenklich betrachtete Justus die Tüte. Harry Burnside war also bei Becket gewesen, überlegte er. Warum auch nicht? Warum sollte der junge Geschäftsmann nicht dorthin gehen und sich etwas kaufen - vielleicht ein neues Hemd oder ein Paar Schuhe? Ariago leitete diese Filiale für Pilcher – na, und wenn schon? Das mußte nicht gleich bedeuten, daß Burnside und Ariago etwas miteinander zu schaffen hatten.
Doch nun drängte sich Justus wieder die Erinnerung auf – wie Ariago eilig von Mrs. Pilchers Haus wegstrebte. Immer wieder sah er dieses Bild vor sich. Wo war Ariago gewesen, während Justus und Mrs. Pilcher sich unterhielten? Hatte er sich irgendwo versteckt gehalten und sie belauscht?
Jawohl, versteckt! Es konnte nicht anders gewesen sein. Wäre Ariago ein ganz normaler Besucher gewesen, dann hätte Justus ihn im Wohnzimmer angetroffen. Aber er hielt sich versteckt. Warum das?
Und könnte Harry Burnside nicht doch irgendwie mit Ariago in

Verbindung stehen? Könnte der sympathische junge Gastronom an Pilchers Entführung beteiligt sein? Abwegig, doch immerhin vorstellbar. Allerdings war Burnsides Name nicht in Pilchers Computer gespeichert. Doch wahrscheinlich kannte Pilcher Burnside nicht näher und hatte ihn deshalb nicht unter die Lupe genommen. Andererseits schloß dies nicht aus, daß Burnside seinerseits kein Interesse an Pilcher hatte. Vielleicht gab es einen Verwandten, dem Pilcher einmal Unrecht getan hatte. Oder er wußte etwas über den blutigen Bischof und das mysteriöse Tagebuch. Oder er war von Ariago bestochen worden. In Burnsides Kasse herrschte meist Ebbe; möglicherweise hatte er Geld angenommen.
Aus der Tüte schaute etwas Blaues hervor. Justus bückte sich und griff danach. Es war eine Sportjacke. Die Tüte kippte um, und die Jacke rutschte heraus. Unter der Jacke steckte eine zusammengefaltete Zeitung in der Tüte. Diese Zeitung berührte Justus nicht. Er starrte sie nur verdutzt an.
Aus dem bedruckten Papier waren Stücke ausgeschnitten. Wörter! Da hatte jemand aus den Schlagzeilen der Titelseite einzelne Wörter ausgeschnitten!

BÜRGERMEISTER VON TOKIO NACH HUNTINGTON HARBOR
GRÜSSE AN PARTNERSTADT ÜBERMITTELT

So lautete eine Schlagzeile, und Justus fügte im Geist das ausgeschnittene Wort wieder ein. Es mußte »kommt« heißen. Das war das zweite Wort in der Mitteilung des Entführers.
»Hey, Justus!« rief Burnside von der Küche her. »Wie lange schneidest du denn noch an dem Kuchen herum?«
Justus erschrak. Er stopfte die Jacke in die Tüte zurück und lehnte diese an die Wand. Hastig schnitt er drei Scheiben von dem Kuchen ab, legte sie auf einen Pappteller und trug ihn in die Küche. »Sie bekommen nichts«, teilte er Burnside mit.

»Schon recht«, sagte Burnside. »Meine guten Vorsätze sind nur von Dauer, wenn mich keiner in Versuchung führt.«
Bob und Peter nahmen ihren Kuchen entgegen. Justus zog einen Hocker unter einer Anrichte hervor und setzte sich auch zum Essen hin.
»Und wie geht's mit eurer reichen Erbin voran?« erkundigte sich Burnside. »Habt ihr schon eine Spur? Bekommt die Dame ihren Vater bald zurück?«
»Das versucht sie zur Zeit, aber da gibt es ein Problem«, antwortete Justus. »Der Entführer will Mr. Pilcher nur gegen das sogenannte Buch des Bischofs freilassen, und Marilyn weiß nicht, was es damit auf sich hat.«
Bob und Peter hielten überrascht im Essen inne. Peter holte spontan Luft, als wollte er verkünden: »Aber wir wissen es doch!«
Wohlweislich behielt er es für sich. Statt dessen sagte er: »Inzwischen haben wir uns garantiert sieben Milliarden Bücher angesehen.«
»Und etliche Tonnen alte Schriftstücke«, warf Bob ein. »Mr. Pilcher hat ja eine Unmenge Zeug gehortet und kann sich von nichts trennen.«
Burnside kicherte. »Wetten, daß das meiste davon keinen Pfifferling wert ist?«
»Später wollen wir noch zu Central Coast Marine«, fuhr Justus fort. »Kennen Sie bestimmt – die Schiffswerft am Bowsprit Drive. Dort liegt Pilchers Yacht zur Zeit im Trockendock. Die *Bonnie Betsy*. Mrs. Pilcher hat vorgeschlagen, auf dem Boot nach dem Buch zu suchen. Wahrscheinlich ist es genauso mit allem möglichem Kram vollgestopft wie das Haus.«
»Würd' mich nicht wundern«, meinte Burnside. Er sah an Justus vorbei zur Tür hin. »Komm nur rein, Ramon«, sagte er. »Ich hab' dir dein Geld hingelegt.«
Justus drehte sich um. Da stand der dunkelhaarige Mann, der bei Pilchers Party den Abwasch gemacht hatte. Er nickte den

Jungen kurz zu und ging zu Burnside, der ihm einen Umschlag aushändigte.
»Seid ihr bald soweit?« fragte Justus seine Freunde. Er steckte den letzten Bissen Kuchen in den Mund, und Peter und Bob waren auch gleich fertig. Sie verabschiedeten sich von Harry Burnside. Ramon war soeben in die Vorratskammer gegangen, um sich auch ein Stück Kuchen abzuschneiden.

Harry Burnside führt sein Geschäft offenbar in recht lockerem Stil. Man kann bei ihm ohne große Formalitäten ein- und ausgehen und bekommt in Selbstbedienung ein Stück vom übriggebliebenen Kuchen ab. Und da kann auch mal eine Tüte mit artfremdem Inhalt in der Vorratskammer abgestellt werden. Justus hat sie Burnside zugeordnet. Aber war das nicht vielleicht etwas vorschnell?

Die drei ??? verließen das Haus durch die Hintertür. Sie kamen an Burnsides Transporter vorüber, der auf dem Weg hinter der Häuserreihe geparkt war, und gingen zur Straße vor. Erst jetzt blickte Justus zurück.
»Hör mal, was hast du denn dem alles aufgetischt?« wollte Bob wissen.
»Ja, eben! Warum hast du Burnside vom Buch des Bischofs erzählt und ihm weisgemacht, wir wollten später zur Werft?« fragte Peter. »Hast du etwa ein Geheimnis vor uns?«
»In der Vorratskammer stand eine Plastiktüte«, erklärte Justus. »Eine vom Warenhaus Becket, wo Ariago Geschäftsführer ist. Die Sache wäre an und für sich harmlos – bis auf die Zeitung, die in der Tüte steckt. Aus den Schlagzeilen sind Wörter ausgeschnitten!«

Bob war einen Augenblick sprachlos. »Der Erpresserbrief!« stieß er dann hervor.
»Genau«, sagte Justus.
»Burnside?« überlegte Peter. »Burnside als Entführer? Das kann ich nicht glauben. Das ist ja, wie wenn sich der eigene Opa plötzlich als Dracula entpuppt!«
»Ich weiß.« Justus war sehr ernst geworden. »Es kommt einem unglaublich vor, aber ich habe die Zeitung gesehen, mit eigenen Augen.«
»Und da wolltest du Harry Burnside eine Falle stellen«, erkannte Bob.
»Richtig. Nun denkt er, das Buch könnte sich auf der Yacht befinden. Wir wollen mal sehen, was er jetzt unternimmt.«
Hier sah Peter ein Problem. »Wenn wir ihn beschatten wollen, brauchen wir doch ein Fahrzeug – und zwar gleich!«
Justus nickte. »Ray Estava hat uns seine Hilfe angeboten. Also geben wir ihm die Chance dazu!«

Justus hat eine Erleuchtung

Nach einer Viertelstunde war Ray Estava zur Stelle. Er fuhr einen unscheinbaren grauen Wagen mit rostigen Stoßstangen und etlichen Kratzern und Beulen in den Türen. »Den habe ich mir von einem Nachbarn geborgt«, erklärte Estava, als er die Jungen einsteigen ließ. »Die Karre macht so gar nichts von sich her, damit fallen wir garantiert nicht auf. Wen wollt ihr denn beschatten?«
»Harry Burnside«, entgegnete Justus. »Sein Geschäft ist da drüben. Er müßte jeden Augenblick losfahren.«
»Burnside?« Sanchez wirkte erschrocken. »Der soll in diese

üble Geschichte verwickelt sein? Der Bursche ist in Ordnung, das weiß doch jeder!«
»Klar, man kann es kaum glauben«, gab Justus zu, »aber ich bin zufällig auf etwas gestoßen … Da! Er kommt!«
Justus zeigte zum Hinterausgang des Hauses. Harry Burnside schloß gerade die Tür ab.
Ray Estava ließ den Motor an.
Burnside stieg in seinen Transporter und fuhr an.
Die Jungen duckten sich, um nicht gesehen zu werden.
Am Ende des Weges hinter den Häusern stoppte Burnside kurz und sah nach rechts und nach links. Dann gab er wieder Gas, fuhr zur Straße vor und brauste los, in Richtung Küstenstraße.
Estava gab ihm einen Häuserblock Vorsprung und setzte sich dann hinter ihn. An der Einmündung zur Küstenstraße mußte Burnside an einer Ampel anhalten. Estava nahm das Gas weg, so daß ein Kleinbus mit Surfern überholen und sich zwischen seinen Wagen und Burnsides Transporter einreihen konnte.
»Das machen Sie ganz toll«, fand Peter begeistert.
»Ich seh' mir gern Agentenfilme an«, sagte Estava.
Die Ampel schaltete um. Sie bogen in die Küstenstraße ein, und nun ging es nach Norden zum Bowsprit Drive. Justus war mächtig gespannt, als sie sich der Abzweigung näherten. Doch dann fuhr der Transporter einfach am Bowsprit Drive vorüber und zügig auf der Küstenstraße weiter.
»Hey!« sagte Bob. »So steht es nicht im Drehbuch!«
Justus äußerte sich nicht.
Beim Chaparral Canyon verringerte Burnside das Tempo und bog nach rechts ab. Drei Straßen weiter lag ein großes Appartementhaus. Burnside stellte sein Fahrzeug davor ab, lief zum Eingang und klingelte.
Estava fuhr an Burnsides Transporter vorbei und parkte einige Häuser weiter vorn. Durch die Heckscheibe beobachteten die Jungen, wie Burnside in das Gebäude ging. Wenige Minuten später kam er in Begleitung eines jungen Mädchens wieder her-

aus – eines hübschen Mädchens mit langen dunklen Haaren. Die beiden stiegen in den Transporter, und Burnside wendete auf der Fahrbahn und fuhr zur Küstenstraße zurück.
»Der fährt nicht zur Schiffswerft«, prophezeite Bob. »Nicht heute abend.«
Das hatte Burnside tatsächlich nicht vor. Er fuhr nach Süden bis Marina del Rey, und dort kehrte er mit dem Mädchen in einem Restaurant ein.
»Das wär's dann«, meinte Ray Estava. »Er führt seine Freundin zum Abendessen aus. Wundert mich übrigens nicht – der ist kein Gauner. Wenn er zur Werft gefahren wäre, hätte ich glatt einen Herzanfall bekommen!«
Mittlerweile war Burnside für einige Sekunden am Eingang zu dem Lokal stehengeblieben und hielt seiner Freundin die Tür auf. Er wandte den Beobachtern in Estavas Wagen den Rücken zu, und blitzartig kam Justus die Erinnerung an Jeremy Pilcher, wie er in seinem Haus an der Küchentür stand, das Gesicht Burnside und dem Tellerwäscher Ramon zugewandt. Einen Augenblick lang sah Justus wieder Ramons Gesicht vor sich und den Blick, mit dem der Mann Pilcher ansah. Estavas Worte »... einen Herzanfall bekommen« hallten in Justus' Gedächtnis nach.
»Nein!« Justus schlug sich mit der geballten Faust an die Stirn. »Wie konnte ich nur so vernagelt sein! Natürlich war es nicht Burnside! Er kann es gar nicht gewesen sein. Jetzt fällt es mir wieder ein. Pilcher kam in die Küche und schlug Krach, weil eine Serviererin ein Glas zerdeppert hatte – und das war der entscheidende Augenblick!«
Er schwieg kurz und dachte mit geschlossenen Augen scharf nach. »Harry Burnside war in der Küche«, murmelte er. »Er stellte Platten und Schüsseln auf Tabletts, und dieser Ramon stand am Spülbecken, die Hände im Wasser. Bis zu diesem Augenblick war Mr. Pilcher nicht in Gefahr, da mache ich jede Wette. Dann plötzlich schwebte er in akuter Gefahr, und das er-

kannte er sofort. Ich habe es mit angesehen, aber begriffen habe ich es nicht.«
Bob lehnte sich vor. »Was hast du nicht begriffen?« wollte er wissen. »Was ist denn dann passiert?«
»Wißt ihr noch, wie wütend Pilcher war? Er brüllte herum, und Marilyn versuchte ihn zu beruhigen. Dann drehte Ramon sich um, sah ihn an – und prompt fiel ihm ein Teller aus der Hand. Und Pilcher hätte fast einen Herzschlag bekommen.«
»Gar nicht so abwegig«, meinte Ray Estava. »Ging mal irgendwas zu Bruch, dann drehte der alte Geizhals fast durch – vor allem wenn er vielleicht für den Schaden aufkommen mußte.«
»Darum ging es gar nicht mehr!« behauptete Justus steif und fest. »Unmittelbar vor dem Augenblick, als der Teller in Scherben ging, faßte Pilcher Ramon zum ersten Mal ins Auge. Ramon starrte ihn ganz entgeistert an. Pilchers Gesicht konnte ich nicht sehen, nur das von Ramon. Sein Ausdruck war ganz eigenartig. Zuerst erschien es mir so, als hätte er Angst, aber da hatte ich mich getäuscht. Das war nicht Angst in seinen Augen, sondern Haß. Ramon sah Pilcher an, wie jemand ein lästiges Insekt ansieht, das man so schnell wie möglich zertreten sollte! Ramon hatte Pilcher wiedererkannt. Er kannte ihn. Und Pilcher erging es mit Ramon ebenso. Deshalb bekam er den Herzanfall!«
Bob kam eine jähe Erleuchtung. »Dann ist Ramon – dann muß er Navarro sein!« rief er.
»Möglich wäre das schon«, meinte Justus. »Er könnte der Mann sein, vor dem Marilyn Pilcher gewarnt werden mußte. Und wenn ich mich nicht sehr täusche, ist er jetzt auf der Werft Central Coast Marine und durchsucht die *Bonnie Betsy.* Er kam ja gerade in dem Augenblick bei Burnside zur Tür herein, als wir von der Yacht sprachen.«
»Na, dann nichts wie los!« Estava ließ den Motor an und gab Gas, und sie rasten zurück und den Bowsprit Drive entlang. Als sie die Werftanlage erreichten, war es schon fast dunkel.

Peter befürchtete, der Wachmann würde sie gar nicht mehr einlassen.
Da sagte Justus: »Ist auch nicht nötig. Schaut mal!«
Nun hatten es auch die anderen entdeckt. Burnsides in Verruf geratener Tellerwäscher befand sich im Lichtkegel von Estavas Scheinwerfern. Gerade wollte er über den Maschendrahtzaun klettern, der das Werftgelände umgab.
»Nicht anhalten!« rief Bob. »Er soll nicht merken, daß wir ihn sehen. Oder sollen wir ihn stellen, damit er uns sagt, wo Pilcher ist?«
»Nein, wir beobachten ihn weiter«, entschied Justus.
Estava fuhr an Ramon vorbei. Durch die Heckscheibe sahen die Jungen, wie der Mann sich von der Oberkante des Zauns auf das Gelände davor fallen ließ. Dann rannte er auf der Mole los, zur Küstenstraße vor.
Estava wendete auf der Fahrbahn. Er schaltete das Fernlicht ab und fuhr im Standlicht zum zweiten Mal an Ramon vorüber. Nun ging der Mann im Schritt, einen Daumen erhoben, um per Anhalter weiterzukommen.
»Na, wollen wir ihn mitnehmen?« fragte Estava.
»Nein, er kennt uns ja«, wehrte Justus ab.
Estava fuhr in die Küstenstraße ein und einige Straßenzüge nach Süden, dann bog er in den Parkplatz eines Fischrestaurants ein. Die Jungen schauten zum Heckfenster hinaus. Sie sahen, wie ein Kombiwagen rechts heranfuhr, so daß Ramon einsteigen konnte. »Ein dunkler Chevrolet«, stellte Justus fest.
»Alles klar«, sagte Estava.
Bis Santa Monica blieben sie in einigem Abstand hinter dem Kombi. Am Lincoln Boulevard ordnete sich dieser zügig in die Ausfahrt ein und hielt am Randstreifen an. Ramon stieg aus, und der Wagen startete wieder.
Noch einmal kurvte Estava an dem Mann vorbei, als hätte er ihn überhaupt nicht bemerkt. Er bog um die nächste Ecke und hielt an. Die Jungen hinten schauten hinaus.

Ramon schritt mit gesenktem Kopf und hochgezogenen Schultern die Straße entlang.
Estava wendete und folgte ihm. Er überholte Ramon und hielt am Straßenrand, bis er vorübergegangen war, dann setzte er sich wieder hinter den Fußgänger. Ramon schien nicht zu merken, daß er verfolgt wurde. Er nahm den grauen Wagen überhaupt nicht zur Kenntnis.
Einige Querstraßen weiter kamen sie in einen unwirtlichen Streckenabschnitt, auf dem das Gelände links und rechts der Fahrbahn wie ein Kahlschlag wirkte.
»Hier hat man die frühere Bebauung abgerissen«, erklärte Estava. »Da wird bestimmt ein Firmenkomplex gebaut. Wohnhäuser können sie nicht mehr aufstellen. Die Gegend liegt zu nahe an der Schnellstraße, und der Lärm wäre zu störend.«
Ramon war nun nur noch ein Schatten, der sich verstohlen über das öde Gelände bewegte. Er hielt auf eine Gruppe dunkler Umrisse hinter dem eingeebneten Bereich zu. Offenbar waren das Häuser - leerstehende Abbruchhäuser. Zwischen zwei dieser verfallenen Bauten verschwand Ramon.

Pech für Ramon, daß er das Belastungsmaterial für die Entführung bei Burnside verwahrte. In einem solchen Abbruchhaus hätte es so leicht niemand gefunden. Na, kommt euch nun eine Vermutung? Ein sicheres Versteck in einer verlassenen Gegend – wofür? Oder für wen?

»Wir steigen am besten hier aus und gehen ihm zu Fuß nach«, schlug Justus vor. Er öffnete die Wagentür.
Alle stiegen aus dem Transporter. So geräuschlos wie möglich gingen sie auf die Stelle zu, an der sie Ramon zuletzt gesehen hatten.

»Wo ist er nur hin?« flüsterte Peter, während sie sich in der Dunkelheit zwischen den Häusern vortasteten.
»Psst!« mahnte Justus zur Vorsicht. »Da, seht!«
Vor ihnen war ein Lichtschein zu erkennen – ein schmaler heller Spalt in einem der aufgegebenen Häuser. Die jungen Detektive und ihr Begleiter schlichen sich weiter an. Schritt für Schritt legten sie vorsichtig den restlichen Weg zurück, bis sie nahe genug waren, um ein Fenster zu erkennen. Der Laden war vorgelegt, doch an mehreren schadhaften Stellen zwischen den Querleisten schimmerte Licht hindurch.
Der Verkehrslärm von der nahen Küstenstraße dröhnte herüber, und das jähe Hupen eines Sattelschleppers fuhr ihnen allen in die Glieder.
Als der schwere Lastwagen vorübergedonnert war, legte Justus das Auge an eine der Ritzen im Fensterladen und spähte hindurch. Sein Blick fiel in eine Stube, mit einem Bett und einer abgestoßenen Kommode. Auf dieser stand eine brennende Kerosinlampe. Ramon stand vor dem Bett, zu dem darin liegenden Mann hinuntergebeugt. Der Mann schien bewußtlos zu sein. Er lag halb auf der Seite, das Gesicht zum Fenster gekehrt. Der Mund war leicht geöffnet, die Augen fest geschlossen. Um einen der nackten Fußknöchel war eine Stahlfessel befestigt, und ihre Kette endete in einem Ring, der im Betonfußboden verankert war.
Justus wandte sich leise vom Fenster weg, trat ein Stück zur Seite und winkte die anderen zu sich.
»Wir haben Jeremy Pilcher gefunden«, flüsterte er. »Und nun müssen wir ihn hier rausholen!«

Die Erde bebt!

Ray Estava und die drei ??? zogen sich über das unebene Gelände in den Schutz eines anderen leeren Hauses zurück. Hier blieben sie stehen, um über den nächsten Schritt zu verhandeln.
»Wir könnten das Haus stürmen und Pilcher gewaltsam befreien«, sagte Estava, »aber das wäre zu riskant, falls der Bewacher bewaffnet ist. Wenn der Kerl einen Ballermann hat und sich in die Enge getrieben sieht, kann das für Pilcher das Aus bedeuten.«
»Und genauso für uns«, mußte Peter folgern. »Sollten wir nicht das nächste Telefon suchen und die Polizei anrufen?«
»Okay«, sagte Estava. »Das übernehme ich. Wenn die Polizisten den Alten gefesselt auf dem Bett sehen und den anderen Kerl bei ihm vorfinden, dann können sie den Entführer gleich festnehmen, anstatt mich weiter zu verdächtigen. Ihr drei bleibt bitte in der Nähe, ja? Nicht daß Pilcher jetzt noch etwas zustößt, nachdem wir ihn glücklich gefunden haben.«
Estava marschierte los, ohne sich um Zustimmung oder Einspruch der drei ??? zu kümmern.
»Vielleicht hätte einer von uns mitgehen sollen«, meinte Peter, nachdem Estavas Schritte verhallt waren.
»Wozu das?« fragte Bob. »Den Anruf bei der Polizei wird er doch allein schaffen.«
»Ich hoffe nur, daß er es auch wirklich tut«, wandte Peter ein. »Er hat Grund genug, Pilcher zu hassen. Vielleicht überlegt er es sich anders und läßt uns hier im Regen stehen.«
»Was hätte er davon?« hielt Justus dagegen. »Schließlich muß er sich sagen, daß wir nicht ewig hier herumstehen würden. Er wird die Polizei bestimmt anrufen. Und mit seiner Empfehlung, daß wir in Pilchers Nähe bleiben sollen, liegt er richtig. Ramons Gesicht gefällt mir gar nicht. Womöglich dreht er noch durch, und Pilcher muß dran glauben!«

Die Jungen schlichen vorsichtig zu dem Haus zurück, in dem hinter dem abgedunkelten Fenster die Kerosinlampe brannte. Noch einmal spähte Justus durch die Ritze im Klappladen. Ramon stand noch immer vor dem Bett, den Blick starr auf seinen Gefangenen gerichtet. Im fahlen Lampenschein lagen Schatten auf den hohlen Wangen. Sicherlich hatte er in seinem Leben immer wieder hungern müssen.
»Mich hältst du nicht zum Narren, alter Knabe«, stieß er hervor. Er sprach überlaut, als sei Pilcher taub. In den Fensterrahmen waren keine Scheiben mehr, und trotz des Verkehrslärms verstanden die Jungen die Worte ganz deutlich. »Du verstellst dich doch bloß!«
Ramon bückte sich und packte Pilchers Knöchel. Heftig schüttelte er das Bein des alten Mannes. »Du verstehst mich sehr gut, und ich weiß das. Also spiel dich nicht als Todkranker auf!«
Die drei ??? am Fenster standen wie gebannt da. Würde Ramon sich an Pilcher vergreifen? Und mußten sie dann ins Haus eindringen, falls Estava und die Polizei noch nicht zur Stelle waren?
»Ich will das Buch!« Ramon beugte sich zu Pilchers Ohr herunter. »Ich hab' mir dieses Buch verdient. Ich hab' dafür bezahlt – mit Jahren meines Lebens, unter Anklage und im Gefängnis. Ich hätte mit dir geteilt, aber du warst zu habgierig, du wolltest alles für dich! Und dann hast du mich verraten, jawohl! Zur Polizei bist du gelaufen, sobald du dir das Buch unter den Nagel gerissen hattest. Und dann trafen auch schon die Bullen ein. Wie sie mich schnappten, da sagten sie zu mir, sie hätten von einem 'nen Tip bekommen. Sie verhafteten mich. Mich! Ramon Navarro! Sie sperrten mich gleich mal ein, wie den letzten miesen Dieb!
Und weißt du, was passierte, als sie das Buch in meinem Zimmer nicht finden konnten? Sie hängten mir an, ich hätte es verkauft. Sie sagten, nur ich könnte es gewesen sein, und natürlich wanderte ich ins Gefängnis. Ich weiß genau, wo du dann immer

wieder warst, Pilcher. An dem Ort, wo du dir die Taschen vollstopfen konntest, um noch reicher zu werden!«
Ramon trat vom Bett zurück. Mit ineinander verkrampften Händen schritt er im Raum auf und ab.
Peter hielt Ausschau nach Estava. Warum kam er nicht wieder? Was hielt ihn denn so lange auf?
In der schwach erhellten Stube blieb Ramon nun stehen. Wieder sprach er zu dem Mann auf dem Bett, jedoch mit leiserer Stimme, so daß die Jungen angestrengt hinhören mußten. »Jetzt willst du Zeit schinden«, sagte er. »Du rechnest damit, daß deine Kleine bei der Polizei nicht lockerläßt, bis man dich findet. Du glaubst, daß die immer weitersuchen werden, bis sie schließlich hierherfinden und eine dramatische Rettungsaktion veranstalten. Ist aber nicht so. Hab' ich rausgefunden. Gar nichts tut die Göre. Sie läßt Schuljungen zu sich ins Haus kommen, damit sie bei Nacht keine Angst haben muß. Und wenn ihre Angst zu groß wird, kriecht sie bei ihrer Mutter unter. Die Polizei unternimmt nichts. Und du bleibst schön hier.
Dir ist wohl klar, wo du hier bist, Pilcher, alter Freund? An diesem Ort wird dich keiner suchen, und keiner kann dich hören. Ich habe viel Zeit. Ich kann dich hier so lange schmoren lassen, bis du mir verrätst, was ich wissen muß. He, was is'n hier los?«
Er lief zum Fenster hin.
Peter hechtete erschrocken zur Seite.
Bob machte einen Satz in die andere Richtung.
Justus wich rückwärts aus. Er wollte sich noch ducken, war aber nicht flink genug. Ramon stieß energisch den Fensterladen auf, und dieser hätte Justus fast am Kopf getroffen. Eine Sekunde lang sahen sich Justus und Ramon in die Augen. Justus war zu keiner Bewegung fähig.
Dann packte Peter Justus und riß ihn vom Fenster weg. Der Bann war gebrochen. Die drei Jungen rannten los, so schnell sie konnten.

Ramon brüllte wie ein verwundetes Tier. Der Fensterladen schlug krachend gegen die Hauswand. Eine Tür knallte zu. Ramon war ihnen auf den Fersen!
Justus drehte sich um. Er sah die Waffe in Ramons Hand. Ein Revolver war das nicht. Ramon schwang eine Art Keule. Einen Baseballschläger! Justus erkannte blitzschnell, daß dieser in Ramons Händen zu einer todbringenden Waffe werden konnte. Ramon war kein junger Mann mehr, aber noch längst nicht so alt wie Pilcher, und außerdem war er sehr kräftig.
Justus lief schneller. Ramon schrie den Jungen Schimpfwörter auf Englisch und auf Spanisch nach. Alles konnten sie nicht verstehen, aber es waren lästerliche Flüche und Drohungen. Er würde ihnen allen den Schädel einschlagen, wenn er sie zu fassen kriegte, brüllte er. Dann hielt er den Mund, um flinker laufen zu können.
Peter stöhnte laut und rannte weiter, in den Schutz der tieferen Dunkelheit zwischen zwei verlassenen Häusern. Bob raste hinterher, und Justus warf sich buchstäblich mit letzter Kraft nach vorn.
Und Ramon kam immer näher! Gleich würde er sie erwischt haben und mit dem Schläger ausholen.
Immerhin waren sie zu dritt. Sie müßten ihm doch wohl den Schläger entwinden und ihn überwältigen können.
Peter fand dies aber zu riskant. Auch wenn sie letztlich die Oberhand behielten, könnte Ramon vorher einen von ihnen niederschlagen.
Peter packte Bob beim Arm und riß ihn mit sich. Stolpernd prallten die beiden gegen die Rückwand eines Hauses. Justus kam angehetzt und blickte sich noch kurz um. Wie weit war der Verfolger herangekommen?
Bedrohlich nahe, mußte er feststellen.
Peter sprang auf ihn zu und zeigte auf eine Tür! Peter hatte eine offene Tür entdeckt! Das leerstehende Haus bot ihnen ein Versteck.

Im Finstern tasteten sich die drei Jungen vor. Justus hielt die Arme vor sich ausgestreckt, denn es war so stockdunkel, daß es ihm vorkam, als ginge er mit geschlossenen Augen.
Als sie im Inneren des Hauses standen, drehten sie sich zum Eingang um. Justus sah, daß es draußen eine Spur heller war. Er konnte hören, wie Ramon schwer atmend vor dem Haus stehenblieb. Justus stellte sich vor, wie der Mann geduckt bei der Tür lauerte und auf ein Flüstern oder sonst ein Geräusch horchte, das ihm das Versteck der Jungen verraten würde.
Schließlich rührte Ramon sich wieder. Justus hörte ihn einen Schritt vorwärts gehen, dann einen zweiten. Da wich Justus nach hinten zurück, um von der offenen Tür wegzukommen. Langsam und vorsichtig ging er rückwärts, bis er gegen eine Wand stieß. Dann bewegte er sich seitwärts. Neben sich nahm er Peter wahr. Oder war es Bob? Es spielte keine Rolle, solange sie alle drei beisammen waren.
Als Justus die Wand nicht mehr im Rücken spürte, wurde ihm klar, daß er an einen anderen Türdurchgang gekommen war. Also lag hinter dem Raum, den die Jungen zuerst betreten hatten, ein zweiter. Justus schob sich rückwärts durch den Türrahmen, und seine Freunde kamen nach. Vorerst waren sie in Sicherheit, aber eben nur für den Augenblick. An der Haustür stand Ramon auf der Lauer. Er wartete nur darauf, daß die Verfolgten sich bemerkbar machen würden.
Mit letzter Hoffnung sah sich Justus nach einer weiteren Tür oder einem Fenster um – nach irgendeinem Fluchtweg aus diesem Haus. Doch im Dunkeln war nichts zu erkennen.
Estava! Wo blieb Estava nur? Warum kehrte er nicht zurück, warum kam die Polizei nicht?
Peter hatte recht gehabt, dachte Justus bitter enttäuscht. Estava mußte es sich anders überlegt haben. Er hatte sie hier ihrem Schicksal überlassen. Nun mußten sie sich selbst helfen. Sie mußten Ramon überwältigen und ihm diesen gefährlichen Schläger entreißen!

Plötzlich schwankte der Boden unter Justus' Füßen. Es war eine ganz schwache Erschütterung, wie wenn drüben auf der Küstenstraße ein schwerer Lastwagen vorübergefahren wäre.
Und dann rumorte es in der Erde! Mit einem Ruck hob sich der Fußboden, senkte sich wieder und hob sich noch einmal. Das Rumpeln schwoll an und wurde immer lauter. Es breitete sich ringsherum aus, bis es nur noch dieses entsetzliche dumpfe Grollen gab und dieses Haus, das zitterte und schwankte. Licht zuckte auf, gleißend und blendend wie Blitze. Das waren die Stromleitungen zwischen den Masten an der Straße – ein Kurzschluß jagte den anderen!
Justus verlor das Gleichgewicht und stürzte. In dem alten Haus ächzte es, als Balken sich aus ihrem Gefüge losrissen und Nägel aus dem Holz gezerrt wurden.
Ein Erdbeben! Das war ein Erdbeben! Jeden Augenblick würde das alte Gemäuer einstürzen. Das Dach würde von den Mauern abgeschert werden und ins Hausinnere herunterdonnern. Und die drei ??? unter sich begraben! Sie mußten so schnell wie möglich hier weg!
Aber Justus konnte nicht fliehen. Er konnte sich nicht einmal aufrichten. Hilflos lag er auf dem heftig schwankenden Fußboden, die Fingernägel in die Bretter unter sich gekrallt.
Gleich würde das Haus in sich zusammenkrachen.
Justus war gefangen!

Nicht umzubringen

Das Beben wollte kein Ende nehmen. Würde es jemals wieder aufhören? Justus versuchte sich am Fußboden festzuklammern, besessen von der absurden Vorstellung, er würde irgend-

wohin abstürzen, wenn er sich nicht an den Dielenbrettern unter ihm festhielt.
Ringsum hörte er das Gebälk ächzen und quietschen. Das Dach wollte sich von den Mauern, auf denen es errichtet war, lösen. In der Nähe krachte und rumpelte es beängstigend lange, und Justus zuckte zusammen. Nebenan stürzte eine Wand ein. Oder ein ganzes Haus. War es etwa das Haus hier? Würde es Justus und seine Freunde unter sich begraben – in einem Trümmerhaufen?
Endlich ließen die Erschütterungen nach. Zitternd setzte sich Justus auf. Im Finstern nahm er ein helleres Rechteck wahr, das er als ein Fenster erkannte. Also stand diese Wand noch. Das Haus war nicht eingestürzt, und Justus war vorerst in Sicherheit, wie auch Peter und Bob.
Peter meldete sich aus dem Dunkel: »Ich find's schrecklich, wenn das passiert! Daran werde ich mich nie gewöhnen können – niemals!«
»Dann zieh um nach Illinois«, versuchte Bob zu scherzen, aber es klang ziemlich kläglich.
Justus rappelte sich hoch und stand auf. Vor Beginn des Erdbebens hatte Ramon im Hauseingang gestanden, den Schläger in der Hand. Nun war er verschwunden.
Justus ging zur Tür und sah ins Freie hinaus. Dichter Staub hing in der Luft, und der muffige Modergeruch alter Häuser wehte ihn an. Ramon war jedoch nirgends zu entdecken.
Von der Küstenstraße her drang das Licht von Autoscheinwerfern, nur der Lärm war verstummt. Der hektische, endlose Verkehrsstrom war zum Stillstand gekommen. Menschen riefen und Hupen ertönten, doch nichts bewegte sich mehr.
Wie ein Schock traf Justus die Erkenntnis, daß dieser unverstellte Blick auf die Autostraße eigentlich gar nicht möglich war. Noch vor Minuten hatte hier ein Haus die Sicht blockiert. Dieses Haus hatte sich allerdings verändert. Es sah nun wie ein windschiefer Schuppen aus. Drei Außenmauern waren einge-

stürzt, mitsamt dem Dach. Wie ein riesiger, schräggestellter Topfdeckel lehnte es an der stehengebliebenen Mauer.
Aber das war ja das Haus, in dem der alte Pilcher gefangengehalten wurde! »Um Himmels willen!« rief Bob entsetzt. »Dann ist er da drin begr – «
Er brach ab, weil es jäh ganz hell wurde. Ein Wagen kam holpernd über die Schuttmassen neben dem eingestürzten Haus gefahren. Die Lichtkegel der Scheinwerfer bohrten sich durch die Finsternis und erfaßten Ramon.
Ramon stand da und starrte hilflos auf das in Trümmern liegende alte Haus. Er blickte sich nach dem näherkommenden Auto um. Die Scheinwerfer blendeten ihn, und so bemerkte er nicht, daß hinter diesem Wagen ein zweites Fahrzeug herankam, mit einem blinkenden blauen Drehlicht auf dem Dach. Es war ein Streifenwagen der Polizei.
Justus fiel ein Stein vom Herzen. Die Polizei war doch noch gekommen!
Ramon drehte sich zu den Jungen um. Den Baseballschläger hatte er noch in der Hand. Im Nu waren die drei ??? sprungbereit. Sollte sich der Kerl jetzt auf sie stürzen, dann nichts wie los!
Aber Ramon warf den Schläger weg und rannte davon. Wie der Blitz war er hinter dem eingestürzten Haus verschwunden.
Das Polizeiauto stoppte mit einem Ruck. Die Türen flogen auf, und zwei Beamte sprangen heraus und setzten Ramon nach. »Stehenbleiben!« brüllten sie ihm zu. Der andere Wagen hielt auch an, und Ray Estava stieg aus und lief los, fast ebensoschnell wie die Polizisten. »Mr. Pilcher!« schrie er auf dem Weg zu dem in Trümmern liegenden Haus. »Mr. Pilcher! Alles klar!«
Da meldete sich eine Stimme – eine hohe, zittrige Stimme. »Gar nichts ist klar! Sie sind ein Vollidiot! Über mir ist ein Haus eingestürzt. Und für Sie ist alles klar!«
Es war kaum zu fassen. Jeremy Pilcher war in diesem verwüsteten Haus knapp mit dem Leben davongekommen – und fing

schon wieder zu fluchen an! Der Mann war wahrhaftig nicht umzubringen!
Die Polizisten kamen wieder an. Sie hatten Ramon eingeholt, noch ehe er es bis zur Autostraße geschafft hatte. In Handschellen, mit gesenktem Kopf, kam er zwischen den beiden Beamten angetrottet.
»Das ist der Entführer!« Bob trat auf die Polizisten zu. Ramon versuchte sich loszureißen und stieß mit den Füßen um sich. Da ging Bob vorsichtshalber in Deckung.
Die Polizisten verfrachteten Ramon auf den Rücksitz ihres Streifenwagens. Estava rief zu Pilcher hinüber: »Nur ruhig, Mr. Pilcher. Wir holen Sie raus!«
Doch dann fiel dem jungen Mann ein, wer er war und weshalb er hier war. Er dachte an seinen Vater, den der habgierige Alte in dem Trümmerhaufen um seine Existenz gebracht hatte.
»Rutschen Sie mir doch den Buckel runter, Pilcher!« stieß er hervor. Er ging zu seinem Wagen und setzte sich hinein, und er rührte keinen Finger mehr, um zu helfen – auch dann nicht, als ein dritter Wagen übers Gelände angerumpelt kam, mit Marilyn Pilcher am Lenkrad.
»Estava hat sicher zuerst Marilyn alles erzählt und dann erst die Polizei angerufen«, vermutete Peter. »Kein Wunder, daß es so lange dauerte, bis er wieder hier war.«
Mrs. Pilcher war ebenfalls mitgekommen. Im Verein mit den drei ??? mühte sie sich ab, ihre Tochter zurückzuhalten. Marilyn wollte unbedingt durch das Fenster in der stehengebliebenen Mauer einsteigen und sich um ihren Vater kümmern.
»Das überlassen Sie besser uns«, wehrte einer der Polizisten ab. »Wir holen ihn schon heraus.«
»Dann macht euch endlich auf die Socken!« schrie Pilcher. »Statt rumzustehen und Reden zu schwingen!«
Das Haus ächzte und knarrte; jeden Augenblick drohte es endgültig einzustürzen.
Die beiden Polizisten stiegen durch das Fenster ein, und die

Umstehenden hielten den Atem an. Für Pilcher bestand keine akute Gefahr mehr. Das abgesackte Dach und die eine stehengebliebene Wand bildeten über dem alten Millionär eine Art Zelt. Doch man mußte jederzeit mit einem Nachbeben rechnen. Ein neuer Erdstoß, selbst wenn er nur schwach war, konnte das Haus vollends zum Einsturz bringen und Pilcher mitsamt den Rettern unter Trümmern begraben.
Ein Nachbeben gab es zwar nicht, aber bald kam ein Polizist wieder durchs Fenster heraus. Er warf den Jungen einen finsteren Blick zu.
»Der alte Mann ist am Fußboden angekettet«, meldete er. »Konnten wir ja nicht wissen.« Er ging zu seinem Wagen und rief über Funk Helfer herbei.
Nun rückte die Feuerwehr aus. Es dauerte zwar fast eine halbe Stunde, bis sie endlich eintraf, aber sobald die Mannschaft zur Stelle war, ging sie planmäßig und schnell an ihr Rettungswerk. Zwei Männer stiegen durchs Fenster ins Haus und verschafften sich einen Überblick. Sie ließen sich eine Eisensäge geben. Nachdem sie damit hantiert hatten, brauchten sie noch eine Brechstange. Die Jungen konnten hören, wie die Männer in der Hausruine mit Muskelkraft und Werkzeugen schufteten. Dann wurde eine Trage durch das Fenster geschafft und kurz darauf mit Jeremy Pilcher wieder herausgehoben.
Mittlerweile war auch ein Rettungswagen angekommen. »Paßt doch besser auf, ihr Trampel!« schrie Pilcher, als ihn die Sanitäter in das Fahrzeug schoben.
»Oh, Dad!« Marilyn stieg vorn ein, um ihren Vater ins Krankenhaus zu begleiten. »Dad, nun sei doch wenigstens jetzt mal friedlich, ja?«
In diesem Augenblick gab es ein Nachbeben. Aus der Erde drang ein kurzes Rumoren. Das alte Haus, in dem Jeremy Pilcher seine Gefangenschaft zugebracht hatte, stürzte endgültig zusammen und war nur noch ein Trümmerhaufen, gleich einem riesigen Termitenbau.

Ein Geheimnis aus alter Zeit

Die drei ??? waren schon startklar, als Dr. Gonzaga, der Dozent aus Ruxton, eine Woche später zum Schrottplatz der Firma Jonas kam, um sie abzuholen. Auf der Fahrt nach Hollywood bereiteten die Jungen ihn auf den bevorstehenden Besuch im Universum-Studio vor.

»Sie werden Mr. Hitchcock sicher gleich sympathisch finden«, meinte Peter überzeugt.

»Er unterhält sich gern mit Leuten wie Ihnen, die auf einem so interessanten Gebiet Experten sind«, setzte Bob hinzu. »Und er schätzt es sehr, wenn ein solcher Experte mit seinem Spezialwissen uns auf die Sprünge hilft.«

Der Erste Detektiv nickte bedächtig. »Sonst wäre das Buch des Bischofs für uns ein Buch mit sieben Siegeln gewesen.«

Als sie dann Alfred Hitchcock gegenübersaßen, reichte Bob dem Regisseur das Protokoll, das er zu ihrem Abenteuer mit dem schrulligen Sammler verfertigt hatte.

»Dr. Gonzaga möchte dazu auch noch etwas vorbringen«, kündigte er an.

Dr. Gonzaga nickte. »Aber lesen Sie bitte zunächst, was Bob aufgeschrieben hat. Bei meinem Beitrag geht es um ein Geheimnis aus alter Zeit. Seither sind vierhundert Jahre vergangen, also müssen wir das Erzählen nicht überstürzen.«

Alfred Hitchcock lehnte sich auf seinem Sessel zurück und machte sich an die Lektüre. Als er Bobs Bericht über die grotesken Umstände von Mr. Pilchers Entführung und Rettung wieder auf den Tisch legte, sah er lachend zu seinen Besuchern auf. »Unglaublich – dieser Jeremy Pilcher bekommt es fertig, auch dann noch herumzunörgeln, wenn er nach einem Erdbeben von der Feuerwehr glücklich gerettet wird!«

Justus grinste. »Nörgeln und Schimpfen gehören für Mr. Pilcher zum normalen Umgangston. Schlechter Stil, auch für

einen Millionär. Bei Navarro allerdings muß man von schlechtem Charakter sprechen.«
»Navarro steht in mehreren südamerikanischen Staaten auf der Fahndungsliste der Polizei«, führte Bob dies näher aus. »Er ist ein mieser kleiner Gauner und hat schon viele Jahre im Gefängnis zugebracht. Dr. Gonzaga berichtet uns gleich von dem gestohlenen Tagebuch des Bischofs. Es war das erste Mal, daß Navarro nach einem Diebstahl erwischt wurde, aber nicht das letzte Mal. Und für Pilchers Entführung bekommt er nun wieder ein paar Jahre Knast.«
Dr. Gonzaga öffnete seine Aktenmappe und nahm das in Leder gebundene Buch heraus, das Justus an Bord der *Bonnie Betsy* gefunden hatte. »Ich habe jetzt die Bestätigung«, berichtete er. »Es handelt sich hier tatsächlich um das verschollene Tagebuch des Bischofs Enrique Jiminez, der vor langer Zeit in Bogotá gelebt hat. Man nannte ihn den blutigen Bischof, weil die Leute ihm die Schuld an der brutalen Behandlung der Indianer gaben, die für die spanischen Eroberer in den Gold- und Smaragdminen arbeiteten. Die Kirche war allerdings so eng mit der spanischen Kolonialregierung verbunden, daß der Bischof sich von dieser Anschuldigung nicht einfach lossprechen konnte.
In seinem Tagebuch schrieb der Bischof jedoch darüber, wie sehr ihn die Berichte von Mißhandlungen in den Bergwerken entsetzten. Er wollte sich selbst davon überzeugen und unternahm eine Reise zu einer Smaragdmine. Dort wurde im Tagebau gearbeitet – die Indianer gruben im Erdreich, nicht in unterirdischen Schächten oder Stollen. Sie hatten tatsächlich unter unmenschlicher Behandlung zu leiden. Der Bischof reiste sofort nach Bogotá zurück, um beim spanischen Gouverneur Schutzrechte für die indianischen Arbeiter durchzusetzen. Doch ehe der Gouverneur handeln konnte, gab es im Hochland einen gewaltigen Bergrutsch. Die Mine, die der Bischof besichtigt hatte, wurde dabei verschüttet.«

Dr. Gonzaga nahm das Tagebuch zur Hand; beim Vorlesen übersetzte er den spanischen Text ins Englische. »Die Leute graben seit Monaten. Sie versuchen die herabgestürzten Erdmassen wegzuräumen, aber die Arbeit ist sehr gefährlich. Immer wieder tritt ein neuer Bergrutsch auf. Nun kam es zu einer Meuterei. Die Indianer weigern sich, weiterzugraben. Gestern gab der Gouverneur Order aus, daß die Mine aufgegeben werden soll. So sei es denn. Die Tränen der Götter haben schon zuviel Leid unter die Menschen gebracht.«
»Hmm!« meinte Mr. Hitchcock. »Danach war der Bischof ja wirklich kein Menschenschinder.«
»Das haben ihm böse Zungen angehängt«, sagte Peter.
»Aber was ist nun mit den Seiten, die aus dem Buch herausgetrennt wurden?« erkundigte sich Mr. Hitchcock. »Spielen sie überhaupt eine Rolle in der ganzen rätselhaften Geschichte?«
»Sogar die Hauptrolle«, antwortete Dr. Gonzaga. »Die Lage der Mine ließ sich nach dem Bergrutsch nicht mehr genau feststellen. Aus dem einstigen Platz dieser fehlenden Seiten im Tagebuch konnten wir jedoch schließen, daß sie die Reiseschilderung des Bischofs von Bogotá zu der Mine enthalten. Anhand dieser Aufzeichnungen könnte ein Abenteurer auf Schatzsuche den Weg des Bischofs nachvollziehen und wäre dann in Sogamoso am Ziel. An der Stelle, auf die bei Sonnenuntergang am Mittsommerabend der Schatten der »Alten Frau« fällt, würde er die Smaragdmine finden. Dazu muß man wissen, daß die »Alte Frau« ein Berg in den Anden ist, der beim Volk diesen Namen trägt.
Das Tagebuch des Bischofs befand sich viele Jahre lang in einer privaten Sammlung. Der Eigentümer ahnte nicht einmal, was er da in seinem Besitz hatte. Schließlich wurde das Tagebuch von einem Antiquar erworben, der darin einen ergiebigen Fund witterte. Ehe er allerdings das Buch von Experten entziffern lassen konnte, wurde es gestohlen. Die Polizei bekam den Hinweis, daß der Assistent des Antiquars das Buch an sich gebracht

hatte. Als man sein Zimmer durchsuchte, fanden sich mehrere wertvolle Schriftstücke, die der Mann aus dem Antiquariat entwendet hatte, jedoch nicht das Tagebuch.«

»Aha!« sagte Alfred Hitchcock. »War dieser Assistent etwa unser guter Bekannter Navarro?«

»Ja, eben«, bestätigte Peter. »Navarro stritt zunächst alles ab. Dann behauptete er, ein Amerikaner sei in das Antiquariat gekommen und habe sich mit dem Tagebuch unter dem Jackett wieder davongemacht. Das nahm die Polizei Navarro nicht ab, und er landete im Gefängnis.«

»Was sich wirklich zugetragen hat, können wir nur vermuten«, berichtete Bob weiter. »Weder Navarro noch Pilcher äußern sich dazu. Von Marilyn wissen wir, daß ihr Vater, als er in seiner Jugend zur See fuhr und die ganze Welt bereiste, nicht nur die Hafenstädte besuchte, wenn sein Schiff anlegte. Wann immer es ihm möglich war, reiste er ins Landesinnere. Er war ehrgeizig und strebte unablässig nach Erfolg. Dabei trat er oftmals unter anderem Namen auf. In Bogotá lernte Pilcher Navarro kennen, und Navarro hatte irgendwoher Kenntnis vom Inhalt des Tagebuches – zumindest soweit es diese Smaragdmine bei Sogamoso betraf. Gemeinsam heckten die beiden den Plan aus, das Tagebuch zu stehlen. Anschließend hat wohl Pilcher Navarro raffiniert ausgebootet. Navarro wurde verhaftet, und Pilcher brachte ein Vermögen in die Vereinigten Staaten mit.«

»Das bedeutet also, daß er die Smaragdmine gefunden hat«, meinte Mr. Hitchcock.

»Allem Anschein nach ja«, sagte Justus. »Wir nehmen an, daß er der Reisebeschreibung des Bischofs in dem Tagebuch genau folgte. Das Tagebuch ist nicht leicht zu lesen, aber Pilcher kann etwas Spanisch und hätte mit Hilfe eines Wörterbuches einige Seiten entziffern können.«

Dr. Gonzaga nickte. »Auch dir wäre das gelungen, Justus, wenn du genügend Zeit und einige Nachschlagewerke gehabt hättest. Die spanische Sprache hat sich seit vierhundert Jahren nicht

wesentlich verändert – ebensowenig wie die englische. Wir können ja auch Shakespeare ohne allzu große Mühe lesen.«
»Wieso befand sich das Tagebuch eigentlich auf der *Bonnie Betsy?«* wollte Mr. Hitchcock wissen.
»Wir vermuten, daß Pilcher mit seiner Yacht immer wieder Kolumbien ansteuerte, wenn er Nachschub an Smaragden brauchte«, sagte Bob. »Das Tagebuch war gewissermaßen sein Wegweiser zur Mine. Irgendwann gab er dann diese Seereisen auf; vielleicht aus Altersgründen. Er trennte die wesentlichen Seiten aus dem Buch heraus und verwahrte sie zu Hause in einem sicheren Versteck. Und das Tagebuch ließ er wohl auf dem Schiff liegen, weil er es wie üblich nicht über sich brachte, es wegzuwerfen.«
»Also konnte der Mann sein Vermögen immer wieder durch den Erlös für einige Smaragde abrunden«, folgerte Mr. Hitchcock. »Und dann tauchte ganz unvermutet sein ehemaliger Komplize bei der Party seiner Tochter auf. Das muß ein unerhörter Schock für den Alten gewesen sein!«
»Es löste bei ihm sogar einen Herzanfall aus«, berichtete Justus. »Navarro erkannte Pilcher, trotz der vielen Jahre, die inzwischen verstrichen waren, und Pilcher war dies sofort klar.«
Nun fuhr Peter mit Erzählen fort. »Wir meinen, daß Pilcher nur so tat, als ob er sich ausruhte, während ich bei ihm saß, daß sich aber in seinem Kopf die Gedanken nur so überschlugen. Es war ihm klar, daß Navarro ihn zur Rede stellen würde und daß es Navarro um das Tagebuch ging. Pilcher dachte jedoch nicht daran, sein Geheimnis preiszugeben, und so nützte er die Gelegenheit, um mich im Badezimmer einzusperren, und verbrannte die Seiten aus dem Tagebuch im Kamin. Dann tippte er in seinen Computer die Mitteilung für Marilyn ein. Er wollte sie über die Smaragdmine unterrichten, wohlgemerkt aber nur für den Fall, daß ihm etwas zustoßen sollte.«
»Knickrig bis zuletzt«, murmelte Alfred Hitchcock.
Peter fuhr fort. »Navarro kam die Treppe herauf, als er unten

unbeobachtet war, und er stieß mit Pilcher zusammen, als dieser mich gerade aus dem Badezimmer befreien wollte. Navarro drückte Pilcher ein Kissen aufs Gesicht. Vielleicht wollte er den alten Mann auch nur erschrecken. Das erste Kissen platzte auf, und er mußte ein zweites nehmen. Pilcher stürzte bewußtlos zu Boden. Da fürchtete Navarro vermutlich, er könnte den Mann umgebracht haben, und so beschloß er, Pilcher wegzuschaffen. Er hoffte, es würde so aussehen, als hätte sich Pilcher aus eigenen Stücken abgesetzt.«

»Wie gelang es ihm denn, Pilcher aus dem Haus zu bringen?« fragte Mr. Hitchcock.

»In der Transportkarre für die Wäsche«, sagte Justus. »Unter den benutzten Tischtüchern.«

»Durchaus naheliegend!« Alfred Hitchcock mußte lachen.

Justus berichtete weiter. »Als die Party zu Ende war, mußte Navarro auftragsgemäß die Tischwäsche zur Wäscherei fahren. Ehe er dort ankam, entdeckte er, daß er nicht etwa eine Leiche durch die Gegend transportierte. Denn Jeremy Pilcher lebte noch!«

»Und darin sah dann Navarro die große Chance, sein Glück zu machen«, sagte Bob. »Das leerstehende Haus an der Küstenstraße war das ideale Versteck für einen Gefangenen. Niemand würde dort Pilchers Hilferufe hören. Die Polizei glaubt, daß Navarro in diesem Haus schon etliche Male kampiert hatte, ehe ihm Burnside in seinem Unternehmen Arbeit verschaffte. Der frühere Eigentümer hatte schwere Maschinen in Betrieb, die am Aufstellplatz verankert werden mußten, und von daher rührte noch der Eisenring im Fußboden. Navarro wollte allerdings nicht, daß Pilcher ihm unter den Händen starb, und so sorgte er dafür, daß sein Gefangener immer genügend Essen und Wasser bekam. Pilcher tat so, als läge er die meiste Zeit im Koma, damit er für Navarros Fragen nicht ansprechbar war. Navarro durchschaute diese Taktik, aber er scheute sich, auf Pilcher zuviel Druck auszuüben. Hätte Pilcher einen tödlichen Herzanfall erlitten, dann wäre die Mine für Navarro unwiderruflich verloren gewesen.«

»Und wie geht es dem schrulligen alten Millionär zur Zeit?« erkundigte sich Alfred Hitchcock.

»Allmählich erholt er sich«, sagte Peter. »Es war ein Wunder, daß er nicht verletzt wurde, als das Dach einstürzte.«

»Ich kann eigentlich gar nicht glauben, daß ein Haus eingestürzt sein soll«, sagte der Regisseur. »Ein so starkes Erdbeben war das doch gar nicht. Ich war zu der Zeit in New York. Aber die Zeitungen berichteten nur nebenbei von einem Erdbeben in dieser Gegend.«

»Das Epizentrum lag unmittelbar in Küstennähe, und der alte Schuppen war wirklich baufällig«, erklärte Bob. »Uns reichte es, das kann ich Ihnen versichern!«

»Pilcher lag ein paar Tage im Krankenhaus«, berichtete Peter weiter, »aber er ist ein zäher Bursche, und nun ist er wieder zu Hause. Marilyn wird den jungen Mann aus Boston übrigens nicht heiraten. Sobald es ihrem Vater bessergeht, wird sie wieder zu ihrer Mutter ziehen. Sie ist inzwischen zu der Auffassung gekommen, daß Jeremy Pilcher sich nicht mehr ändern wird, und daß sein Charakter auf sie abfärben könnte, wenn sie sich zu sehr an ihn klammert. Sie vertritt inzwischen die Meinung, daß nicht Geld allein zählt. Da sieht der alte Geier natürlich rot.«

»Und all die Geheimniskrämerei um die Smaragde war reine Zeitverschwendung.« Bob blinzelte schadenfroh. »Vor einigen Jahren hatte nämlich noch ein anderer die Mine wiederentdeckt, und seither wird darin legal gearbeitet. Alles ist höchstens noch so geheim wie die Filiale der Bank of America in Rocky Beach.«

Alfred Hitchcock mußte lachen. »Das gönne ich den beiden alten Gaunern!«

»Ray Estava ist inzwischen bei einer Bank in Rocky Beach angestellt«, erwähnte Bob noch, »und Ariago macht seine Arbeit bei Becket und hofft vermutlich, daß Pilcher ihn irgendwann vergißt. Schon seit längerer Zeit bemühte er sich um Mrs. Pilchers Gunst. Er wollte das aber vor Pilcher geheimhalten, und so versteckte er sich, als er Justus zu Mrs. Pilcher kommen sah. Der Frau war die ganze Angelegenheit so peinlich, daß sie nicht wußte, was sie tun sollte. Sie sagt, der Mann sei ihr gar nicht sympathisch, aber anscheinend gelingt es ihr nicht, ihn abzuwimmeln.«

»Manche Leute sind eben unglaublich stur«, sagte Mr. Hitchcock. »Aber wie war das nun mit den gespenstischen Geräuschen auf Mr. Pilchers Dachboden? Könnt ihr euch die Schritte, die ihr da gehört habt, irgendwie erklären?«

»Mrs. McCarthy kann es!« Justus sah undurchdringlich drein. »Mr. Pilchers Haushälterin behauptet, das sei der Geist des kleinen Mädchens, das einst bei seiner reichen Tante in dem Haus wohnte. Es wurde verstoßen, als eine Brosche der Tante verschwunden war. Man spielte der Kleinen hinterher übel mit, weil man sie als Diebin ansah. Mrs. McCarthy stieg auf den Dachboden, als wir gegangen waren, und stöberte da oben herum. Und da fand sie das hier, zwischen den Falten einer alten Steppdecke in einer der Truhen.« Justus legte eine Brosche auf Mr. Hitchcocks Schreibtisch – eine goldene, mit roten Steinen besetzte Brosche. »Mrs. McCarthy meinte, das sei die Brosche, die das Mädchen damals gestohlen haben soll. Sie vermutet, die Tante müsse sie beim Aufräumen in der Truhe verloren haben. Diese Truhe war ja dann mit all dem übrigen Hausrat an Mr. Pilcher übergegangen.

Wir glauben, daß es sich bei dem ersten Eindringling auf dem Dachboden um Navarro handelte. Ihm waren die Nerven durchgegangen, weil Marilyn das Buch des Bischofs nicht gleich finden konnte, und da schlich er sich mit Pilchers Schlüssel ins Haus, um selbst zu suchen – wobei es dann zum Zusammenstoß mit mir kam. Aber wie war es hinterher? Mrs. McCarthy hat jedenfalls erfahren, daß dieses Mädchen von einst – inzwischen eine erwachsene Frau – am Tag von Marilyns Verlobungsparty bei einem Autounfall ums Leben kam. Und Mrs. McCarthy behauptet, der Geist dieser Frau sei zu dem Haus zurückgekehrt, um die Brosche zu suchen und ans Tageslicht zu bringen, um zu beweisen, daß sie sie nicht gestohlen hatte.«

»Um den Makel von ihrem Erdendasein zu tilgen ...?« Mr. Hitchcock wiegte skeptisch den Kopf.

Justus sah nicht weniger skeptisch drein. »Jedenfalls – für die Schritte auf dem Dachboden ist eine andere Erklärung fällig. Es gibt keine Wiederkehr nach dem Tod. Und keine Geister.«

»Natürlich nicht«, bestätigte Alfred Hitchcock. »Ihr wart bei diesen nächtlichen Einsätzen in dem kalten, düsteren alten Haus übermüdet und überdreht. Da hat euch eure Phantasie einen Streich gespielt.«

»Es beruhigt ja ungemein, das hinterher zu erfahren.« Peter grinste. »Nur – wie stelle ich es an, daß ich mich beim nächsten Nachtdienst in einem Spukhaus dran erinnere?«

Justus feixte. »Dann mußt du eben gleich zu Anfang auf den Dachboden steigen und nachsehen, ob sich da ein Störenfried eingenistet hat, der furchtsame Detektive erschreckt. Marilyn hat mir erzählt, sie hätte sich im nachhinein nun doch so über Mrs. McCarthys Geistergeschichte geärgert, daß sie sich ein Herz faßte und den Dachboden nochmals absuchte. Dabei hat sie einen ausgewachsenen Siebenschläfer aufgestört!«

Alfred Hitchcock lachte schallend. »Und ist der Hausgenosse weiterhin munter und aktiv?«

»Wollen wir es hoffen«, antwortete Justus. »Das hübsche Tierchen wurde in einer Spezialfalle lebend gefangen und im Freien ausgesetzt – weit weg von Rocky Beach!«

Die drei ???
und die
silberne Spinne

Erzählt von Robert Arthur

Die drei ???
und die silberne Spinne

Vorspann: Alfred Hitchcock 143
Um Haaresbreite 145
Eine überraschende Einladung 154
Die silberne Spinne 160
Lars hat viel zu erklären 168
Finstere Pläne 179
Ein unverhoffter Fund 189
Nur schnell weg! 194
Bobs Gedächtnislücke 201
Fluchtpläne 205
Ein gefahrvoller Abstieg 211
Der schwarze Johan 217
In die Kanäle 226
Hals über Kopf durch die Finsternis 235
Justus hat eine Erleuchtung 242
Die Magnus-Glocke 247
Der Spinne auf der Spur 252
Schlußwort: Alfred Hitchcock 260

Vorspann: Alfred Hitchcock

»Wir übernehmen jeden Fall« ist das Leitwort der »drei???« (sprich: drei Detektive) – Justus Jonas, Peter Shaw und Bob Andrews, alle aus Rocky Beach in Kalifornien, nicht weit von der Traumstadt Hollywood. Und das ist nicht zuviel gesagt, wie diejenigen Leser, denen die drei aus früheren Büchern vertraut sind, sehr wohl wissen.

Wieder verlassen sie ihr Schmuckkästchen von »Zentrale« auf dem Schrottplatz des Super-Trödelmarktes »Gebrauchtwaren-Center T. Jonas«, um diesmal in Texas einzugreifen und finstere Machenschaften zu entlarven, wobei eine hübsche silberne Spinne eine wichtige Rolle spielt.

Durch ein paar Andeutungen zu den sonderbaren Vorfällen, die uns bevorstehen, könnte ich nun die Neugier meiner Leser gehörig anstacheln, aber ich werde mich lieber zurückhalten. Nur so viel: was unsere Nachwuchsdetektive in Texas erwartet, sind ausgesprochen phantastische Ereignisse in nicht minder phantastischem Rahmen, geschaffen von einem Sonderling auf Gratwanderung zwischen Wunsch und Wirklichkeit. Und noch ehe die Verhältnisse wieder zur Ruhe kommen, werden die drei –

Da – fast hätte ich mich verraten. Nichts mehr werde ich sagen.

Gut, ein Hinweis noch, falls der eine oder andere Leser den drei ??? hier zum ersten Mal begegnet: Justus Jonas führt das Team als Erster Detektiv an – das Superhirn dazu hat er. Peter Shaw ist der kühne Athlet – groß, kräftig, sportlich. Bob Andrews, der »Kleine«, ist eher für Denksport zu haben – er ist für Recherchen und Archiv verantwortlich (hat aber, wenn es gefährlich wird, Löwenmut!).

Und nun hinein in Spannung und Abenteuer – und viel Vergnügen dabei!

Alfred Hitchcock

Um Haaresbreite

»Vorsicht!« rief Bob Andrews.

»Aufpassen, Morton!« Das war Peter.

Morton, Chauffeur des großen goldbeschlagenen Rolls-Royce, trat auf die Bremse, und die drei ??? auf den Rücksitzen wurden kräftig durchgeschüttelt. Mit quietschenden Reifen kam der Rolls-Royce zwei Finger breit vor einem spiegelblanken Luxuswagen zum Stehen.

Sofort sprangen mehrere Männer aus dem Auto. Als Morton ebenfalls ausstieg, umringten sie ihn und redeten erregt auf ihn ein, wobei sie immer wieder in eine fremde Sprache verfielen. Morton kümmerte sich nicht darum. Er trat zu dem anderen Auto hin und sprach den Fahrer in der blitzblauen, gelbbetreßten Livree ungehalten an.

»Hören Sie, guter Mann«, sagte Morton. »Sie haben da ein Stoppschild überfahren. Fast hätten Sie eine folgenschwere Kollision verursacht. Die Schuld liegt klar bei Ihnen, ich war auf der Vorfahrtsstraße.«

»Im Zweifelsfall hat ein Holmqvist immer freie Fahrt«, redete sich der andere Fahrer patzig, doch keineswegs im Sinne der Straßenverkehrsordnung, heraus. »Wer sich ihm in den Weg stellt, ist selber schuld.«

Inzwischen hatten sich Peter, Bob und Justus wieder ordentlich hingesetzt und verfolgten den Vorfall mit Erstaunen. Die Männer, die aus dem Wagen gesprungen waren, führten in ihrer Aufregung geradezu einen Tanz um Mortons hochgewachsene Gestalt auf. Einer, der größer als die übrigen und offenbar der Wortführer war, legte mächtig los.

»Sie Idiot!« brüllte er Morton an. »Sie hätten beinahe Lars Holmqvist umgebracht! Man kann Ihnen nur zugute halten, daß Sie nicht wissen, mit wem Sie es zu tun haben.«

»Ich habe die Verkehrsregeln beachtet, Sie hingegen nicht«, erwiderte Morton unbeirrt. »Ihr Fahrer war schuld.«

»Von wem reden die denn da – dieser Holm – Holmkist – ist das ein hohes Tier?« fragte Peter leise Bob.
»Liest du keine Zeitung?« flüsterte Bob zurück. »Lars Holmqvist, der junge Schwede aus Texas, hoffnungsvoller Erbe der Magnus-Werke, zur Zeit auf Ferienreise in Kalifornien – gestern stand es sogar in unserem Lokalblatt!«
»Du lieber Himmel! Und diesen prominenten Jüngling haben wir so mir nichts, dir nichts in seinem Erfolgskurs gebremst!« meinte Peter.
»Morton hatte eindeutig Vorfahrt«, wandte Justus Jonas ein. »Kommt, wir steigen aus und geben ihm Schützenhilfe.«
Sie kletterten aus dem Wagen. Gerade da öffnete sich auch die hintere Tür des anderen Autos, und ein großer, schlanker junger Mann mit weißblondem Haar stieg aus. Obwohl er höchstens neunzehn oder zwanzig Jahre alt sein mochte, verschaffte er sich sofort Respekt.
»Ruhe da!« sagte er, und schlagartig war Schluß mit dem Geplapper und Gefuchtel der Männer um Morton. Er machte eine Handbewegung, und sie traten achtungsvoll hinter ihn zurück, als er auf Morton zuging.
»Ich bitte um Entschuldigung«, sagte er. »Mein Fahrer war nicht im Recht. Ich werde dafür sorgen, daß er künftig die Verkehrsregeln beachtet.«
»Aber – « setzte der größte Mann aus der Gruppe zum Protest an. Lars Holmqvist gebot mit einer knappen Geste Schweigen. Neugierig sah er Bob, Peter und Justus entgegen, die auf die Gruppe zukamen.
»Es tut mir leid, daß das passieren mußte«, sagte er zu ihnen. »Zum Glück reagierte euer Fahrer sehr schnell und konnte einen schweren Unfall vermeiden. Gehört euch dieses Prachtexemplar von Auto?« Und er wies mit dem Kinn auf den Rolls-Royce.
»Nicht direkt«, sagte Justus. »Wir benutzen es eben manchmal.«
Es war an dieser Stelle kaum angebracht, näher auf die Vorgeschichte des Rolls-Royce einzugehen und die Umstände zu schildern, wie der Erste Detektiv in einem Preisausschreiben für einige

Zeit die freie Verfügung über den Wagen gewonnen hatte und wie später daraus eine Art Gewohnheitsrecht geworden war.
Die drei Jungen waren gerade in Hollywood gewesen, um Alfred Hitchcock einen Besuch abzustatten und ihm das Protokoll ihres letzten erfolgreich aufgeklärten Falles vorzulegen. Auf der Rückfahrt war es nun zu dieser Beinahe-Kollision gekommen.
»Ich bin Lars Holmqvist aus Magnusstad in Texas«, sagte der junge Mann im leicht singenden Tonfall der Skandinavier. »Unsere Familie stammt aus Schweden, und wir pflegen die schwedische Tradition ganz bewußt. Mein Vater war Erik Holmqvist, der Gründer der Magnus-Werke. Er ist vor einem halben Jahr tödlich verunglückt, und ich habe mein Ingenieurstudium in Stockholm vorzeitig aufgegeben, um das Unternehmen hier in den Staaten weiterzuführen. Bis ich im nächsten Monat den Betrieb übernehme, bleibt mir noch Zeit für ein paar Urlaubstage in Kalifornien. Dann wird es ernst für mich. – Seid ihr drei von hier, ich meine waschechte Kalifornier und typische Amerikaner?«
Das war eine sonderbare Frage. Zwar waren die Jungen in Kalifornien aufgewachsen, und sie hielten sich durchaus für typische Amerikaner, aber es war ihnen nicht ganz klar, worauf der junge Mann hinauswollte.
Justus antwortete für alle drei.
»Bob und Peter sind typisch amerikanisch«, sagte er. »Mich kann man nicht gerade typisch nennen. In den Augen mancher Zeitgenossen bin ich eingebildet und rede zu hochgestochen und trete dauernd ins Fettnäpfchen. Nichts zu machen, leider.«
Bob und Peter grinsten. Es stimmte schon, was Justus da sagte, obwohl er es nur höchst selten selbst zugab. Weil er ein paar Kilo Übergewicht und einen überdurchschnittlich klaren Verstand hatte, nannten ihn manche Leute »das neunmalkluge Dickerchen« – andere Jungen eben, die neidisch auf ihn waren, oder Erwachsene, die sich durch seinen Scharfsinn herausgefordert fühlten. Seine Freunde würden für ihn durchs Feuer gehen. Hatten sie ein Problem, so wußten sie, daß Justus Jonas – wenn überhaupt jemand – es lösen konnte.

Justus zog eine Karte aus seiner Tasche. Es war die Visitenkarte der drei ???, und er trug immer ein paar Exemplare bei sich.
»Hier stehen unsere Namen«, sagte er. »Ich bin Justus Jonas, das hier ist Peter Shaw und das Bob Andrews.«
Der junge Holmqvist nahm die Karte und schaute sie sich bedächtig an. Der Text lautete:

Die drei Detektive
Wir übernehmen jeden Fall
???

Erster Detektiv	Justus Jonas
Zweiter Detektiv	Peter Shaw
Recherchen und Archiv	Bob Andrews

Sie warteten gespannt, wann er sich wohl nach den Fragezeichen erkundigen würde. Fast jedermann, der die Karte zu Gesicht bekam, fragte danach.
»Utmärkt!« sagte Lars Holmqvist. Er lächelte. Er hatte ein sehr sympathisches Lächeln, man sah all seine ebenmäßigen Zähne in dem gebräunten Gesicht. »Das ist Schwedisch und heißt – ausgezeichnet, prima. Ich nehme an, die Fragezeichen sind euer Firmen-Symbol.«
Sie sahen ihn achtungsvoll an – er hatte richtig vermutet. Da zog Lars auch eine Karte heraus und gab sie Justus.
»Bitte«, sagte er, »das ist meine Karte.«
Bob und Peter sahen Justus über die Schulter. Die Karte war aus weißem, steifem Karton, und darauf stand nur der Name *Lars Holmqvist* in feinem Stahlstich. Über dem Namen war ein Familienwappen in Gold und Blau gedruckt. Es war eine Spinne mit einem Schwert in einem goldenen Netz, aber das Motiv war so kunstvoll verziert, daß man es nur mit Mühe deutlich erkennen konnte. Bob blinzelte. Irgendwie kam ihm dieses Wappentier im Zusammenhang mit Schweden bekannt vor!

»Das ist mein Symbol«, sagte der junge Mann ernsthaft. »Eine Spinne. Sie ist unser Familienwappen und gleichzeitig unser Firmenzeichen. Mein Vater hat das so bestimmt. Es würde zu weit führen, euch jetzt zu erzählen, wie es zu diesem Wappen mit der Spinne kam, aber jedenfalls freut es mich sehr, euch kennenzulernen – Peter, Bob und Justus.«
Und er schüttelte allen drei Jungen die Hand.
Da drängte sich jemand zu ihnen hindurch. Es war ein schlanker jüngerer Mann mit sympathischem, intelligentem Gesicht. Angekommen war er in einem schwarzen Auto, das er hinter der Luxuskarosse der Magnus-Werke geparkt hatte. Sobald er den Mund aufmachte, war kein Irrtum möglich – das war ein typischer Amerikaner.
»Entschuldigen Sie, Lars«, sagte er, »aber unser Zeitplan gerät durcheinander. Es freut mich, daß es nicht zu einem Unfall gekommen ist. Aber jetzt müssen wir weiter, wenn wir heute noch die Stadtrundfahrt machen wollen.«
»An der Stadtrundfahrt bin ich nicht übermäßig interessiert«, sagte Lars. »Ich habe nun schon viele Städte hier an der Westküste gesehen. Ich möchte mich lieber mit diesen Jungen hier näher unterhalten. Sie sind die ersten richtigen amerikanischen Jungen, die mir begegnet sind. Sagt mal«, wandte er sich wieder an die drei ???, »ist Disneyland wirklich so toll? Davon schwärmen so viele.«
Sie versicherten ihm, Disneyland sei ganz phantastisch, und jeder müsse das einmal gesehen haben. Lars hörte aufmerksam zu, schien sich aber nicht entschließen zu können.
»In so steifer Gesellschaft macht es leider gar keinen Spaß«, sagte er. »Staffan Forsberg – das ist der Geschäftsführer, der den Betrieb leitet, bis ich ihn demnächst übernehme – hat offenbar angeordnet, daß mir niemand zu nahe kommt, wohl damit ich mir keinen Schnupfen hole oder so was. Es ist lächerlich. Ich bin doch kein Kronprinz, dem ein Attentäter auflauert. Bei uns in Magnusstad geht es friedlich zu, und ich bin überhaupt nicht wichtig.« Er hielt kurz inne und überlegte.

Lars Holmqvist gehört gewiß nicht zu der sprichwörtlichen Kategorie Angeber aus Texas, wenn er sich als Erbe und künftiger Leiter eines bedeutenden Unternehmens so gar nicht wichtig nimmt. Ob es allerdings zu Hause in Magnusstad wirklich so friedlich zugeht, das bleibt abzuwarten. Eine große Firma, all die Schalthebel der Macht – nun ja, vieles spielt sich da im Verborgenen ab. Wünschen wir Holmqvist junior das Beste!

»Wollt ihr drei mich nach Disneyland begleiten?« fragte Lars dann unvermittelt. »Ihr könnt mir alles doch viel besser zeigen. Es würde mir großen Spaß machen. Zur Abwechslung wäre es mal ganz nett, mit ein paar Freunden loszuziehen.«
Das Angebot überraschte die drei ???. Freilich hatten sie gegen einen Besuch in Disneyland durchaus nichts einzuwenden, und sie hatten sich für den Tag auch noch nichts weiter vorgenommen. Justus telefonierte vom Autotelefon im Rolls-Royce mit seiner Tante im Betrieb. Dann drängten sich die anderen Männer in den Wagen des Amerikaners, der vorhin dazugekommen war, und Bob, Peter und Justus stiegen zu Lars und dem hochgewachsenen Mann mit den scharfen Gesichtszügen, der sich so sehr über den Beinaheunfall erregt hatte, in das große Auto.
»Das wird dem Chef nicht behagen«, sagte der Mann mit unmutsvollem Gesicht. »Er hat ausdrücklich angeordnet, daß nichts Riskantes unternommen wird.«
»Riskant ist da gar nichts, Doktor Björklund«, sagte Lars schroff. »Es wird Zeit, daß Staffan Forsberg sich klarmacht, was *mir* behagt. Im nächsten Monat übernehme ich die Firma, wie es mein Vater im Testament bestimmt hat, und dann bestimme ich, nicht mehr Staffan Forsberg. Auch wenn ich weiterhin auf Ihren Rat als Jurist hören werde.« Er zwinkerte dem Doktor versöhnlich zu. »Aber Sven soll sich künftig genau an die Verkehrsregeln halten. Jetzt ist es schon zum dritten Mal passiert, daß wir fast in einen

Unfall verwickelt worden wären, weil er so rücksichtslos durch die Straßen braust wie zu Hause in Magnusstad. Das darf nicht noch einmal vorkommen.«

Dr. Björklund sagte ein paar schnelle Sätze auf Schwedisch, und der Fahrer des Wagens nickte. Sie fuhren wieder los, und die Jungen konnten feststellen, daß der Fahrer sich jetzt gewissenhaft an die Verkehrsregeln hielt und vorsichtig fuhr.

Während der eine Dreiviertelstunde dauernden Fahrt bis Disneyland hatte Lars so viele Fragen über Kalifornien im allgemeinen und den Alltag dreier Schuljungen aus Rocky Beach im besonderen, daß alle drei mit Antworten beschäftigt waren.

Als sie dann Disneyland erreicht hatten, stürzten sie sich gleich in den Rummel und all die Attraktionen, so daß nicht viel an Reden zu denken war. Einmal, als Björklund ein Stück zurückgeblieben war, schlug Lars mit funkelnden Augen vor, noch eine Runde um den Park in der kleinen Eisenbahn zu drehen. Bob, Peter und Justus waren einverstanden. Sie duckten sich flink hinter einer Gruppe von Leuten, liefen dann die Stufen zu dem Miniaturbahnhof hinauf und bestiegen einen Zug, der gerade angekommen war. Während sie am Rand des Parkgeländes entlangzuckelten, konnten sie sehen, wie der Doktor und seine Leute vergeblich nach ihnen suchten.

Als sie schließlich ausstiegen, kam Björklund mit einigen seiner Begleiter angelaufen. Aber ehe er den Mund auftun konnte, fuhr ihn Lars an: »Wir sollten doch zusammenbleiben. Aber Sie waren auf einmal weg. Das wird die Geschäftsleitung erfahren.«

»Aber – aber – aber – « stotterte der Mann.

Lars schnitt ihm das Wort ab. »Lassen wir es. Wir gehen jetzt. Ich bedaure nur, daß mir mein Zeitplan nicht erlaubt, noch einmal hierherzukommen.«

Auf dem Parkplatz vor dem großen Auto ordnete Lars an, Dr. Björklund solle im nachfolgenden Wagen mitfahren. So konnten sich die vier Jungen auf der Rückfahrt nach Rocky Beach ganz ungestört unterhalten.

Lars wollte alles mögliche über die drei ??? wissen, und sie erzählten ihm abwechselnd, wie es zur Gründung des Unternehmens gekommen war und wie sie Alfred Hitchcocks Freunde geworden waren. Und die schilderten kurz ein paar Abenteuer, die sie erlebt hatten.

»Utmärkt!« rief der junge Holmqvist. »Ach, ich beneide euch. Amerikaner haben so viel Freiheit. Und manchmal komme ich mir gar nicht wie ein Amerikaner vor, obwohl ich das doch bin. Dann träume ich davon, auch ungebunden zu sein – na ja, nur ab und zu. Es ist natürlich meine Pflicht, in Magnusstad die Magnus-Werke zu übernehmen. Ich bin nie in eine normale Schule gegangen, ich hatte immer Hauslehrer, und studiert habe ich in Schweden. Also habe ich hier nur wenige Freunde, und ich habe noch nie etwas richtig Aufregendes unternommen, bis ich jetzt endlich Amerika kennenlernen darf. Noch nie hat mir ein Tag so viel Spaß gemacht wie heute. Darf ich euch meine Freunde nennen?« fragte er. »Das würde mich sehr freuen.«

»Wir wären gern Ihre Freunde«, sagte Peter.

»Schön. Aber sagt bitte auch du zu mir.« Lars, der künftige Unternehmer, grinste. »Könnt ihr euch vorstellen, daß ich heute zum ersten Mal Doktor Björklund ausdrücklich widersprochen habe? Das hat ihn schockiert. Es wird auch Staffan Forsberg schockieren. Und sie müssen sich auf noch mehr Schocks gefaßt machen. Schließlich bin ich der Nachfolger, und ich habe vor – wie sagt man da noch?«

»Deine Autorität zu festigen«, schlug Justus vor, aber Bob sagte: »Dich durchzusetzen.«

»Genau das – mich durchzusetzen«, sagte Lars strahlend. »Staffan Forsberg wird noch manche Überraschung erleben.«

Inzwischen hatten sie Rocky Beach erreicht. Justus erklärte dem Fahrer den Weg zum »Gebrauchtwaren-Center T. Jonas«, und kurz darauf fuhren sie durch das große eiserne Haupttor in den Schrottplatz ein.

Beim Aussteigen lud Justus Lars ein, die Zentrale der drei ??? zu besichtigen. Mit sichtlichem Bedauern schüttelte Lars den Kopf. »Leider ist dazu keine Zeit mehr«, sagte er. »Heute abend muß

ich auf irgendein Bankett mit meinen Begleitern, und morgen fliegen wir schon zurück nach Texas. Wir leben in Magnusstad recht abgeschieden in einer ländlichen Gegend, und ich wohne in einem Palast, den mein Vater nach historischem Vorbild bauen ließ. Der Bau hat viel zu viele Räume, und es zieht überall herein, und überhaupt ist es nicht gerade komfortabel. So wird man gestraft, wenn man die Magnus-Werke erbt. Nein, leider kann ich nicht hierbleiben, auch wenn es mir bei euch gefällt. Ich muß zurück und mich darauf vorbereiten, in zwei Wochen die Firmenleitung zu übernehmen. Aber ich werde euch nicht vergessen, und eines Tages werden wir uns wieder begegnen, da bin ich sicher.«
Damit stieg er in den großen Wagen, und die beiden Autos fuhren weg. Die drei Jungen sahen ihnen nach.
»Für den Sohn eines so großen Tiers, der als Student eine ganze Firma erbt, war er eigentlich ganz nett«, stellte Peter fest. »Just? Just, was denkst du? Du machst dein berühmtes Gesicht!«
Justus blinzelte.
»Ich war am Überlegen«, sagte er. »Ich dachte an heute früh, als wir fast den Wagen mit Lars und seinen Leuten gerammt hätten. Ist euch nicht auch irgendwas daran sonderbar vorgekommen?«
»Sonderbar?« fragte Bob verdutzt. »Nein, ich war einfach froh – froh, daß es nicht zu einem Unfall gekommen ist.«
»Worauf willst du hinaus?« fragte Peter.
»Sven, der Fahrer des Wagens, in dem Lars saß«, sagte Justus. »Er kam unmittelbar vor uns aus der Nebenstraße. Er muß uns gesehen haben. Aber statt zu beschleunigen, damit er noch zügig vor uns herausfahren konnte, hat er gebremst. Wenn Morton nicht ein so hervorragender Fahrer wäre, hätten wir genau an der Stelle, wo Lars saß, den Wagen gerammt. Möglicherweise wäre er dabei ums Leben gekommen.«
»Sven hat den Kopf verloren und falsch reagiert«, meinte Peter.
»Irgendwie wundert es mich eben«, murmelte Justus. »Ach, na ja, das ist wohl nicht so wichtig. Es hat Spaß gemacht, Lars kennenzulernen. Aber der ist nun weg, auf Nimmerwiedersehen.«
Doch da täuschte sich Justus.

Eine überraschende Einladung

Ein paar Tage später trafen sich die drei ??? in ihrer Zentrale, dem umgebauten Campinganhänger, der hinter hoch aufgetürmten Stapeln von Bauholz und Schrottmetall im Hof des »Gebrauchtwaren-Center T. Jonas« stand. Bob hatte gerade einen Brief gelesen, der mit der Post gekommen war. Eine Dame in Malibu Beach schrieb den Jungen wegen ihres entlaufenen Hundes. Da klingelte das Telefon.

Dieses private Telefon, das die drei ??? aus ihrem Nebenverdienst auf dem Schrottplatz finanzierten, klingelte nicht oft. Kam es doch einmal vor, so kündigte sich stets Aufregendes an. Justus nahm ab.

»Hallo«, sagte er. »Die drei Detektive, Justus Jonas am Apparat.«

»Guten Morgen, Jonas junior«, hallte Alfred Hitchcocks gewaltige Stimme aus dem von Justus angeschlossenen Lautsprecher durch den Raum. »Gut, daß du gleich erreichbar warst. Ich wollte euch nur mitteilen, daß ihr bald Besuch bekommt.«

»Besuch?« wiederholte Justus. »Geht es um einen neuen Fall, Sir?«

»Dazu kann ich mich nicht äußern«, erwiderte Alfred Hitchcock. »Ich mußte mich zum Schweigen verpflichten. Aber ich hatte ein langes Gespräch mit eurem Besucher und habe euch in den höchsten Tönen gelobt. Ihr werdet eine überraschende Einladung erhalten. Das ist alles, was ich sagen darf. Ich wollte euch nur darauf vorbereiten. Jetzt muß ich mich verabschieden.«

Es klickte, und Justus legte ebenfalls auf. Die drei Jungen sahen einander groß an.

»Glaubst du, wir bekommen wieder einen Fall?« fragte Bob.

Sie hatten keine Zeit, die Sache weiter zu erörtern, denn in diesem Augenblick drang Mathilda Jonas' dröhnende Stimme durch das offene Dachfenster der Zentrale.

»Justus! Komm vor zum Tor! Du hast Besuch.«

Gleich darauf kletterten die Jungen durch Tunnel II, die weite Röhre, die von der Bodenluke im Anhänger zu einem verborgenen Zugang in der Freiluftwerkstatt auf dem Schrottplatz führte. Von dort brauchten sie nur noch Sekunden, um sich zwischen Schrott und Gerümpel zum Büro der Firma hindurchzuwinden. Hier parkte ein kleines Auto, und ein junger Mann stand daneben. Die Jungen erkannten ihn sofort wieder. Es war der Mann, der zu Lars gestoßen war, nachdem es fast zu dem Unfall gekommen wäre.

»Hallo«, sagte er. »Ich glaube, ihr hattet nicht damit gerechnet, mich noch einmal zu sehen. Diesmal will ich mich aber vorstellen. Ich bin Bert Young, und das ist meine Karte.«

Er zeigte den Jungen eine Geschäftskarte. »Global-Film« stand darauf. Young sagte: »Wo können wir uns ungestört unterhalten?«

»Da hinten«, sagte Justus mit recht erstauntem Blick. Jemand vom Film, und er wollte ungestört mit ihnen reden! Und er hatte sich bei Alfred Hitchcock über die drei ??? erkundigt. Was hatte das zu bedeuten?

Er ging voran zur Werkstatt und fand zwei alte Stühle. Peter und Bob setzten sich auf Kisten.

»Vielleicht habt ihr schon erraten, warum ich hergekommen bin«, sagte Bert Young. Nun, das war nicht der Fall. Sie warteten ab. »Es geht um den jungen Lars Holmqvist aus Magnusstad in Texas.«

»Lars!« rief Bob. »Wie geht es ihm?«

»Es geht ihm gut, und er läßt euch grüßen«, sagte Bert Young. »Ich habe erst vor zwei Tagen mit ihm gesprochen. Also: er möchte, daß ihr zu ihm kommt und bei ihm zu Gast seid, bis zu dem wichtigen Ereignis in ein paar Tagen, wenn er die Leitung der Firma übernimmt. Das soll mit einem großen Betriebsfest für die Mitarbeiter verbunden werden.«

»Hoppla!« rief Peter. »Eine Reise nach Texas? Sind Sie sicher, daß die Einladung tatsächlich uns gilt?«

»Euch und sonst niemand«, sagte Bert Young. »Es sieht so aus, als hätte er sich richtig mit euch angefreundet, während ihr zusammen in Disneyland wart. Er hat nicht viele Freunde. Bei den jungen Leuten in Magnusstad läßt sich schlecht sagen, wer sein Freund ist und wer ihm nur nach dem Mund redet, weil er der Firmenerbe ist. Aber bei euch ist er sicher. Nun möchte er ein paar Freunde um sich haben, und da braucht er euch. Ich sage euch lieber gleich, wie es dazu kam – ich habe ihm die Idee nahegebracht.«

»Sie?« fragte Bob. »Und weshalb?«

»Ja, das war so«, sagte Bert Young. »Magnusstad in Texas ist ein friedlicher Ort. Die Umgebung ist eine Idylle aus der guten alten Zeit im geschäftigen Amerika. Ich habe diese Idylle durch Lars' Vater kennengelernt, wir haben vor seinem Tod zusammen Pläne für einen Film gemacht. Habt ihr zufällig sein Buch ›Die silberne Spinne‹ gelesen? Er hat es unter dem Pseudonym Magnus Magnusson vor ein paar Jahren veröffentlicht.«

Bob schlug sich an die Stirn. »Aber natürlich! Ein phantastisches Abenteuerbuch war das. Jetzt weiß ich endlich, woran mich dieses Familienwappen mit der Spinne erinnert hat.«

»Und Sie wollen nun nach dem Buch einen Film drehen? In Magnusstad?« erkundigte sich Justus interessiert.

»Ja, das habe ich immer noch vor, auch wenn der alte Holmqvist nicht mehr am Leben ist«, sagte Bert Young. »Aber vorläufig bewegt uns in Magnusstad ein anderes Problem. Eigentlich ist es ein Fall für meinen Bruder, Kommissar Timothy Young vom Dezernat für Wirtschaftskriminalität in Houston. Er hat mich gebeten, ihn bei einer Fahndung zu unterstützen. Es geht um ein großangelegtes Vorhaben zur Investition illegal erworbener Gelder in die Magnus-Werke, die einer der wichtigsten Hersteller landwirtschaftlicher Spezialmaschinen sind. Aber dazu kann ich mich jetzt nicht näher äußern. Die Frage ist, wollt ihr hin?«

Die Jungen blinzelten. Natürlich wollten sie. Aber so einfach war das nicht. Da waren zunächst ihre Familien. Und dann die Kosten. Bert Young hatte aber schon eine Lösung.

»Ich rede mit euren Angehörigen«, sagte er. »Ich glaube, ich kann sie überzeugen, daß ihr in Magnusstad gut untergebracht sein werdet. Immerhin werde ich in der fraglichen Zeit auch selbst dort sein, und ich werde ein Auge auf euch haben. Und ihr werdet Gäste von Lars Holmqvist sein. Die Kostenfrage ist schon geregelt. Die Flugkarte bekommt ihr bezahlt, und wir werden euch Taschengeld geben, denn ihr sollt euch dort wie typische junge Amerikaner benehmen – zum Beispiel Souvenirs kaufen und Fotos machen.«

Bob und Peter waren von dieser Auskunft sofort zu sehr angetan, um sich irgendwie Gedanken zu machen. Doch Justus runzelte die Stirn. »Wieso sollte Ihre Filmfirma oder Ihr Bruder bei der Polizei das für uns tun?« fragte er. »Aus reiner Menschenfreundlichkeit bestimmt nicht.«

»Alfred Hitchcock sagte, ihr hättet Köpfchen.« Bert Young grinste. »Und es freut mich, daß ich das jetzt bestätigen kann. Ihr sollt nämlich dort in Texas als Junior-Detektive auftreten.«

»Wozu denn das – sollen wir etwa Lars beschatten?« fragte Peter entrüstet.

Bert Young schüttelte den Kopf. »Aber nein. Nur die Augen offen halten. Alles beobachten, was geschieht, und wenn ihr etwas Verdächtiges seht oder hört, sofort Bericht erstatten. Es geht um diese Sache mit Investitionen und um die möglichen Auswirkungen auf die Magnus-Werke und auf diesen ganzen Wirtschaftszweig. Wir wissen aber noch nichts Genaues, und wir meinen, ihr könntet uns helfen, das herauszufinden.«

»Das hört sich merkwürdig an«, meinte Justus mit finsterem Gesicht. »Ich meine, Sie und Ihr Bruder sollten doch Informationsquellen haben . . .«

»Wir sind auch nur Menschen«, sagte Bert Young. »Und in dieser ungewohnten Umgebung läßt sich nur mit Mühe etwas in Erfahrung bringen. Dieses Magnusstad fällt völlig aus dem Rahmen, man glaubt sich buchstäblich in die Vergangenheit versetzt. Die Leute dort sind hochempflindlich und arrogant, die wollen keine Hilfe von anderer Seite. Sie sind schon beleidigt, wenn man es nur anbietet. Sie wollen um keinen Preis, daß man sich in ihre

Angelegenheiten einmischt. Aber nun hat es sich beim Dezernat in Houston herumgesprochen, daß dort etwas im Gange ist, das sich auf die Wirtschaft der Vereinigten Staaten folgenschwer auswirken könnte. Wir haben den Eindruck, man sollte sich mit dem derzeitigen Geschäftsführer, Staffan Forsberg, einmal näher befassen. Er hat ja die Entscheidungsvollmacht nur noch so lange, bis Lars demnächst die Firma übernimmt, und vielleicht kommt ihm dieser Wechsel gar nicht sehr gelegen. Forsberg und noch ein paar Leute an der Firmenspitze sind eine eingeschworene Gruppe. Wir müssen befürchten, daß sie etwas unternehmen werden, um Lars auszuschalten. Normalerweise wäre das eine firmeninterne Angelegenheit, und der Staatsanwalt würde sich gar nicht erst einmischen. Aber wie man gerüchtweise hört, plant Forsberg etwas im großen Stil. Weiteres dringt nicht durch. Das Dezernat muß sich nun wohl oder übel darum kümmern, was der Mann vorhat. Vielleicht könnt ihr das herausfinden, wenn ihr dort im Palast wohnt. Vom Ermittlungsdienst kommt niemand so richtig dicht heran, um den wahren Sachverhalt beurteilen zu können. Es kann sein, daß Lars etwas weiß und zu stolz ist, um Unterstützung zu erbitten, aber euch wird er es vielleicht erzählen. Mag sein, daß auch die anderen einmal die Vorsicht außer acht lassen – vielleicht denken sie, ihr seid doch bloß Kinder, und lassen etwas durchsickern. Die große Frage ist: wollt ihr hier mitmachen?«

Bob und Peter warteten darauf, daß Justus als Anführer sich äußerte. Justus überlegte kurz, dann nickte er.

»Wenn Sie klar beabsichtigen, daß wir auf Lars' Seite arbeiten sollen, dann tun wir das«, sagte er. »Falls unsere Familien es uns erlauben. Wir haben Lars gesagt, wir seien seine Freunde, und wir werden nichts unternehmen, das ihm schaden könnte.«

»Ja, eben das wollte ich hören!« rief Bert Young. »Nun noch eine Vorsichtsmaßnahme. Lars soll nicht merken, daß ihr über unsere Verdachtsmomente Bescheid wißt. Bringt ihn möglichst dazu, daß er sich euch gegenüber selbst äußert. Und laßt auch sonst niemand etwas vermuten, warum ihr dort seid. Fast alle in Magnusstad sind auf Lars' Seite – sie verehrten seinen Vater, der leider viel zu früh gestorben ist. Und sie schätzen Staffan Forsberg nicht. Aber wenn sie den Eindruck gewinnen, daß ihr herumschnüffelt, und sei es für eine gute Sache, dann habt ihr nichts zu lachen. Also Augen und Ohren aufmachen, und dicht halten. Alles klar? Na gut, Freunde, dann wollen wir die Sache starten!«

Junger, noch unerfahrener Firmenerbe contra möglicherweise nicht vertrauenswürdigen Geschäftsführer – ein heikler Auftrag für die drei ???, hier zu ermitteln. Und was mag erst hinter dem großen Geld aus unlauterer Quelle stekken, das in die Magnus-Werke einfließen soll?

Die silberne Spinne

Magnusstad! Bob stand auf dem steinernen Balkon und ließ den Blick über die Dächer der Häuser schweifen, die in der traditionellen skandinavischen Bauweise errichtet waren: rote Holzbauten mit weißgestrichenen Fensterrahmen. Im Morgensonnenschein wogten über den Plätzen der kleinen Stadt die Baumwipfel. Hier und da ragte ein spitzes Giebeldach heraus, erhoben sich die hohen Türme der öffentlichen Bauten. Die Kuppel einer großen Kirche grüßte von einer kleinen Anhöhe herüber. Auf dem gepflasterten Hof unten reinigten Putzfrauen mit Eimern und Besen die Steine.

Hinter dem prächtigen Palast wand sich ein kleiner Fluß durchs Städtchen. Ausflugsboote mit Touristen trieben gemächlich auf den Wellen. Es war ein buntes Bild, und vom Balkon des Eckzimmers im dritten Stockwerk hatte Bob eine wundervolle Aussicht.

»Hier sieht es wahrhaftig anders aus als sonstwo in Amerika«, sagte Peter, als er durch die Glastür zu Bob auf den Balkon trat. »Die Stadt hier wirkt ja richtig alt.«

»Siebzehntes Jahrhundert soll das sein«, sagte Bob. Er hatte pflichtgetreu alles über Erik Holmqvist, sein Lebenswerk und seinen großen Traum gelesen, ehe er nach Tagen der Hektik mit Peter und Justus auf die aufregende Reise gegangen war. »Erik Holmqvist war nicht nur als Gründer der Magnus-Werke erfolgreich, sondern auch als Schriftsteller. Mit einem seiner Bücher ist er sogar sehr bekannt geworden, es ist dieser historische Abenteuerroman von der ›silbernen Spinne‹. Der Held des Buches ist Graf Magnus, der vor dreihundert Jahren eine Verschwörung gegen den schwedischen König niederschlug. Holmqvist hat die Geschichte erfunden, aber sehr realistisch und fesselnd geschildert. Außer literarischem Ruhm hat ihm sein Roman auch viel Geld eingebracht, aus den USA und aus Schweden. Und nun wollte er sich selber ein Denkmal setzen. Auf seinem riesigen Grundbesitz, wo bisher nur die Betriebsgebäude und einige Wohnhäuser für

Werksangehörige standen, ließ er den Palast des Grafen Magnus genau nach der Schilderung im Roman errichten und dazu eine kleine schwedische Stadt aus dem siebzehnten Jahrhundert nachbauen. Innen sind die Häuser modern und komfortabel, aber die Fassaden, die Straßenzüge und die Kirche sind das getreue Abbild einer historischen Stadtkulisse. Bewohnt ist Magnusstad von den Werksangehörigen, die fast alle aus schwedischen Einwandererfamilien stammen und sich hier mit ihrer heimatlichen Tradition besonders verbunden fühlen können. Erik Holmqvists Großvater war 1890 als Einwanderer nach Texas gekommen und hat mit ein paar Landsleuten hier einen Handwerksbetrieb aufgezogen. Und zwei Generationen später war Erik Holmqvist Herrscher über ein kleines Imperium, ein weltbekanntes Unternehmen für die Produktion landwirtschaftlicher Maschinen. Sein Sohn Lars hat eine schwere Verantwortung zu übernehmen.«

»Ich finde das großartig«, sagte Peter voll Bewunderung. »Da gehört den Holmqvists wohl viel Land hier?«

»Es ist eine ganz beachtliche ›Grafschaft‹«, erklärte Bob. »Siehst du die Werksanlagen da drüben? Dahinter liegt die Grenze. Und hier verläuft der Besitz noch etwa sieben Meilen flußaufwärts. Kunsthandwerkliche Betriebe, zum Beispiel Holz, Glas und Keramik, dann Handwebereien und Tourismus mit schwedischer Gastronomie, Folklore und Musik – das sind außer den Magnus-Werken noch sehr einträgliche Einnahmequellen der Holmqvists, alles von Erik Holmqvist ins Leben gerufen. Touristen kommen massenhaft her, weil der Palast und die Umgebung wirklich einmalig sind. Wegen der Touristen tragen auch die meisten Geschäftsinhaber, Handwerker und Wirte die alte schwedische Nationaltracht. Das gibt der Sache erst Atmosphäre.«

Justus Jonas, der gerade sein Hemd zuknöpfte, trat aus dem Zimmer und überblickte beeindruckt die Aussicht.

»Sieht aus wie eine Filmkulisse«, sagte er. »Bert Young braucht nur seine Kamera in Gang zu setzen, die ganze Staffage ist schon da. Nur ist das hier alles Wirklichkeit. Was ist denn das für eine Kirche dort drüben, Bob?«

»Das muß St. Georg sein«, sagte Bob. »Es ist eine ungefähre Nachbildung des berühmten Doms von Linköping, mit einer Kuppel und zwei Glockentürmen. Seht ihr die beiden hohen schlanken Türme? Im Turm zur Linken hängen acht Glocken, die zum Gottesdienst läuten. Der Turm rechts birgt ein wahres Ungetüm von Glocke, die Magnus-Glocke. In dem Roman von Erik Holmqvist führte ja Graf Magnus, der dem König ergeben war, im siebzehnten Jahrhundert eine Armee gegen aufständische Höflinge. Als er die Rebellion niedergekämpft hatte, dabei aber selbst in Lebensgefahr geraten war, läutete er diese große Glocke, um seine Gefolgsleute wissen zu lassen, daß er überlebt hatte und nun ihre Hilfe brauchte. In einem letzten großen Einsatz machten die Königstreuen alle Rebellen dingfest. Hier in Magnusstad wird die große Glocke bei wichtigen feierlichen Anlässen geläutet, so zum Beispiel alljährlich zum Jahrestag der Firmengründung und an schwedischen Nationalfeiertagen. Sie hat einen ganz tiefen Klang, den man von allen anderen Glocken in der Stadt unterscheiden kann, und man hört sie fast drei Meilen weit.«
»Bestens informiert, Kollege!« Peter grinste.
»Wir sollten uns fertigmachen, zu dem Treffen mit Lars«, warf Justus ein. »Er hat mir sagen lassen, er würde mit uns zusammen frühstücken.«
»Frühstück käme mir jetzt gerade recht«, rief Peter. »Wo soll das denn stattfinden?«
»Abwarten«, antwortete Justus. »Kommt, wir schauen noch einmal nach unserem Gepäck und sehen zu, daß alles in Ordnung ist. Schließlich sind wir dienstlich hier.«
Er trat ins Zimmer zurück. Der Raum hatte eine hohe Decke und holzgetäfelte Wände von seidig warmem Glanz. Über dem mächtigen Himmelbett, das mehr als zwei Meter breit war und in dem sie zu dritt geschlafen hatten, hing ein geschnitztes Wappen der Familie Holmqvist.
Ihre Reisetaschen standen noch auf einem Gestell. Sie hatten sie nur geöffnet, um Schlafanzüge und Zahnbürsten herauszunehmen, nachdem sie spät am Abend zuvor angekommen waren. Mit

dem Flugzeug waren sie bis Houston gereist. Von der Stadt hatten sie allerdings nichts gesehen, weil sie den Flughafen überhaupt nicht verlassen hatten. Sie waren gleich in einen großen Hubschrauber umgestiegen, der sie zum kleinen Privatflugplatz auf dem Gelände der Magnus-Werke brachte.

Dann hatte sie ein großes Auto zum Palast gebracht, und ein livrierter Bediensteter hatte sie in Empfang genommen. Lars war bei einer Besprechung im Werk und konnte sie nicht gleich begrüßen, aber wie er ausrichten ließ, würde er sich zum Frühstück mit ihnen treffen. Der Bedienstete hatte sie über scheinbar endlos lange Flure geführt und endlich zu diesem Zimmer gebracht. Sie waren ins Bett gefallen und sofort eingeschlafen.

Jetzt erst packten sie aus und hängten ihre Kleider weg. Ihre Sachen verstauten sie in einem schönen, geräumigen Schrank, der bestimmt ein paar Jahrhunderte alt war. Die gewohnten modernen Einbauschränke wären hier im antik möblierten Palast ein Stilbruch gewesen.

Drei Gegenstände räumten sie nicht weg – drei Fotoapparate. Wenigstens sahen die Dinger so aus. Es waren auch Kameras, ziemlich groß und aufwendig, mit Blitzgerät und vielerlei Zubehör. Aber vor allem konnte man sie zum Funken verwenden. Eine eigens dafür konstruierte leistungsstarke Sprechfunkeinrichtung war hinten in jeden Apparat eingebaut. Das Blitzgerät diente gleichzeitig als Antenne für Senden und Empfangen. Wenn man in die Kamera hineinsprach, trug die Stimme zehn Meilen weit. Selbst aus dem Inneren von Gebäuden betrug der Sendebereich noch zwei oder drei Meilen.

Für die Übertragung gab es zwei Wellenlängen. Es konnte nur mitgehört werden, wenn ein Radio oder ein anderes Funkgerät genau auf diese Frequenz eingestellt war. Und die einzigen Geräte, bei denen dies zutraf, abgesehen von den dreien, die auf dem Bett lagen, befanden sich in der Stadt, wo Bert Young mit seinem Filmteam sich im Hotel ›Stockholm‹ einquartiert hatte.

Er war mit den drei ??? von Los Angeles nach Houston geflogen, und während der Reise hatte er sich ernsthaft mit ihnen unterhalten. Er hatte den Jungen eingeschärft, sie sollten sich jeden Abend mit ihm über Sprechfunk in Verbindung setzen; falls sich etwas Wichtiges ereignen sollte, auch tagsüber. Unter dem Vorwand, den zweiten Teil des Drehbuchs nochmals überarbeiten zu müssen, wollte sich Young im Hotelzimmer aufhalten und damit für die drei ??? meistens erreichbar sein.

»Jetzt paßt gut auf, Freunde«, hatte er gesagt, »vielleicht geht alles glatt, und Lars wird wie vorgesehen im Rahmen eines Festaktes die Magnus-Werke übernehmen. Aber mein Bruder glaubt, daß sich da etwas zusammenbraut, und wir hoffen, ihr könnt bei der Aufklärung helfen. Fragt jetzt nichts – wie ich euch sagte, wollen die Leute bei den Magnus-Werken nicht, daß man sich in ihre Angelegenheiten einmischt. Spaziert einfach durch die Gegend und macht Fotos von allem, das ihr interessant findet, und haltet die Augen und Ohren offen. Und erstattet mir regelmäßig Bericht mit den Funkgeräten. Ich bemühe mich, so oft wie möglich im Hotel zu sein oder wenigstens mit meinem Gerät in erreichbarer Nähe zu bleiben. Das wäre vorläufig alles. Wenn ihr jetzt in den Hubschrauber steigt, seid ihr auf euch gestellt, abgesehen vom Funkkontakt mit mir. Ich werde mit einem anderen Hubschrauber nachkommen und euch dann in Magnusstad zur Verfügung stehen. Alle weiteren Schritte werden wir auf die künftige Entwicklung der Dinge abstimmen müssen. Als Codenamen beim Senden sagt ihr Erster, Zweiter und Archivar. Alles klar?«

Bert Young hatte sich die schweißbedeckte Stirn abgewischt, und sie hätten es ihm am liebsten nachgetan. Die Mission hörte sich ziemlich brisant an. Nun arbeiteten sie also im Auftrag des Dezernats für Wirtschaftskriminalität in Houston . . .

Jetzt, da sie sich an alles erinnerten, was sie von Bert Young gehört hatten, fühlten sie sich ziemlich entmutigt. Peter meldete sich als erster wieder zu Wort. Er nahm seine Kamera zur Hand und öffnete die lederne Bereitschaftstasche. Ganz unten in der Ledertasche verbarg sich noch eine weitere Raffinesse – ein winziges Transistor-Tonbandgerät, womit man Gespräche im Raum aufnehmen konnte.

»Ehe wir uns mit Lars treffen«, sagte er, »sollten wir vielleicht mit Mr. Young Verbindung aufnehmen – nur um sicher zu gehen, daß alles klappt.«
»Gute Idee, Kollege«, bestätigte Justus. »Ich gehe mal eben auf den Balkon und mache ein Foto von der Aussicht.«
Er nahm seine Kamera und trabte auf den Balkon hinaus. Er öffnete die Tasche und stellte die Entfernung auf die große Kuppel von St. Georg ein. Dann drückte er den Knopf zur Inbetriebnahme des Sprechfunkgerätes.
»Erster hier«, sagte er leise. Über die Kamera gebeugt, gab er sich den Anschein, als studiere er das Motiv im Sucher. »Erster hier, bitte kommen.«
Fast sofort antwortete gut vernehmlich eine Stimme, die allerdings schon in einem Meter Entfernung nicht mehr zu hören gewesen wäre.
»Verbindung ausgezeichnet«, sagte Bert Young. »Gibt es etwas Neues?«
»Ich mache nur einen Test. Lars haben wir noch nicht gesehen. Wir sollen mit ihm zusammen frühstücken.«
»Ich werde erreichbar sein. Gebt gut acht. Ende.«
»Verstanden. Ende«, sagte Justus und trat ins Zimmer zurück, und da klopfte es an die Tür.
Peter ging öffnen, und da stand Lars und strahlte die Jungen an.
»Meine Freunde aus Kalifornien! Peter! Bob! Justus!« rief er und faßte die drei herzlich bei den Schultern. »Schön, euch wiederzusehen! Was sagt ihr zu der Umgebung hier und zu unserem Palast? Aber viel habt ihr noch nicht zu sehen bekommen, wie? Wir werden dem bald abhelfen – sobald wir alle gefrühstückt haben. So großartig geht es hier natürlich nicht alle Tage zu, aber mein Vater hat im Testament verfügt, daß in der Woche, bevor mir die Geschäftsführung übertragen wird, die herrschaftlichen Traditionen im Palast gepflegt werden.«
Er drehte sich um und machte ein Zeichen mit der Hand. »Kommen Sie herein«, gebot er. »Stellen Sie den Tisch vors Fenster.«
Acht Bedienstete mit Phantasie-Livree in lichtem Blau mit Gelb,

den schwedischen Nationalfarben, brachten einen Tisch, Stühle und mehrere Platten mit hohen silbernen Deckeln darüber an. Lars plauderte gutgelaunt mit den Männern, während sie den Tisch aufstellten, eine blütenweiße Leinendecke darüber breiteten, das schwere Silberbesteck auflegten und dann die Platten mit Eiern, Schinken und Wurst, Toast und Waffeln abdeckten. Zu trinken gab es Milch in Gläsern.

»Das sieht aber lecker aus!« rief Peter. »Ich hab einen Riesenhunger!«

»Na also«, sagte Lars. »Fangen wir an. Na, Bob, was siehst du da?«

Bob blickte starr auf ein großes Spinnennetz, das sich vom Kopfende des Bettes in die Zimmerecke spannte, knapp einen Meter entfernt. Eine große Spinne äugte aus der Ritze zwischen Fußboden und Scheuerleiste herüber. Lars war zwar mit Dienerschaft gut versorgt, fand Bob, aber die Zimmermädchen waren wohl nicht gerade sorgfältig.

»Ich seh' da ein Spinngewebe«, sagte er. »Das will ich wegnehmen.«

Er wollte sich erheben. Zur Verwunderung der Jungen hechtete Lars vor und riß Bob zu Boden, knapp ehe er das Gespinst erreicht hatte.

Peter und Justus sahen verblüfft, wie Lars Bob beim Aufstehen half. Er sprach schnell und aufgeregt.

»Ich hätte dir eher Bescheid sagen müssen, Bob«, sagte er. »Aber dazu war keine Zeit mehr. Zum Glück konnte ich verhindern, daß du das Spinnennetz kaputtmachst. Sonst hätte ich euch sofort wieder nach Hause schicken müssen. Ich seh' so ein Ding nämlich sehr gern. Es ist ein gutes Omen. Es bedeutet, daß ihr mir helfen könnt.«

Er sprach mit gedämpfter Stimme, als könne jemand mithören. Dann schritt er zur Tür und riß sie jäh weit auf. Ein Mann in blauer Jacke stand in korrekter Haltung da. Er sah sehr eindrucksvoll aus mit seinem hellblonden Haar und dem sauber gestutzten blonden Vollbart.

»Ja, Anders, was ist?« fragte Lars.
»Ich habe nur gewartet, falls Sie noch etwas wünschen«, sagte der Mann.
»Es ist gut. Sie können gehen. Kommen Sie in einer halben Stunden wieder zum Abräumen«, sagte Lars schroff. Der Mann verbeugte sich, wandte sich ab und schritt den langen Flur entlang. Lars schloß die Tür. Dann trat er dicht an die Jungen heran und sagte leise: »Das ist einer von Staffan Forsbergs Gewährsleuten. Vielleicht hat er gehorcht. Ich muß etwas ganz Wichtiges mit euch besprechen. Ich brauche eure Hilfe. Die silberne Spinne, das Wahrzeichen von Magnusstad, ist gestohlen worden!«

Lars hat viel zu erklären

»Ich muß euch eine ganze Menge erzählen«, sagte Lars. »Aber essen wir am besten erst einmal. Hinterher redet es sich besser.«
Also aßen sie mit Genuß, bis sie alle gesättigt waren. Dann kamen die Bediensteten wieder und schafften Tisch, Stühle und Geschirr weg. Nachdem Lars sich vergewissert hatte, daß Anders nicht wieder auf dem Flur lauerte, rückte er Stühle ans Fenster und begann zu sprechen.
»Ich muß euch etwas über den historischen Hintergrund unserer Umgebung erzählen, wie ihn mein Vater in seinem Buch geschildert hat«, sagte er. »Nach ähnlichen, geschichtlich verbürgten Ereignissen im Königreich Schweden hat er sich folgendes ausgedacht: Im Jahre 1675, als einige Adlige eine Verschwörung gegen das schwedische Herrscherhaus planten, griff Graf Magnus ein und schlug den Aufstand mit königstreuen Soldaten nieder. Im Verlauf der blutigen Auseinandersetzung mußte er sich in einer gefährlichen Situation verstecken, um nicht sinnlos sein Leben aufs Spiel zu setzen. Er fand Zuflucht im Haus einer Familie von Spielleuten, die sich ihren Lebensunterhalt durch Instrumentenbau und Aufspielen bei festlichen Anlässen – Kirchweihe, Hochzeiten, Kindstaufen und Staatsfeierlichkeiten – verdienten. Bei großer Gefahr für das eigene Leben und die Sicherheit seiner Angehörigen versteckte der Spielmann den Grafen auf dem Dachboden seines Hauses. Dort hätte man Graf Magnus sicherlich entdeckt, denn seine Widersacher fahndeten hartnäckig nach ihm. Doch eine Spinne spannte ihr Netz über die Luke zum Dachboden, kaum daß der Graf hinaufgestiegen war. Und das sah so aus, als sei der Einstieg seit Tagen nicht mehr benutzt worden. Dieser Anblick bot sich den Aufständischen, und da machten sie sich gar nicht erst die Mühe, unter dem Dach nachzuforschen.
Drei Tage lang hielt sich Graf Magnus ohne Nahrung und Wasser dort versteckt. Die Musikerfamilie konnte ihn ja nicht versorgen, ohne die Luke zu öffnen und damit das Spinngewebe zu zerstö-

ren, aber eben dadurch befand er sich in sicherer Hut. Schließlich verließ der Graf aber seinen Zufluchtsort, und dann läutete er die große Glocke, die künftig die Magnus-Glocke genannt wurde. Mit seinen Getreuen wieder vereint, schlug er den Aufstand vollends nieder und führte die Verschwörer ihrer gerechten Strafe zu. Bei der großen Siegesfeier im königlichen Schloß wurde dem Grafen vom König eine Auszeichnung verliehen, ein Emblem, das der beste Silberschmied im Land kunstvoll gefertigt hatte – eine silberne Spinne an einer silbernen Kette. Von da an war die Spinne das Wahrzeichen des gräflichen Geschlechts.
Mein Vater hat diese Geschichte allerdings nicht ganz frei erfunden. Er selbst war als verliebter junger Mann einmal in einer ähnlichen Zwangslage« – Lars zwinkerte den drei ??? zu – »und wurde von einer emsigen Spinne vor dem Auffinden durch seinen Rivalen bewahrt. Und diese Episode, mit der ihn meine Mutter später oft geneckt hat, ließ er zum Vergnügen unserer ganzen Familie in seinen Roman einfließen. Er hatte nämlich viel Sinn für Humor. Nach dem Bau von Magnusstad schuf mein Vater sogar einen regelrechten Spinnenkult. Alles war ihm so schön gelungen, er hatte seinen Traum verwirklicht und lebte mit seiner Familie und seinen Mitarbeitern in der real gewordenen Phantasiewelt von Magnusstad.Immer sagte er, ohne meine Mutter hätte er das alles niemals zuwege gebracht, und da ihm eine Spinne damals zum Eheglück verholfen hatte, erklärte er nun die Spinne zum Glücksbringer für alle Bewohner von Magnusstad. So peinlich unsere Hausfrauen in ihren Schwedenhäusern auch sonst auf Sauberkeit und Hygiene bedacht sind – wenn sie ein Spinngewebe entdecken, ist das ein Grund zur Freude. Spinnennetze macht man hier niemals kaputt, und keiner würde bei uns in der Stadt einer Spinne etwas zuleide tun.«
»Damit wäre *meine* Mutter aber gar nicht einverstanden!« rief Peter. »Spinngewebe haßt sie wie die Pest. Sie findet Spinnen unsauber und giftig.«
»Stimmt überhaupt nicht«, meldete sich Justus zu Wort. »Spinnen sind sehr reinliche Geschöpfe, sie putzen sich dauernd wie

winzige Katzen. Die Schwarze Witwe ist zwar ziemlich giftig, aber sie beißt nur, wenn sie in die Enge getrieben wird. Sogar die Riesenspinnen, die Taranteln, sind nicht annähernd so gefährlich, wie man allgemein annimmt. In wissenschaftlichen Versuchen mußte man sie immer wieder reizen, damit sie überhaupt bissen. Die meisten Spinnen, besonders hier in der westlichen Welt, sind harmlos und sehr nützlich, weil sie von schädlichen Insekten leben.«

»Das ist richtig«, sagte Lars. »Hier in Magnusstad gibt es keine gefährlichen Spinnen. Die eine, die mein Vater die Magnus-Spinne taufte, ist die größte, die bei uns vorkommt, und sie ist sehr schön. Sie ist schwarz mit einem goldenen Muster, und normalerweise spannt sie ihre Netze im Freien, aber manchmal kommt sie auch in die Häuser. Das Netz, das du kaputtmachen wolltest, Bob, gehörte einer solchen Magnus-Spinne. Für mich ist das ein günstiges Vorzeichen, daß ihr gekommen seid, um mir bei meinem Problem zu helfen.«

»Na, dann bin ich ja froh, daß du mir in den Arm gefallen bist«, sagte Bob. »Aber was hast du denn für ein Problem?«

Lars zögerte. Dann schüttelte er den Kopf.

»Das weiß niemand außer mir«, sagte er. »Nur Staffan Forsberg weiß es auch, wie ich vermute. Der neue Leiter der Magnus-Werke muß nach einer testamentarischen Verfügung meines Vaters bei dem Festakt die Silberspinne tragen. Eine Schwester meines Vaters, meine Patentante, die Silberschmiedin ist, hat sie damals als Gratulation zum großen literarischen Erfolg ihres Bruders entworfen und angefertigt. Also muß ich diese Spinne in einer Woche, wenn die Feier stattfindet, um den Hals tragen. Und das kann ich nicht.«

»Warum denn nicht?« fragte Peter.

»Lars meint doch, sie sei gestohlen worden«, warf Justus ein. »Ist das richtig, Lars?«

Lars nickte heftig. »Sie wurde gestohlen und durch eine Imitation ersetzt. Aber der Ersatz taugt nichts. Wenn ich die echte Silberspinne nicht bald wiederfinde, kann die Übergabe der Geschäfts-

führung nicht wie vorgesehen stattfinden. Dann gibt es Untersuchungen und einen Skandal. Und wenn es so weit kommt – aber nein, davon will ich erst gar nicht reden. Ich weiß, daß euch das wie ein völlig übertriebener Wirbel um ein kleines Schmuckstück vorkommt. Aber die silberne Spinne bedeutet für uns und für die Magnus-Werke das gleiche wie die Kronjuwelen für das britische Königshaus. Mehr sogar, denn sie ist das Emblem unserer Familie, und niemand in Magnusstad darf eine solche Spinne nachahmen und besitzen. Ausgenommen den Orden der Silbernen Spinne, der einem Bürger von Magnusstad für einen hervorragenden Dienst an der Gemeinschaft verliehen werden kann.
Wir sind eine kleine Lebens- und Betriebsgemeinschaft, aber wir pflegen überkommene Traditionen und halten in diesem Zeitalter des ständigen Wechsels daran fest. Vielleicht hängen wir sogar zu sehr an ihnen, weil sich rings um uns so vieles rasch verändert. Ihr seid Detektive, und ihr seid meine Freunde. Glaubt ihr, daß ihr die echte silberne Spinne für mich wiederfinden könnt?«
Justus knetete nachdenklich seine Unterlippe.
»Ich weiß nicht, Lars«, sagte er. »Ist diese silberne Spinne lebensgroß?«
Lars nickte. »Etwa so groß wie ein Vierteldollarstück.«
»Dann ist sie also ziemlich klein. Sie ließe sich überall verstecken. Vielleicht hat sie auch jemand zerstört.«
»Das glaube ich nicht«, sagte Lars. »Nein, ich bin sicher, daß sie nicht zerstört wurde. Dazu ist sie zu wichtig. Verstecken läßt sie sich allerdings sehr leicht. Aber wenn sie irgendjemand versteckt hat, dann muß er achtgeben, daß man sie nicht bei ihm findet, denn das ist nach der von meinem Vater geschaffenen Tradition ein schweres Vergehen. Selbst Staffan Forsberg könnte sich den Folgen nicht entziehen.« Lars holte tief Atem. »Na gut«, sagte er dann. »Jetzt habe ich euch alles erzählt. Ich kann mir nicht vorstellen, wie ihr mir helfen könnt, aber ich hoffe, daß ihr es auf irgendeine Weise schafft. Aus diesem Grund war ich gleich so begeistert, als irgendjemand meinte, ich hätte vielleicht gern für das festliche Ereignis meine neuen Freunde aus Kalifornien hier.

Und jetzt seid ihr da. Nur weiß niemand, daß ihr Detektive seid, und niemand darf es erfahren. Ihr müßt euch in allem, was ihr tut, wie – na ja, wie ganz normale amerikanische Jungen geben.« Lars sah die drei ??? scharf an. »Was meint ihr jetzt? Könnt ihr mir helfen?«

»Ich weiß nicht«, sagte Justus aufrichtig. »Eine kleine Spinne in einem Versteck zu finden, weiß der Himmel wo, das ist sehr schwierig. Aber wir können es versuchen. Ich finde, wir sollten zuerst einmal feststellen, wo sie gestohlen wurde und wie sie aussieht. Du sagst, es hätte sich an ihrer Statt eine Imitation gefunden?«

»Ja, eine sehr geschickte Fälschung, aber doch nur eine Fälschung. Kommt mit, dann zeige ich sie euch. Ich werde euch zu unserem Museum bringen.«

Die drei ??? nahmen ihre Kameras mit, und Lars führte sie über einen langen fliesenbelegten Flur. Sie gingen eine Wendeltreppe hinunter zu einem noch breiteren Flur. Wände, Fußboden und Decke waren aus Stein.

Das wird ja immer schwieriger für unsere Juniordetektive – einmal die Ermittlungen in jenem Verdacht auf ein Wirtschaftsverbrechen, das ihnen bisher nur in äußerst vagen Umrissen angedeutet werden konnte, und nun zusätzlich eine völlig anders geartete Aufgabe: die Suche nach einem Kleinod, dem für die kleine Schwedenstadt in Texas eine fast magische Bedeutung als eine Art Super-Talisman zukommt. Schade, daß wir den verstorbenen Seniorchef der Magnus-Werke nicht mehr kennenlernen konnten; es müßte faszinierend sein, einem Mann zu begegnen, der aus einer literarischen Phantasie das Machtsymbol für ein Unternehmen und seine Mitarbeiter zu schaffen wußte.

»Der Palast ist einem Grafenschloß aus dem 17. Jahrhundert genau nachgebaut«, erzählte Lars. »Die Fundamente und Teile der Außenmauern sind entsprechend dem echten historischen Schloß in Schweden im Stil einer alten Burg gehalten. Mein Vater wollte eine getreue Kopie. Es gibt Dutzende von unbewohnten Räumen, und in die beiden obersten Geschosse kommt so gut wie niemand. So superreich sind wir nämlich gar nicht, und wir können uns nicht so viel Dienstpersonal leisten, wie es nötig wäre, um den ganzen Palast instandzuhalten. Heizbar sind übrigens nur die Räume, die modern eingerichtet sind, und zum Modernisieren weiterer Räume steht wegen dringender Investitionen im Betrieb kein Geld zur Verfügung. Ohne Heizung aber – na, ich danke!«
Sie konnten es sich leicht vorstellen. Mitten im August war es in Lars' Palast recht kühl.
»Es gibt hier Verliese und Keller, genau wie bei dem Bau, der als Vorbild gedient hat«, fuhr Lars fort, als sie noch eine weitere Treppenflucht hinunterstiegen. »Da sind Geheimeingänge, die wir schon ganz vergessen haben, und versteckte Treppen, die in toten Winkeln enden. Sogar ich könnte mich hier verirren, wenn ich einmal von den Wegen, die mir vertraut sind, abginge.« Nun lachte Lars. »Es ist nicht nur die ideale Kulisse für Bert Youngs Historienfilm, sondern es wäre auch ein phantastischer Schauplatz für ein Horrorspektakel«, meinte er. »Da könnten die Gespenster zu den Geheimtüren herein- und hinausschweben. Zum Glück gibt es hier keine Gespenster. Oh«, sagte er plötzlich, »da kommt Direktor Forsberg.«
Als sie den Flur unten erreichten, kam ein großer Mann auf sie zu. Er blieb stehen und nickte Lars zu. »Guten Morgen, Lars«, sagte er. »Sind das Ihre Freunde aus Kalifornien?«
Seine Stimme war kalt und förmlich. Er hielt sich gerade wie ein Wikingerspeer, und er hatte einen hellblonden Backenbart, grüne Augen und eine kühne Hakennase.
»Guten Morgen, Herr Forsberg«, antwortete Lars. »Ja, das sind meine Freunde. Ich darf vorstellen: Justus Jonas, Peter Shaw und Bob Andrews, alle aus Rocky Beach.«

Bei jeder Namensnennung neigte der große Mann den Kopf einen Zollbreit. Seine stechenden Augen musterten die drei ??? sehr aufmerksam.
»Willkommen in Magnusstad«, sagte er in seinem höflichen, aber eiskalten Ton. »Sie zeigen Ihren Freunden den Palast, Lars?«
»Ja, wir gehen gerade zum Museumssaal«, sagte Lars. »Sie interessieren sich für die Geschichte, die meinen Vater als Schriftsteller berühmt gemacht hat. Direktor Forsberg«, erklärte er den Jungen, »ist kommissarisch mit der Leitung der Magnus-Werke betraut, seit mein Vater unerwartet verstorben ist.«
»Ich walte meines Amtes in Ihrem Namen, Lars«, sagte Forsberg rasch. »Zu Ihrem und zu unser aller Nutzen, wie ich hoffe. Ich werde euch begleiten. Ich möchte nicht ungastlich sein.«
»Gut«, sagte Lars, doch die drei ??? merkten sehr wohl, daß ihm gerade das jetzt äußerst zuwider war. »Aber wir dürfen Sie nicht zu lange von Ihren Pflichten abhalten. Sie haben doch heute früh eine Sitzung, Herr Forsberg?«
»Ja«, antwortete der Mann, während er sich den Jungen anschloß. »Zur Besprechung der Einzelheiten der großen Betriebsfeier, die ja schon in acht Tagen stattfindet. Aber ein wenig Zeit kann ich erübrigen.«
Lars sagte nichts mehr und ging den Flur entlang voraus, bis sie zu einem großen Raum kamen, der zwei Stockwerke hoch war. Er erklärte den Jungen, daß sein Vater die Ausstellungsstücke alle selbst auf Reisen durch Schweden gesammelt hatte. Gemälde bedeckten die Wände, und der Raum war voller Glasvitrinen. Darin befanden sich Flaggen, Schilde, Medaillen, Bücher und andere Altertümer. Neben jedem Gegenstand lag eine sauber getippte weiße Karte mit Beschreibung und Altersangabe. Die Jungen schauten in einen Kasten, der ein in zwei Teile zerbrochenes Schwert enthielt. Auf der Karte stand, daß dieses Schwert von Graf Magnus beim erfolgreichen Niederstrecken der aufständischen Rebellen gegen den schwedischen König gehandhabt worden war.
»Hier mischen sich – wie so oft bei meinem Vater – Wirklichkeit

und Phantasie«, erklärte Lars. »Das Schwert ist ein großer Anziehungspunkt für Touristen, insbesondere für diejenigen, die das Buch ›Die silberne Spinne‹ gelesen haben.«

»Nun ja, ein Dichter hat das Recht, die Wahrheit etwas zurechtzubiegen«, sagte Staffan Forsberg mit einem unangenehmen kleinen Lächeln. »In diesem Raum sind aber auch viele echte Zeugen schwedischer Geschichte versammelt. Ihr findet vermutlich, daß die Holmqvists an übertriebenem Nationalstolz leiden.«

»Nein, Sir«, sagte Justus sehr bestimmt. »Was wir bisher gesehen haben, ist höchst eindrucksvoll.«

»Die meisten Normalbürger hier in Texas«, sagte Forsberg, »halten uns in Magnusstad für Phantasten. Aber sie werden sich eines Tages wundern. Ich hoffe, unser gemächliches Tempo stört euch nicht zu sehr. Im Betrieb läuft es dafür zeitgemäß schnell und rationell. – Nun müßt ihr mich entschuldigen. Ich muß zur Besprechung.« Er machte auf dem Absatz kehrt und ging weg.

Bob stieß einen kleinen Seufzer der Erleichterung aus. »Dem waren wir nicht ausgesprochen sympathisch, das war leicht zu merken«, sagte er leise.

»Weil ihr meine Freunde seid«, sagte Lars. »Und er will nicht, daß ich Freunde habe. Er will nicht, daß ich meine Meinung frei heraus sage und ihm widerspreche, wie ich es in letzter Zeit öfter getan habe – besonders seit meiner Reise durch die Vereinigten Staaten. Aber lassen wir das nun. Schaut mal, hier ist ein Bild des Grafen. Das heißt, es ist das Porträt eines unbekannten Edelmannes, und mein Vater taufte es kurzerhand ›Graf Magnus‹, frei nach seinem Roman.«

Er führte die Jungen vor das lebensgroße Bildnis eines Mannes, der eine leuchtend blaue Uniform mit Goldknöpfen trug. Er hatte ein Schwert in einer Hand, dessen Spitze sich auf den Fußboden stützte. Die Gesichtszüge waren edel, der Blick glich dem eines Adlers. Die andere Hand war ausgestreckt, und darauf saß eine Spinne. Die Jungen sahen sich das Tier lange und gründlich an. Es war wirklich wundervoll gemalt, mit einem samtschwarzen Körper voller Goldtupfen.

»Graf Magnus«, sagte Lars stolz. »Die Spinne, die ihm das Leben gerettet hat, wurde von einem Maler nachträglich eingefügt. Damit unsere wißbegierigen Besucher sich ein genaues Bild machen können.«
Während die Jungen das Bild betrachteten, hörten sie hinter sich Stimmen in mehreren Sprachen, darunter auch Englisch. Unversehens war der Raum voller Leute, offenbar zumeist Touristen. Sie hatten Kameras und Reiseführer bei sich. Zwei uniformierte Wärter standen im Museumsraum bereit. Jeder von ihnen hielt einen Speer.
Ein amerikanisches Paar, ein ziemlich beleibter Mann und eine Frau, war dicht hinter die vier Jungen getreten.
»Puh!« hörten sie die Frau sagen. »Sieh nur diese eklige Spinne!«
»Psst!« mahnte der Mann zur Vorsicht. »Die Leute hier hören so etwas nicht gern. Das ist doch ihr Glückstier. Außerdem sind Spinnen viel sympathischere Tiere, als man gemeinhin glaubt. Nur haben sie keinen guten Ruf.«
»Ist mir egal«, erwiderte die Frau. »Wenn ich eine Spinne sehe, dann trete ich sie tot.«
Peter und Bob grinsten. Lars' Augen funkelten. Langsam durchquerten die Jungen den Saal, bis sie zu einer Tür kamen, vor der ein dritter Wärter in Positur stand.
»Bitte lassen sie uns durch«, sagte Lars. Der Mann trat respektvoll zur Seite. »Jawohl, Herr Holmqvist «, sagte er.
Lars zog einen Schlüssel hervor, mit dem er die schwere messingbeschlagene Tür öffnete. Dahinter lag ein kurzer Korridor. Am anderen Ende war eine weitere Tür mit einem Sicherheitsschloß. Lars öffnete auch diese, und dann kam noch eine dritte Tür, diesmal aus schmiedeeisernem Gitterwerk. Als auch sie endlich aufgeschlossen war, betraten die Jungen einen kleinen Raum, etwa drei Meter im Quadrat. Allem Anschein nach war es ein Tresorraum.
An einer Wand standen Glasschränke, worin antike Schmuckstücke aus Schweden ausgestellt waren – kunstvoll gearbeitete, teilweise juwelenbesetzte Ketten, Armreifen, Ringe, ein Diadem,

Gürtelschließen und Zierknöpfe, meist aus Silber, doch manches auch aus Gold.
»Das alles hat mein Vater gesammelt«, erklärte Lars und wies auf den Schmuck. »Die meisten Stücke haben großen Liebhaber- und Altertumswert, und wir halten sie hier gut in Verwahrung, wie ihr sehen könnt. Aber nun zu dem, was ich euch hauptsächlich zeigen wollte.« Er trat an eine für sich stehende Vitrine in einer Ecke des Raumes. Darin lag auf einem Kissen eine Spinne an einer Silberkette. Zum Erstaunen der drei ??? sah sie genau wie die echte Magnus-Spinne aus.
»Es ist emailliertes Silber«, sagte Lars. »Ihr dachtet wohl, sie sei über und über silbern? Nein, sie ist vielmehr der wirklichen Spinne genau nachgebildet – schwarzes Email mit goldenen Pünktchen. Die Augen sind kleine Rubine. Aber das hier ist eben nicht die echte Silberspinne von Tante Agneta. Die ist noch weit kunstvoller gearbeitet.«
Auch diese juwelenbesetzte Spinne war in den Augen der Jungen ein kleines Meisterwerk, aber sie zweifelten nicht an Lars' Worten. Sie studierten die Imitation von allen Seiten, damit sie das Original auch erkennen würden, wenn sie das Glück haben sollten, es zu finden.
»Die echte Spinne wurde vorige Woche gestohlen, und jemand legte diese Imitation hierher«, sagte Lars empört. »Ich verdächtige einen einzigen Menschen, der das getan haben könnte – Staffan Forsberg. Aber ohne Beweis kann ich nicht gegen ihn antreten. Die Lage im Betrieb ist heikel. Fast alle leitenden Angestellten sind zur Zeit Anhänger von Forsberg. Er hat nach dem Tod meines Vaters viele maßgebende Leute entlassen und durch persönliche Freunde ersetzt. Ehe ich nicht den Betrieb übernehme, habe ich wenig Einfluß, und die Neuen wollen selbstverständlich nicht, daß ich Forsberg verdränge. Der Diebstahl der Spinne ist der erste Schritt, der verhindern soll, daß ich meinen Platz als Firmeninhaber einnehme. Aber ich sollte euch nicht mit all diesen Einzelheiten langweilen. Außerdem muß ich jetzt selbst zu einer Besprechung. Ich bringe euch noch hinaus. Vor dem Palast steht ein Wa-

gen mit Fahrer bereit. Ihr könnt euch in der Stadt alles Sehenswerte anschauen. Wir sehen uns dann heute abend wieder, nach dem Essen, und dann reden wir weiter.«
Er führte sie aus dem Tresorraum mit den Juwelen und schloß alle Türen wieder ab. Als sie im Freien standen, schüttelte er ihnen die Hände und sagte ihnen, wo sie den wartenden Wagen finden würden.
»Der Fahrer heißt Bengt«, sagte er. »Er ist einer meiner Freunde. Ich würde ja gern mitfahren«, meinte er sehnsüchtig. »In einer so wichtigen Position wird es einem ab und zu langweilig. Aber ich muß meine Pflicht tun. Dann also viel Vergnügen, und heute abend sehen wir uns.« Rasch ging er den Flur entlang.
Bob kratzte sich am Kopf. »Was meinst du, Just?« fragte er. »Können wir für Lars die Spinne wiederfinden?«
Justus seufzte. »Ich wüßte nicht wie«, sagte er. »Da müßten wir schon sagenhaftes Glück haben.«

Finstere Pläne

Den drei ??? machte die Fahrt durch die Straßen von Magnusstad großen Spaß. Für die Jungen aus Kalifornien, mit dem Fortschritt aufgewachsen, war es eine kaum glaubliche Begegnung mit der Vergangenheit. Die Wohnhäuser waren Holz- oder Fachwerkbauten. Viele Dächer waren mit roten Ziegeln, andere mit Stroh gedeckt, und nach jeweils einigen Straßenzügen gab es einen Brunnen oder einen freien Platz. Überall spazierten Tauben herum – gleich scharenweise vor der St. Georgs-Kathedrale.
Das Auto war ein altertümliches offenes Gefährt, der Fahrer ein ganz junger Mann. Er hieß Bengt, und er sagte den Jungen mit leiser Stimme, sie könnten ihm trauen, denn er sei mit Lars befreundet.
Sie fuhren in das der Stadt vorgelagerte Hügelland, um die Aussicht auf die Flußlandschaft von den Höhen aus zu genießen. Als sie einige Fotos gemacht hatten und wieder ins Auto stiegen, sagte Bengt vorsichtig: »Wir werden verfolgt, schon seit wir am Palast abgefahren sind. Ich werde euch jetzt zum Stadtpark fahren, und dort könnt ihr spazierengehen. Es läuft gerade das Unterhaltungsprogramm für die Touristen. Aber schaut euch nicht um. Sie sollen nicht merken, daß wir sie gesehen haben.«
Nicht zurückschauen! Das war schwer einzuhalten. Wer mochte sie nur verfolgen? Und weshalb?
»Wenn ich nur mehr darüber wüßte, was hier vor sich geht«, knurrte Peter, als sie durch die malerischen Straßen in die Stadtmitte zurückfuhren. »Warum sollte uns jemand verfolgen? Wir wissen doch überhaupt nichts!«
»Aber das glaubt vielleicht jemand«, meinte Justus.
»Mir wäre es auch wohler«, sagte Bob dazu, »wenn wir tatsächlich etwas wüßten.«
Bengt hielt den Wagen an. Sie hatten ein großes baumbestandenes Gelände erreicht, wo viele Menschen spazierengingen. Von fern war Musik zu hören.

»Das ist unser Stadtpark«, sagte Bengt. Er ließ die Jungen aussteigen. »Geht langsam zur Mitte vor, an der Musikkapelle vorbei. Wenn ihr bei den Spaßmachern seid, den Akrobaten und den Clowns, macht ihr ein paar Fotos. Dann fragt das Mädchen, das Luftballons verkauft, ob ihr sie fotografieren dürft. Es ist meine Schwester Britta. Ich werde hier auf euch warten, bis ihr wiederkommt. Und denkt daran: schaut euch nicht um. Wahrscheinlich wird euch jemand verfolgen, aber ihr braucht euch keine Sorgen zu machen. Jetzt noch nicht.«
»Jetzt noch nicht!« sagte Peter, als sie langsam unter den Bäumen auf die Musik zugingen. »Na, da steht uns ja was bevor.«
»Wie sollen wir da nur Lars helfen?« fragte Bob. »Das nützt doch alles nichts. Wir können gar nichts ausrichten.«
»Wir müssen abwarten, wie sich die Dinge entwickeln«, sagte Justus. »Ich schätze, man verfolgt uns, um zu sehen, ob wir uns mit irgendjemand in Verbindung setzen. Zum Beispiel mit Bert Young.«
Sie gingen ein Stück weiter und kamen zu einer Grünanlage, wo sich viele Menschen auf dem Rasen niedergelassen hatten. Auf einem kleinen Podium spielten acht Musiker in bunten schwedischen Volkstrachten einen alten Tanz. Als sie geendet hatten, klatschten die Zuhörer Beifall. Die Kapelle ließ sich davon anspornen und begann sogleich mit einem anderen Tanz.
Die drei ??? gingen um das Musikpodium herum und schlenderten weiter. Viele Leute gingen die Wege auf und ab, so daß die Jungen nicht feststellen konnten, ob sie verfolgt wurden. Gleich darauf kamen sie zu einem großen gepflasterten Platz.
Hier waren die Spaßmacher, von denen Bengt gesprochen hatte. Ein Trampolin war aufgestellt, und zwei Akrobaten vollführten phantastische Sprünge und Purzelbäume. Ein paar Clowns tummelten sich radschlagend mitten unter den Spaziergängern, und dann streckten sie ihnen ein Körbchen hin, in das die meisten Zuschauer gutgelaunt eine Münze warfen.
Ein sehr hübsches Mädchen im Trachtenkleid stand mit einer riesigen Traube Luftballons da. Sie verkaufte die bunten Dinger und

sang dabei ein Liedchen, englisch mit schwedischem Refrain, über einen glücksbringenden Ballon, der hoch in die Lüfte fliegt und alle Wünsche mitnimmt. Viele Leute kauften Ballons und ließen sie fliegen, und die bunten Bälle in Rot und Gelb und Blau schossen in die Höhe, bis sie verschwunden waren.
»Mach mal ein paar Fotos von den Clowns, Peter«, forderte Justus seinen Kollegen auf. »Ich knipse dann die Akrobaten. Und du, Bob, du schaust dich einfach um, ob dir was auffällt.«
»Machen, wir.« Peter schritt davon, auf einen radschlagenden Clown zu.
Justus öffnete seine Kamera – Bob blieb dicht an seiner Seite – und richtete das Objektiv auf die Akrobaten. Dann hantierte er an dem Apparat, als sei etwas nicht in Ordnung. Unauffällig drückte er den Hebel nieder, der das leistungsstarke Sprechfunkgerät in Gang setzte.
»Hier Erster«, sagte er leise. »Bitte kommen.«
»Sprechverbindung gut«, drang Bert Youngs Stimme gedämpft aus dem Apparat. »Wie ist die Lage?«
»Wir schauen uns gerade das Treiben im Stadtpark an«, sagte Justus. »Lars hat uns vorhin gebeten, ihm bei der Suche nach der silbernen Spinne von Magnusstad zu helfen. Die ist gestohlen und durch eine Imitation ersetzt worden.«
»Au weh!« entfuhr es Bert Young. »Das macht alles noch verwikkelter. Könnt ihr ihm denn helfen?«
»Ich wüßte nicht wie«, bekannte Justus.
»Dazu fällt mir jetzt auch nichts ein.« Bert Young war ebenfalls ratlos. »Aber bleibt am Ball und haltet die Augen offen. Sonst noch etwas?«
»Wir sind im Stadtpark, und vermutlich verfolgt uns jemand. Wer das sein könnte, das wissen wir nicht.«
»Versucht das herauszufinden. Melde dich dann wieder bei mir, aber erst wenn ihr ungestört seid. Es könnte sonst auffallen, wenn du in die Kamera sprichst.«
Damit brach Bert Young ab. Justus fotografierte, während Bob sich gemächlich nach allen Seiten umschaute. Da ihm nichts auf-

fiel – zumindest niemand, der so aussah, als beschatte er sie –, ließ er ein paar Geldstücke in den Korb eines Clowns fallen.
Nun brachten die Clowns einen drolligen Pudel her, der Purzelbäume schlagen und auf den Vorderfüßen stehen konnte. Die Schaulustigen sammelten sich um ihn, und das Mädchen mit den Luftballons war auf einmal nicht mehr so umlagert.
»Jetzt machen wir noch ein Foto von dem Mädchen«, murmelte Justus den anderen zu. Sie gingen alle hin, und Justus stellte den Apparat ein. Das Mädchen sah ihn, lächelte und stellte sich in Positur. Justus knipste. Dann kam das Mädchen mit ihren Ballons her.
»Kauft euch Luftballons, die bringen Glück«, sagte sie. »Dann laßt sie frei, laßt sie hoch in die Wolken fliegen und eure Wünsche mit in die Höhe nehmen.«
Peter zog einen Geldschein hervor und gab ihn dem Mädchen. Sie reichte jedem der drei einen Ballon und machte sich geschäftig ans Herausgeben. Während sie das Kleingeld nachzählte, flüsterte sie fast unhörbar: »Ihr werdet verfolgt. Ein Mann und eine Frau. Gefährlich sehen sie nicht aus. Ich glaube, sie wollen euch ansprechen. Setzt euch dort drüben an einen Tisch und bestellt euch etwas. Gebt ihnen die Möglichkeit, mit euch zu reden.«
Jeder der Jungen wünschte sich im stillen etwas, ließ dann seinen Ballon frei und schaute ihm nach, bis er nur noch ein winziger Punkt am Himmel war. Dann schlenderten die drei zu einem Platz hinüber, wo mehrere Tische mit blaugelb gestreifter Decke auf dem Rasen standen. Sie setzten sich an einen Tisch, und ein Kellner kam zu ihnen und bot an: »Smörgås? Echte schwedische Sandwiches? Dazu frische Milch? Und hinterher ein Eis?«
Sie nickten, und der Kellner lief eilfertig weg. Als sie sich umschauten, sahen sie, wie ein Mann und eine Frau Ballons kauften. Bob erkannte in ihnen das Paar, das hinter ihnen gestanden hatte, als sie am Morgen das Bild des Grafen Magnus angeschaut hatten. Und er war sich ganz sicher, daß dies die Verfolger waren.
Gemächlich kamen die beiden angeschlendert und wählten den Tisch neben den Jungen. Sie bestellten Eis mit Kaffee, und dann

lehnten sie sich zurück und lächelten zu Peter, Bob und Justus herüber.
»Seid ihr Jungen nicht aus Kalifornien?« fragte die Frau mit ziemlich heiserer Stimme.
»Ja, Madam«, antwortete Justus. »Sind Sie auch von da?«
»Aber gewiß«, sagte die Frau. »Aus San Francisco.«
Justus wurde aufmerksam. Wie konnte das Paar wissen, daß sie aus Kalifornien kamen? Der Mann sagte schnell: »Auf jeden Fall seid ihr aus dem Westen, oder nicht? Ihr habt nämlich die typischen Sporthemden an, wie sie diesen Sommer überall in Kalifornien verkauft werden.«
»Ja, Sir«, sagte Justus. »Wir sind aus der Gegend von Hollywood. Wir sind gestern abend angekommen.«
»Wir haben euch heute früh im Museumssaal im Palast gesehen«, sagte die Frau. »Aber sagt mal, war das nicht der junge Lars Holmqvist, der da bei euch stand?«
Justus nickte. »Ja, er hat uns alles gezeigt.« Dann wandte er sich zu Bob und Peter. »Ich glaube, wir sollten uns ein bißchen frisch machen, ehe der Kellner uns das Essen bringt«, sagte er. »Ich habe ein Schild ›Zu den Toiletten‹ gesehen, drüben hinter den Akrobaten.«
Er wandte sich zu dem Paar am Nebentisch. »Wir wollen uns nur frisch machen. Könnten Sie vielleicht in der Zwischenzeit auf unsere Kameras achtgeben?«
»Aber natürlich, mein Junge.« Der Mann lächelte Justus betont freundlich zu. »Keine Sorge, die klaut euch niemand.«
»Vielen Dank, Sir.« Justus stand auf, ohne Bob oder Peter zu Wort kommen zu lassen, und lief los. Die beiden anderen folgten ihm eilig.
»Was soll denn das, Just?« flüsterte Peter, als sie den Ersten Detektiv eingeholt hatten. »Wieso läufst du hier weg und läßt unsere Kameras einfach liegen?«
»Psst!« mahnte Justus zur Vorsicht. »Mir ist da eine Idee gekommen. Kommt mal mit.«
Sie liefen dicht an dem Mädchen mit den Luftballons vorbei, und

ohne anzuhalten sagte Justus leise zu ihr: »Bitte achten Sie auf den Mann und die Frau. Wenn sie unsere Kameras anfassen, sagen Sie uns nachher Bescheid. Wir sind in einer Minute zurück.« Sie nickte, und die drei ??? schlenderten weiter, als seien sie ganz normale Spaziergänger, die sich die Gegend anschauen. Das Steingebäude mit den Toiletten verbarg sich in einer kleinen Baumgruppe. Es war sonst niemand drinnen, und Peter platzte heraus: »Was hast du eigentlich vor, Just?«
»Na, die beiden da«, sagte Justus, während er den Wasserhahn aufdrehte. »Vielleicht reden die, während wir weg sind. Vielleicht lassen sie etwas durchblicken.«
»Aber was nützt uns das?« Bob wusch sich ebenfalls die Hände.
»Ich habe das Tonband in meinem Apparat eingeschaltet«, erklärte Justus. »Das Mikrofon ist hochempfindlich. Alles, was sie sagen, wird aufgenommen. Aber jetzt reden wir lieber nicht mehr davon, es könnte jemand mithören.«
Schweigend machten sie weiter und gingen dann gemächlich zu ihrem Tisch zurück. Als sie an der Ballonverkäuferin vorbeikamen, schüttelte diese kurz den Kopf. Also hatte sich offenbar nichts getan, solange sie weggewesen waren. Ihre Kameras lagen wie zuvor auf dem Tisch, und der Mann und die Frau tranken genüßlich ihren Kaffee.
»Niemand hat sich an euren Kameras vergriffen, Jungs«, sagte der Mann leutselig. »Hier sind die Leute grundanständig. Der Kellner wollte euer Essen bringen, aber wir sagten ihm, daß ihr kurz weggegangen seid. Ah, da kommt er wieder.«
Der Kellner erschien mit einem hochbeladenen Tablett und stellte eine bunt und lecker garnierte Smörgås-Platte und einen Krug Milch mit Gläsern auf den Tisch. »Das Eis bringe ich später«, sagte er. Da die drei ??? wußten, daß es zum Mittagessen sonst nichts geben würde, aßen sie mit gutem Appetit. Ein paar Minuten später waren der Mann und die Frau am Nebentisch fertig; sie verabschiedeten sich und gingen weg.
»Wenn die je vorhatten, mit uns zu reden, dann haben sie es sich inzwischen anders überlegt«, stellte Peter fest.

»Ich hoffe nur, daß sie wenigstens miteinander geredet haben«, meinte Justus. Er drückte auf ein Knöpfchen an seiner Kamera. Das Band in der Kassette wurde zurückgespult, und auf einen weiteren Knopfdruck hin begann es von vorn abzulaufen. Erst war nur ein leises Rauschen zu hören. Dann kam die Stimme des Mannes. Bob riß es vor Aufregung vom Sitz.
»Es hat funktioniert!« rief er. »Genau wie du es dir ausgedacht hattest, Just!«
»Psst!« brachte ihn Justus zum Verstummen. »Hören wir uns an, was die gesprochen haben. Eßt nur weiter und schaut nicht auf den Apparat.«
Er spulte das Band noch einmal zurück und ließ es von neuem ablaufen, wobei er den Lautstärkeregler dämpfte, damit die aufgenommenen Stimmen nicht über ihren Tisch hinausdrangen.
Und nun hörten sie die folgende Unterhaltung:
Mann: »Freddie hat uns da glatt umsonst losgeschickt. Wenn die drei Bengel Detektive sind, fresse ich einen Besen.«
Frau: »Freddie täuscht sich aber normalerweise nicht. Er sagt, die drei seien ganz schlaue Burschen. Er hat sich über sie erkundigt. Sie nennen sich ›die drei Detektive‹, wie ein richtiges Unternehmen.«
Mann: »Kindereien. Mir kannst du nicht einreden, daß die jemals einen Fall aufgeklärt haben, höchstens mit unverschämtem Glück. Also wenn mir je ein Junge über den Weg gelaufen ist, der so richtig dumm aussieht, dann ist es der Dicke.« (Hier mußten Peter und Bob mühsam ein Grinsen unterdrücken. Justus hatte sich besondere Mühe gegeben, dumm auszusehen, aber dennoch lag ihm nicht viel an dem Kommentar.)
Frau: »Na egal, Freddie hat gesagt, wir sollen ihnen nachgehen und sehen, ob sie hier mit irgendjemand unter einer Decke stekken. Er meint, die arbeiten vielleicht für die Polizei.«
Mann: »Die wissen doch gar nichts – was will man denn von denen erfahren? Sie treiben sich hier herum wie andere Jungen auch. Soll sich doch jemand anders um sie kümmern.«
Frau: »Also willst du ihnen nicht deutlich machen, daß sie Lars

Holmqvist zur Vernunft bringen sollen, daß er Forsberg weitermachen läßt?«
Mann: »Nein, davon bin ich wieder abgekommen. Ich glaube, das einzig Richtige ist, daß man jetzt tut, was Freddie schon die ganze Zeit wollte: Lars ausschalten, und Forsberg soll endgültig das Ruder in die Hand nehmen. Forsberg haben wir ja in der Hand, und dann werden wir und Robertos Leute die Drahtzieher in dem Betrieb sein. Wir werden unsere Bankkonten im Ausland und die Verstecke hier in den Vereinigten Staaten auflösen und mit dem Geld die Magnus-Werke übernehmen und sanieren, wenn Forsberg nach unseren Richtlinien den Konkurs hingelegt hat. Von dem Millionenraub in Los Angeles vor zwölf Jahren reden die Leute ja noch ab und zu, aber über all die kleineren Überfälle und Erpressungen ist schon längst Gras gewachsen. Es sieht ganz gut aus für uns.«
Frau: »Sprich doch nicht so laut. Es könnte dich jemand hören.«
Mann: »Hier ist doch keiner in der Nähe. Ich sag dir, Mabel, das Verfahren ist genial. Forsbergs Schwager Lundgren wartet schon auf seine Chance als neuer Geschäftsführer. Und wenn die Sache mal richtig läuft, dann sind wir alle Sorgen los. Hast du dir überhaupt schon überlegt, was das für uns heißt – einen Industriebetrieb mit solcher Zukunft an der Hand zu haben und all das Geld endlich mal richtig arbeiten zu lassen?«
Frau: »Ja, und die Konkurrenzbetriebe kaufen wir nach und nach auf und bauen die Magnus-Werke zum riesigen Konzern aus.«
Mann: »Mit der Zeit werden wir eine ganz schöne Monopolstellung bekommen. Sehr aussichtsreich, bei den vielen Aufträgen für die Ministerien. Die werden wir dann nach Strich und Faden ausnehmen. Und das Geschäft mit unseren Freunden in Australien, die schon lange darauf warten, daß sie ihre heißen Moneten hier in Texas sicher und gewinnbringend anlegen können. Woran wir selbstredend auch noch mal gut verdienen werden, darauf kannst du dich verlassen.«
Frau: »Hört sich alles wunderbar an. Aber wenn Forsberg nicht mitzieht?«

Mann: »Der muß, sonst lassen wir Lundgren über die Klinge springen. Der Schwager hat ja alles andere als eine weiße Weste, und Forsberg hängt sehr an seiner Schwester, erst recht, seit sie auf diesen Lundgren hereingefallen ist. Man muß nur wissen, wo man den Hebel ansetzen muß. Forsberg und Lundgren haben wir in der Hand. Glaub mir, die Magnus-Werke werden uns in den Schoß fallen wie eine überreife Frucht.«
Frau: »Psst! Sie kommen wieder.«
Danach hatte das Bandgerät nichts mehr aufgezeichnet. Justus schob den Apparat zur Seite, wobei er unauffällig das Band abstellte und zurückspulte.

Das war ein ergiebiger Kamera-Trick des Ersten Detektivs! Schon können die drei??? ihrem Auftraggeber Bert Young jede Menge Informationen zu dem geplanten kriminellen Schachzug gegen die Magnus-Werke übermitteln. Die Gegenmaßnahmen sind nun Sache der Profis für Verbrechensbekämpfung, aber ganz heraushalten können sich die Ohrenzeugen vermutlich nicht. Sie stehen auf heißem Boden!

»Mann!« sagte Peter. »Das ist ja so schlimm, wie Bert Young befürchtet hat. Sogar schlimmer! Sie wollen die Magnus-Werke nach einem angezettelten Konkurs an sich bringen und mit ihrer Beute aus Raubzügen und Erpressungen weiter ausbauen. Und die Volkswirtschaft dann noch mehr schädigen!«
»Wir müssen Bert Young informieren!« rief Bob.
Justus zog die Brauen hoch. »Das finde ich auch«, sagte er. »Am liebsten würde ich ihm das ganze Band vorspielen, aber das dauert ja so lange. Das könnte auffallen. Wir werden ihm eben das Wesentliche mitteilen.«
Er nahm den Apparat und tat so, als lege er einen neuen Film ein. Er schaltete auf Sendung und sprach leise in das Gerät.
»Erster hier«, sagte er. »Bitte kommen.«

»Verstanden«, kam Bert Youngs Stimme zurück. »Gibt's was Neues?«
Justus berichtete so kurz wie möglich, was sich zugetragen hatte.
»Das ist schlimm«, sagte Bert Young, als er zu Ende war. »Der Mann und die Frau, die du da beschreibst, sind vermutlich Max Grogan, ein vor Jahren untergetauchter Krimineller aus Nevada, und seine Ehefrau. Sie stehen wahrscheinlich in Verbindung mit einem großen Verbrechersyndikat. Dieser Freddie und dieser Roberto, die sie erwähnen, das müssen Freddie ›Fingers‹ McGraw und Roberto Roulette sein, beides einschlägig vorbestrafte Betrüger. Diese ganze Sache ist noch übler, als wir ursprünglich annahmen – ein ausgeklügelter Plan, einen gutgehenden Industriebetrieb in die Hände von Kriminellen zu bringen. Ihr müßt Lars warnen, sobald ihr Gelegenheit dazu habt. Und dann kommt morgen zu mir ins Hotel ›Stockholm‹. Im Palast seid ihr wohl nicht mehr sicher genug. Mein Bruder wird verstärkt in der Sache ermitteln, aber ehe das Dezernat eingreifen kann, müßten handfeste Beweise vorliegen. Bisher habt ihr eure Sache gut gemacht – besser als wir zu hoffen wagten. Nur müßt ihr von jetzt an ganz vorsichtig sein!«

Ein unverhoffter Fund

Den Rest des Nachmittags brachten die drei ??? auf Entdekkungsfahrt in und um Magnusstad zu. Sie stöberten in ein paar Trödlerläden herum und sahen sich ein interessantes Volkskundemuseum an. Dann machten sie mit einem kleinen Ausflugsdampfer eine Flußfahrt.

Bengt meldete von Zeit zu Zeit, daß die Verfolger ihnen immer noch auf den Fersen sind. Aber es waren jetzt Betriebsangehörige, die zu Forsbergs Leuten gehörten.

»Vielleicht passen die auch nur auf euch auf«, sagte Bengt düster. »Allerdings habe ich da Zweifel. Sie interessieren sich für euch. Ich möchte nur wissen, warum.«

Auch die Jungen hätten das gern gewußt. Es wollte ihnen nicht in den Kopf, wieso sich jemand für sie interessieren sollte. Bis jetzt hatten sie noch gar nichts unternehmen geschweige denn Lars helfen können.

Von Zeit zu Zeit begegneten sie kleinen Gruppen von meist älteren Männern in farbenfroher Volkstracht mit schönen alten Instrumenten, die an den Straßenecken ländliche Weisen spielten.

»Unsere Spielleute«, erklärte Bengt. »Fast alle sind Betriebsrentner der Magnus-Werke. Die Firma zahlt aufgrund einer Stiftung von Erik Holmqvist einem ehemaligen Betriebsangehörigen das volle Gehalt weiter, wenn er sich als ›spelman‹ im Straßenbild unserer historischen Stadt zur Verfügung stellt. Wer das nicht kann oder nicht will, bekommt zwar auch Pension, aber nur einen bestimmten Betrag. Die schwedische Volksmusik war eine ganz große Liebhaberei von Erik Holmqvist. Alle musikalischen Betriebsangehörigen und Familienmitglieder können die Spielleute natürlich auch aktiv unterstützen. Unsere Familie ist vollzählig dabei. Mein Vater war Betriebsarchitekt – er hatte damals auch den Palast gebaut –, aber nach Erik Holmqvists Tod hat ihn Forsberg entlassen. Die Spielleute sind aus Dankbarkeit gegen Erik Holmqvist heute die treuesten Gefolgsleute von Lars. Wir haben eine geheime Vereinigung gegründet, weil uns Forsbergs Firmenpolitik nicht gefällt. Wir nennen uns ›Spelmansförbund‹. Die meisten Mitarbeiter und ihre Familien sind gegen Forsberg eingestellt, da kenne ich mich aus.«

Immer wenn sie an einer Gruppe Spielleute vorüberkamen, fuhr Bengt ein wenig langsamer. Wenn einer der Musiker dann kaum merklich nickte, gab er wieder Gas.

»Auch wir sind scharfe Beobachter«, murmelte er. »Wir überwachen die, die euch nachspionieren. Wir werden überall ein Auge auf euch haben. Wir haben unsere Leute auch im Palast, sogar unter den Wärtern. Wir wissen vieles. Aber wir wissen nicht, warum ihr für die Herrschaften plötzlich so wichtig seid. Vermutlich hat Staffan Forsberg irgend etwas vor. Und das kann sehr unangenehm werden.«

Sie schauten sich weiter in der Stadt um, und allmählich vergaßen sie, daß sie beschattet wurden. Sie fuhren im Park mit einem großartigen Karussell, und dann gab es Abendessen in einem Terrassenrestaurant – lauter schwedische Fischspezialitäten, sauer, süß und salzig.

Recht müde, aber satt und zufrieden kehrten sie zum Palast zurück. Ein rundlicher kleiner Wärter in Uniform kam zur Begrüßung angelaufen.

»Guten Abend, die jungen Herren«, sagte er. »Lars Holmqvist bedauert, daß er euch heute abend nicht treffen kann, aber morgen wird er wieder mit euch zusammen frühstücken. Ich werde euch zu eurem Zimmer bringen, sonst könntet ihr euch unterwegs verirren.«

Er führte die Jungen über Treppen und Flure in verwirrender Folge zu ihrem Zimmer. Sobald sie eingetreten waren, trippelte er davon, als habe er noch etwas besonders Wichtiges zu erledigen. Sie schlossen die massive Eichentür und sahen sich im Raum um. Jemand hatte aufgeräumt und das Bett gemacht. Aber ihre Koffer standen noch da, wo sie sie abgesetzt hatten. Bob stellte fest, daß das große Spinngewebe in der Ecke beim Kopfende des Bettes unberührt war. Eine große schwarzgoldene Spinne war flink davon-

gehuscht, als sie ins Zimmer kamen, und in die schmale Ritze zwischen Fußboden und Scheuerleiste geschlüpft.
Bob grinste. Ihm war ja nun klar, daß Spinnen in Magnusstad unter ganz besonderem Schutz standen, und er mußte zugeben, daß sie bei näherer Betrachtung tatsächlich ganz hübsch ausschauten.
»Es hat sich zwar nichts mehr getan«, sagte Justus, »aber ich meine doch, wir sollten mit Mr. Young Verbindung aufnehmen. Vielleicht hat er irgendwelche Anweisungen für uns. Schließ bitte die Tür ab, Peter, das ist sicherer.«
Peter sperrte ab. Justus nahm die Kamera aus der Ledertasche und drückte auf den Senderknopf.
»Erster«, sagte er. »Bitte kommen.«
»Verstanden«, kam Bert Youngs Stimme. »Irgend etwas Neues?«
»Nichts von Belang«, sagte Justus. »Wir waren unterwegs und haben uns überall umgesehen. Aber den ganzen Tag haben uns Leute nachspioniert, die auf Forsbergs Seite stehen.«
»Ihr seid ihm nicht geheuer«, sagte Bert Young nachdenklich. »Habt ihr schon mit Lars gesprochen? Wie hat er reagiert?«
»Wir konnten ihn noch nicht sehen. Man hat uns gesagt, er könne uns erst morgen früh treffen.«
»Hmm.« Fast konnten sie über das Funkgerät hören, wie Bert Young angespannt nachdachte. »Möchte wissen, ob sie ihn gezielt von euch fernhalten. Es ist sehr wichtig, daß ihr morgen früh mit ihm redet. Nimm jetzt das Band aus der Kamera und steck die Kassette in die Tasche und bring sie mir morgen ins Hotel. Fahrt ganz normal weg, als wolltet ihr euch wieder in der Stadt umsehen, und laßt euch vom Fahrer hierherbringen. Von jetzt an ist die Sache nämlich ganz heiß. Verstanden?«
»Ja, Sir«, antwortete Justus.
»Wir versuchen noch immer einen Weg zu finden, wie man Lars helfen kann. Forsberg hat allerdings einen so starken Einfluß, über die täglich erscheinende Werkszeitung und den betriebseigenen Fernsehsender, daß wir die Mitarbeiter und ihre Familien auf diesem Wege nicht erreichen können. Aber wir werden uns schon

etwas einfallen lassen. Dann wärt ihr also ab morgen euren Auftrag los.«
»Gut, Sir«, bestätigte Justus. »Verstanden. Ende.«
Er schaltete das Gerät ab, öffnete den Boden der Kamera und nahm eine kleine Bandkassette heraus.
»Da, Peter«, sagte er, die nimmst du zu dir. Laß sie dir von niemandem abnehmen.«
»Klar«, sagte Peter und steckte die Kassette in eine seiner Innentaschen.
Während Justs Gespräch mit Bert Young hatte Bob in einer Schublade des großen Schrankes nach einem Taschentuch gesucht. Er fand seine Taschentücher, wo er sie hingesteckt hatte, aber als er eines herauszog, hörte er ein leises Klicken. Er griff neugierig hin, um festzustellen, was das war. Unter seinen Taschentüchern war etwas Schweres aus Metall versteckt. Er zog das Ding heraus, starrte es an und stieß einen Schrei aus.
»Just! Peter! Seht nur!«
Sie drehten sich verdutzt um.
»Eine Spinne!« Peter schüttelte sich. »Tu sie weg!«
»Sie ist doch harmlos«, sagte Justus. »Das ist eine Magnus-Spinne. Setz sie auf den Boden, Bob.«
»Ihr kapiert aber auch nichts!« rief Bob. »Das ist nicht irgendeine Spinne. Das ist *die* Spinne!«
»*Die* Spinne?« wiederholte Peter. »Was soll das heißen?«
»Die silberne Spinne, das glücksbringende Wahrzeichen der Magnus-Werke«, erklärte Bob. »Das Kleinod, das aus dem Juwelentresor vermißt wird. Das muß sie sein. Sie ist so täuschend nachgemacht, daß man sie für echt hält, aber sie ist nicht echt. Sie ist aus Metall, wie die eine, die wir schon gesehen haben, nur noch kunstvoller gearbeitet.«
Justus ging hin und faßte die juwelenbesetzte Spinne an. »Du hast recht«, sagte er. »Das ist ein Meisterwerk. Das muß die richtige sein. Wo hast du sie gefunden?«
»Unter meinen Taschentüchern. Dort hat sie jemand versteckt. Heute früh war sie noch nicht da, das weiß ich.«

Justus runzelte die Stirn. Er überlegte angestrengt.
»Warum sollte jemand die silberne Magnus-Spinne in unserem Zimmer verstecken?« meinte er, eher zu sich selbst. »Das hat doch keinen Sinn, es sei denn, jemand wolle uns anschuldigen, sie gestohlen zu haben. In diesem Fall –«
»Was machen wir jetzt, Just?« fragte Peter besorgt. »Du weißt ja, daß es hier ganz üble Folgen haben kann, wenn man mit dieser Spinne erwischt wird!«
»Ich finde –« fing Justus an. Aber die beiden anderen sollten nicht mehr erfahren, was er sagen wollte. Auf dem Flur vor ihrer Zimmertür hallten schwere Schritte. Es wurde heftig an die Tür geklopft, dann versuchte jemand den Knauf zu drehen. Eine zornige Stimme rief: »Aufmachen! Anweisung von Staffan Forsberg! Aufmachen!«
Nach einer Schrecksekunde stürzten Justus und Peter zur Tür und schoben energisch den kräftigen eisernen Riegel vor.
Doch Bob stand einfach da, zu verblüfft, um klar denken zu können, die silberne Magnus-Spinne in der Hand, und fragte ratlos, was er damit machen sollte.

Nun wird es schwierig. In Sekundenschnelle soll Bob das perfekte Versteck für eine naturgetreu nachgebildete Spinne finden. Doch es wäre vermessen, zu erwarten, daß ihm das Glück in ähnlicher Weise hold wäre wie dem Grafen Magnus, dessen Versteck ein Spinngewebe tarnte . . .

Nur schnell weg!

Wieder hämmerten gebieterische Fingerknöchel an die Tür. »Aufmachen! Hier ist der Werkschutz!« brüllte die Stimme.
Peter und Justus standen gegen die Tür gelehnt, als könne ihr Gewicht helfen, sie geschlossen zu halten. Bob sah starr auf die kunstvoll emaillierte Silberspinne in seiner Hand, und in seinem Kopf kreisten ziellos die Gedanken. Er mußte das Ding verstekken. Nur – wo?
Er lief quer durchs Zimmer, hielt verzweifelt Ausschau nach einem Versteck und fand keines. Unter dem Teppich? Zwecklos. Unter der Matratze? Auch schlecht! Aber wo sonst? Wo würde man sie nicht finden?
Heftige Schläge donnerten gegen die Tür. Die Leute vom Werkschutz gingen daran, sie einzuschlagen. Und dann erreichte die Verwirrung einen Höhepunkt. Die Gardinen an der Balkontür wurden zur Seite geschoben, und ein junger Mann trat ins Zimmer. Peter und Justus fuhren herum, um den neuen Angriff abzuwehren.
»Ich bin's – Bengt!« flüsterte der Eindringling vernehmlich. »Und meine Schwester Britta!«
Britta erschien neben ihrem Bruder. Sie trug jetzt Jeans und einen Pullover.
»Kommt mit!« drängte sie. »Ihr müßt hier weg. Der Werkschutz wird euch sonst festhalten und verhören – und sie haben recht unfeine Methoden. Diesen Burschen seid ihr nicht gewachsen.«
Die Schläge gegen die Tür dröhnten unentwegt. Nun benutzten die Männer draußen eine Axt. Aber die Tür war massive Eiche, 8 cm stark, und sie würde noch ein paar Minuten standhalten.
Es war wie in einem Film. Alles passierte so schnell, daß keiner der Jungen überlegt handeln konnte. Als einziges war ihnen klar: sie mußten hinaus.
»Los, Peter, komm!« schrie Justus. »Bob, nimm die Spinne mit, wir hauen ab!«

Bob zögerte einen endlosen Augenblick, lief dann aber los, um sich den andern anzuschließen. Britta ging voran auf den Balkon. Dort standen sie aneinandergedrängt in der kühlen Dunkelheit. Von unten schienen die Lichter aus den Häusern herauf. »Der Sims führt uns ganz um das Gebäude herum, bis zur hinteren Seite«, sagte Britta. »Er ist breit genug, ihr müßt nur die Nerven behalten. Ich gehe voraus.«
Sie kletterte über die Balustrade des Balkons auf einen steinernen Sims. Justus zögerte.
»Meine Kamera!« sagte er. »Die habe ich liegenlassen.«
»Das reicht jetzt nicht mehr!« sagte Britta hastig. »Die Tür hält noch zwei Minuten, vielleicht auch drei. Wir haben keine Sekunde mehr zu verlieren.«
Die Funksprech-Kamera blieb also zu Justs Bedauern zurück, und er folgte Peter. Das Gesicht zur Mauer gekehrt, schmiegten sich die Jungen dicht an die rauhen Steine und gingen Britta nach, die sich schnell und sicher wie eine Katze bewegte.
Sie kamen gar nicht dazu, sich zu ängstigen. Hinter sich hörten sie noch immer die krachendenSchläge gegen die Tür zu ihrem Zimmer. Nun kamen sie an einer Ecke an. Der Nachtwind zerrte an ihnen, und einen Augenblick lang schwankte Bob und hätte beinahe den Halt verloren. Weit unter ihm floß der Fluß dunkel und schnell in der Nacht dahin. Bengts Hand, die ihn an der Schulter packte, hielt Bob im Gleichgewicht. Er faßte wieder sicher Fuß und folgte den anderen.
»Schneller!« zischte ihm Bengt ins Ohr.
Ein Taubenpaar, das sie von seinem Schlafplatz auf dem Sims aufgescheucht hatten, flatterte aufgeregt um ihre Köpfe. Bob widerstand der Regung, sich zu ducken, und stieg wie alle über eine Balustrade auf einen anderen Balkon. Dort blieben alle stehen.
»Und jetzt müssen wir klettern!« flüsterte Britta aufgeregt. »Hoffentlich seid ihr gute Kletterer, es gibt nämlich keinen anderen Weg. Hier ist das Seil. Es sind Knoten darin. Und da ist noch ein Seil, das hängt hinunter zu dem Balkon unter uns. Es soll sie irreführen, damit sie glauben, wir seien nach unten gegangen.«

Von oben baumelte ein Seil herab. Britta hangelte sich daran hoch. Peter tat es ihr mühelos nach. Bei Justus ging es langsamer, er schnaufte und ächzte. Bob wartete, dann umklammerte er selbst die dicken Knoten in dem baumelnden Seil und kam hinterher.

Unterdessen hatte sich Bengt für einen Augenblick von der Gruppe abgesetzt. Mutig ging er auf den Sims zurück und spähte um die Ecke. Dann rief er leise: »Die Tür hält immer noch stand. Aber wir müssen sehen, daß wir jetzt außer Sichtweite kommen.«

»Was sagst du?« Bob hielt im Klettern inne, um zu hören, was Bengt sagte. Als er den Kopf drehte, rutschte ihm der Knoten, den er gerade umfaßt hielt, aus der rechten Hand. Das Seil glitt durch seine Finger, und er stürzte rücklings in die Dunkelheit hinunter. Er prallte unsanft gegen etwas, das seinen Sturz abbremste – das war Bengt –, und die beiden landeten taumelnd wieder auf einem Balkon unten. Bobs Kopf stieß gegen die steinerne Brüstung, und rote und gelbe Lichter pulsierten vor seinen Augen.

»Bob!« Bengt beugte sich über ihn. »Bob, kannst du mich hören? Bist du verletzt?«

Bob machte die Augen auf und blinzelte. Die Wellen farbigen Lichts flackerten und erloschen. Nun konnte er Bengts Gesicht ganz dicht über sich sehen. Er lag auf dem Steinboden, und sein Kopf schmerzte.

»Bob, ist alles in Ordnung?« fragte Bengt eindringlich.

»Der Kopf tut mir weh«, sagte Bob, »aber ich glaube, sonst ist nichts passiert.« Langsam setzte er sich auf und schaute sich um. Also war er hier auf einem Balkon? Neben ihm ragte der dunkle Kasten des Palastes auf, unter ihm war der Fluß und das Lichtermeer von Magnusstad.

»Was mach' ich denn hier?« fragte er Bengt. »Eben seh' ich dich noch zur Balkontür hereinkommen, und du brüllst uns an, wir sollen raus, und jetzt liege ich draußen auf dem Balkon und habe eine Beule am Kopf. Was ist denn passiert?«

»Förbannat! Verdammt!« stöhnte Bengt. »Dir hat es beim Sturz aber schön das Gehirn durchgeschüttelt. Ich kann jetzt nicht lange reden. Kannst du klettern? Hier, das Seil. Kannst du dich daran hochziehen?«

Er gab Bob das Seil in die Hand. Bob spürte, wie dick und rauh es war. Dieses Seil hatte er doch noch nie gesehen? Er fühlte sich schwach und zittrig. In seinem Kopf dröhnte es.

»Ich weiß nicht«, sagte er. »Ich werd's versuchen.«

»Nein, du schaffst es nicht.« Bengt machte sich rasch Bobs Zustand klar, und kurzerhand beschloß er: »Wir ziehen dich hinauf. Bleib ganz ruhig stehen. Ich knote dir das Seil um die Brust, hier unter den Achseln.« Er verknotete das freie Ende des Seils um Bobs Brust. »So!« sagte er. »Jetzt klettere ich hinauf und dann ziehen wir dich hoch. Die Mauer ist uneben und hat Fugen. Vielleicht kannst du ein wenig mithelfen. Wenn nicht, laß dich einfach hängen. Wir lassen dich nicht fallen.« Zu den anderen rief er hinauf: »Ich komme jetzt. Hier ist etwas passiert.«

Hastig kletterte er im Finstern am Seil hinauf. Bob stand da, betastete die Beule an seinem Hinterkopf und fragte sich, wie er hierhergekommen war. Er und die anderen mußten mit Bengt das Zimmer verlassen haben, aber er konnte sich nicht erinnern, dabeigewesen zu sein. Er wußte nur noch, daß er Bengt an der Balkontür gesehen hatte, während die Leute auf dem Flur mit ihrer Axt gegen die Zimmertür geschlagen hatten.

Oben stieg Bengt durch ein Fenster ein, wo ihn die anderen besorgt erwarteten.

»Bob ist abgestürzt«, sagte er. »Er ist völlig durcheinander. Wir müssen ihn hochziehen. Zu viert geht das. Los, zieht.«

Sie strafften das schlaff hängende Seil und stellten sich zum Ziehen bereit. Nun erwiesen sich die Knoten im Seil als hinderlich. Jeder einzelne mußte vorsichtig über den Fenstersims eingeholt werden. Aber Bob war nicht sehr schwer, und bald darauf tauchte er mit Kopf und Schultern vor dem Fenster auf. Er tastete nach einem Halt, zog sich vollends herein und streifte die Schlaufe ab.

»Da bin ich«, sagte er. »Alles in Ordnung, glaube ich. Das heißt, der Kopf tut weh, aber bewegen kann ich mich gut. Ich kann mich nur nicht erinnern, wie ich auf diesen Balkon gekommen bin.«

»Das macht nichts«, sagte Britta. »Hauptsache, du hast jetzt wieder einen klaren Kopf.«
»Ja, alles in Ordnung«, wiederholte Bob.
Sie waren hier ebenfalls in einem Schlafraum des Palastes. Dieser war muffig, verstaubt und unmöbliert. Bengt und Britta gingen auf Zehenspitzen zur Tür, öffneten sie einen Spalt und spähten hinaus auf den Flur.
»Im Augenblick ist die Luft rein«, meldete Bengt. »Jetzt müssen wir euch zu einem Versteck bringen. Was meinst du, Britta? Sollen wir sie ins Kellergeschoß hinunterführen?«
»In die Verliese, meinst du?« sagte Britta. »Nein, das finde ich nicht gut. Das Seil, das wir hängenließen, sollte ja die Leute vom Werkschutz täuschen, damit sie den unteren Teil des Palastes durchsuchen. Sie warten jetzt sicher schon darauf, daß Justus, Peter und Bob da herauskommen. Sieh nur!«
Sie stand am Fenster und zeigte hinunter. In dem Teil des Hofes, den sie überblicken konnten, bewegten sich Lichter.
»Sie suchen schon unten im Hof«, sagte Britta. »Ich meine, wir sollten weiter hinaufgehen, bis aufs Dach. Später, vielleicht morgen abend, bringen wir sie, wenn es geht, in die Verliese hinunter und von dort aus durch die Kanäle ins Freie. Dann können sie im Hotel Zuflucht suchen.«
»Gute Idee«, stimmte Bengt zu. Er wandte sich an die drei ???.
»Also gehen wir hinauf«, sagte er. »Der obere Teil des Palastes ist nicht bewohnt und wird auch nicht durchsucht, wenn wir den Anschein erwecken, daß ihr hinuntergegangen seid. Ich brauche mal dein Taschentuch, Justus.«
Er zog aus Justs Jackentasche ein sauber gefaltetes weißes Taschentuch mit dem Monogramm J. J.
»Das lassen wir später fallen, als falsche Spur«, sagte er. »Jetzt kommt mit. Britta, du gibst hinten gut acht.«
Er schlang sich das Seil um den Körper und trat auf den Flur hinaus. Alle liefen schnell und lautlos den unbeleuchteten steinernen Gang entlang, dann eine Treppe hinauf, die zu einem noch höheren, stockfinsteren Korridor führte.

Bengt knipste kurz seine Taschenlampe an und machte eine Tür auf, die in der dunklen Wand kaum zu sehen war. Sie öffnete sich mit lautem Kreischen der Angeln, das sie alle erschreckte. Aber sonst blieb alles still; anscheinend war niemand hier in den oberen Stockwerken.
Sie schlüpften durch die Tür wie Gespenster und gingen eine sehr schmale Steintreppe hinauf. Eine weitere Tür führte ins Freie, auf das flache Dach des Palastes hinaus. Oben am Himmel funkelten hell die Sterne. Eine steinerne Brüstung mit in regelmäßigen Abständen eingemauerten Nischen umgab das Dach.
»Von hier aus schoß man früher Pfeile ab oder schüttete den Angreifern siedendes Öl auf den Kopf«, erklärte Bengt mit lebhaften Handbewegungen. »Hier bei uns geht es friedlicher zu, und das Dach wird nicht als Ausguck benutzt. Aber Unterstände für die Wachposten sind an jeder Ecke, damit es realistischer wirkt. Hier herüber.«
Er ging quer über das Dach zu einem kleinen quadratischen Steinhäuschen in einer Ecke. Die Holztür ächzte beim Öffnen. Bengts Taschenlampe beleuchtete einen verstaubten Innenraum mit vier Holzbänken, die immerhin breit genug waren, um als eine Art Liege zu dienen. Es gab auch schmale Fenstereinschnitte ohne Scheiben.
»Jedes Ausguckhaus war ständig mit einem Posten besetzt, der regelmäßig abgelöst wurde«, erklärte Bengt. »Aber solche Zeiten hat dieser nachgebaute Palast natürlich nicht erlebt. Hier müßtet ihr sicher sein, bis wir euch holen können, wahrscheinlich morgen abend.«
Justus ließ sich auf eine der Holzbänke fallen. »Ich bin froh, daß wir Sommer haben, da ist es wenigstens warm«, sagte er. »Aber was soll eigentlich das Ganze?«
»Es ist eine Art Verschwörung«, antwortete Britta. »Man will euch den Diebstahl der silbernen Magnus-Spinne in die Schuhe schieben, und euch damit schwer belasten und die Verbindung zwischen euch und Lars durch noch andere geschickte Täuschungsmanöver als betriebsschädigend hinstellen, so daß Lars

seinen Anspruch auf die Führung des Betriebs verwirkt. So viel wissen wir jedenfalls. Das ist alles ausgemachter Unsinn – überdies hättet ihr die Spinne ja gar nicht stehlen können, selbst wenn ihr das vorgehabt hättet.«
»Nein«, sagte Justus langsam. »Stehlen hätten wir sie nicht können. Aber wir haben sie nun mal. Zeig sie doch, Bob.«
Bob steckte die Hand in seine Jackentasche. Dann versuchte er es in der anderen Tasche. Mit wachsendem Entsetzen durchsuchte er all seine Taschen. Schließlich schluckte er und sagte: »Es tut mir leid, aber ich hab' sie nicht. In der Aufregung muß ich sie verloren haben.«

Na, ich weiß nicht – hat Bob die silberne Spinne tatsächlich mitgenommen? Erst wollte er sie doch im Zimmer verstecken. Aber anscheinend hat er es sich noch einmal anders überlegt.

Bobs Gedächtnislücke

»Du hattest die silberne Spinne, und du hast sie *verloren*?« Bengt starrte Bob entsetzt an.
»Das ist furchtbar«, sagte Britta. »Wie konnte das nur passieren?«
Justus schilderte, wie Lars ihnen berichtet hatte, die silberne Spinne sei verschwunden, und sie um Hilfe bei der Suche gebeten hatte. Er erzählte davon, wie Lars sie in den Tresorraum mitgenommen und ihnen die hinterlegte Imitation gezeigt hatte, und Lars' Verdacht, Staffan Forsberg könnte die echte Spinne aus unlauteren Motiven an sich gebracht haben – um die große Betriebsfeier mit der zeremoniellen Übernahme der Magnus-Werke durch Lars zu verhindern. Dann berichtete Bob, wie er die echte Spinne in dem Versteck zwischen seinen Taschentüchern gefunden hatte.
»Jetzt begreife ich, was da geplant wurde«, murmelte Bengt. »Forsberg ließ die Spinne in eurem Zimmer verstecken. Dann schickte er seine Leute vom Werkschutz los. Die hätten dann die Spinne bei euch gefunden, und Forsberg hätte behauptet, ihr hättet sie gestohlen, nachdem Lars euch durch falsches Vertrauen und Unachtsamkeit dazu verleitet hätte. Das hätte natürlich sehr gegen Lars' Befähigung als Leiter eines so großen Betriebes gesprochen. Ihr drei wärt aus Magnusstad schnurstracks nach Hause verfrachtet worden, und Forsberg hätte den Vorfall in der Werkszeitung und im Fernsehen gründlich zu seinen Gunsten ausgeschlachtet und das Unternehmen weiterhin führen können. Und dann, solange Lars noch mit dieser Anschuldigung belastet gewesen wäre, hätte er einen Schachzug eingeleitet, um sich die endgültige Herrschaft über die Magnus-Werke zu sichern. Und obgleich die Spinne jetzt verschwunden ist, kann er seine Ziele nach wie vor verfolgen. Er wird euch beschuldigen, sie gestohlen und versteckt zu haben, auch wenn es uns gelingt, euch sicher ins Hotel zu Bert Young zu bringen.«
Peter schüttelte den Kopf. »Ich begreife immer noch nicht«, sagte

er, »warum diese Silberspinne so wichtig ist. Wenn sie nun zufällig bei einem Brand oder einem ähnlichen Vorfall zerstört worden wäre, was dann?«

»Das würden wir alle zutiefst bedauern«, warf Britta ein, »aber man würde es nicht Lars zur Last legen. Wirklich, es ist schwer zu erklären, was diese Silberspinne für uns in den Magnus-Werken bedeutet. Sie ist nicht einfach ein kostbares Juwel. Sie ist viel mehr – ein Symbol. Sie verkörpert alles, was uns teuer ist – unsere Freiheit, unsere Unabhängigkeit, unseren Wohlstand. Den Mitarbeitern der Magnus-Werke und ihren Familien geht es besser als dem Durchschnittsamerikaner in der Industriegesellschaft. Das haben wir Erik Holmqvist zu verdanken. Er war kein Ausbeuter, sondern ein Menschenfreund. Gewiß auch ein Sonderling, der mit seinen Marotten die Leute oft gegängelt hat, aber das hat jeder von uns hingenommen. Wir dürfen alle am Ertrag teilhaben und haben viel persönliche Freiheit, und das Spiel ›Magnusstad‹ spielten wir deshalb immer ganz selbstverständlich mit.«

»Wir sind vielleicht auch Phantasten wie Erik Holmqvist, wir sind vielleicht abergläubisch«, fügte Bengt hinzu. »Aber für uns ist eine Legende mit der Spinne verbunden. In seinem Buch schrieb Erik Holmqvist als Nachwort, daß eine Spinne dem Grafen Magnus das Leben gerettet hat und es ihm ermöglichte, dem schwedischen Volk einen gütigen Herrscher zu erhalten. Deshalb würden Freiheit und Wohlstand auch in Magnusstad herrschen, solange die Silberspinne an sicherem Ort sei. Und jeder hier bei uns glaubt insgeheim daran. Der Verlust der Spinne unter so unwürdigen Umständen wäre ein Unglück für den Betrieb und für ganz Magnusstad. Und wäre Lars für den Verlust verantwortlich, zumindest aus Fahrlässigkeit, so wären bald alle Mitarbeiter und ihre Angehörigen, die ihn jetzt so schätzen, davon überzeugt, daß er unfähig ist. – Nein«, schloß er nach einer langen Pause, »wenn wir Lars die Silberspinne nicht zurückgeben können, dann wird Forsberg die Situation mit sehr schwerwiegenden Folgen zu seinem Vorteil nutzen.«

»Mann«, sagte Bob und schluckte. »Das ist wirklich schlimm.

Hier, helft mir mal suchen. Vielleicht habe ich das Ding nur übersehen.«
Diesmal durchsuchten Peter und Justus Bobs Kleider. Sie drehten jede einzelne Tasche um. Sie schauten sogar in seinen Hosenaufschlägen nach. Aber sie wußten die ganze Zeit, daß es zwecklos war. Bob hatte die Spinne nicht bei sich.
»Überleg mal genau, Bob!« drang Justus in ihn. »Du hattest sie doch in der Hand. Was hast du dann damit gemacht?«
Bob runzelte die Stirn und versuchte nachzudenken.
»Ich weiß es nicht«, sagte er. »Als letztes weiß ich noch, daß Leute an die Tür schlugen und daß Bengt zum Balkon hereinkam. Und von da an ist alles weggewischt, bis sich dann Bengt auf diesem Balkon über mich beugte.«
»Also Amnesie, Gedächtnisschwund, für eine begrenzte Zeitspanne«, sagte Justus und kniff sich in die Unterlippe. »Wenn jemand einen Schlag auf den Kopf bekommt, geschieht es ziemlich oft, daß er vergißt, was sich kurz zuvor ereignet hatte. Manchmal kann er sich an die zurückliegenden Tage oder sogar Wochen nicht mehr erinnern, manchmal nur nicht an die letzten paar Minuten. Normalerweise kehrt die Erinnerung an die ausgelöschte Zeit allmählich zurück, aber eben nicht immer. Und offenbar ist genau das mit Bob passiert. Als er seinen Kopf an der Balkonbrüstung anschlug, ist ihm die Erinnerung an die vorausgegangenen drei oder vier Minunten abhandengekommen.«
»Ja, so wird es wohl gewesen sein«, seufzte Bob und befühlte die Beule an seinem Kopf. »Ich habe noch so eine vage Ahnung davon, wie ich im Zimmer umherlief und versuchte, ein gutes Versteck für die Spinne zu finden. Natürlich war ich schrecklich aufgeregt, aber ich weiß noch, wie ich dachte: das taugt nichts, sie unter der Matratze zu verstecken oder unter dem Teppich oder hinten im Schrank, denn dort würde man sie sofort entdecken.«
»Das Nächstliegende«, warf Bengt ein, »wäre gewesen, die Spinne rasch einzustecken, als du mich gesehen hattest. Und dann ist sie dir vielleicht aus der Tasche gefallen, als du von dem Seil auf den Balkon gestürzt bist.«

»Vielleicht hatte ich sie auch noch in der Hand, als ich auf unseren Balkon hinauslief«, sagte Bob niedergeschlagen. »Und als ich begann, mich am Sims entlangzutasten, habe ich vielleicht unwillkürlich die Hand aufgemacht und sie fallenlassen. Da hätte sie dann auf den Sims fallen können oder in den Hof hinunter.«

»Wenn sie in den Hof gefallen ist, wird man sie dort finden«, sagte Bengt nach einer langen Pause. »Das erfahren wir dann. Aber wenn man sie nicht findet –«

Er sah Britta an. Sie nickte.

»Euer Zimmer werden Forsbergs Leute vermutlich nicht durchsuchen«, sagte sie. »Sie werden annehmen, daß ihr sie noch bei euch habt. Wenn sie also im Hof nicht gefunden wird, müssen wir morgen abend nochmal in das Zimmer gehen und danach suchen.«

Fluchtpläne

Während der langen Nacht hielten sich die drei ??? im Ausguckhäuschen auf dem Dach des Palastes versteckt. Diesen Bereich des Palastes durchsuchte niemand – es war ja ganz offensichtlich, daß sie hinuntergegangen waren und nicht hinauf. Das geschickt angebrachte baumelnde Seil und Justs Taschentuch, das man beim Kellereingang gefunden hatte, lenkten auf eine falsche Fährte.

Nachdem Bengt und Britta gegangen waren, hatten sich Peter, Bob und Justus auf den Holzbänken ausgestreckt, um ein wenig Schlaf zu finden.Trotz der unbequemen Lagerstätten und des abenteuerlichen Verlaufs der letzten Stunden schliefen sie fest.

Peter erwachte, als am nächsten Morgen die Sonne aufging. Er gähnte und streckte sich. Justus war schon wach, er machte gerade ein paar Turnübungen, um seine steifgewordenen Glieder zu lokkern. Peter fand seine Schuhe, zog sie an und stand auf. Bob schlief noch.

»Sieht nach einem schönen Tag aus«, stellte Peter fest, als er zu den schmalen Öffnungen hinausspähte, die in dem steinernen Häuschen die Fenster bildeten. »Nur sieht es nicht so aus, als bekämen wir hier Frühstück. Oder Mittagessen. Oder Abendessen. Es wäre mir bedeutend wohler, wenn ich wüßte, wann es etwas zu futtern gibt.«

»Und mir wäre es bedeutend wohler, wenn mir klar wäre, wie wir aus dem Palast wegkommen sollen«, erwiderte Justus. »Würde mich interessieren, was Bengt da mit uns vorhat.«

»Und mich würde es interessieren, ob es Bob beim Aufwachen dämmert, was er mit der Silberspinne gemacht hat.«

Genau da setzte sich Bob blinzelnd auf.

»Wo sind wir?« fragte er. Dann faßte er sich an den Hinterkopf. »Au, mein Kopf tut so weh. Jetzt weiß ich es wieder.«

»Du weißt wieder, was du mit der Silberspinne gemacht hast?« platzte Peter heraus.

Aber Bob schüttelte den Kopf. »Ich weiß jetzt, wo wir hier sind«, sagte er. »Und ich weiß auch noch, wie ich mir den Kopf angeschlagen habe – das heißt, ich weiß noch, daß ihr mir es erzählt habt. Das ist alles.«

»Es bringt nichts ein, wenn du dir Sorgen machst, Bob«, meinte Justus. »Wir müssen einfach abwarten, ob deine Erinnerung von selbst wiederkehrt. Oder eben nicht.«

»Oha!« sagte Peter am Fenster. »Da kommt jemand übers Dach. Er schaut zu uns her!«

Alle drei drängten sich ans Fenster. Ein leicht gebeugter Mann in grauer Arbeitskleidung war durch die Tür am Ende der Treppe zum Dach getreten. Er hatte Besen, Eimer und Scheuertücher bei sich. Er sah sich verstohlen um, legte sein Putzzeug hin und kam auf das Häuschen zugeschlurft.

»Laß ihn rein, Peter«, sagte Justus. »Ein so alter Herr gehört nicht zum Werkschutz, und er weiß offenbar, daß wir hier sind.«

Vorsichtig machte Peter die Tür weiter auf, und der Mann trat ein. Drinnen holte er tief und erleichtert Atem.

»Wartet mal«, sagte er mit heiserer Stimme. »Erst sichergehen, daß mir keiner nachkommt.«

Sie schauten ein paar Minuten zum Fenster hinaus. Doch es tauchte niemand sonst auf, und da war es allen wieder wohler.

»Gut«, sagte der Mann. »Ich habe früher bei den Magnus-Werken als Techniker für Bengts Vater gearbeitet. Jetzt bin ich schon einige Jahre im Ruhestand. Ich beschäftige mich noch ein paar Stunden täglich mit Saubermachen im Palast. Als Spielmann bin ich leider zu unmusikalisch. Ich gehöre aber zum ›spelmansförbund‹. Ich habe mich die Treppe heraufgeschlichen. Ich soll etwas fragen, für Bengt. Er will wissen, ob sich Bob wohl wieder erinnert.«

»Sagen Sie ihm: leider nein«, antwortete Justus. »Bob kann sich nicht erinnern.«

»Das werde ich ausrichten. Bengt sagt noch, ihr sollt bitte Geduld haben. Wenn es wieder dunkel geworden ist, kommt er her. Inzwischen habt ihr hier etwas zu essen.«

Der Mann griff in die geräumigen Taschen seines Overalls und förderte eingepackte Schnitten, etwas Obst und eine Plastikflasche mit Wasser zu Tage. Die Jungen nahmen den Proviant hochbefriedigt entgegen. Der Mann wirkte ungeduldig.

»Ich muß schnell wieder zurück«, sagte er. »Unten sind sie alle ganz durcheinander. Habt Geduld, und alles Gute euch und unserem Lars.«

Damit ging er wieder. Peter biß erleichtert in ein belegtes Brot.

»Wir werden uns das Essen einteilen müssen, damit wir den ganzen Tag über damit auskommen«, meinte Justus und reichte auch Bob ein Brot hinüber. »Das gilt besonders für das Wasser. Es ist schon ein Glück, daß Bengt und Britta im Palast Freunde haben.«

»Ein Glück für uns«, sagte Bob. »Was war das noch, das er uns da gestern abend über diesen ›spelmansförbund‹ erzählte? Diese Leute, die Lars helfen sollen – mein Kopf tat so weh, ich konnte nicht richtig zuhören.«

»Einiges weißt du ja schon«, sagte Justus zwischen zwei Bissen, »aber ich wiederhole es nochmal für dich. Bengt sagte, sein Vater sei der Werksarchitekt gewesen, als Lars' Vater noch lebte. Er hat mit Erik Holmqvist zusammen den Klub der Betriebsrentner, die als Spielleute auftreten, ins Leben gerufen. Als Staffan Forsberg Geschäftsführer wurde, legte er Bengts Vater die Kündigung nahe. Der traute Forsberg schon damals nicht, und er fing an, möglichst viele Leute, die auf Lars' Seite standen, für einen geheimen Zusammenschluß zu interessieren, um Forsberg auf die Finger zu sehen. Sie nennen sich ›spelmansförbund‹ – Spielmannsbund. Einige sind hier im Palast beschäftigt, unter anderem auch auf Wachposten, und du hast ja gemerkt, daß der Putzmann, der uns das Essen brachte, auch dazugehört. Gestern abend hörten Spielleute bei der Wache von dem Plan, uns auszuschalten, und verständigten Bengts Vater. Bengt und Britta nutzten sofort die knappe Zeit und konnten uns noch rechtzeitig beispringen. Als sie noch jünger waren, wohnte die Familie nämlich im Palast, den der Vater seinerzeit selbst gebaut hatte, und von ihren Spielen her ist ihnen der Bau vom Keller bis zum Dach vertraut. Sie kennen versteckte Verbindungsgänge und Tunnels und unterirdische Wasserläufe, von denen sonst niemand weiß, also können sie ungesehen kommen und gehen.«

»Alles schön und gut«, warf Peter ein, »aber wir sitzen hier oben auf dem Palast fest. Glaubt ihr, Bengt und Britta schaffen es wirklich, uns heute abend zu befreien – das heißt, falls uns nicht schon vorher jemand erwischt?«

»Sie meinen, sie könnten es«, antwortete Justus. »Sie wollen wahrscheinlich noch mehr Spielleute zur Unterstützung gewinnen. Wir müssen hier weg und das Tonband, das ich dir gegeben habe, zum Hotel Stockholm bringen. Es ist ein wichtiges Beweisstück.«

»Wenn ich James Bond wäre, hätte ich keine Sorge«, knurrte Peter. »Der kommt ja aus jedem Schlamassel wieder heil heraus. Aber ich bin kein James Bond, und ihr auch nicht. Ich habe das komische Gefühl, daß die Sache nicht so reibungslos ablaufen wird, wie Bengt hofft.«

»Wir müssen unser Bestes dazu tun«, sagte ihm Justus. »Nur wenn wir es schaffen, hier wegzukommen, können wir Lars helfen, und dazu sind wir letzten Endes ja überhaupt hierhergekommen. Vorerst aber können wir gar nichts unternehmen, bis wir wieder etwas von Britta und Bengt hören. Übrigens, Kollege, ist dir klar, daß du jetzt dein ganzes Frühstück aufgegessen hast und schon halb durchs Mittagessen bist?«

Rasch legte Peter die Brotschnitte hin, von der er hatte gerade abbeißen wollen.

»Vielen Dank für den Hinweis«, sagte er. »Das Mittagessen möchte ich auf keinen Fall ausfallen lassen. Sieht so aus, als gäbe das einen langen Tag für uns hier auf dem Dach.«

Es wurde tatsächlich ein langer Tag. Abwechselnd machten sie Spähdienst an den Fensterschlitzen und Schlafpausen. Endlich ging die Sonne in roter Glut hinter den Türmen von St. Georg unter. Die Vögel zwitscherten schläfrig in den Bäumen und gingen zur Ruhe.

Mit Einbruch der Dunkelheit wurde es im Palast still. Bald waren

die einzigen, die noch wachten, die Männer vom Werkschutz, die ohne große Begeisterung ihren Posten einnahmen. Es kam nur selten vor, daß in Magnusstad zusätzliche Palastwachen eingesetzt wurden, doch seit drei Tagen war die Truppe von Direktor Forsberg eigens damit beauftragt.
Tief im dunklen Kellergeschoß des Palastes schlichen zwei Gestalten lautlos die geheimen Gänge entlang, die nur sie allein kannten. Allmählich führte der Weg Britta und Bengt nach oben, und an einem strategisch wichtigen Punkt – einer bewachten Treppe – kam ihnen ein Wächter zu Hilfe, der ihnen den Rücken kehrte und so tat, als sähe er sie nicht.
Bald darauf traten sie in die nächtliche Stille auf dem Palastdach und verharrten, um sich zu vergewissern, daß ihnen niemand gefolgt war. Dann schlichen sie über das Dach zu dem Ausguck. Sie bewegten sich geräuschlos, so daß sie Peter, der gerade Wache hatte, beinahe überrumpelt hätten. Er ließ sie ein, und Bengt riskierte es, eine Taschenlampe anzuknipsen, die er mit einem Taschentuch abgeschirmt hatte.
»Wir sind startbereit«, erklärte er den drei ???. »Wir haben vor, euch heimlich aus dem Palast zu schmuggeln und euch im Hotel ›Stockholm‹ in Sicherheit zu bringen. Man hört gerüchtweise, Forsberg treibe seine eigenen Pläne mit Macht voran. Wir müssen annehmen, daß er schon morgen in aller Öffentlichkeit Lars als ungeeignet für die Aufgabe des Unternehmers erklären wird, um seine jetzige leitende Position endgültig zu festigen. Leider können wir nichts tun, um ihn aufzuhalten. Viele Mitarbeiter und ihre Familien würden als Sympathiekundgebung für Lars den Palast stürmen, wenn sie Bescheid wüßten, aber es gibt keine Möglichkeit zur Bekanntmachung, daß er in einer so schwierigen Lage ist und selbst davon noch nicht alles ahnt. Wir wollten mit Leuten vom ›spelmansförbund‹ die Werkszeitung und den Fernsehsender besetzen, aber Forsberg geht kein Risiko ein. Er läßt die Redaktion und den Sender scharf bewachen. – Aber sag mal, Bob, ist dir inzwischen eingefallen, was du mit der silbernen Spinne gemacht hast? Im Hof hat man sie nicht gefunden.«

Bob schüttelte den Kopf. Es war für ihn qualvoll, sich nicht erinnern zu können.
»Und wenn wir die Spinne hätten«, fragte Justus, »würde das Lars überhaupt etwas nützen?«
»Könnte sein«, meinte Britta. »Der ›spelmansförbund‹ könnte in Lars' Namen einen Aufruf herausgeben und die Mitarbeiter und Bürger um Beistand gegen Forsbergs unlautere Machenschaften bitten. Die silberne Spinne wäre das Zeichen dafür, daß Lars tatsächlich hinter der Sache steht. Sie hätte großes Gewicht und könnte dem Ganzen eine entscheidende Wendung geben. Obwohl uns Forsbergs Leute wahrscheinlich stoppen würden, ehe wir unser Ziel erreicht hätten.«
»So oder so«, sagte Justus, »die silberne Spinne sollten wir haben. Ehe wir den Palast verlassen, müssen wir unbedingt die Simse und unser Zimmer noch einmal nach der Spinne absuchen. Es ist gut möglich, daß wir sie jetzt noch dort finden, wo Bob sie verloren hat.«
»Das wird im höchsten Grad riskant«, sagte Bengt. »Aber es könnte natürlich sein, daß wir sie finden. Das würde uns viel nützen. Und jedenfalls ist euer Zimmer der Ort, wo euch nun wirklich kein Mensch vermuten würde. Also wagen wir es.«

Ein gefahrvoller Abstieg

Sie ließen keine Vorsichtsmaßnahme außer acht, als sie ihren Unterschlupf in dem Ausguckhäuschen aufgaben. Sie sammelten das Einwickelpapier ihres Proviants ein und warfen es über die Zinnen. Der Fluß würde es davontragen. Dann warteten sie, bis im Palast Nachtruhe eingekehrt war. Schließlich rührte sich Bengt.

»Nun haben wir lange genug gewartet«, sagte er. »Ich habe hier noch zwei kleine Taschenlampen. Hier, Justus, eine für dich und eine für Peter. Benutzt sie nur, wenn es unbedingt sein muß. Ich gehe voran, und Britta kommt euch nach. So, gehen wir los.«

Im Gänsemarsch überquerten sie das Dach bis zu der Tür vor der abwärts führenden Treppe. Der Himmel war dunkel und mit schweren Wolken verhangen, und die ersten großen Regentropfen fielen schon.

Im Treppenhaus gingen sie vorsichtig die schmalen Stufen hinunter und blieben immer wieder stehen, um zu horchen. Doch sie hörten keinen Laut. Während Bengts Taschenlampe, ihre einzige Lichtquelle, wie ein Irrlicht aufblinkte und erlosch, tasteten sie sich voran.

Sie gingen durch den dunklen Gang, weitere Stufen hinunter und wieder einen Gang entlang. Die drei ??? hatten die Orientierung verloren, aber Bengt wußte offenbar ganz genau, wo sie sich befanden. Gleich darauf führte er sie in ein Zimmer und verriegelte die Tür.

»Hier können wir uns einen Augenblick ausruhen«, sagte er. »So weit, so gut, aber das war erst das leichteste Stück. Von jetzt an wird es gefährlich. Ich glaube zwar nicht, daß sie immer noch im Palast nach euch fahnden, also ist das schon ein Vorteil für uns. Erst müssen wir die Spinne suchen. Und dann – egal ob wir sie finden oder nicht – müssen wir ins Kellergeschoß hinunter. Von dort aus gehen wir durch die Verliese und von da ins Kanalsystem. Wir werden uns also auf unterirdischen Wasserläufen fortbewegen –

Britta und ich haben dafür schon alles vorbereitet – und in der Nähe des Hotels wieder auf die Straße herauskommen. Im Hotel seid ihr in Sicherheit, und wenn ihr es geschafft habt, kleben wir vom ›spelmansförbund‹ überall in der Stadt Plakate an mit der Bekanntmachung, daß Forsberg seine Stellung als Geschäftsführer mißbrauchen und Lars Holmqvist mit unlauteren Methoden aus den Magnus-Werken verdrängen will. Danach – ja, was dann wird, das wissen wir nicht. Wir können nur hoffen. Jetzt steigen wir aus dem Fenster und auf den Balkon darunter. Ich habe ein Seil um meine Taille, Britta hat auch ein Seil, aber ihres ist unsere Reserve für den Notfall.«

Er machte das Seil gut fest und stieg zum Fenster hinaus. Bald drang ein vorsichtiges Flüstern herauf zu den anderen, und sie wußten, daß er auf dem Balkon unten angelangt war. Nun kamen Peter und Justus nach.

Bob und Britta schauten zum Fenster hinaus. Unter ihnen zuckte das Licht der Taschenlampe über den Balkon hin. Die Jungen suchten nach der Silberspinne für den Fall, daß sie Bob aus der Tasche gefallen war, als er am Abend zuvor gestürzt war.

Schließlich ging das Licht aus. Bengt flüsterte herauf: »Kommt jetzt auch herunter.«

Bob und Britta kletterten an dem Seil hinab und ließen es hängen, damit sie auf dem gleichen Weg wieder zurückgelangen konnten.

»Die Spinne ist nicht da«, flüsterte Bengt angespannt, als sie sich im Finstern eng aneinanderdrängten. »Natürlich hätte sie auch zwischen den Säulen der Brüstung hindurch in den Fluß fallen können, aber das glaube ich nicht. Ich vermute eher, Bob hat sie gleich zu Anfang verloren, als er auf den Balkon vor eurem Zimmer hinauslief.«

Also gingen sie vorsichtig den Sims entlang bis zur Ecke des Gebäudes. Die Außenkante war abgerundet, und ein einziger unachtsamer Schritt würde sie in den Fluß stürzen lassen, der unten lautlos und schwarz vorüberzog. Doch wenn sie sich an die Mauer schmiegten, konnten sie sich sicher bewegen. Alle paar Schritte blieb Bengt stehen, um den Sims mit der Taschenlampe abzu-

leuchten, solange es auch nur die geringste Chance gab, die silberne Spinne dort zu entdecken. Aber sie erreichten den nächsten Balkon, ohne sie zu finden.
Damit waren sie wieder auf dem Balkon vor ihrem Zimmer. Bengt spähte vorsichtig zum Fenster hinein, um sich zu vergewissern, daß niemand drinnen war. Während die Jungen und Britta auf der Brüstung saßen, suchte er jeden Zoll des Balkons mit der Lampe ab.
Nichts. Auf diesem Balkon war die silberne Spinne auch nicht.
»Was machen wir jetzt?« flüsterte Peter.
»Hineingehen.« Justus gab die Antwort. »Wir müssen das Zimmer durchsuchen.«
Der Reihe nach schlüpften sie durch die Balkontür hinein und standen lauschend in stummer Reihe. Der Palast lag in Totenstille. Nur das Zirpen einer Grille, die irgendwie in den Bau gelangt war, brach das Schweigen.
»Eine Grille im Zimmer bringt Glück«, sagte Peter. »Jedenfalls hoffe ich das. Wir könnten es gebrauchen.«
»Du hast gesagt, Bob sei mit der silbernen Spinne in der Hand im Zimmer umhergelaufen«, murmelte Britta. »Da hätte er sie doch auch fallen lassen können. Wir müssen das ganze Zimmer absuchen. Alle hinunter auf den Boden, und alle Taschenlampen einschalten. Von draußen kann uns jetzt ja keiner sehen.«
Jeder nahm sich einen Abschnitt des Fußbodens vor und suchte ihn auf allen Vieren gründlich ab. Bob hatte kein Licht, also kroch er neben Peter her.
Da glitzerte etwas im Licht. Sie hatten die Spinne!
Als Bob das Glitzerding aufhob, spürte er die Enttäuschung als bitteren Geschmack im Mund. Es war nur ein Stückchen Aluminiumfolie von einer Filmrolle, die sie ausgewickelt hatten.
Falscher Alarm. Unbeirrt setzten sie die Suche fort. Bob kroch sogar unter das Bett, während Peter hinleuchtete, damit er besser sehen konnte. Ein kleines dunkles Geschöpf hüpfte verängstigt weg.
»Krikk!« machte es. »Krikk!«

Sie hatten die Grille aufgescheucht. Peter folgte ihr mit seinem Licht, und sie sahen, wie sie unter dem Bett hervor geradewegs in das Spinngewebe sprang, das sich noch immer über die Zimmerecke spannte.
Verzweifelt versuchte sich die Grille zu befreien, aber sie verfing sich nur immer mehr in dem Netz. Bei der Ritze über dem Fußboden saßen zwei Spinnen und schauten zu. Eine von ihnen kam hervor, huschte über das Netz und begann die Grille mit klebrigen Fäden einzuspinnen. Gleich darauf war diese ein hilfloses Opfer.

Werden die beiden Spinnen im Netz ihr Opfer wohl gerecht unter sich aufteilen? Eigentlich seltsam – zwei Spinnen in einem Netz. Wohngemeinschaften dieser Art waren mir bisher nicht bekannt.

Bob drängte es impulsiv dazu, die Grille zu befreien, aber er hielt sich zurück. Dabei würde er das Spinnennetz zerstören und vielleicht die Spinne töten, und die Spinne war nun einmal das Glückssymbol von Magnusstad.
»Du hast doch gesagt, eine Grille im Zimmer bedeutet Glück«, murmelte er Peter zu. »Leider nicht für die Grille selber. Ich hoffe nur, daß uns nicht das gleiche passiert.«
Peter sagte nichts. Er und Bob rutschten wieder unter dem Bett hervor und traten zu den anderen vor den Kleiderschrank, wo Justus und Bengt gerade stöberten.
»Vielleicht hat Bob die Silberspinne tatsächlich versteckt«, flüsterte Justus. »Hätte er sie einfach fallen lassen, dann hätten wir sie jetzt auf jeden Fall gefunden, falls die Werkschutzleute sie letzte Nacht nicht entdeckt haben.«
»Nein, die haben vergeblich gesucht«, sagte Bengt mit leiser Stimme. »Staffan Forsberg ist außer sich. Wäre die Spinne gefunden worden, dann hätte er ja seine Trumpfkarte. Also hat Bob sie wo-

möglich doch versteckt. Kannst du dich denn nicht erinnern, ob du sie vielleicht versteckt hast, Bob?«
Bob schüttelte den Kopf. Im Zusammenhang mit der Silberspinne konnte er sich an rein gar nichts mehr erinnern.
»Na gut, suchen wir weiter«, sagte Bengt. »Nehmen wir uns mal die Koffer vor. Britta, du schaust unter der Matratze und den Kopfkissen nach – es könnte ja sein, daß Bob kein besseres Versteck einfiel.«
Peter und Justus untersuchten die Koffer. Britta tastete unter der Matratze umher und schaute unter den Laken und Kopfkissen nach. Doch fündig wurden sie nicht.
Sie traten wieder in der Zimmermitte zusammen.
»Die Spinne ist nicht da«, sagte Bengt ratlos. »Wir haben sie nicht gefunden, Forsbergs Leute haben sie auch nicht gefunden, und doch ist sie nicht da. Ich muß annehmen, Bob hatte sie noch, als er auf den Balkon hinauslief. Als er über die Brüstung auf den Sims stieg, da muß sie ihm heruntergefallen sein. Obwohl ich mir einfach nicht vorstellen kann, wieso sie dann nicht im Hof gefunden wurde.«
»Was machen wir jetzt, Bengt?« fragte Justus. Normalerweise war Justus bei allen Unternehmungen der Anführer, aber jetzt kam die Entscheidung selbstverständlich Bengt zu. Er war der Ältere und kannte sich obendrein im Palast aus.
»Wir müssen euch in Sicherheit bringen«, murmelte Bengt. »Mehr können wir ohnehin nicht tun. Also gehen wir zurück und –«
In diesem Augenblick wurde die Tür aufgerissen. Elektrische Handlampen leuchteten grell herein. Zwei Männer in Overalls, mit blauen Schutzhelmen des Werkschutzes, stürzten ins Zimmer.
»Stehenbleiben!« brüllten sie. »Ihr kommt jetzt mit uns! Wir haben die kleinen Spione!«
Dann ging alles drunter und drüber. Bengt warf sich den beiden Männern entgegen.
»Britta!« schrie er. »Bring du die Jungen in Sicherheit! Ich bleibe hier!«

»Schnell!« rief Britta und lief zur Balkontür. »Kommt mit!«
Bob wollte ihr nach. Während Bengt mit dem einen Mann rangelte und ihn an den Beinen packte, schnappte der andre Mann Justus am Kragen. Beide kämpfenden Paare stürzten, und Bob war mittendrin. Schwere Körper fielen gegen ihn. Als er zu Boden ging, schlug er sich wieder den Kopf an. Der Teppich milderte den Aufprall, aber es war ein heftiger Schlag.
Zum zweiten Mal wurde es Bob schwarz vor Augen.

Der schwarze Johan

Bob lag mit geschlossenen Augen da und hörte, wie Justus und Bengt miteinander redeten.

»So«, sagte Justus bedrückt, »da wären wir also, gefangen wie die Grille im Spinngewebe. Ich hatte keine Ahnung, daß da vor unserer Zimmertür Leute auf Posten stehen.«

»Ich auch nicht«, sagte Bengt, ebenfalls niedergeschlagen. »Ich rechnete nicht mehr damit, daß das Zimmer immer noch überwacht wurde – es war ja leer. Na, wenigstens haben es Peter und Britta geschafft.«

»Aber was können sie ausrichten?« fragte Justus.

»Ich weiß nicht. Vielleicht gar nichts. Sie können höchstens meinem Vater und den anderen vom ›spelmansförbund‹ Bescheid sagen. Es ist sehr fraglich, ob mein Vater uns helfen kann, aber er selber kann sich wenigstens absetzen. Staffan Forsberg hat bestimmt irgendwelche Rachepläne.«

»Jedenfalls sitzen wir und Lars in der Patsche«, murmelte Justus. »Und dabei sind wir hierhergekommen, um Lars zu helfen. Na, da haben wir gründlich versagt.«

»Du, ich glaube, Bob wacht gerade auf«, sagte Bengt. »Der arme Kerl, zweimal hat es ihn erwischt.«

Bob schlug die Augen auf. Er lag auf einer Holzpritsche mit einer groben Decke. Er blinzelte in das Dämmerlicht. Allmählich nahm er seine Umgebung wahr: eine flackernde Kerze, neben sich eine Mauer und über sich ein Deckengewölbe. Am anderen Ende des Raumes war eine massive Tür mit einem kleinen Guckloch. Justus und Bengt waren über ihn gebeugt. Bob setzte sich mit brummendem Schädel aufrecht hin.

»Wenn ich das nächste Mal nach Magnusstad komme, dann nur mit Sturzhelm«, sagte er und versuchte zu lächeln.

»Oh, du bist ja wieder klar!« rief Bengt.

»Bob, kannst du dich erinnern?« fragte Justus eindringlich. »Überleg mal ganz genau.«

»Freilich erinnere ich mich«, sagte Bob. »Diese Männer kamen ins Zimmer gestürmt, und du und Bengt, ihr habt euch mit ihnen angelegt, und dabei bin ich zu Boden gegangen und hab' mir den Kopf angeschlagen. Soviel weiß ich noch. Und jetzt sind wir irgendwo eingesperrt.«
»Ich mein' nicht das«, sagte Justus. »Erinnerst du dich denn immer noch nicht, was du mit der silbernen Spinne gemacht hast? Wenn man durch einen Schlag eine Gedächtnislücke bekommt, bringt eine zweite Erschütterung manchmal die Erinnerung zurück.«
»Nein.« Bob schüttelte den Kopf. »Da ist alles leer.«
»Na, sei's drum«, sagte Bengt düster. »Dann kann Forsberg wenigstens kein Geständnis aus dir herausholen.«
In diesem Augenblick wurde draußen mit Schlüsseln gerasselt. Die schwere eiserne Tür schwenkte nach innen auf. Zwei Männer vom Werkschutz stampften herein und blendeten die Jungen mit starken Handlampen. In der rechten Hand trug jeder eine Pistole.
»Mitkommen«, knurrte einer der Männer. »Direktor Forsberg wird euch ein paar Fragen stellen. Los, auf die Beine. Geht zwischen uns. Und keine Tricks, sonst könnt ihr was erleben.«
Drohend hob er seine Waffe.
Justus hatte keine Angst, aber mit diesen rauhen Burschen vom Werkschutz war sicherlich nicht zu spaßen. Halb verärgert, halb belustigt stellte er sich vor, was wohl Kommissar Reynolds, der Polizeichef von Rocky Beach, zu solchen Methoden sagen würde. Er schnaubte verächtlich. Doch Rocky Beach war weit weg, und Bengt, der hier zu Hause war, gab dem Ersten Detektiv mit einem vorsichtigen Augenzwinkern zu verstehen, daß es besser war, jetzt keinen Widerstand zu leisten.
Die Jungen standen langsam auf. Einen Mann vor sich und einen hinter sich, trabten sie hinaus auf einen muffigen steinernen Korridor. Hinter ihnen führte der Flur in ungeahnte düstere Tiefen hinab. Vor ihnen stieg er leicht an. Sie gingen an mehreren verschlossenen Türen vorbei und eine Treppenflucht hinauf. Oben am Treppenabsatz standen noch andere Wachen mit Helmen.

Die beiden Männer scheuchten die Jungen durch eine Tür in einen langen Raum, der von Laternen erleuchtet war. Bob hielt erschrocken den Atem an, und sogar Justus wurde bleich. Einen solchen Raum hatten sie schon in Horrorfilmen gesehen – eine Folterkammer aus dem finstersten Mittelalter. Und die hier war echt! An einer Seite stand eines der schrecklichen Gestelle, an denen man das Opfer festband und ihm die Glieder mit schweren Gewichten ausrenkte. Daneben war ein riesiges Rad errichtet, worauf das Opfer gebunden wurde. Es gab noch andere Geräte aus massiven Balken, deren Zweck die Jungen lieber erst gar nicht wissen wollten. Und mitten im Raum stand eine hohe weibliche Figur aus Metall. Die Gestalt war hohl, und die Vorderseite ließ sich wie eine Tür in den Angeln öffnen. Jetzt stand sie offen. Das Innere der Figur starrte vor Nägeln. Dieses Marterinstrument war dazu konstruiert, daß jemand ins Innere der Eisernen Jungfrau – so hieß das Gerät – gestellt wurde und das Vorderteil langsam geschlossen wurde, bis die rostigen Nägel . . . Doch weder Justus noch Bob mochten sich das ausmalen.
»Die Folterkammer!« flüsterte Bengt, und seine Stimme zitterte ein wenig. »Davon habe ich schon gehört, aber ich war noch nie dort. Erik Holmqvist hat in seinem Buch eine Folterszene sehr realistisch beschrieben. Er hat meinen Vater beauftragt, diesen Raum in den Palast einzubauen. Die Instrumente sind echt, Holmqvist hat sie in Europa gesammelt. Forsberg hat uns wahrscheinlich hierherbringen lassen, um uns zu ängstigen. Natürlich würde er es nicht wagen, uns zu foltern!«
Bengt mochte recht haben, aber dennoch wurde es Bob und Justus beim Anblick des furchteinflößenden Folterinstrumentariums ziemlich flau im Magen.
»Ruhe jetzt!« brüllte ein Wachmann Bengt an. »Direktor Forsberg kommt!«
Die Männer an der Tür standen in Habachtstellung. Staffan Forsberg schritt über die Schwelle, gefolgt von Doktor Björklund. Auf Forsbergs Gesicht lag ein tückisches Lächeln.
»Also sind die Mäuse in die Falle gegangen!« sagte er zu den Jun-

gen. »Und nun ist es für sie an der Zeit, zu quieken. Ihr werdet mir jetzt Rede und Antwort stehen, sonst werdet ihr erfahren, wer hier Herr im Hause ist.«

Die Wachmänner brachten einen Sessel aus einer Ecke, staubten ihn ab und stellten ihn vor die Holzbank, worauf die Jungen saßen. Forsberg setzte sich und trommelte mit den Fingern auf der Armlehne.

»Ah, der junge Bengt Hillström«, sagte er. »Also bist du an dieser Sache auch beteiligt. Das wird deinen Vater und deine Familie teuer zu stehen kommen, glaube mir. Von dir selbst ganz zu schweigen.«

Bengt preßte die Lippen fest aufeinander und blieb stumm.

»Und nun ihr, meine jungen Herren aus Kalifornien«, sagte Forsberg hämisch. »Endlich habe ich euch. Zumindest zwei von euch. Ich brauche euch gar nicht zu fragen, wozu ihr hier seid. Die Kameras, die ihr bei eurem überstürzten Aufbruch in eurem Zimmer zurückgelassen habt, sagen uns genug. Sie beweisen, daß ihr für die Konkurrenz arbeitet – Werkspionage! Ihr seid in eurer harmlosen Maske als Touristen hergekommen, um euch im Auftrag eines Wettbewerbers in die Magnus-Werke einzuschleichen. Aber ihr habt noch eine andere, weit schwerere Verfehlung begangen. Ihr habt die silberne Magnus-Spinne gestohlen.«

Mit grimmigem Ausdruck beugte er sich vor.

»Sagt mir, wo die Spinne ist«, sagte er, »und ich lasse Milde walten. Ich will euch zugute halten, daß ihr eben jung und töricht seid. Die Polizei werde ich dann nicht einschalten, das wird euch viele Schwierigkeiten ersparen. Und nun redet, los!«

»Wir haben die Spinne nicht gestohlen«, sagte Justus beherzt. »Irgendjemand sonst hat sie gestohlen und in unserem Zimmer versteckt.«

»Aha!« sagte Forsberg. »Ihr gebt immerhin zu, daß ihr sie gehabt habt. Schon das ist in hohem Grad verdächtig. Aber ich bin milde gestimmt. Ich habe Nachsicht mit eurer Jugend. Sagt mir jetzt, wo die Spinne ist, gebt sie mir zurück – und ich drücke beide Augen zu.«

Bob wartete, daß Justus etwas sagte. Justus zögerte. Aber es schien ihm nicht verfänglich, die Wahrheit zu sagen.
»Wir wissen nicht, wo sie ist«, sagte er. »Ganz bestimmt nicht.«
»Du bist verstockt, was?« Forsberg zog die Brauen zusammen. »Dann soll der andere den Mund aufmachen. Wenn du jetzt vernünftig bist, du Lausebengel, dann sagst du mir, wo die silberne Spinne ist.«
»Ich weiß es nicht«, sagte Bob. »Ich habe keine Ahnung.«
»Ihr hattet sie aber!« brüllte der Mann die beiden Jungen an. »Das habt ihr zugegeben. Also wißt ihr auch, wo sie ist. Habt ihr sie versteckt? Habt ihr sie irgendwem gegeben? Antwortet, oder es wird euch leid tun!«
»Wir wissen nicht, wo die Spinne zur Zeit ist«, sagte Justus. »Sie können uns die ganze Nacht Fragen stellen – wir können Ihnen nichts anderes sagen.«
»Aha. Ihr spielt also die Widerspenstigen.« Forsberg trommelte mit den Fingern auf der Sessellehne. »Dem läßt sich abhelfen.« Er wies auf die Folterinstrumente.
Justus schluckte und verstummte. Bengt ergriff mutig das Wort.
»Versuchen Sie nicht, uns damit einzuschüchtern!« sagte er. »Wenn es bekannt wird, daß Sie Aussagen mit solchen Drohungen erzwingen wollen, dann kommen Sie vor Gericht.«
»Keine Sorge«, höhnte Forsberg. »Ich habe keine Folterwerkzeuge nötig, um die Wahrheit herauszufinden. Ich habe noch andere Methoden.«
Er gab den Wachmännern an der Tür ein Zeichen.
»Bringt den Köhler herein, den schwarzen Johan«, gebot er.
»Der schwarze Johan!« flüsterte Bengt aufgeregt seinen Freunden zu. »Er –«
»Still!« brüllte Forsberg.
Die Jungen reckten die Hälse und sahen, wie die Wachen einen alten Mann in den Raum führten. Er war groß, oder wäre es zumindest gewesen, wenn er nicht ganz gebückt an einem Stock gegangen wäre. Er trug einen schwarzen Kittel und einen Schlapphut. Blaue Augen leuchteten in dem dunklen hohlwangigen Gesicht.

Er schlurfte heran, bis er vor Staffan Forsberg stand.
»Hier bin ich«, sagte er in einem Ton, der vermuten ließ, daß er sich dem Mann, zu dem er sprach, weit überlegen fühlte.
»Ich brauche Ihre Unterstützung«, sagte Forsberg. »Diese Jungen verheimlichen mir etwas. Bringen Sie es für mich in Erfahrung.«
Das augemergelte Gesicht des alten Köhlers verzog sich jäh zu einem ironischen Lächeln.
»Der alte Johan läßt sich nichts befehlen«, sagte er. »Guten Abend, Herr Direktor Forsberg.«
Forsbergs Gesicht verdüsterte sich bei den widersetzlichen Worten des Köhlers. Aber er hielt sich im Zaum. Er zog seine Brieftasche. »Ich wollte Ihnen nichts befehlen, Johan«, sagte er. »Ich möchte, daß Sie mir helfen. Ich zahle gut. Hier ist Geld.«
Der Köhler wandte sich um. Klauenartige Hände griffen nach den Scheinen und steckten sie weg.
»Eine Hand wäscht die andere«, sagte er spöttisch. »Was interessiert den Herrn Geschäftsführer?«
»Diese Lausebengel hier wissen, wo die silberne Magnus-Spinne ist«, sagte Forsberg. »Sie haben sie versteckt, wollen aber nicht sagen, wo. Fragen Sie die Jungen. Sie verstehen sich auf solche Dinge.«
»Kein Problem für den schwarzen Johan.« Der Köhler lachte leise. Er wandte sich an die drei Jungen. Irgendwo aus seinem weiten Kittel zog er ein geschwärztes Metalltöpfchen und einen Lederbeutel hervor. In das Gefäß tat er ein Stückchen Holzkohle, darauf ein paar Prisen eines braunen Pulvers. Dann holte er zur Verblüffung der Anwesenden ein modernes Feuerzeug heraus und zündete Pulver und Kohle an. Dicker blauer Rauch stieg in die Luft.
»Atmet das ein, ihr Kleinen«, redete Johan leise auf die Jungen ein und schwenkte das Töpfchen vor den Gesichtern der drei hin und her. »Atmet tief. Johan befiehlt euch, den Rauch der Wahrheit einzuatmen.«
Sie versuchten das Gesicht abzuwenden und den Atem anzuhal-

ten, aber sie konnten es nicht. Der Rauch stieg ihnen in die Nase. Wider Willen atmeten sie ihn ein. Er roch beißend, aber nicht unangenehm, und ohne ihr Zutun entspannten sie sich und fühlten sich angenehm betäubt.

»Jetzt schaut mich an«, sagte der alte Johan. »Schaut mich an, ihr Kleinen, schaut mir in die Augen.«

Obwohl die Jungen widerstehen wollten, drehten sie den Kopf. Sie schauten in Johans helle blaue Augen, und diese Augen waren wie tiefe, tiefe Teiche, in die sie hineinsanken.

»Nun redet!« sagte Johan in gebieterischem Ton. »Die silberne Spinne! Wo ist sie?«

»Ich weiß nicht«, antwortete Bengt ungeachtet seines festen Vorsatzes, stumm zu bleiben. Neben ihm wiederholten Bob und Justus: »Ich weiß nicht . . . ich weiß nicht . . .«

»Ah!« murmelte Johan. »Atmet weiter – atmet tief.«

Wieder schwenkte er das rauchende Gefäß vor den Gesichtern der drei Jungen. Bob fühlte sich, als schwebe er auf einer herrlich weichen Wolke hoch in der Luft.

Der Köhler berührte sachte Bengts Stirn mit den Fingern. Er beugte sich weit zu ihm vor und starrte unverwandt in Bengts Augen. Der Junge hätte nicht wegschauen können, und wäre es um sein Leben gegangen.

»Gib acht!« flüsterte der schwarze Johan, »rede jetzt nicht. Aber denke nach. Denke an die silberne Spinne. Überlege, wo sie ist . . . Ah!«

Nach einer langen Pause nahm er die Finger von Bengts Stirn und wiederholte die gleichen Gesten und Worte bei Justus. Wieder sagte er »Ah!« Dann wandte er sich zu Bob. Als er Bobs Stirn berührte, zuckten seine Finger wie elektrisiert, und Bob sah nur seine Augen, blau und durchdringend, als könnten sie all seine Gedanken lesen. Bob mußte unwillkürlich an die Silberspinne denken. Er sah sie geradezu vor sich, wie sie auf seiner Handfläche saß. Und dann war sie verschwunden – wohin, das wußte er einfach nicht. Er konnte sich nicht entsinnen. Sein Denken war umwölkt . . .

Der alte Köhler sah verdutzt aus. Er verharrte lange bei Bob und murmelte eindringlich wieder und wieder: »Denke nach! Denke nach!« Schließlich seufzte er und wandte sich ab. Bob blinzelte. Ihm war, als sei ein Bann von ihm gewichen. Er atmete tief durch. Der alte Johan machte mit dem Kopf eine Bewegung zu Bengt hin. »Der erste«, sagte er, »hat die silberne Spinne nicht gesehen und weiß nicht, wo sie ist. Der Dicke hat die Spinne gesehen, aber nicht angerührt. Er weiß nicht, wo sie ist. Der Kleine hatte die Spinne in der Hand, und dann –«

»Ja?« rief Forsberg begierig. »Weiter!«

»Eine Wolke legt sich über seine Gedanken. Die silberne Spinne verschwindet in der Wolke. Etwas Derartiges ist mir noch nie begegnet. Er wußte zunächst noch, wo die Spinne danach war, aber eine Leere drang ihm ins Bewußtsein, und er vergaß es. Ich vermag nun nichts mehr, bis er sich wieder entsinnt«, sagte der Köhler ruhig.

»Verflucht!« brach es aus Forsberg heraus. Seine Finger trommelten wieder auf der Sessellehne.

»Sag mir, Köhler«, fing er an, wechselte dann aber seinen Ton. »Werter Johan, ich weiß Ihre Bemühungen zu schätzen. Es ist nicht Ihre Schuld, daß mir die Jungen nicht sagen können, wo die silberne Spinne ist. Aber könnten Sie nicht selbst etwas dazu sagen? Sie haben besondere Fähigkeiten – das ist uns allen bekannt. Was ist mit der Spinne? Und –« fügte er mit mühsam unterdrückter Gier hinzu, »wie steht es mit meinem Vorhaben, die Herrschaft über die Magnus-Werke zu übernehmen, anstelle eines unfähigen und unfertigen Burschen?«

Der alte Johan lächelte listig.

»Die silberne Spinne, obgleich aus Silber, ist nichts weiter als eine Spinne«, sagte er. »Und was Ihr Vorhaben betrifft, so höre ich eine Siegesglocke läuten. Und nun gute Nacht. Ein alter Mann wie ich braucht seinen Schlaf.«

Mit einem tief aus der Kehle dringenden leisen Lachen zog er sich zurück.

War das nun Hypnose garniert mit Hokuspokus? Oder enthielt der »Rauch der Wahrheit« eine Substanz, die sich dem Wahrheitsserum aus modernen Forschungslaboratorien vergleichen ließe? Jedenfalls gibt die Formulierung »Die silberne Spinne ist nichts weiter als eine Spinne« zu denken. Wir wissen ja bereits, daß die silberne Spinne der Natur täuschend nachgebildet ist . . .

Staffan Forsberg hob die Hand. »Begleitet ihn nach Hause«, sagte er zu den Wachmännern an der Tür. Dann wandte er sich an Doktor Björklund. »Da hören Sie es! Die silberne Spinne ist nichts weiter als eine Spinne. Also können wir sie vergessen, sie spielt keine Rolle. Und Johan sprach von meinem Sieg. Bekanntlich hat sich Johan in solchen Angelegenheiten noch nie getäuscht. Nun warten wir nicht länger. Morgen früh berufe ich die Betriebsversammlung ein. Lars ist unfähig, und ich kann nicht zulassen, daß er die Magnus-Werke übernimmt. Schließlich hat er sich mit Spionen und Dieben eingelassen. Setzen Sie eine Belohnung für die Ergreifung des dritten aus. Machen Sie alle Kontaktpersonen der Familie Hillström ausfindig und alle, die sich in diesem ›spelmansförbund‹ zusammengeschlossen haben. Alle Mitglieder, die im Betrieb arbeiten, sind fristlos entlassen, und die Bezüge der Rentner werden ab sofort gestrichen. Damit sind die Magnus-Werke endlich fest in meiner Hand. Morgen werde ich entscheiden, ob wir diese unverschämten Bengel vor Gericht bringen werden oder sie nur aus Magnusstad ausweisen. Bringen Sie sie in ihre Zelle zurück, dort können sie nachdenken.«
Er beugte sich zu Bob vor.
»Und du versuch dich mittlerweile zu erinnern, was du mit der silbernen Spinne gemacht hast. Auch wenn Johan sagt, daß sie nicht wichtig ist, soll sie auf meinem Tisch sitzen, wenn ich nun endgültig Herr über die Magnus-Werke bin. Bring sie mir also wieder, dann will ich gnädig mit euch verfahren. – Jetzt ab mit ihnen!«

In die Kanäle

Zwei Wachmänner geleiteten Justus, Bob und Bengt zu ihrer Zelle in dem finsteren unterirdischen Verlies zurück. Bengt ging als letzter in der Reihe, und als sie die steinernen Treppenstufen hinuntertrappelten, beugte sich der Wachmann hinter ihm zu ihm vor und flüsterte ihm ins Ohr: »Es gibt freundliche Ratten in den Kanälen.«

Bengt nickte. Gleich darauf wurden sie wieder in die enge steinerne Zelle mit den feuchten Wänden und der einzigen flackernden Kerze gedrängt. Die eiserne Tür fiel dröhnend zu. Die beiden Wachen bezogen draußen ihren Posten, und die Jungen blieben allein.

Eine Zeitlang schwiegen sie, und in der Stille konnten Bob und Justus ein schwaches Gurgeln wie von Wasser hören. Bengt erklärte die Sache.

»Die Kanäle für den Abfluß des Regenwassers bei starken Unwettern verlaufen unter dem Palast und einigen Straßen von Magnusstad«, sagte er. »Draußen muß es jetzt stark regnen. Der Regen sammelt sich in den Kanälen und wird vor der Stadt in den Fluß geleitet. Die begehbaren Kanäle hier in Magnusstad sind eine Nachkonstruktion nach einem alten schwedischen Verfahren, also kein Rohrsystem, wie man sich sonst eine Kanalisation vorstellt. Eigentlich hätte man das Entwässerungsproblem moderner lösen können, aber Erik Holmqvist wollte ja hier alle Bauten und Konstruktionen nach historischem Vorbild haben. Es sind steinerne Tunnels, manchmal höher als ein aufrechtstehender Mensch, am Grund flach und oben halbrund umwölbt. Man kann meilenweit unten entlanggehen, und bei starken Regenfällen kann man ein kleines Boot benutzen. Unser Abwassersystem ist davon getrennt, also ist es nicht unappetitlich da unten. Trotzdem wagen sich nur wenige Leute hinunter, aber Britta und ich und ein paar andere kennen uns gut aus. Wenn wir in die Kanäle gelangen könnten und das Wasser nicht zu tief wäre, könnten wir uns auf unterirdischem Weg in Sicherheit bringen. Wir könnten auf der Straße beim Hotel ›Stockholm‹ wieder hochkommen, und dort könntet ihr euch an Bert Young wenden.«

Justus überlegte sich den Vorschlag. Dann schüttelte er den Kopf. »Wir sind hier in einer Zelle eingesperrt«, sagte er. »Es sieht nicht so aus, als kämen wir hier weg.«

»Wenn wir nur wenigstens aus der Zelle heraus könnten«, sagte Bengt nachdenklich. »Am anderen Ende des Ganges ist ein Einstieg, der in die Kanäle führt.« Er hielt inne. »Und es will uns auch jemand helfen. Einer der Wachmänner hat mir kurz Bescheid gegeben. ›Es gibt freundliche Ratten in den Kanälen‹, hat er gesagt. Das soll heißen, daß sich einige Spielleute bereithalten. Wir müßten sie nur erreichen.«

»Da halte ich es mit Justus«, sagte Bob. »Wir kommen hier nicht heraus, es sei denn, Forsberg läßt uns frei. Wer war übrigens dieser Köhler, der schwarze Johan? Ich glaube, der konnte Gedanken lesen!«

Bengt nickte. »Mindestens hat er unsere Gedanken erraten«, sagte er. »Johan ist tatsächlich Köhler. Er kam mit seinem Enkel und dessen Familie vor zwanzig Jahren aus Nordschweden hierher. Er war damals schon ein alter Mann. Inzwischen soll er hundert Jahre alt sein, und angeblich verfügt er über besondere Kräfte, die sich mit dem Verstand nicht fassen lassen. Bestimmt kannte er die Wahrheit über die Silberspinne. Aber ich bin enttäuscht, denn er sagte ja zu Staffan Forsberg, er höre eine Siegesglocke läuten. Das bedeutet, daß es für unser Vorhaben keine Hoffnung gibt. Mein Vater wird beruflich nicht mehr Fuß fassen können. Und Britta und ich . . .« Er wurde still.

Bob wußte, wie ihm zumute sein mußte. »Wir dürfen nicht aufgeben«, sagte er entschieden. »Auch wenn es hoffnungslos aussieht. Just, hast du irgendeine Idee?«

»Ich habe eine Idee«, sagte Justus langsam, »wie wir hier herauskommen könnten. Erst müssen wir unsere Bewacher dazu bringen, die Tür zu öffnen. Dann müssen wir sie überrumpeln.«

»Zwei ausgewachsene Männer überwältigen?« hielt ihm Bengt

entgegen. »Und auch noch unbewaffnet? Das schaffen wir nie.«
»Mir ist da etwas eingefallen«, sagte Justus mit gefurchter Stirn. »Zwar ist es nur eine Geschichte, aber ich kann mir durchaus vorstellen, daß es auch in Wirklichkeit funktioniert. Es stand in einem Buch mit Detektivgeschichten, das wir von Mr. Hitchcock bekommen haben.«
»Und was ist nun die Idee, Just?« fragte Bob begierig.
»In der letzten Geschichte«, sagte Justus, »sind ein Junge und ein Mädchen eingesperrt, genau wie wir. Sie zerreißen ihre Bettlaken und flechten Stricke daraus, und beide Enden der Stricke knoten sie zu Schlingen. Dann bringen sie ihre Bewacher dazu, in die Zelle zu kommen.«
Er beschrieb ausführlich, wie der Trick in der Geschichte ablief. Bengt hörte mit wachsendem Interesse zu.
»Das geht, ja!« sagte er leise, damit man ihn durch das Guckloch in der Tür nicht hörte. »Aber was könnten wir statt der Stricke verwenden?«
»Die dünnen Decken da auf den Pritschen«, sagte Justus. »Sie sind alt, und die Einfassungen sind ausgefranst. Die können wir gut in Streifen zerreißen. Und diese Streifen wären bereits stark genug, und wir müßten sie nicht einmal zusammenflechten. Wir könnten einfach die Streifen anstelle von Stricken verwenden.«
»Es könnte gehen«, murmelte Bengt. »Einer der Männer da draußen ist auf unserer Seite – er würde nur so tun, als kämpfe er gegen uns. Und wenn wir den anderen schaffen – na gut, versuchen wir es.«
Wortlos machten sie sich an die Arbeit. Die Decken, die man ihnen hingelegt hatte, waren tatsächlich zerfranst, und das war nützlich, denn Justus hatte man das Messer abgenommen. Der Stoff ließ sich ziemlich leicht reißen. Langsam, ganz langsam und vorsichtig, damit es kein Geräusch gab, rissen sie einen Streifen ab, etwas über handbreit, dann noch einen und noch einen.
Es war eine langwierige Arbeit. Stellenweise mußten sie mit den Zähnen nachhelfen, um weiterreißen zu können, aber sie gaben nicht auf. Bald hatten sie vier Streifen. Nach einer Weile hatten sie

acht, und Justus schlug vor, jetzt endlich eine Pause zu machen. Sie streckten sich auf den drei rohen Pritschen in der Zelle aus, aber sie waren zu ungeduldig, um sich lange auszuruhen. Bald waren sie wieder bei der Arbeit. Justus nahm zwei Streifen und verknotete sie fest. Dann knüpfte er in jedes Ende eine laufende Schlinge. Er probierte sie um Bengts Arme und Beine aus, und die Schlingen zogen sich prompt zusammen. Bengt war begeistert.
»Utmärkt!« flüsterte er. »Ich glaube, das wird klappen. Sind vier genug?«
»Für die beiden draußen, ja«, flüsterte Justus zurück.
»Dann reißen wir noch ein paar Streifen ab, zum Mitnehmen«, schlug Bengt vor. »Wir werden sie gut gebrauchen können, wenn wir es bis zu den Kanälen schaffen.«
Sie rissen noch einmal acht Streifen los und verknoteten sie zu einem langen Strick, den sich Bengt um den Leib wickelte.
»Und jetzt kommt das Problem«, murmelte Justus. »Bob, streck dich auf der Pritsche aus und fang an zu stöhnen. Zuerst nur ein bißchen, dann lauter. Bengt, leg zwei von den Lassoschlingen auf den Boden gleich hinter der Tür, so daß einer, der durch die Tür kommt, sofort hineintritt.«
Als alles bereit war, fing Bob an zu wimmern und zu stöhnen. Er stöhnte laut, ganz echt, als hätte er starke Schmerzen. Nach einer Minute kam einer der Wachmänner an die Tür und schaute durch das Guckloch herein.
»Ruhe!« gebot er. »Aufhören mit dem Getue!«
Bengt stand an der Tür, während Justus sich besorgt über Bob beugte und die Kerze hielt.
»Er ist verletzt«, sagte Bengt zu dem Bewacher. »Er hat sich den Kopf angeschlagen, als er geschnappt wurde. Jetzt hat er Fieber. Er braucht einen Arzt.«
»Das ist ein Trick, ihr Halunken!«
»Ich sage Ihnen doch, er ist krank!« rief Bengt. »Kommen Sie herein und fassen Sie an seine Stirn. Sie müssen ihn zum Arzt bringen. Wenn Sie es tun, dann werden wir reden. Wir sagen Ihnen, wo die silberne Spinne ist. Staffan Forsberg wird zufrieden sein.«

Der Wachmann zögerte noch. Bengt fing wieder an, noch eindringlicher.

»Sie wissen genau, Direktor Forsberg will nicht, daß den Jungen etwas zustößt«, sagte er. »Der Kleine da braucht einen Arzt, und sie sind bereit, dann die silberne Spinne zurückzugeben. Schnell, sein Zustand ist vielleicht ernst.«

»Da wollen wir lieber nachsehen, ob das auch stimmt«, sagte der zweite Wachmann, der Bengt die tröstlichen Worte zugeflüstert hatte. »Wir wollen keine Scherereien mit dem Chef. Du schaust nach, ob der Junge wirklich krank ist, und ich bewache solange die Tür. Es sind doch nur halbwüchsige Jungen – mit denen werden wir wohl noch fertig.«

»Also gut«, sagte der erste Wachmann. »Ich seh nach, ob er Fieber hat. Aber wenn die uns hereinlegen wollen, haben sie nichts mehr zu lachen.«

Ein großer Schlüssel drehte sich knirschend im Schloß. Mit einem Ächzen ging die eiserne Tür auf, und der Wachmann betrat die Zelle.

Beim ersten Schritt fing er sich in einer bereitliegenden Lassoschlinge. Blitzschnell zog Bengt sie zusammen, und der Mann stürzte schwer zu Boden und ließ dabei seine elektrische Lampe fallen. Justus wirbelte herum und warf ihm eine zweite Schlinge über den Kopf, und Bengt fing einen seiner ausgestreckten Arme in einer dritten Schlinge.

»Hilfe!« stöhnte der Wachmann. »Hilfe! Die Biester haben mich erwischt!«

Der zweite Wachmann kam in die Zelle gestürzt, aber Bengt stand schon bereit. Eine Schlinge legte sich um seinen Hals. Eine zweite spannte sich um sein Bein. Die Schlingen am anderen Ende der beiden Stricke waren schon um den anderen Mann zugezogen, so daß die beiden Männer aneinandergefesselt waren.

Während der erste Mann schlegelte und zappelte, zogen seine Bewegungen die Schlingen um den zweiten Mann zusammen. Er stürzte auf den ersten nieder. Bengt bückte sich und flüsterte ihm ins Ohr: »Kräftig strampeln! Immer weiter! Nicht aufhören.«

Es ist ein Glück, wenn die Verfechter einer guten Sache Verbündete haben. Und ein glücklicher Zufall ist es auch, daß sich Justus an jene Geschichte von den beiden listigen jungen Erfindern des Doppel-Lassos erinnerte. Für Interessenten: Nachzulesen in »Alfred Hitchcocks Krimi-Box«, meinem ersten in diesem Verlag erschienenen Buch!

Der Wachmann tat wie geheißen. Solange sich beide Männer heftig zur Wehr setzten, zogen sie dadurch die Schlingen am eigenen Körper und an dem des anderen nur immer fester zusammen, und keiner konnte sich befreien. Bengt mußte leise lachen. Es sah genauso aus, als seien die beiden zwei Insekten in einem Spinnennetz. Das war ein gutes Omen. Er spürte, wie sein Mut und seine Zuversicht wiederkehrten.

»Jetzt aber los!« sagte er. »Die anderen Bewacher, vorn am Korridor, werden bald aufmerksam. Wir müssen schnell weg. Justus, du nimmst die andere Laterne. Kommt mir nach!«

Schon lief Bengt den abschüssigen Flur entlang, auf die pechschwarze Finsternis der weiter unten liegenden Verliese zu. Bob und Justus rannten ihm nach, und der Lichtkreis der elektrischen Laterne tanzte vor ihnen her.

Sie kamen an ein paar Treppenstufen, liefen hinunter und blieben stehen. Bengt hatte sich gebückt und zog heftig an einem schweren Eisenring im Fußboden. Im Laternenschein sahen sie eine alte verrostete Einstiegluke, die in den Steinboden eingelassen war.

»Der Deckel sitzt fest!« keuchte Bengt. »Eingerostet. Ich bekomm' ihn nicht vom Fleck!«

»Schnell!« sagte Justus. »Unser Strick. Steck ihn durch den Ring, und dann ziehen wir gemeinsam.«

»Gute Idee!« Bengt fuhr herum und spulte hastig ein Stück von dem Strick um seine Taille ab. Er zog das Ende durch den Ring. Alle drei Jungen packten am Strick und zogen. Zuerst gab der Deckel nicht nach. Dann, als sie schon Rufe und polternde Schritte hinter sich hörten, zerrten sie gleichzeitig in einem gewaltigen Ruck.

Der Deckel der Einstiegluke klappte auf, kippte dröhnend zur Seite um und enthüllte ein pechschwarzes Loch, aus dem das Rauschen strömender Wassermassen drang.

»Ich geh' zuerst rein!« keuchte Bengt. Er zog den Strick aus dem Ring. »Wir halten uns alle an dem Strick fest. Den Deckel können wir freilich nicht mehr drauflegen.«

Er ließ seine Beine in das Loch hinunter, nahm den Griff der Laterne zwischen die Zähne und verschwand an dem Strick in der Tiefe. Bob folgte ihm. Das finstere Loch behagte ihm nicht und auch nicht das Wasserrauschen da unten, aber zum Überlegen war jetzt keine Zeit.

Einen endlos scheinenden Augenblick lang stürzte er ins Leere. Dann landete er auf dem Grund des Kanaltunnels. Der Sturz war nur etwa zwei Meter tief gewesen, und er war nicht verletzt, aber hätte Bengt ihn nicht aufgefangen, so wäre er der Länge nach in das knietiefe Wasser geplumpst.

»Stehst du gut?« flüsterte Bengt. »Da kommt schon Justus. Aus dem Weg!«

Justus hatte weniger Glück. Ehe die beiden ihn zu fassen bekamen, verlor er das Gleichgewicht und saß mitten im strömenden Wasser. Bengt packte ihn unter den Achseln, damit er nicht ganz unterging. Prustend rappelte sich Justus auf.

»Das ist aber kalt!« sagte er.

»Regenwasser eben«, sagte Bengt rasch. »Wir werden noch nasser werden, ehe wir hier herauskommen. Los. kommt mir nach. Haltet euch gut an dem Strick fest. Das Wasser strömt zum Fluß, aber am Zusammenfluß sind schwere Eisengitter. Dort kämen wir nicht ins Freie, also müssen wir stromaufwärts gehen.«

Rufe und zornige Stimmen widerhallten über ihren Köpfen. Eine Laterne blinkte von oben herunter. Aber die Jungen waren schon auf dem Weg. Da sie unter dem niedrigen Deckengewölbe des Tunnels nicht aufrecht stehen konnten, begannen sie, in gebückter Haltung durch das strudelnde Wasser zu waten.

Die Einstiegluke, die Stimmen und das Licht blieben hinter ihnen zurück. Bald mündete der Tunnel in einen größeren, und hier konnten sie aufrecht stehen. Sie schlurften weiter, indem sie sich krampfhaft am Strick festhielten. Die beiden Laternen gaben ein wenig Licht, aber nicht genug, um die völlige Finsternis zu durchdringen, in der sie sich bewegten. Einmal hörten Bob und Justus quietschende Laute, und etwas Pelziges trieb schwimmend gegen Bobs Bein. Er schüttelte sich vor Ekel, ging aber mit zusammengebissenen Zähnen weiter.

»Die Wachen werden uns nachkommen!« rief Bengt. »Das müssen sie, sonst bekommen sie es mit Staffan Forsberg zu tun. Aber sie kennen sich in diesen Kanälen nicht aus – ich dagegen sehr gut. Weiter vorn ist eine Stelle, wo wir uns ein wenig ausruhen können.«

Zielbewußt schritt er weiter und zog die anderen geradezu mit. Jetzt war das Wasser tiefer. Sie kamen an einer Stelle vorüber, wo es wie ein Wasserfall von oben herabstürzte und sie bis auf die Haut durchnäßte. Hier mußte oben in der Straße ein Gully sein, vermutete Bob.

Sie durchwateten einen weiteren kleinen Wasserfall, und dann kamen sie plötzlich in einer großen runden Kammer heraus, wo sich vier Tunnels kreuzten. Bengt blieb stehen und leuchtete in die Runde. Sie sahen entlang den Seitenwänden einen umlaufenden Sims, und Steigeisen waren in kurzen Abständen in den Stein eingelassen.

»Hier kämen wir ins Freie«, sagte Bengt. »Aber das wäre zu gefährlich. Noch zu nahe beim Palast. Wir ruhen uns nur auf dem Sims ein wenig aus. Wir haben jetzt ganz bestimmt ein paar Minuten Vorsprung vor den Wachen. Durch die Kanäle kommen die nicht im Eiltempo an, da könnt ihr sicher sein.« Er nickte den anderen aufmunternd zu.

Erleichtert kletterten sie auf den breiten Sims längs der Wand. Dort streckten sie sich alle der Länge nach aus und kamen allmählich wieder zu Atem.

»Toll – wir haben's geschafft!« sagte Bob schließlich. »Wenigstens bis hierher. Wo sind wir eigentlich gerade? Kennst du dich noch aus, Bengt?«

Bengt wollte antworten, hielt aber inne. »Licht aus!« flüsterte er. Sie knipsten die Laternen aus. Vor sich im Tunnel sahen sie einen schwachen Lichtstrahl, der sich unverkennbar näherte. Also war jemand vor ihnen, und von hinten verfolgten sie die Wachen! Sie saßen in der Falle!

Hals über Kopf durch die Finsternis

»Da rauf!« befahl Bengt knapp. »Wir müssen hinauf zur Straße. Ich gehe zuerst.«
Er begann die nassen, schlüpfrigen Steigeisen hinaufzuklettern. Bob und Justus folgten. Sie mußten die eine Laterne noch einmal kurz einschalten, um die Steigeisen sehen zu können. Dann löschten sie das Licht und stiegen im Dunkeln empor.
Bengt war schon oben angelangt. Er hielt sich mit beiden Händen fest, stemmte die Schultern unter eine Seite des eisernen Deckels und drückte nach oben. Langsam hob sich der Deckel. Durch einen Spalt fiel das Tageslicht ein. Er hob den Deckel noch ein wenig höher, bis er den Kopf drehen und hinausschauen konnte. Doch er gab nur einen enttäuschten Laut von sich und ließ den Deckel wieder herunter.
»Da an der Ecke sind gerade ein paar Wachmänner aufgetaucht!« flüsterte er. »Bis wir den Deckel abheben und aussteigen können, haben die uns erwischt.«
»Vielleicht können wir uns da oben verstecken«, schlug Justus, nicht gerade zuversichtlich, vor.
»Ja, etwas anderes bleibt uns nicht übrig«, meinte Bengt bekümmert. »Hoffentlich gehen die bald weiter.«
Unter ihnen glomm ein Lichtschein auf dem strömenden Wasser. Als sie hinunterspähten, kam ein ganz schmales Ruderboot in Sicht. Ein Mann saß im Heck und stakte es mit einer Stange voran. Im Bug saß ein Mädchen und leuchtete mit einer starken Taschenlampe umher.
»Bengt!« rief sie. »Bengt, wo bist du?«
»Britta!« rief Bengt. »Hier oben sind wir. Haltet mal an.«
Das Boot machte Halt. Das Licht beschien die drei Jungen, als sie die Steigeisen wieder herunterkletterten.
»Bin ich froh!« rief Britta. »Wir haben euch gefunden. Also seid ihr ihnen doch entkommen.«
Während der Mann im Heck das Boot festhielt, stiegen die Jun-

gen ein. Dann wendete der Mann das Boot und steuerte es mit kräftigen Stößen der Stange den Weg zurück, auf dem es hergekommen war.

»Der eine Wachmann hat uns zugeflüstert, daß es in den Kanälen freundliche Ratten gibt«, sagte Bengt zu Britta.

»Wir suchen seit Stunden nach euch«, erwiderte Britta. »Wir waren schon in Sorge, ihr würdet es nicht schaffen. O Bengt, ich bin so froh, daß du wieder bei mir bist!«

»Das geht uns genau so«, sagte Bengt mit einem Grinsen. »Das ist mein Vetter Olov«, erklärte er den Jungen und wies auf den Mann hinten im Boot. Dann wandte er sich wieder zu seiner Schwester. »Was geht draußen vor sich?«

»Zum Reden ist jetzt keine Zeit«, sagte Britta rasch. »Später dann, wenn wir kurz haltmachen können. Schaut mal, da vorn!«

Vor ihnen schnitt jählings ein Strahl Tageslicht durch die Finsternis.

»Sie haben den Lukendeckel abgehoben!« rief Olov. »Sie warten nur auf uns. Wir müssen versuchen, durchzufahren.«

Er stieß mit der Stange kräftiger ab. Das kleine Boot schoß nach vorn, in den schmalen Lichtkegel. Die Jungen blickten auf. Wachmänner ließen sich in den Kanal herunter. Einer rief etwas und versuchte ins Boot zu springen, um es zum Kentern zu bringen. Olov wich mit dem Heck scharf aus, und der herabspringende Mann verfehlte das Boot. Mit einem Aufklatschen landete er im Wasser und ging prustend unter.

Gleich darauf waren sie wieder im Schatten und glitten in dem düsteren Tunnel rasch unter der Stadt dahin.

»Sie werden uns zu Fuß verfolgen, aber das geht sehr langsam«, meinte Bengt.

»Eher werden sie oben alle Lukendeckel abheben und uns auflauern«, sagte Olov. »Hier ist wieder eine Kreuzung. Ich ändere jetzt den Kurs.«

Sie waren an eine andere große Kammer gekommen, wo drei große Tunnels ihr Wasser heranführten. Olov schwenkte mit dem Boot in den linken Tunnel ein, der enger als die anderen war.

Bengt ergriff eine kürzere Stange und sorgte geschickt dafür, daß das Boot nicht an die steinernen Seitenwände stieß. Manchmal mußten sie alle den Kopf einziehen, um durch einen Engpaß mit tiefhängender Decke zu kommen.
»Ihr seid Olov schon gestern begegnet, er hat das Orchester im Park dirigiert«, sagte Bengt zu den beiden Jungen. »Er ist einer der wenigen, die sich im Kanalsystem ebenso gut auskennen wie Britta und ich.«
Stellenweise hing die Steindecke so niedrig über dem rasch dahinströmenden Wasser, daß Bob sich Sorgen machte, sie würden nicht durchkommen. Aber dann schafften sie es doch jedesmal, und von hinten war kein Verfolger zu bemerken.
»Wo ist eigentlich Peter?« fragte Justus Britta, die schweigend neben ihm hockte.
»Er wartet auf uns«, antwortete sie. »Das Boot ist nicht so groß, daß wir ihn auch noch mitnehmen konnten. Ihr könnt aber beruhigt sein, es geht ihm gut. Ich meinte, er solle sich in Sicherheit bringen, aber das wollte er erst, wenn er euch gefunden hätte – oder wenn es keine Hoffnung mehr gäbe, euch zu retten.«
Das war typisch Peter!
»Wo sind wir jetzt, Olov?« rief Bengt. »Sieht so aus, als hätten wir uns verirrt.«
»Wir fahren im Kreis, um zum Versteck zu kommen«, erwiderte Olov. »In fünf Minuten sind wir dort.«
Sie kamen zu einer weiteren Kammer, wo mehrere Tunnels zusammentrafen. Diesmal wählte Olov den in der Mitte und stakte kräftig voran. Dieser Tunnel war geräumiger. Sie konnten jetzt aufrecht sitzen. Weiter ging die Fahrt, bis sie plötzlich vor sich einen winzigen Lichtschein sahen.
»Da ist jemand vor uns!« sagte Bob erschrocken.
»Wenn wir Glück haben, ist es Peter«, sagte Britta. »Das ist nämlich der Treffpunkt.«
Das Licht wurde heller, und sie konnten erkennen, daß es von einer elektrischen Laterne kam. Die Laterne war in eine große Nische, ähnlich einer niedrigen Höhle, in der Seitenwand des Ka-

nals gestellt worden. Peter kauerte daneben und hieß die Freunde überschwenglich willkommen.
»Bin ich vielleicht froh, daß ich euch wiedersehe!« rief er. »Mir war es hier richtig einsam ums Herz. Ein paar Ratten wollten mir Gesellschaft leisten, aber die habe ich verscheucht.«
Olov steuerte das Boot dicht an die Wand, und Bengt klemmte ein Tau zwischen zwei Steine, um es festzumachen. Dann kletterten sie in die Höhlung in der Wand hinüber. Der rauhe Naturfels hob sich auffällig gegen die glatt zusammengefügten Steine ab, mit denen geschickte Arbeiter die historische Entwässerungsanlage nachgebaut hatten.
»Die Bauarbeiter fanden diese unterirdische Höhle beim Anlegen der Kanäle«, erzählte Bengt, während sie sich auf dem Felsboden zum Ausruhen ausstreckten. »Es war einfacher, sie so zu belassen, als sie mit einer Mauer zu verschließen. Ich habe die Höhle vor Jahren einmal entdeckt. Wir Freunde hatten einen Geheimbund gegründet und erforschten das Kanalsystem, obwohl unser Vater alles unternahm, um uns davon abzuhalten. Aber wir machten uns nie klar, wie nutzbringend unsere Kinderspiele eines Tages sein könnten.«
»Jetzt müssen wir beraten«, sagte Britta mit besorgtem Ausdruck. »Ich glaube, unsere ursprünglichen Pläne funktionieren nicht.«
»Sag mir erst, was geschehen ist«, forderte Bengt sie auf. »Olov, wie kommst du eigentlich hierher?«
»Ich war im Haus eures Vaters, als Leute von Forsberg kamen und die Räumungsklage überbrachten«, sagte Olov. »Ich hielt mich im Hintergrund und horchte. Der Wortführer verhöhnte deinen Vater und sagte: ›Ihr ungeratener Sohn muß sich beim Chef verantworten, und bald muß ihre ganze Sippschaft aus Magnusstad abziehen.‹ Von Britta sagte er nichts. Ich hoffte, daß sie entkommen war. Ich wußte, was ihr geplant hattet, also stieg ich in die Kanalisation hinunter. Ich wollte Britta finden und ihr helfen. Es regnete, und die Kanäle führten Wasser, deshalb holte ich mir das alte Boot, das wir früher hier versteckt hatten.«
»Ja, und Olov hat uns tatsächlich rechtzeitig entdeckt«, sagte Brit-

ta. »Peter und ich konnten zum Glück aus dem Palast flüchten, wie wir es geplant hatten, und dann kamen wir hier herunter. Bald trafen wir Olov, und da beschlossen wir, so lange wie möglich hier unten auf dem Posten zu bleiben, für den Fall, daß auch euch die Flucht noch gelingen würde. Wir rechneten uns aus, daß eure einzige Chance der Weg vom Verlies in die Tiefe war. Nun, das ist bisher gut gegangen. Jetzt müssen wir uns über das Weitere klarwerden.«

»Erst wollen wir Radio hören«, sagte Olov. »Peter, du hast den Apparat.«

»Ach ja.« Peter zog ein winziges Transistorradio aus der Tasche. »Ich habe es abgestellt, weil ich nicht verstehen kann, was die bringen.«

Olov schaltete das Gerät ein. Der werkseigene Rundfunk sendete meist in schwedischer Sprache, und auch jetzt hörte man einen Redeschwall auf Schwedisch, gefolgt von flotter Musik. Britta übersetzte für die drei ???.

»Es war ein Aufruf an alle Bewohner von Magnusstad, sie sollten an ihren Radios und Fernsehgeräten bleiben, weil heute früh um acht Uhr eine wichtige Meldung durchgegeben wird. Es hieß, es handle sich um die Zukunft der Magnus-Werke, und die Angelegenheit sei äußerst wichtig. Es war die Stimme von Direktor Forsberg, von einer Bandaufnahme natürlich. Vermutlich werden sie also um acht berichten, daß eine Gruppe Werkspione in Magnusstad dingfest gemacht worden ist – das seid ihr drei –, daß Lars in die Sache verwickelt ist, und daß Staffan Forsberg vorläufig die Leitung des Betriebs beibehält. Natürlich haben sie nicht damit gerechnet, daß ihr entkommen würdet – sie hatten eine Betriebsversammlung geplant, auf der sie euch sozusagen an den Pranger stellen würden. Wahrscheinlich wollten sie eure Kameras vorführen und euch dem Gespött der Leute preisgeben und nach Hause schicken. Und Bengt und Vater würden sie mit Schimpf und Schande aus Magnusstad ausweisen – ach, die haben so üble Methoden.«

»Lieber Himmel«, sagte Bob bedrückt. »Dann haben wir durch

unser Eingreifen für Lars alles nur noch schlimmer gemacht. Es wäre besser gewesen, wenn wir in Rocky Beach geblieben wären.«

»Das konnte niemand voraussehen«, sagte Britta. »Jetzt müssen wir euch zum Hotel bringen, wo ihr sicher seid. Einverstanden, Olov?«

»Natürlich, Britta.«

»Aber ihr selber? Und euer Vater? Und Lars?« fragte der erste Detektiv.

»Das kommt später.« Britta seufzte. »Ich fürchte, ihre Pläne sind für uns zu gut vorbereitet. Wenn wir Lars zum Sieg verhelfen könnten – wenn wir die Belegschaft über Forsbergs Machenschaften aufklären könnten – dann könnten wir die Intrige hintertreiben. Aber wie gesagt, Forsberg und seine Leute sind entschieden im Vorteil.«

»Ja,« pflichtete Olov bei, »wir müssen euch drei in Sicherheit bringen, und dann sehen wir weiter, was wir für uns selber unternehmen können. Unsere Sache ist gescheitert, fürchte ich. Aber vielleicht kommen noch einmal andere Zeiten. Jetzt wollen wir aufbrechen. Draußen ist es schon hell. In einer Stunde wird im Rundfunk und Fernsehen die Bekanntmachung der Direktion übertragen. Wir wollen hoffen, daß ihr bis dahin in Sicherheit seid. Also kommt mit mir. Von hier aus gehen wir zu Fuß. Im Boot haben wir nicht alle Platz.«

Er ließ sich in das schnell dahinströmende Wasser gleiten. Einzeln folgten ihm die anderen und hielten sich dabei an dem Strick aus Deckenstreifen fest. Schweren Herzens machte sich die kleine Schar wieder auf den Weg durch die unterirdischen Wasserläufe von Magnusstad.

Ich würde Lars als (hoffentlich!) künftigem Leiter der Magnus-Werke nicht empfehlen, die betriebseigenen Medien – Zeitung, Radio und Fernsehen – im Stil des Direktor Forsberg einzusetzen. Doch ich denke, er wird den Bewoh-

nern von Magnusstad, seinen Mitarbeitern, mehr Mündigkeit zubilligen. Nun aber eine kurze Überlegung zur aktuellen Situation: Welches Instrument zur Nachrichtenübermittlung ließe sich hier dagegensetzen? Gibt es etwas in Magnusstad, wodurch alle Betroffenen schnell und sicher mit einer unmißverständlichen Botschaft zu erreichen wären?

Justus hat eine Erleuchtung

In der Stadt über ihnen hatte der Regen aufgehört, und das Wasser in den Kanälen ging wieder zurück. Bald reichte es ihnen nur noch bis zu den Knöcheln und behinderte sie nicht mehr so stark beim Gehen. Sie kamen an weiteren Kammern vorbei, wo mehrere Tunnels zusammentrafen, aber Olov kannte sich offenbar aus.
»Wir kommen genau an der Straße ins Freie, wo das Hotel ›Stockholm‹ liegt«, rief Olov einmal nach hinten. »Hoffentlich ist dieser Ausstieg nicht bewacht.«
Die Zeit schien sich beim Weitergehen endlos zu dehnen, obwohl man in den finsteren Tunnels kaum einen Zeitsinn hatte. Bestimmt waren sie mittlerweile acht oder zehn Straßenzüge weit gegangen. Sie kamen wieder an eine runde Kammer, die oben einen Ausstieg hatte, und plötzlich machte Olov Halt.
»Was ist los?« rief Bengt. »Es ist erst zwei Straßen weiter!«
»Ich habe das bestimmte Gefühl, daß sie die Straße, an der wir herauswollen, überwachen«, sagte Olov. »Sie werden sich denken, daß wir dorthin wollen, und uns schnappen wie Mäuse, die aus ihrem Loch kommen. Wenn ich mich nicht irre, sind wir jetzt unter dem Markt, hinter der Kirche von St. Georg. Hier werden sie uns nicht suchen. Wir können uns von hinten ans Hotelzimmer anschleichen.«
»Du hast sicher recht«, meinte Bengt. »Auf alle Fälle können wir hier nicht den Rest unseres Lebens zubringen. Gehen wir jetzt hinauf.«
Steigeisen im Stein führten in die Höhe. Olov erreichte den Ausstieg, stemmte seine Schultern unter den Deckel und wuchtete ihn hoch. Der eiserne Schachtdeckel hob sich und fiel dröhnend auf die gepflasterte Straße. Olov kletterte rasch hinaus.
»Kommt herauf, schnell!« rief er. »Ich helfe euch.«
Olovs starke Hand zog erst Britta herauf, dann Bob. Bob kniff im ungewohnten Tageslicht die Augen zusammen. Es war ein wolkenverhangener Tag, und die Straßen glänzten noch vom nächtli-

chen Regen. Sie waren in einer kleinen Straße mit alten Häusern zu beiden Seiten. Marktstände waren längs dem Gehsteig aufgebaut, und Verkäufer in bunter Volkstracht richteten ihre leuchtenden Blumen und Früchte für das erhoffte Tagesgeschäft her. Verdutzt blickten sie auf, als einer nach dem anderen aus der kleinen Schar naß und schmutzig zur Luke herausgeschlüpft kam.
Bengt und Olov rückten den Schachtdeckel wieder zurecht. Dann ging Olov die Straße entlang voraus, ohne sich um die neugierigen Blicke der Blumenverkäufer zu kümmern. Sie waren etwa fünfzig Schritte weit gekommen, als er jäh stehenblieb. Vor ihnen waren zwei Männer vom Werkschutz mit ihren blauen Helmen um die Ecke gebogen.
»Zurück!« stieß Olov hervor. »Versteckt euch!«
Aber es war zu spät. Man hatte sie gesehen. Ihre nassen Kleider verrieten nur zu augenfällig, wer sie waren, sofern das überhaupt noch nötig war. Die Wachmänner begannen zu rufen und liefen auf die Flüchtenden los.
»Stehenbleiben!« brüllten sie. »Wir müssen euch mitnehmen, Anweisung der Direktion.«
»Erst müßt ihr uns haben!« rief Olov herausfordernd. Er machte auf dem Absatz kehrt und holte mit dem Arm weit aus. »Kommt mit!« rief er. »Wir laufen zur Kirche. Da gibt es einen Ausweg –«
Den Rest hörten die anderen nicht mehr. Schon rannten sie hinter ihm her und schlugen flinke Haken, um den Passanten auszuweichen. Hinter ihnen liefen etwa ein Dutzend Verfolger, aber sie kamen nicht so leicht zwischen den neugierigen Blumenverkäufern hindurch, die sich mitten auf der schmalen Straße zusammendrängten.
»Aus dem Weg! Platz machen!« brüllten die Wachmänner.
Über den Dächern der Häuser konnte Bob die Türme von St. Georg sehen. Er keuchte schon vor Anstrengung, und er fragte sich, was es ihnen einbringen mochte, sich in der Kirche zu verstecken. Es würde nur ihre Gefangennahme sinnlos hinauszögern. Aber Olov schien etwas Bestimmtes im Sinn zu haben, und jedenfalls war jetzt keine Zeit zum Fragen.

Einer der Verfolger glitt hinter ihnen aus und fiel zu Boden. Etliche seiner Kollegen stolperten über ihn, und dann lagen sie ineinander verknäuelt mitten auf der Straße und verhalfen den Flüchtenden wieder zu fünfzig Schritt Vorsprung. Bob überlegte, ob der Wachmann, der gestürzt war, tatsächlich ein Mißgeschick erlitten hatte. Vielleicht war es ein Gleichgesinnter, der ihnen zu helfen versuchte.

Sie bogen vorsichtig um eine Ecke, und da, noch eine Straße weiter, ragte die prächtige Kirche auf. Doch auf dieser Straße vor ihnen waren weitere Wachmänner, die sie aufs Korn nahmen.

Nie würden sie es bis zur Kirchentür schaffen!

Aber offenbar hatte Olov als Ziel nicht das Hauptportal im Auge. Er flitzte unvermittelt quer über die Straße und lief zu einer kleinen Seitenpforte an der Rückwand der Kathedrale. Alle schlüpften hindurch und verriegelten die Tür, gerade als die ersten Verfolger ankamen. Faustschläge dröhnten gegen das massive Holz.

Innen blieb Bob nur Zeit für einen flüchtigen Rundblick in einem großen rechteckigen Raum, der offenbar keine Decke hatte. So weit er sehen konnte, ging es in schwindelnde Höhe hinauf. An einer Seite war eine Treppe mit einem Geländer aus schwerem Schmiedeeisen. Acht dicke Seile hingen von oben herab. Die Enden waren durch eiserne Ringe geschlungen, die in die Steinmauer eingelassen waren. Mehr Zeit zum Umschauen blieb Bob nicht.

»Jetzt gehen wir zur Krypta«, sagte Olov. »Wißt ihr eigentlich, was eine Krypta ist? Das ist ein verborgenes Grabgewölbe unter der Kirche. In alter Zeit wurden die Leute dort begraben. Erik Holmqvist hat die Kirche, wie fast alles in Magnusstad, historisch getreu nachbauen lassen und die Krypta nicht vergessen. Es gibt da unten mehrere Ebenen und viele Gänge. Dort können wir uns verstecken –«

»Wozu uns noch länger verstecken?« meldete sich Justus spontan zu Wort. »Früher oder später schnappen sie uns ja doch.«

Alle starrten ihn an.

»Du hast was im Sinn, Just!« sagte Peter gespannt. »Ich seh's dir an. Was ist los?«

»Die Seile da«, Justus zeigte hin. »Kann man damit die Magnus-Glocke läuten?«
»Die Magnus-Glocke?« Stirnrunzelnd versuchte Bengt zu ergründen, worauf Justus hinauswollte. »Nein, das sind die normalen Kirchenglocken. Die Magnus-Glocke hängt in dem zweiten Glockenturm auf der anderen Seite der Kirche. Sie hängt für sich allein und wird nur bei ganz besonderen Anlässen geläutet.«
»Ja«, sagte Justus rasch. »Lars hat uns die Szene aus dem Buch seines Vaters geschildert, worin Graf Magnus nach seinem Sieg über die Aufständischen seine Getreuen wissen ließ, daß er noch am Leben war – indem er die Glocke läutete!«
Alle sahen den Ersten Detektiv an. Olov rieb sich das Kinn.
»Ja«, sagte er. »Jedes Kind in Magnusstad kennt die schöne Legende aus dem Buch von Erik Holmqvist. Fast könnte man meinen, es sei eine wahre Begebenheit. Aber was hast du im Sinn?«
»Er meint, wenn wir jetzt die Magnus-Glocke läuten, dann werden die Leute vielleicht hellhörig und kritisch und kümmern sich um das, was zwischen Lars und Staffan Forsberg vorgeht!« rief Bengt. »Daran hätte ich nicht gedacht – an diese alte Geschichte aus einem Buch. Heute denkt man immer nur an Zeitung, Radio und Fernsehen. Aber stellt euch doch mal vor, wenn jetzt plötzlich –«
»– die Glocke läutet!« fiel Britta ein, ungeheuer erregt. »Und das nach all diesen Rundfunkansagen zu einer bevorstehenden wichtigen Sondermeldung. Bei den meisten Leuten hier ist Lars sehr beliebt. Wenn sie die Geschichte vom Grafen Magnus und der Glocke mit ihm in Verbindung bringen und sich vorstellen, daß er in einer Notlage ist und sie braucht, dann kommen sie ihm scharenweise zu Hilfe.«
»Aber wenn –« fing Olov an.
»Für wenn und aber ist jetzt keine Zeit!« rief Bengt. »Hört doch, wie sie an die Tür hämmern. Es geht um Sekunden.«
»Na gut.« Olov entschloß sich zum Handeln. Mittlerweile liefen die Wachmänner wahrscheinlich schon um das Gebäude zum Haupteingang. »Bengt, du zeigst ihnen den Weg. Britta und ich

gehen zur Krypta hinunter. Sie sollen uns folgen, dadurch gewinnt ihr Zeit. Britta, wir müssen ihnen etwas hinterlassen. Gib mir einen von deinen Schuhen.«

Britta bückte sich, zog mit Mühe einen ihrer nassen Schuhe aus und gab ihn Olov.

»Den lasse ich zurück wie Aschenputtel«, sagte sie und brachte sogar ein Lächeln zuwege. »Los, Bengt, beeilt euch!«

»Da hinüber«, sagte Bengt zu den Jungen. »Kommt mit!«

Er lief quer durch den Kirchenraum zum Glockenturm auf der anderen Seite. Bob, Peter und Justus kamen hintendrein. Britta und Olov liefen zu einer Tür an der Rückwand des Gebäudes, die vermutlich zur Krypta führte.

Bob stellte fest, daß er hinter den anderen zurückblieb. Er hinkte merklich. Sein Bein, an dem er vor Jahren nach einem schlimmen Knochenbruch lange Zeit eine Schiene getragen hatte, schmerzte wieder einmal nach der übermäßigen Anstrengung.

Vor sich sah er die anderen stehenbleiben. Obgleich er mit jedem Schritt das Bein stärker nachzog, holte er rasch auf. Sie waren nun in einem anderen Raum, ähnlich dem, den sie zuerst betreten hatten. Wiederum sah man keine Decke. Ein einzelnes starkes Seil hing von oben herab und war an der Wand festgemacht. Treppenstufen mit schmiedeeisernem Geländer führten auch hier nach oben.

Bengt machte rasch das Glockenseil los, so daß es frei herunterhing. Dann lief er zur Treppe.

»Kommt!« rief er. »Ganz hinauf! Schnell!«

Peter gab Bob mit einem kräftigen Griff um den Arm Hilfestellung, und sie liefen in wilder Hast die steinernen Stufen hinauf.

Die Magnus-Glocke

Die Steintreppe war steil. Für Bob war jede einzelne Stufe eine Mühsal. Bengt merkte, daß er Schwierigkeiten hatte, und blieb stehen. Er reichte Bob ein Ende des Stricks, den er noch immer um den Leib geschlungen hatte.

»Halt dich daran fest!« rief er. »Ich helfe dir hinauf.«

Bob packte an und Bengt zog, und nun ging es leichter. Sie stiegen eine Treppe hinauf und noch eine. Bisher hatten die Verfolger noch keine Spur von ihnen entdeckt. Oben am dritten Absatz kamen sie an ein massives Tor, das den Abschluß der Treppe bildete. Auf kräftigen Ruck öffnete es sich mit ächzendem Widerstreben. Als sie alle durch waren, schob Bengt einen mächtigen eisernen Riegel vor.

»Damit halten wir uns die Verfolger vom Leib«, sagte er. »In den echten alten Kirchen konnten sich die Priester in Kriegszeiten bei feindlichen Überfällen auf die Glockentürme zurückziehen und das Tor hinter sich zusperren. Es gibt noch zwei weitere Tore.«

Gerade hatten sie das zweite Tor verriegelt, als die Männer unten in den Glockenturm eindrangen. Sie blickten auf, sahen die Flüchtenden und kamen die Stufen heraufgeeilt. Doch schon wurden sie von dem ersten versperrten Tor aufgehalten. Vergeblich rüttelten sie daran, und dann riefen sie ungeduldig nach Werkzeug, um das Eisengitter durchzusägen.

»So schnell kommen die hier nicht durch«, keuchte Justus, als sie vorwärts hasteten. »Einen kleinen Vorsprung haben wir immerhin.«

Sie waren nun hoch über dem Kirchenschiff. Unten auf der Straße konnten sie winzige Menschen und Miniaturautos sehen. Alles schien seinen gewohnten Gang zu gehen. Nur hier im Glockenturm herrschte das Chaos, war ein Feind, den es zu überlisten galt. Sie erreichten den offenen Glockenstuhl, wo die große Glocke des Grafen Magnus unter einem spitzen Dach von massivem Gebälk hing. Hier war das dritte Tor. Sie schlugen es zu, und Bengt verriegelte es. Eine Schar Tauben, die der Lärm erschreckt hatte, flatterte von ihrem Sitzplatz auf dem Turmsims auf.

Die Jungen hielten inne, um wieder zu Atem zu kommen. Tief unten nahmen die Verfolger mit großem Geschrei und Getöse das erste verriegelte Tor in Angriff, kamen aber anscheinend nicht weiter.

»Die werden bald einen Fachmann zu Hilfe holen«, vermutete Bengt. »Wir fangen lieber an. Laßt mal sehen – wie können wir diese Glocke zum Läuten bringen? Zuerst ziehen wir das Glokkenseil herauf. Sonst fällt es denen da unten vielleicht ein, es wieder festzumachen.«

Im Fußboden des Glockenstuhls war ein großes Loch für das Glockenseil. Bengt stellte sich unter die Glocke, packte das Seil und begann zu ziehen. Mit Peters und Justs Hilfe holte er es in großen Windungen wie eine faserige Schlange herauf. Die Männer unten schrien überrascht auf, als sie das Seil entschwinden sahen, aber sie bekamen das baumelnde Ende nicht mehr zu fassen.

Nachdem das Seil oben in Sicherheit war, untersuchten die Jungen die Glocke. Sie war von eindrucksvoller Größe und trug eine umlaufende lateinische Inschrift. Das Seil war über ein Rad seitlich von der Glocke geführt. Wenn man an dem Rad drehte, schwenkte die Glocke aus und stieß gegen den schweren Klöppel. Das verwirrte die Jungen; bisher hatten sie nur kleine Glocken gesehen, die man läutete, indem man den Klöppel in Schwingung versetzte.

»Phantastisch«, sagte Peter, als er die Größe der Glocke mit Blikken abschätzte. »Aber wie sollen wir die nur zum Läuten bringen?«

»Auf die übliche Art schaffen wir es von hier aus nicht«, sagte Justus nachdenklich. »Wir müssen die Glocke schräg hochziehen und in dieser Stellung festhalten. Dann können wir am Klöppel ziehen und ihn an die Glockenwandung schlagen. So müßte es gehen.«

Alle vier Jungen packten am Glockenseil an. Auf ein Zeichen von Justus zogen sie es stramm. Langsam drehte sich das Rad, und die

schwere Glocke hob sich, bis sie schräg hing und der Klöppel nur noch eine Handbreit vom Metall entfernt war.
Bengt nahm das Glockenseil und wand es um einen der verzierten Pfeiler des Glockenstuhls. Er machte das Seil gut fest, damit es die Glocke in ihrer ungewöhnlichen Stellung hielt, und dann legten sie eine kurze Pause ein.
Gerade brach die Sonne durch die Wolken, und eine frische Brise wehte durch den offenen Glockenstuhl. Tauben flatterten umher, landeten auf Simsen und flogen mit lautem Gegurre wieder auf.
»Wie spät ist es?« fragte Justus. Bengt sah auf seine Uhr.
»Zwanzig Minuten vor acht«, sagte er. »Zwanzig Minuten noch, dann wird Staffan Forsberg seine Ansprache über Radio und Fernsehen halten. Wir müssen uns beeilen.«
»Ein Glück, daß wir noch den Strick aus den zerrissenen Decken haben«, sagte Justus nachdenklich. »Den müssen wir um den Klöppel binden und dann den Klöppel zum Pendeln bringen, damit er an die Glocke schlägt.«
Es dauerte nur eine Minute, bis sie ihren selbstgefertigten Strick um den birnenförmigen Klöppel geschlungen hatten. Als er fest verknotet war, traten Bengt und Peter, die beiden Kräftigsten, ein wenig zurück und zogen dann ruckartig. Der Klöppel schwang aufwärts, traf die Glocke.
Der volle tiefe Klang machte die Jungen beinahe taub. Beim Hinunterspähen sah Bob, wie die Leute unten sich umwandten und neugierig hochschauten.
»Das dröhnt aber in den Ohren!« rief Justus. »Hätten wir nur Watte zum Zustopfen. Bob, Peter, habt ihr Taschentücher?«
Sie zogen ihre Tücher heraus und rissen sie hastig in Streifen. Die Stoffstücke drehten sie zu Röllchen und verstopften sich damit die Ohren. Dann machten sie sich ans Werk. Nun mußte die legendenumwobene Glocke des Grafen Magnus läuten!
Peter und Bengt hatten die meiste Arbeit. Sie zogen den Klöppel immer wieder an und ließen ihn zurückschwingen, und so erzielten sie dröhnende Schläge in viel rascherer Folge, als wenn die Glocke auf die übliche Weise geläutet worden wäre. Nach einer

Minute machten sie Pause, und dann erdröhnte wieder die große Glocke – so laut, daß sie über ganz Magnusstad zu hören sein mußte. Allein schon die unregelmäßigen Schläge kündigten: Alarm! Alarm!
Die Jungen konnten die Wachmänner unten nicht mehr hören. Ihre Ohren waren trotz der Stoffpfropfen vom Glockenschlag betäubt. Da kroch Bob an eine der Öffnungen im Glockenstuhl und schaute in die Tiefe hinunter.
Auf den Straßen liefen die Leute zusammen. Von Minute zu Minute kamen mehr Menschen hinzu und schauten zum Turm hoch, wo die große Glocke ihren feierlichen Mahnruf über die Stadt läutete. Würden sie begreifen, daß es um Lars ging – daß er gefährdet war und Hilfe brauchte?
Justus kauerte sich neben Bob hin. Er zeigte hinunter. In der Menge gab es Aufruhr. Mehrere Männer schienen laut zu rufen und zeigten auf den Palast in der Ferne. Die Menschenmasse geriet in Bewegung. Wie ein Strom begann sie zum Palast hin zu fließen. Palastwachen, die in ihrer leuchtendblauen Uniform gut zu erkennen waren, versuchten in die Menge vorzustoßen, aber die Leute drängten sie ab. Die Menge schwoll immer mehr an, und immer mehr Leute liefen auf den Palast zu.
Es sah wirklich so aus, als finde der Hilferuf Gehör!
Plötzlich hörte die Glocke auf zu läuten. Peter und Bengt waren dazugetreten, um auch hinunterzusehen. Bengt hatte sein Transistorradio in der Hand. Es war eingeschaltet, aber sie konnten nichts hören. Dann erst fiel es den Jungen ein, die Stöpsel aus den Ohren zu nehmen.
Eine schrille Stimme brüllte etwas ins Mikrofon. Bengt sagte: »Das ist Staffan Forsberg. Er spricht Schwedisch, wie immer bei wichtigen Anlässen, die nur die Mitarbeiter der Magnus-Werke angehen.« Dann übersetzte er: »Forsberg sagt, ein gravierender Fall von Werkspionage sei aufgedeckt worden. Die Betriebsfeier und die Übernahme der Magnus-Werke durch Lars Holmqvist werden auf unbestimmte Zeit vertagt. Forsberg bleibt zunächst Geschäftsführer und wird die Schuldigen – damit seid ihr gemeint

– vor Gericht bringen. Auch gegen Lars Holmqvist wird ermittelt. Forsberg ruft alle Mitarbeiter auf, gemeinsam mit ihm die Zukunft der Magnus-Werke zu sichern.«
»Mann, das hört sich schlimm an!« sagte Peter. »Irgendwie einleuchtend, und dabei ist alles erlogen!«
»Aber es hört ja kein Mensch zu!« rief Bengt triumphierend. »Alle Leute in der Stadt haben die Glocke gehört und sind auf die Straße gegangen, um zu erfahren, was das bedeutet. Seht euch nur diese Menschenmenge an. Und viele von ihnen gehen zum Palast. Ich wüßte zu gern, was jetzt dort vor sich geht.«
»Da, seht!« rief Justus. »Die Wachmänner haben die Tore geknackt. Sie kommen zu uns herauf!«
Sie schauten alle zur Treppe hinüber. Tatsächlich – blau uniformierte Werkschutzleute hasteten die Stufen herauf. Nun hatten sie das letzte Tor am Eingang zum Glockenstuhl erreicht und rüttelten drohend daran.
»Aufmachen, Anweisung von Direktor Forsberg!« brüllte ein Wachmann. »Ihr kommt alle mit zur Polizei nach Houston!«
»Dann holen Sie uns doch!« rief Bengt trotzig. »Los, Peter, wir läuten noch einmal, bis sie durch sind.«
Er und Peter packten wieder den Strick und setzten den schweren Klöppel in Bewegung. Wieder hallte der aufrüttelnde Glockenton über die Stadt hin, und offenbar fühlte sich jedermann in Magnusstad aufgerufen. Nur noch ein paar Schritte von den Jungen entfernt, machten sich die Wachen mit Schmiedehämmern und Brechstangen am Tor zu schaffen.
Noch volle fünf Minuten lang läuteten die Jungen Sturm mit der Magnus-Glocke – ein letzter Aufruf an die Einwohner von Magnusstad. Dann stürzte das Tor mit dumpfem Klirren zu Boden, und die Wachmänner stürmten herein und überwältigten die Jungen.
»So!« brüllte der erboste Anführer sie an, »jetzt werdet ihr euren Lohn bekommen!«

Der Spinne auf der Spur

Die Jungen leisteten keinen Widerstand, während sie energisch die steile Treppe hinunterbefördert wurden. Unten fanden sie sich von Bewachern umringt und zum Seiteneingang der Kirche hinausgedrängt. Auf der Straße waren noch immer Leute, aber nicht mehr so viele. Sie starrten neugierig her und machten erst Platz, als die Wachmänner sie anbrüllten.

Die Männer dirigierten die Jungen ein paar Straßen weiter und in ein großes Gebäude. Drinnen wurden sie von zwei Polizisten in Empfang genommen.

»Ein Anschlag auf die Magnus-Werke!« stieß der Wortführer der Werkschutztruppe hervor. »Gut, daß Sie so schnell aus Houston hergekommen sind. Die Burschen hier gehören in polizeiliche Verwahrung. Direktor Forsberg ist noch beim Feststellen des angerichteten Schadens. Hier – seine Vollmacht.«

Der Polizeibeamte nickte. Er ging der Gruppe den Flur entlang voran, an dessen Ende vier vergitterte Zellen leerstanden. Peter und Bengt wurden zusammen in eine Zelle geschoben, Justus und Bob in eine andere gegenüber. Klirrend fielen die Gittertüren ins Schloß.

»Passen Sie gut auf die Burschen auf, die sind gerissen!« rief der Werkschutzmann. »Wir müssen wieder gehen und Direktor Forsberg helfen.«

Gleich darauf waren die Jungen allein. Bengt ließ sich auf eine der beiden Pritschen in der Zelle sinken. »Nun haben sie uns also doch«, rief er verdrossen hinüber. »Wir haben getan, was wir konnten. Und da sitzen wir hier in den Arrestzellen von Forsbergs Werkschutz fest, und die Polizei ist aus Houston zu Gast. Ich möchte nur wissen, was sich im Palast tut.«

Justus setzte sich auf seine Pritsche. »Wir sind die ganze Nacht auf den Beinen gewesen«, sagte er. »Ich finde, jetzt können wir wirklich nichts Vernünftigeres tun als ausruhen, während wir hier warten müssen. Aber das mit der Glocke als Alarmsignal –«

Was er noch sagen wollte, ging in einem gewaltigen Gähnen unter. Justus rieb sich die Augen. Dann schaute er genauer hin. Bob schlief schon fest. Peter und Bengt auf der anderen Seite des Flurs hörten auch nicht mehr zu. Sie schliefen ebenfalls. Doch wenn Justus etwas angefangen hatte, dann wollte er es auch zu Ende führen. Also fuhr er fort, obwohl ihm niemand mehr zuhörte.
»Die Glocke als Alarmsignal hat sich seit Hunderten von Jahren bewährt«, murmelte er, indem er sich auf der Pritsche zurücksinken ließ. »Sie ist viel älter als Radio oder Fernsehen. In Konstantinopel wurde nach der Eroberung durch die Türken im Jahr 1453 das Läuten jeglicher Glocken bei Strafe verboten, damit sie vom Volk nicht als ein Signal für Aufstand – und – und –« Ausnahmsweise kam er diesmal nicht zu Ende. Der Erste Detektiv war eingeschlafen.

Bob hatte im dunklen, schnell fließenden Wasser der Kanäle unter den Straßen von Magnusstad den Boden verloren. Er wurde hilflos davongeschwemmt und heftig gegen die Seitenwände geschleudert, während Justus ihm von ferne zurief: »Bob, Bob!«
Bob mühte sich ab, um auf die Füße zu kommen. Jemand packte ihn an den Armen. Justs Stimme drang ganz laut in sein Ohr: »Bob! Wach auf! Aufwachen!«
Bob blinzelte schläfrig um sich und gähnte. Mühsam setzte er sich auf. Justus, der selber noch ziemlich verschlafen aussah, grinste ihn an.
»Bob! Wir haben Besuch! Schau mal, wer da ist.«
Justus trat zur Seite, und Bob sah Bert Young, der ihm munter zunickte.
»Gute Arbeit, Bob!« rief Bert. Er kam auf Bob zu und drückte ihm herzhaft die Hand. »Ihr alle ward phantastisch! Wir waren in Sorge, und das nicht zu knapp, als bei euch plötzlich Funkstille war. Aber nun sieht es ja so aus, als hättet ihr es aus eigener Kraft viel besser geschafft, als wir uns vorstellen konnten.«
Bob blinzelte Bert an. Dann fragte er: »Und Lars? Wie sieht es für ihn aus?«

»Alles bestens. Er ist gerade auf dem Weg hierher«, sagte Bert Young. »Staffan Forsberg und Doktor Björklund und die Männer vom Werkschutz, die sie sich durch Bestechung verpflichtet hatten, sind verhaftet. Bengts Vater ist rehabilitiert und hat seine Stellung in den Magnus-Werken wieder eingenommen. Aber jetzt wollt ihr sicher wissen, was passiert ist, nachdem ihr wie irrsinnig die Glocke geläutet habt, habe ich recht?«

Das konnte man wohl sagen. Bengt und Peter kamen herüber und drängten sich auch in die enge Zelle, während draußen die Polizisten standen und grinsend hereinsahen.

Bert Young faßte sich ganz kurz. An diesem Morgen – es war mittlerweile früher Nachmittag – waren er und sein Bruder, Kommissar Timothy Young, zum Palast gegangen, um nachzuforschen, was aus Peter, Justus und Bob geworden war. Doch die Tore waren verschlossen gewesen, und die Palastwachen hatten ihnen den Zutritt verweigert.

Sie waren mitten im Wortwechsel mit den Wachen, als die große Magnus-Glocke ihr warnendes Geläute hören ließ. Bei den ersten Schlägen war jedermann vor Überraschung ganz benommen. Als das Läuten andauerte, begannen sich dann die Menschen auf den Straßen vor den Palasttoren zu versammeln.

Die Volksmenge schwoll immer mehr an, bis der große Platz vor dem Palast voller Menschen war. Immer mehr Männer riefen nach Lars. Es glückte den Wachmännern nicht, sie wegzudrängen. Und dann erkletterte jemand einen der hohen Torpfosten und rief in die Menge, Lars müsse in Gefahr sein – nichts anderes könne die Glocke bedeuten – und man müsse ihm zu Hilfe kommen.

»Und da wußte ich, daß sich das Blatt gewendet hatte«, sagte Bert Young triumphierend. »Ich rief wie die anderen: ›Lars Holmqvist ist unser Mann! Forsberg muß gehen!‹ Inzwischen waren die Leute in heller Aufregung, und sie drangen gegen die Tore vor und brachen sie mit einem gewaltigen Krachen auf. Alles drängte hinein, und ich ging mit. Ich sprach den Mann an, der vom Torpfosten aus heruntergerufen hatte, und er sagte mir, er sei vom ›spelmansförbund‹. Wir beide waren die ersten, die den Palast betraten. Und dann fegte die Menge die Wachen einfach zur Seite, als seien sie Streichhölzer. Der junge Mann bei mir, er hieß Carl-Gustaf –«

»Das ist mein großer Bruder!« warf Bengt stolz ein. »Der ist zur Stelle, wenn es darauf ankommt!«

»Ja. Und er wußte, wo Lars im Palast wohnt. Wir gingen mit all den Leuten hin, und als die Werkschutzleute, die ihn bewachen mußten, merkten, was da lief, wechselten sie rasch die Fronten. Die meisten leisteten schon gar keinen Widerstand mehr. Wir holten Lars heraus, und er meisterte die Situation großartig. Er gab den Männern Anweisung, Forsberg und Björklund festzuhalten und die Polizei zu verständigen. Die beiden sauberen Herren versuchten sich abzusetzen, aber sie kamen nicht weit. Es dauerte noch eine Weile, bis all die Männer vom Werkschutz, die noch Schwierigkeiten machten, unter Kontrolle waren, aber das besorgten zuverlässig die Mitglieder des ›spelmansförbund‹, die schon immer insgeheim auf Lars' Seite gestanden hatten. Lars wollte noch im Palast bleiben, bis die Polizei eintrifft, aber er kommt so schnell wie möglich hierher. Übrigens hat es den Anschein, daß der Beinahe-Zusammenstoß mit Lars' Wagen bei euch in Kalifornien kein gewöhnlicher Unfall war. Es gehörte mit zu dem gezielten Vorhaben, den rechtmäßigen Erben der Magnus-Werke auszubooten.«

Rufe auf dem Korridor unterbrachen ihn.

»Lars Holmqvist!« erhob sich eine Stimme. »Lars Holmqvist für die Magnus-Werke!«

Dann tauchte Lars selbst auf. Er war blaß, aber seine Augen leuchteten. Er kam in die Zelle, und sie drängten sich zusammen, um ihm Platz zu machen.

»Meine Freunde aus Kalifornien!« rief er und klopfte jedem der drei ??? herzhaft auf die Schultern. »Das habt ihr großartig gemacht. Die Magnus-Glocke zu läuten – das war *die* Eingebung. Wie seid ihr nur darauf gekommen?«

»Es war die Idee von Justus«, gab Bengt Auskunft. »Wir konnten uns nur Radio und Fernsehen vorstellen, als wir uns überlegten, wie man eine Botschaft unter die Leute bringen könnte. An die Glocke dachten wir überhaupt nicht.«

»Du hattest uns doch diese Episode aus dem Buch deines Vaters erzählt«, wandte sich Justus an Lars. »Wie Graf Magnus bei dem Aufstand die Glocke läutet, damit ihm die Leute zu Hilfe kommen. Eure Glocke hier wurde ab und zu bei ganz wichtigen Anlässen benutzt. Aber ich dachte, nun sei es Zeit, sie wie in dem Buch als Alarmglocke einzusetzen. Schließlich sind Glocken viele Jahrhunderte älter als Radio und Fernsehen und sogar Zeitungen. Sie dienten zu allen Zeiten dazu, Leute zusammenzurufen, die Sperrstunde anzuzeigen, vor drohender Gefahr zu warnen und all das. Und deshalb –«

Wieder kam er nicht zu Ende. Lars faßte ihn ungeduldig und überglücklich bei den Schultern.

»Das hast du ganz toll gemacht!« rief er. »Mein Vater wäre stolz auf dich gewesen. Forsberg ist in Untersuchungshaft, und die verbrecherischen Pläne zum Schaden unseres Betriebs – die offenbar viel übler waren als ich ahnte – sind zerschlagen. Ich habe Anweisung gegeben, daß die Magnus-Glocke bis zum Einbruch der Dunkelheit geläutet wird, zum Zeichen des Triumphes. So hat sich alles zum Guten gewendet, auch wenn die silberne Spinne verschollen bleibt.«

»Eine Siegesglocke läutet«, murmelte Justus, und einen Augenblick lang sah er aus wie vom Donner gerührt. Dann gab er sich einen Ruck.

Nun, welche Erkenntnis ist dem Ersten Detektiv da ins ins Netz gegangen?

»Lars«, sagte er, »ich habe kombiniert – ich glaube, ich weiß, wo die silberne Spinne ist. Aber um sie zu finden, müssen wir zum Palast gehen.«
Eine Viertelstunde später fuhren sie in Lars' Wagen durch eine jubelnde Menge, die sich ihnen auf den Straßen entgegenstellte. Lars mußte dauernd winken und nicken, während der Wagen im Schrittempo vorwärtskroch. Aber schließlich kamen sie beim Palast an, und dort gingen sie gleich zu dem Zimmer, wo die drei ??? übernachtet hatten. Peter, Justus, Bob und Lars traten ein.
»Jetzt«, sagte Justus, »wollen wir sehen, ob meine Kombination richtig war. Ich bin fast sicher, daß sie zutrifft, weil überall sonst gründlich gefahndet wurde. Es gibt nur einen Platz, wo die Spinne sein könnte. Ich kann mich auch täuschen, aber –«
»Red nicht herum, tu was!« maulte Peter. »Worte bringen uns nicht weiter. Wir wollen was sehen!«
»Also schön.« Justus wandte sich zur Zimmerecke. Er ließ sich auf Hände und Knie nieder und kroch langsam auf das große Spinngewebe zu, das sich noch immer vom Bett zur Wand spannte.
Eine große schwarzgoldene Spinne huschte davon und verschwand in der Ritze an der Bodenleiste. Eine zweite schwarzgoldene Spinne beobachtete Justus aus der Ritze mit starren Augen. Vorsichtig streckte Justus die Hand aus. Er schob sie unter das Spinnennetz und zerriß dabei nur ganz wenige Fäden. Alle dachten, nun werde die zweite Spinne zurückweichen, aber das tat sie nicht. Justus berührte sie sacht mit einem Finger und schob sie aus der Ritze nach vorn. Er holte sie unter dem Netz hervor, stand auf und hielt Lars die ausgestreckte Hand hin.
»Bitte sehr!« sagte er.
»Die silberne Spinne von Magnusstad!« rief Lars und nahm das Kleinod entgegen. »Du hast sie gefunden!«
»Endlich ist mir klargeworden, wo sie war«, erklärte Justus. »Das war nämlich so: Als die Wachen gegen die Tür hämmerten und Bengt uns zur Flucht drängte, hatte Bob eine glänzende Eingebung.«

»Ich – wirklich?« fragte Bob unsicher. Nur zu gern hätte er sich an diese Eingebung erinnert.
»Ja, aber das hast du alles vergessen, als du dir am Balkon den Kopf angeschlagen hast. Du hattest dir vorher blitzschnell überlegt, daß der einzige Ort, an dem man eine künstliche Spinne nicht suchen würde, ein echtes Spinnennetz wäre. Also hast du sie in die Bodenritze hinter dem Netz geschoben. Wir haben sie alle gesehen, als wir das Zimmer durchsuchten, und keiner von uns hat sich etwas dabei gedacht. Mir hätte freilich klar sein müssen, daß man normalerweise nicht zwei Spinnen in einem Netz findet.«
»Utmärkt, Bob! Gut gemacht!« rief Lars begeistert. »Ich wußte ja, auf euch ist Verlaß. Die drei Detektive haben ihrem Namen Ehre gemacht!«
Justus fuhr fort: »Aber erst als du, Lars, vorhin das von der Siegesglocke sagtest, kam mir die Erleuchtung. Gestern abend machte der alte Köhler, der schwarze Johan, nämlich eine sehr merkwürdige Bemerkung. Er sagte zu Staffan Forsberg, er höre eine Siegesglocke läuten, und die silberne Spinne, obgleich aus Silber, sei nichts weiter als eine Spinne. Ich weiß nicht, über welche Kräfte der schwarze Johan verfügt, aber sicherlich wußte er mehr, als er zugab. Die Siegesglocke läutete ja *deinen* Sieg ein. Und da ging mir auf: wenn eine Spinne nichts weiter als eine Spinne ist, dann mußten wir sie dort suchen, wo wir auch sonst eine Spinne suchen würden – in ihrem Netz!«
Das war eine lange Rede, aber diesmal fiel dem Ersten Detektiv niemand ins Wort. Als er gesprochen hatte, holte er tief Atem.
»Ihr seht also«, schloß er, »so viel habe ich gar nicht geleistet. In Wirklichkeit –«
»Du hast es ganz prächtig gemacht!« rief Lars beglückt. Er wikkelte die silberne Spinne sorgsam in sein Taschentuch und steckte sie ein. »Das kann ich euch alles gar nicht genug vergelten, aber ein Zeichen will ich hier doch setzen, im Namen meines Vaters.«
Aus seiner anderen Tasche zog er drei kunstvoll gearbeitete Spinnen aus reinem Silber an silbernen Ketten.

»Stellt euch nebeneinander«, wies er die drei ??? an, und als sie in einer Reihe standen, hängte er jedem von ihnen eine silberne Spinne um.
»So«, sagte er, »nun seid ihr alle drei Mitglieder des von meinem Vater gestifteten Ordens der Silbernen Spinne. Das ist eine symbolische Auszeichnung, verbunden mit einer hohen Prämie, für jemand, der sich um die Magnus-Werke in außergewöhnlicher Weise verdient gemacht hat. Die Spinne kommt nur Einwohnern von Magnusstad zu – also ernenne ich euch gleichzeitig alle drei zu Ehrenbürgern. Und was kann ich sonst noch tun, um mich erkenntlich zu zeigen? Sagt mir irgendeinen Wunsch, den ich erfüllen kann.«
»Ja . . .« fing Justus an.
Aber da meldete sich Peter ohne Umschweife zu Wort. »Können wir etwas zu essen bekommen?«

Schlußwort: Alfred Hitchcock

Der Geschichte von den drei ??? und der silbernen Spinne von Magnusstad ist wenig hinzuzufügen. Unter dem einhelligen Beifall der Mitarbeiter hat Lars auf der Stelle die Leitung der Magnus-Werke übernommen. Das große Betriebsfest soll später nachgeholt werden. Forsberg und seine Spießgesellen sind im Gefängnis gelandet, und das amerikanische Ehepaar, das die Magnus-Werke einem Verbrechersyndikat in die Hände spielen wollte, wurde beim Fluchtversuch festgenommen und zu langjährigen Haftstrafen verurteilt.

Die Rolle unserer drei Freunde aus Rocky Beach bei der Aufdekkung jener finsteren Machenschaften wurde aus Gründen der Firmenpolitik nicht in die Öffentlichkeit getragen. Justus, Peter und Bob reisten als ganz schlichte Touristen wieder nach Hause. Doch von ihrem dankbaren Freund Lars bekamen sie noch eine Einladung, dem nun wieder idyllischen Ort Magnusstad irgendwann einmal einen längeren Besuch abzustatten.

Zu ihrem Bedauern durften die drei ??? die kleinen technischen Wunderwerke der Sprechfunk-Kameras nicht behalten, aber mit Stolz brachten sie die Auszeichnung nach Hause, die ihnen Lars verliehen hatte – den Orden der Silbernen Spinne. Sie haben auch seither eine ganz neue Einstellung zu Spinnen, die in der Tat zumeist bescheidene und arbeitsame Geschöpfe sind und emsig dafür sorgen, daß schädliche Insekten nicht überhandnehmen.

Bert Young wird sein Filmprojekt zügig verwirklichen, und es wird mir ein Vergnügen sein, ihn dabei zu beraten.

Die drei ??? sehen nun zu Hause die Post durch. Ob sich wohl dabei ein neuer interessanter Auftrag findet? Ich bin sicher, daß sie bald wieder einen Fall aufzuklären haben, nur kann ich mir beim besten Willen nicht vorstellen, was für Abenteuer nun noch nachkommen mögen. Eines allerdings steht für mich fest: es wird wieder spannend werden.

Die drei ???
und der Höhlenmensch

Erzählt von M. V. Carey
nach einer Idee von Robert Arthur

Die drei ???
und der Höhlenmensch

Ein Wort von Alfred Hitchcock 263
Der Unbekannte im Nebel 264
Böses Blut! 270
Ungewohnte Begrüßung 276
Eleanor, die Schwindlerin 283
Besuch bei einem Toten 290
Nächtliche Störung 296
Es tut sich was in Citrus Grove 300
Es kommt alles anders 308
Justus zieht seine Schlüsse 311
Die Fußspur mit den vier Zehen 315
Fehlende Blätter 323
Spuk im alten Gemäuer? 328
Noch ein Diebstahl 331
Mühsame Suche 337
Fragen über Fragen 346
Doppelte Überraschung 353
Justus geht ein Licht auf 358
Flucht und Verfolgung 363
Tatmotiv: eine Million Dollar 371
Alfred Hitchcock hört und staunt 377

Ein Wort von Alfred Hitchcock

Seid gegrüßt, Krimi-Freunde!
Ich frage mich: Gibt es Leser, die die drei ??? noch nicht kennen? Meine alten Bekannten dürfen gleich weiterblättern und sich in die Geschichte vertiefen. Wenn ihr aber zu denen gehört, die den jungen Detektiven noch nicht begegnet sind, so habe ich das Vergnügen, sie hier vorzustellen.
Justus Jonas ist der Anführer des Junior-Teams, und er trägt mit Stolz und Freude den Titel »Erster Detektiv«. Er ist ein kluger Kopf mit viel Allround-Wissen, gleichsam photographischem Gedächtnis und besonderem Talent für Schlußfolgerungen, die ins Schwarze treffen. Peter Shaw, der Zweite Detektiv, ist vielleicht nicht ganz so schlau wie Justus, aber er ist ein hervorragender Sportler, meist guter Dinge und seinen Freunden treu ergeben. Bob Andrews kümmert sich um Recherchen und Archiv. Er ist ruhig und bedachtsam, nicht so athletisch wie Peter, aber beherzt und wagemutig.
Dieses Abenteuer bestehen die drei ??? nicht in ihrem heimatlichen Rocky Beach, sondern in einer verschlafenen Kleinstadt (dies ist, bitte sehr, einmal sogar wörtlich zu nehmen!). Sie stoßen dort auf einen Toten, der vor Jahrtausenden bestattet wurde – doch es hat den Anschein, als finde er keine Ruhe im Grabe. Sie lernen eine Gruppe von Wissenschaftlern kennen, die eigenartige, geheimnisumwitterte Forschungen betreiben. Und dann landen die Jungen als Gefangene in einer finsteren Gruft!
Doch ich werde nicht schon hier alle Überraschungen preisgeben. Wenn ihr das Abenteuer miterleben wollt, dann macht euch an die Lektüre!

Alfred Hitchcock

Der Unbekannte im Nebel

»Geht es jetzt wieder?« fragte eine weibliche Stimme.
Justus Jonas blieb stehen und lauschte.
An diesem Nachmittag war alles in Nebel gehüllt. Nebel dämpfte den Verkehrslärm von der Uferstraße her und hing wie ein Vorhang zwischen dem Gelände der Firma »Gebrauchtwaren-Center T. Jonas« und den Häusern auf der anderen Straßenseite. Justus empfand den Nebel als Bedrükkung. Es schien ihm, als sei er einsam und verlassen, in einer kalten Welt.
Doch da hatte soeben jemand gesprochen, und nun waren auch Schritte zu hören. Draußen, gleich bei der Einfahrt zum Schrottplatz, näherte sich jemand.
Dann sprach ein Mann, und ein Paar tauchte auf, das sich im trüben Licht wie Schatten bewegte. Der Mann hielt sich vornübergebeugt, und er ging mit langsamen, schleifenden Schritten. Die Frau – eher noch ein Mädchen – war sehr schlank und trug langes blondes Haar.
»Hier können Sie sich setzen«, sagte sie und geleitete den Mann zu einer Sitzbank beim Büro. »Ruhen Sie sich aus. Sie hätten mich fahren lassen sollen. Es war zuviel für Sie.«
»Kann ich helfen?« Justus trat zu den beiden hin.
Der Mann faßte sich an die Stirn und sah sich wie betäubt um. »Wir suchen . . . wir wollen . . .«
Er griff nach der Hand der jungen Frau. »Fragen Sie«, sagte er. »Erkundigen Sie sich, wo wir . . . wie wir . . .«
»Zur Harborview Lane, bitte«, sprach die junge Frau Justus an. »Wir müssen in die Harborview Lane.«
»Die ist dort drüben – ein Stück auf der Autobahn und dann beim Sunset Boulevard rechts ab«, erklärte Justus. »Aber hören Sie, wenn Ihr Begleiter sich nicht wohl fühlt, hole ich erst einen Arzt und . . .«
»Nein!« wehrte der Mann ab. »Nicht jetzt! Wir kommen sowieso zu spät!«

Justus beugte sich zu dem Mann hinunter. Er sah in ein aschgraues, schweißbedecktes Gesicht.
»Müde . . .«, sagte der Mann. »Ich bin so müde . . .« Er preßte die Hände an die Stirn. »Und diese Kopfschmerzen!« Es klang betroffen und angstvoll. »Ganz ungewohnt! Ich habe doch niemals Kopfschmerzen.«
»Bitte, lassen Sie mich einen Arzt rufen!« Justus hatte erkannt, daß dies ein Notfall war.
Der Unbekannte richtete sich mühsam auf. »Es geht gleich wieder. Nur kann ich jetzt nicht . . . jetzt nicht . . .«
Er sackte gegen die Mauer des Büros zusammen, und sein Atem ging schwer und stockend. Dann verzerrte sich sein Gesicht. »Dieser Schmerz . . .«, stieß er hervor.
Justus griff nach der Hand des Mannes. Sie fühlte sich kalt und feucht an. Der Blick des Mannes war auf Justus gerichtet. Die Augen waren starr und weit geöffnet.
Mit einem Mal war es vor dem Schrottplatz unheimlich ruhig.
Die junge Frau beugte sich über den Mann. Sie weinte.
Auf dem Asphalt erklangen energische Schritte, und Justus' Tante Mathilda kam zum Tor heraus. Sie sah den zusammengesunkenen Körper auf der Bank und das Mädchen daneben. Sie sah Justus, der vor der Bank kauerte.
»Justus, was ist denn?« fragte Tante Mathilda. »Ist etwas passiert? Soll ich einen Krankenwagen kommen lassen?«
»Ja«, antwortete Justus. »Tu das bitte. Aber es wird wohl nichts mehr nützen. Ich glaube, der Mann ist tot!«

Später erinnerte sich Justus an Aufregung und Hektik, Blaulicht und heulende Sirene, hastende Menschen im Nebel. Das blonde Mädchen weinte in Tante Mathildas Armen. Neugierige drängten sich vor dem Einfahrtstor zum Schrottplatz, und als die Trage in den Krankenwagen geschoben wurde, herrschte betroffenes Schweigen. Dann kam noch ein Polizeiauto an, und Justus und Tante Mathilda fuhren in die Klinik, das blonde Mädchen zwischen sich auf dem Sitz.

Justus kam das alles vor wie ein böser Traum, düster und unwirklich.
Aber die Klinik war schonungslose Wirklichkeit: Der Flur, auf dem Leute vorübereilten, der Warteraum mit schlechter, verqualmter Luft. Justus, Tante Mathilda und das blonde Mädchen saßen da und blätterten in alten Zeitschriften. Nach endlos scheinender Wartezeit kam ein Arzt.
»Es tut mir leid«, sagte er zu dem Mädchen. »Wir konnten nichts mehr für ihn tun. Manchmal ist es . . . ist es besser so. Sie gehören nicht zur Familie, oder doch?«
Sie schüttelte den Kopf.
»Wir werden eine Obduktion vornehmen«, sagte der Arzt. »Ich bedaure, Ihnen dies sagen zu müssen. Das ist üblich bei unerwarteten Todesfällen, wenn kein Arzt anwesend war. Wahrscheinlich war es ein Gehirnschlag – ein geplatztes Blutgefäß im Kopf. Die Obduktion wird das zeigen. Wissen Sie, wie wir die Angehörigen erreichen können?«
Sie schüttelte wieder den Kopf. »Nein. Ich muß erst bei der Stiftung anrufen.«
Sie fing an zu schluchzen, und eine Krankenschwester kam und führte sie weg. Justus und Tante Mathilda warteten weiter. Nach langer Zeit kam das Mädchen zurück. Sie hatte vom Schwesternzimmer aus telefoniert.
»Von der Stiftung kommt jemand hierher«, berichtete sie Justus und Tante Mathilda.
Justus fragte sich, was das für eine Stiftung sein mochte, aber er schwieg. Tante Mathilda meinte, nun hätten sie alle eine Tasse guten starken Tee nötig. Sie nahm die junge Frau beim Arm und geleitete sie aus dem Wartezimmer und über den Flur zum Café der Klinik.
Eine Zeitlang saßen sie stumm da und tranken Tee. Schließlich fing das Mädchen zu sprechen an.
»Er war ein so netter Mensch«, sagte sie. Mit leiser Stimme redete sie weiter und starrte dabei auf ihre rauhen Hände mit den rissigen, abgeknabberten Fingernägeln. Der Tote war

Dr. Karl Birkensteen, ein namhafter Genetiker. Er hatte bei der Spicer-Stiftung gearbeitet und an Tieren erforscht, ob sich bestimmte Versuche auf ihre Intelligenz – und die ihrer Nachkommen – auswirkten. Das Mädchen arbeitete ebenfalls in jenem Institut, als Tierpflegerin.

»Ich habe von der Spicer-Stiftung gehört«, sagte Justus. »Das Institut liegt doch an der Küste, nicht? In der Nähe von San Diego?«

Sie nickte. »Es ist in einer kleinen Stadt in den Bergen, an der Straße, die in der Wüste endet.«

»Die Stadt heißt Citrus Grove«, sagte Justus.

Da lächelte das Mädchen zum ersten Mal. »Ja. Daß du das weißt! Citrus Grove ist nicht vielen Leuten bekannt. Sogar wenn sie schon von der Stiftung gehört haben, ist ihnen der Ortsname selten geläufig.«

»Justus liest sehr viel«, erklärte Tante Mathilda, »und er erinnert sich hinterher an fast alles. Aber ich kenne weder die Stadt noch die Stiftung. Was ist das?«

»Es ist eine Institution zur Förderung unabhängiger wissenschaftlicher Forschungsarbeit«, begann Justus. Es hörte sich an, als doziere ein Universitätsprofessor über ein wenig bekanntes Thema. Diese Art hatte Justus an sich, wenn er anderen etwas erläutern mußte. Tante Mathilda war daran gewöhnt, und ihr schien es gar nicht mehr aufzufallen, aber das blonde Mädchen sah den Ersten Detektiv staunend an.

»Abraham Spicer hatte einen Kunststoffbetrieb«, fuhr Justus fort. »Die Firma stellte Haushaltsartikel her. Das Geschäft ging ausgezeichnet. Aber sein ursprüngliches Ziel, nämlich Physiker zu werden, konnte Spicer nicht verwirklichen. Daher verfügte er, daß nach seinem Tod das Firmenvermögen von einem Treuhänder verwaltet werden sollte. Der erwirtschaftete Gewinn fließt einer Stiftung zu, um Naturwissenschaftlern neuartige, vielleicht sogar revolutionäre Forschungen auf ihrem jeweiligen Fachgebiet zu ermöglichen.«

»Redest du denn immer so?« fragte das Mädchen.

Tante Mathilda lächelte. »Viel zu oft, wie ich finde. Das kommt wahrscheinlich vom vielen Lesen.«
»Oh«, sagte das Mädchen. »Schön. Das finde ich ganz gut. Ich habe noch nicht einmal meinen Namen genannt. Ich heiße Hess. Eleanor Hess. Na, das ist ja nicht wichtig.«
»Natürlich ist das wichtig«, befand Tante Mathilda. »Aber Sie müssen nicht denken, ich sei etwas Besonderes. Ich bin nicht berühmt, eigentlich gar nichts.«
»Das heißt noch lange nicht, daß Sie niemand sind«, entgegnete Tante Mathilda sehr bestimmt. »Es freut mich, Sie kennenzulernen, Eleanor Hess. Ich bin Mathilda Jonas, und das ist mein Neffe, Justus Jonas.«
Eleanor Hess lächelte. Dann wandte sie schnell den Kopf ab, als sei sie darauf bedacht, nicht zuviel von sich preiszugeben.
»Erzählen Sie uns von Ihrer Arbeit bei der Spicer-Stiftung«, forderte Tante Mathilda das Mädchen auf. »Sie sagten, Sie seien Tierpflegerin. Was für Tiere betreuen Sie denn?«
»Versuchstiere eben«, sagte Eleanor Hess. »Weiße Mäuse und Schimpansen und ein Pferd.«
»Ein Pferd?« wiederholte Tante Mathilda. »Ein Pferd ist im Labor untergebracht?«
»O nein. Bella hat eine Box in einem Stall für sich. Aber sie ist wirklich ein Versuchstier. Dr. Birkensteen hat ihre Mutter mit Isotopen bestrahlt – oder so etwas Ähnliches. Jedenfalls hat sich das auf ihre Chromosomen ausgewirkt. Ich verstehe nichts von diesen Dingen, aber für ein Pferd ist Bella wirklich sehr klug. Sie kann rechnen.«
Tante Mathilda und Justus machten große Augen.
»Oh, keine schwierige Mathematik«, stellte Eleanor schnell richtig. »Aber wenn man ihr zwei Äpfel hinlegt und noch drei dazu, dann weiß sie, daß das fünf Äpfel sind. Und dann stampft sie fünfmal mit einem Vorderhuf auf. Natürlich, so etwas Besonderes ist das nicht, aber Pferde sind von Natur aus nicht gerade sehr klug. Ihr Gehirn ist nicht dafür gebaut. Dr. Birkensteens Schimpansen sind dagegen hochintelligent. Sie

können Zeichensprache lernen und damit recht komplizierte Dinge ausdrücken.«

»Aha«, meinte Tante Mathilda. »Und was hatte Dr. Birkensteen mit diesen Tieren vor, nachdem er sie so sorgfältig dressiert hatte?«

»Er wollte erreichen, daß die Fähigkeiten der Menschen sich weiter entwickeln. Da muß man bei Tieren anfangen, nicht wahr? Mit Kleinkindern kann man ja keine Versuche machen, oder?«

Tante Mathilda überlief ein Schauder.

Eleanor blickte zur Seite, wieder ganz eingesponnen in Schüchternheit und Hemmungen. »Sie müssen nicht hier bei mir bleiben und warten«, sagte sie. »Sie waren wirklich sehr nett, aber jetzt komme ich schon zurecht. Dr. Terreano und Mrs. Collinwood werden bald hier sein, und sie können dann mit dem Arzt sprechen und . . . und . . .«

Sie senkte den Kopf, und wieder flossen die Tränen.

»Ruhig, Kind«, tröstete Tante Mathilda leise. »Natürlich bleiben wir noch so lange hier.«

Und so blieben sie, bis ein großer, hagerer Mann mit grauem Haar in das Café kam. Eleanor stellte ihn als Dr. Terreano vor. Er hatte eine mollige Frau bei sich, etwa sechzig Jahre alt, die auffällige falsche Augenwimpern und eine flammendrote Lockenperücke trug. Das war Mrs. Collinwood, und sie nahm Eleanor mit hinaus zum Auto, während Dr. Terreano sich auf die Suche nach dem Arzt machte, der sich um Dr. Birkensteen gekümmert hatte.

Tante Mathilda schüttelte den Kopf, als sie wieder mit Justus allein war. »Sonderbare Leute!« ereiferte sie sich. »Man stelle sich vor – mit Tieren Versuche machen, um ihr Erbgut zu verändern. Dieser Terreano, der vorhin herkam – was denkst du, was er treibt?«

»Ebenfalls irgendwelche Forschungen, wenn er zur Spicer-Stiftung gehört«, meinte Justus.

Tante Mathilda runzelte die Stirn. »Sonderbare Leute«, wiederholte sie. »Und diese Stiftung – das gefällt mir gar nicht. Wenn solche Forscher erst einmal anfangen und ihre Nase überall hineinstecken, dann weiß man nie, wo das hinführt! Unnatürlich ist das! Das kann in einer Katastrophe enden!«

Böses Blut!

Am Abend berichtete Tante Mathilda Onkel Titus von dem Wissenschaftler, der im Nebel hergekommen und beim Schrottplatz gestorben war. Über die Spicer-Stiftung ließ sie sich hingegen nicht weiter aus, und als Justus davon sprach, wechselte sie rasch das Thema. Der Gedanke an genetische Experimente war ihr gar nicht geheuer. Aber es war ihr nicht vergönnt, die Spicer-Stiftung ganz aus ihrem Gedächtnis zu streichen, denn im Verlauf der grauen, kühlen Frühlingstage war in der Presse immer wieder von jenem Forschungsinstitut die Rede.

Erst kam die Nachricht von Dr. Birkensteens Tod. Wie schon der Arzt in der Klinik vermutete, hatte Birkensteen einen Schlaganfall erlitten. Man würdigte seine Verdienste um die Gehirnforschung, und dann wurde noch erwähnt, daß der Sarg in Birkensteens Heimat im Osten der Vereinigten Staaten überführt werden sollte.

Knapp eine Woche später wurde die Spicer-Stiftung im Zusammenhang mit einer höchst überraschenden Entdekkung wiederum genannt, und Zeitungsreporter überfielen die kleine Stadt Citrus Grove wie ein Heuschreckenschwarm, um über das Ereignis mit sensationell aufgemachten Artikeln zu berichten. Ein Archäologe namens James Brandon, der ebenfalls bei der Stiftung arbeitete, hatte in einer Höhle am Stadtrand Teile eines Skeletts aus prähistorischer Zeit entdeckt.

»Das ist ja unerhört spannend!« rief Justus. Es war an einem Nachmittag im Mai, und Justus und seine Freunde waren in

dem alten Campingwagen, der »Zentrale« ihres Detektivunternehmens, zusammengekommen. Justus hatte auf dem Schreibtisch die Zeitung ausgebreitet. Bob Andrews beschriftete die Aktenordner neu, während Peter Shaw in dem kleinen Labor, das sich die Jungen eingerichtet hatten, saubermachte.
Peter schaute herüber. »Was ist denn so spannend?« wollte er wissen.
»Der Höhlenmensch von Citrus Grove«, erklärte Justus. »Ist es überhaupt ein Mensch? Wie alt ist das Skelett wohl? Dr. James Brandon, der Archäologe, der die Knochen fand, spricht von einem Hominiden. Es könnte sich also um einen Menschen handeln oder auch um ein menschenartiges Wesen. Stammt es aus einer Epoche vor dem Auftreten der menschlichen Rasse, oder wie ist es einzuordnen?«
»Brandon spricht heute nachmittag im Fernsehen«, sagte Bob. »Meine Eltern unterhielten sich beim Frühstück darüber. Er ist Studiogast in der Bob-Engel-Talkshow um fünf Uhr.«
Peter wischte den Arbeitstisch im Labor ab. »Wollt ihr euch das ansehen?« fragte er.
»Darauf kannst du dich verlassen«, entgegnete Justus Jonas.
Auf dem Bücherregal neben Justus' Schreibtisch stand ein kleiner Schwarzweißfernseher. Onkel Titus hatte ihn von einer seiner Einkaufstouren mitgebracht. Das Gerät war defekt gewesen, aber Justus besaß großes Geschick im Reparieren technischer Geräte und hatte den Apparat instand gesetzt. Seither verfügte die Zentrale auch über Fernsehen.
Nun erschien das Bild auf der Mattscheibe, und Bob Engel, der Showmaster, strahlte ins Fernsehpublikum.
»Unser erster Gast im Studio ist heute Dr. James Brandon«, kündigte Engel an. »Er ist der Mann, der das fossile Skelett eines Urmenschen in einer Höhle hier in Südkalifornien entdeckte.«
Die Kamera schwenkte weiter, und die Jungen sahen einen

schlanken Mann mit kantigem Gesicht und kurzgeschnittenem blondem Haar. Neben ihm saß ein kleinerer, ziemlich feister Mann im Cowboyhemd, dazu trug er einen breiten Gürtel mit verzierter Schnalle und hochhackige Stiefel.

»Dr. Brandon ist mit Mr. Nat McGee hierhergekommen. Mr. McGee ist Geschäftsmann in Citrus Grove, und ihm gehört das Gelände, auf dem der Höhlenmensch entdeckt wurde.«

»Stimmt!« fiel der behäbige Mann ein. »Nochmals: McGee ist mein Name, verehrte Zuschauer. Merken Sie sich ihn gut, denn von nun an werden Sie diesen Namen noch oft hören.«

Bob Engel rang sich ein Lächeln ab und wandte sich dann seinem anderen Gast zu.

»Also, Dr. Brandon«, sagte er. »Könnten Sie uns ein wenig ausführlicher berichten, falls manche Zuschauer von der Entdeckung der Fossilien noch nichts gehört haben?«

Der blonde Mann setzte sich aufrecht hin. »Es war ein glücklicher Zufall, daß ich das Skelett entdeckte«, sagte er. »Vor etwa einer Woche machte ich in dem Gelände einen Spaziergang. Es war kurz nach einem heftigen Regenschauer, und mir fiel auf, daß es an dem Hang oberhalb von Nat McGees Wiese einen kleinen Erdrutsch gegeben hatte. Dadurch war im Hang plötzlich eine Öffnung entstanden. Als ich näher heranging, entdeckte ich dort eine Höhle, und darin war ein Totenschädel zu sehen. Er war fast ganz im Erdreich am Boden der Höhle begraben. Erst war mir nicht klar, was ich da vor mir hatte, und . . .«

». . . und das geht Sie auch gar nichts an, mein Bester«, fiel ihm sein Nebenmann ins Wort. »*Mir* gehört dieser Fund nämlich, mir ganz allein!«

Brandon überhörte das geflissentlich. »Ich ging zum Institut zurück, um mir eine Taschenlampe zu holen«, fuhr er fort.

»Und als er wieder auf mein Gelände kam, wartete ich schon mit der Schrotflinte«, mischte sich McGee wieder ein. »Mit ungebetenen Gästen mache ich kurzen Prozeß!«

Brandon holte tief Luft. Er schien sich nur mühsam beherrschen zu können. »Ich erklärte, was ich da gesehen hatte«, berichtete er. »Wir schauten es uns näher an, und nun erkannte ich endgültig, daß es ein Schädel war.«

»Aus Urzeiten!« rief McGee. »Liegt da schon seit vielen tausend Jahren.«

»Außer dem Schädel«, fuhr Brandon fort, »ist auch das Skelett zum größten Teil erhalten. Ich konnte es noch nicht genau untersuchen, aber ich stellte Parallelen zu sehr alten Fossilien fest, die in Afrika entdeckt wurden.«

»Und ist es ein Mensch?« fragte Engel.

Brandon zog die Brauen zusammen. »Wer kann schon genau sagen, was einen Menschen ausmacht? Schädel und Skelett weisen ganz bestimmte Merkmale eines Hominiden auf, aber es handelt sich nicht um einen in unserem Sinne modernen Menschen. Ich bin fast sicher, daß dieses Lebewesen älter ist als alle Hominiden, die man bisher in Amerika entdeckt hat.«

Brandon beugte sich vor. Lebhafte Anteilnahme war aus seinem Tonfall zu hören. »Es gibt eine Theorie, daß der Indianer von mongolischen Jägern abstammt, die während der letzten Eiszeit von Sibirien nach Alaska gezogen sind. Das war vor etwa achttausend Jahren, zu einer Zeit, als so viel Meerwasser zu Eis gefroren war, daß der Meeresspiegel sehr niedrig lag. Der Boden der Meerengen zwischen Sibirien und Alaska war freigelegt, und daher konnten asiatische Nomaden ungehindert von einem Kontinent zum anderen ziehen, während sie den wilden Tieren, ihrer Jagdbeute, bis zur Neuen Welt folgten. Man vermutet, daß sie sich dann ausbreiteten und an verschiedenen Orten ansiedelten. Manche von ihnen zogen jedoch noch weiter, bis sie die Spitze von Südamerika erreichten.

So lautet eine bisher unwiderlegte Theorie. Sie steht übrigens in den meisten Schulbüchern. Doch hin und wieder kommen einzelne Forscher mit einer anderen Erklärung an. Sie behaupten, Menschen hätten auf dem amerikanischen Kontinent schon lange vor der Zeit gelebt, als die Nomaden jene

Landbrücke überquerten. Manche vertreten sogar die Ansicht, der heutige Mensch stamme ursprünglich aus Amerika und sei in der Gegenrichtung nach Asien und Europa gezogen.«

»Und die Fossilien in der Höhle von Citrus Grove – sind sie ein Beweis für diese Theorie?« fragte Engel.

»Das kann ich jetzt noch nicht sagen«, erklärte Brandon. »Vorläufig steht ja nicht einmal fest, wie alt die Knochen sind. Aber wir haben einen großen Teil des Skeletts, und . . .«

»Sie meinen wohl, *ich* habe das Skelett«, warf Nat McGee ein. Sein Gesicht glühte – vor der Hitze im Studio und vor Begeisterung. »Und der Bursche in meiner Höhle ist bestimmt ein richtiger Mensch. Was sollte er denn sonst sein? Und wenn er da seit zwei oder drei Millionen Jahren liegt . . .«

»Hören Sie mal!« empörte sich Brandon.

»Sie wissen ja selbst nicht genau, wie alt er ist!« behauptete McGee stur. »Sie sagten aber, er müsse wesentlich älter als acht- oder zehntausend Jahre sein. Das hatten Sie auf den ersten Blick erkannt. Und das bedeutet folglich, daß die Menschheit hier in Amerika ihren Ursprung hat. Der kleine Kerl in meiner Höhle könnte unser aller Urvater sein! Vielleicht waren es seine Kinder und Enkel, die über die heutigen Meerengen nach Asien zogen und die Geschichte der Menschheit in Gang setzten. Vielleicht lag der Garten Eden gar nicht irgendwo in der Alten Welt, wie wir seit jeher glauben. Nehmen wir doch an, er war in Bakersfield oder Fresno, hier in Kalifornien. Wäre das nicht phantastisch?«

»Sie ziehen voreilige Schlüsse«, wandte Brandon verbissen ein. »Wenn wir erst den Fund genau untersuchen können . . .«

»Gar nichts wird da untersucht!« erklärte McGee.

Brandon drehte sich ungehalten zu McGee um.

»Der kleine Kerl war die ganze Zeit in meiner Höhle, und da wird er auch bleiben!« rief McGee. »Niemand wird ihn ausbuddeln und zersägen und unters Mikroskop legen. Und warten Sie nur ab, bis ich meine Attraktion dem Publikum vorführen kann – Schlange stehen werden sie an der Kasse, um einen echten Höhlenmenschen zu sehen!«

»Was, Sie wollen diesen archäologischen Fund öffentlich zur Schau stellen?« entsetzte sich Brandon. »Das dürfen Sie nicht! Wir wissen ja noch nicht einmal, wie alt die Knochen sind, oder . . .«

»Alt genug sind sie, und damit basta«, verkündete McGee. »Was wir hier vor uns haben, ist der Beginn menschlicher Kultur, und das interessiert die Leute!«

»Sie ungebildeter Tölpel!« brüllte Brandon los. »Sie haben ja keine Ahnung, worüber Sie reden!«

»Ich rede über ein Wesen, das vielleicht der erste Mensch war!« McGee schaute voll in die Kamera. »Und deshalb bin ich hierher ins Studio gekommen. Ich möchte hiermit bekanntgeben, daß ich auf meinem Gelände die entsprechenden Vorbereitungen treffe. Sobald wie möglich werde ich meine Höhle Besuchern zugänglich machen. Sie wird zu einer weiteren Touristenattraktion in Kalifornien werden, und . . .«

»Sie Schafskopf!« schrie Brandon. Wütend erhob er sich aus seinem Sessel.

Die Kamera schwenkte rasch weiter, so daß nur noch Engel im Bild war. Im Hintergrund fanden erregter Wortwechsel und, den Geräuschen nach zu urteilen, sogar Handgreiflichkeiten statt. Dann sagte Bob Engel hastig: »Damit endet dieser aufregende Teil unserer Show. Wir würden sonst die Sendezeit überziehen. Es folgen nun zehn Minuten Werbung, und anschließend melden wir uns wieder mit . . .«

Peter stellte den Fernseher ab. »Hoppla!« sagte er. »Da hat es ja ganz schön Krawall gegeben. Brandon sah ganz so aus, als wolle er diesen McGee zusammenschlagen.«

»McGee hat mir auch nicht gefallen«, bekannte Justus. »Und wenn er Brandon daran hindert, die Knochen zu bergen . . .«

»Kann er das denn verhindern?« fragte Bob.

»Ich denke schon – immerhin liegt die Höhle auf seinem Grund und Boden. Das ist ja ganz schlimm für einen Archäo-

logen – ein so aufregender Fund, und dann keine Möglichkeit, diesen zu untersuchen! Vermutlich schaffte das zwischen den beiden Männern von Anfang an böses Blut, wenn McGee gleich mit dem Schießgewehr anrückte, als er Brandon bei der Höhle sah. Eine üble Situation! Und Brandon läßt sich das natürlich nicht gefallen. Das könnte noch böse enden!«
»Eben. Wenn die so weitermachen, werden sie sich noch die Köpfe blutig schlagen«, prophezeite Peter.

Ungewohnte Begrüßung

Nach dieser turbulenten Sendung erschien Dr. James Brandon nicht mehr auf dem Bildschirm. Nat McGee allerdings ließ sich noch bei etlichen Talkshows blicken, und als es Sommer wurde, gab der feiste Geschäftsmann aus Citrus Grove jedem Reporter, der ihm geduldig zuhörte, ein Interview. Bis Mitte Juli waren die meisten Einwohner Südkaliforniens über seine Höhle und seinen Höhlenmenschen im Bilde. Dann tauchten im Werbefernsehen Hinweise auf. Anfang August würde die Höhle der Öffentlichkeit zugänglich sein.
Während der letzten Juliwoche hatte Justus eine Begegnung mit seinem Nachbarn Lester Wolf. Und das traf sich gut, wie sich bald herausstellen sollte.
Wolf war Handwerksmeister, der in Gaststätten und Hotels Herde, Öfen und Geschirrspülmaschinen installierte. Er wohnte in einem großen Fachwerkhaus unweit vom Schrottplatz. An diesem Tag im Juli radelte Justus an Wolfs Haus vorbei und fand Mr. Wolf damit beschäftigt, ein Kätzchen unter einer Hecke hervorzulocken. Justus hielt an, um zu helfen. Er näherte sich der Hecke von einer Seite und stampfte kräftig mit dem Fuß auf, und da huschte die junge Katze an der anderen Seite heraus, in Mr. Wolfs rettenden Zugriff.
»So, das hätten wir«, sagte der Mann. Er nickte Justus zu.

»Vielen Dank, Just. Meine Frau hätte es mir nie verziehen, wenn die Katze weggelaufen wäre. Oder gar überfahren worden wäre!«
Wolf ging mit dem Kätzchen auf dem Arm zu seinem Haus. Doch er blieb noch einmal stehen und drehte sich zu Justus um. »Sag mal, kennst du eigentlich diese kleine Stadt an der Küste – den Ort, wo man diesen Höhlenmenschen gefunden hat? Ich muß dort Ende der Woche in einer Gaststätte eine neue Küche einrichten. Und deine Tante hat doch meiner Frau erzählt, daß du dich eifrig mit diesen Zeitungsartikeln über den Höhlenmenschen beschäftigst.«
»Stimmt!« bestätigte Justus eifrig. »Der Höhlenmensch ist ab Samstag zu besichtigen. Werden Sie mit dem großen Lastwagen nach Citrus Grove fahren? Brauchen Sie zufällig einen Helfer bei der Arbeit?«
»Dafür bist du zu jung, und außerdem bist du nicht in der Gewerkschaft«, erklärte Mr. Wolf. »Hal Knight wird mir zur Hand gehen. Aber wenn du gern hinten bei der Ladung mitfahren möchtest . . .«
»O ja, gern!« willigte Justus rasch ein. »Dürfen meine Freunde Peter und Bob auch mitkommen?«
»Klar. Nur müßt ihr Jungen euch selbst irgendwo einquartieren. Ich brauche etwa drei Tage, um diesen Auftrag auszuführen, und bei den Leuten, denen die Gaststätte gehört, kann ich übernachten. Auch für Hal haben sie Platz, aber sonst ist nichts mehr frei.«
»Das geht schon klar«, sagte Justus. »Wir können unsere Schlafsäcke mitnehmen und im Freien kampieren.«
Justus radelte nach Hause, um seine Freunde zu verständigen und von Tante Mathilda und Onkel Titus die Erlaubnis für die Fahrt einzuholen. Am Freitag früh ging es dann los, und auf Lester Wolfs Lastwagen verließen die drei ??? Rocky Beach.
Mr. Wolf fuhr fast zwei Stunden lang nach Süden, dann bog er von der Autobahn ab und schlug die östliche Richtung hinauf ins Bergland ein. Die Strecke hatte zahlreiche Kurven, Stei-

gungen und Gefällestrecken. Zu beiden Seiten der Straße sahen die Jungen Orangenkulturen, Obstbäume und ausgedehnte Wiesenflächen, auf denen Kühe weideten.
Nach einer halben Stunde mußten sie die zügige Fahrt verlangsamen und kamen durch eine Stadt namens Centerdale. Dahinter erstreckten sich wieder Baumkulturen, Felder und Weideland. Schließlich sahen sie ein Schild »Citrus Grove – Geschwindigkeitsbegrenzung einhalten«.
Citrus Grove war kaum mehr als ein Dorf. Die Jungen sahen einen Supermarkt, zwei Tankstellen, einen Autohandel und ein kleines Motel. Sie fuhren am Schwimmbad der Gemeinde vorbei, dann am öden und verstaubten Gebäude eines stillgelegten Bahnhofs. Im Zentrum der Gemeinde befand sich an einer Straßenseite ein kleiner Park, auf der anderen eine Reihe Geschäftshäuser, darunter eine Bank, ein Haushaltswarengeschäft, eine Drogerie und die öffentliche Bibliothek. Doch obwohl der Ort nur klein war, wimmelte es überall von Menschen. Auf einem Neonschild beim Motel war »Belegt« zu lesen, und vor einer Imbißstube wartete eine ganze Reihe Gäste auf freiwerdende Sitzplätze.
»Und dieser ganze Rummel wegen des Höhlenmenschen«, stellte Bob fest. »Er zieht ja die Leute an wie ein Magnet.«
Justus grinste beim Anblick eines umlagerten Hamburger-Stands, wo »Dinosaurier-Burger« angeboten wurden. »Ungemein passend für den Anlaß«, fand er ironisch.
Nach dem Park bog Lester Wolf in eine Seitenstraße ein und machte am Bordstein halt. Er streckte den Kopf aus dem Fenster und rief den Jungen hinter ihm zu: »Das Restaurant ›Happy Hunter‹ ist da vorne, noch ein paar hundert Meter weiter. Ich rief gestern den Inhaber an, und er sagte, der Campingplatz vor der Stadt sei voll belegt. Er rät euch, zu Nat McGee in dem grauen Holzhaus oben an der Hauptstraße zu gehen. McGee kümmert sich um die Unterbringung von Touristen.«
»Ist das dieser Widerling aus dem Fernsehen?« rief Peter.

»Ich fürchte, ja«, antwortete Justus.
Die Jungen kletterten vom Wagen herunter.
»Kommt dann am Montag zu mir ins ›Happy Hunter‹«, sagte Wolf noch. Dann fuhr er weiter.
Nat McGees Haus wirkte gar nicht übel, als die Jungen darauf zugingen. Vorne hatte es eine breite Veranda und einen kleinen Vorgarten. Als die drei näherkamen, sahen sie, daß der Fassadenanstrich am Haus abgeblättert war und die Vorhänge an den Fenstern schmuddelig und schlapp herabhingen. An ein paar Fensterläden fehlten Latten. Und der Rasen war von Unkraut durchwachsen.
»Sieht ziemlich verkommen aus, nicht?« fand Bob. »Ich dachte, diesem McGee gehört das Haushaltsgeschäft und der Autohandel.«
»Damit wird man in einem solch kleinen Ort vielleicht nicht gerade reich«, meinte Justus.
Am Verandageländer war ein Schild angebracht. Touristen auf Quartiersuche wurden gebeten, hinters Haus zu kommen. Das taten die Jungen folgsam, und nun sahen sie eine Wiese, die sich von der Straße bis zu einem Gehölz erstreckte. Beim Haus stand eine alte, verwitterte Scheune. An der dem Stadtrand zugewandten Seite des Hauses verlief die Wiese ein kurzes Stück an der Straße entlang und dann einen Berghang hoch. Am Hang war ein blitzsauberes Gebäude neu erstellt worden. Es war ein schmucker, moderner Holzbau ohne Fenster. Über der breiten Eingangstür verkündete ein Schild »Zugang zur Steinzeit-Höhle«.
»Sehr eindrucksvoll!« meinte Peter. »Der Bursche vermarktet das ja regelrecht.«
»Sucht ihr etwas?« fragte eine leise Stimme hinter den Jungen.
Sie drehten sich um, und Justus sah hellblondes Haar und ein blasses Gesicht. Da erinnerte er sich an einen trüben, nebligen Tag in Rocky Beach und an einen Mann, der nicht mehr weiterkonnte und dann gestorben war.

»Ah!« rief Eleanor Hess. »Ihr seid das!«
»Hallo.« Justus streckte die Hand aus, und sie begrüßten sich.
»Ich . . . ich wollte immer an deine Tante schreiben«, sagte Eleanor. »Ihr wart so nett zu mir. Aber dann dachte ich, ich sollte euch lieber nicht belästigen.«
»Ich bin froh, daß wir damals helfen konnten«, sagte Justus. Er machte Eleanor mit Bob und Peter bekannt.
Da ging die Hintertür am Haus auf, und eine dicke Frau mit kurzem, fransigem Haar sah heraus.
»Ellie, was wollen denn die Jungen hier?« rief sie. Es klang barsch, als sei es gar nicht für die Ohren der Jungen bestimmt.
»Tante Thalia, das ist Justus Jonas«, sagte Eleanor. Sie war rot geworden und sah ganz unglücklich aus. »Ich erzählte dir von ihm. Er und seine Tante standen mir bei, als Dr. Birkensteen damals in Rocky Beach zusammenbrach. Und das sind Peter Shaw und Bob Andrews, die Freunde von Justus. Sie wollen sich bestimmt hier den Höhlenmenschen ansehen. Tante Thalia, könnten wir sie bei uns unterbringen?«
Plötzlich tauchte im Türrahmen neben der Frau der Mann auf, der aus dem Fernsehen mittlerweile so gut bekannt war. Eleanor Hess nannte auch ihm die Namen der Jungen, und Justus ging ein Licht auf, als ihm klar wurde, daß Tante Thalia Nat McGees Frau sein mußte – was folglich hieß, daß Nat Eleanors Onkel war!
»Also du bist der Junge, der so hilfsbereit zu Ellie war«, sagte Nat. »Ja, wir geben euch gern Quartier. Im Haus ist zwar nicht genug Platz für euch drei, aber ihr könnt eure Schlafsäcke auf dem Dachboden über der Scheune auslegen und das alte Häuschen hinter der Scheune als Toilette benutzen. Außen ist auch ein Wasserhahn, da könnt ihr euch waschen.«
McGees kleine Augen wurden ganz schmal. »Ich mache euch einen Vorzugspreis. Nur zehn Dollar die Nacht für alle drei.«
»Aber Onkel Nat!« rief Eleanor Hess.
»Du hältst den Mund, Mädchen«, gebot McGee. Er warf Eleanor einen warnenden Blick zu, und sie schaute weg.

»Für zehn Dollar bekommt ihr anderswo nichts«, erklärte McGee rundheraus.
»Dann suchen wir uns doch einfach einen Platz im Wald.« Bob zeigte auf die Bäume hinter der Wiese.
»Die Brandgefahr ist zu hoch«, wehrte McGee ab. »Im Wald darf nicht kampiert werden.«
Justus zog seine Brieftasche und reichte McGee einen Zehndollarschein. »Bitte«, sagte er. »Das ist für heute nacht.«
»Na, siehst du.« McGee steckte das Geld ein. »Ellie, zeig den Jungen den Wasseranschluß.«
»Hört mal, ihr drei, daß ihr aber vorsichtig seid«, sagte Tante Thalia warnend. »Macht mir keine Unordnung.«
»Ihr raucht hoffentlich nicht, oder?« fragte McGee.
»Nein, wir rauchen nicht«, antwortete Peter verdrossen. »Du, Just, wir sollten die Familie McGee nicht behelligen. Gehen wir doch zu dem kleinen Park in der Stadt und . . .«
»Im Park darf nicht übernachtet werden«, fiel ihm McGee ins Wort. »Und außerdem ist dort eine automatische Beregnungsanlage installiert, die sich immer um Mitternacht einschaltet.« Mit höhnischem Lachen ging er ins Haus.
Eleanor begleitete die Jungen zur Scheune, rot vor Scham. »Es tut mir so leid«, stieß sie hervor. »Hört mal, wenn ihr länger bleiben wollt, dann bezahlt ihm nichts mehr. Ich habe ein wenig Geld und werde mich darum kümmern.«
»Ist schon gut«, sagte Justus. »Mach dir keine Sorgen.«
»Ich finde es schlimm, wenn er so auftritt«, sagte Eleanor verbittert. »Aber ich darf nichts dagegen sagen, weil . . . weil er und Tante Thalia für mich sorgen, seit ich acht war. Meine Eltern sind bei einem Autounfall ums Leben gekommen.«
Jeder der Jungen fragte sich insgeheim, was das wohl heißen mochte, daß McGee und seine Frau für Eleanor sorgten. Sie war sehr mager und sah gar nicht frisch und gesund aus.
»Tante Thalia ist die Schwester meiner Mutter«, fuhr sie fort. »Ich wäre in ein Heim gekommen, wenn Tante Thalia mich nicht aufgenommen hätte.«

Sie öffnete die Tür, und die Jungen folgten ihr ins staubige Dämmerlicht der Scheune. Sie sahen einen blitzblanken neuen Transporter und einen großen, chromglänzenden viertürigen Kombiwagen. Aber sie sahen auch das angehäufte Gerümpel aus vielen Jahren – Bündel vergilbter Zeitungen, Stapel alter Kartons und ein Sammelsurium von Werkzeugen, die auf einer Werkbank vor sich hin rosteten.
Über eine Leiter im Hintergrund war der Dachboden zu erreichen, und die Jungen stiegen in den schattigen, aber drückend heißen Raum unter dem Giebel hinauf. Es gab ein Fenster, doch das war blind vor Schmutz und Spinnweben. Als Justus es aufstieß, wehte kühle und frische Luft herein.
»Soll ich ein paar Handtücher besorgen?« rief Eleanor herauf.
»Es geht schon«, antwortete Peter. »Haben wir mitgebracht.«
Doch sie blieb am Fuß der Leiter stehen. Schließlich rief sie: »Ich gehe nachher zum Institut. Möchtet ihr mitkommen und die Tiere sehen?« Offenbar wollte sie einfach noch etwas Nettes sagen.
Justus beugte sich über den Rand des Dachbodens. »Kennst du den Archäologen, der die Knochen gefunden hat?«
»Dr. Brandon? Natürlich. Wollt ihr ihn kennenlernen? Das läßt sich einrichten, falls er im Haus ist.«
»Ich interessiere mich für ihn, seit ich von dem fossilen Skelett hörte«, bemerkte Justus. »Hat er schon eine Vermutung über das Alter der Knochen? Weiß er, wie sie in die Höhle kamen?«
Eleanor verzog das Gesicht. »Alles dreht sich um diesen Höhlenmenschen. Ich finde ihn ja ekelhaft. Muß wie ein Gorilla ausgesehen haben, nur kleiner.«
Mit einem Mal sah sie aus, als habe sie Angst. »Geht nicht in die Nähe der Höhle, wenn niemand dabei ist«, sagte sie warnend. »Onkel Nat hat hinter der Küchentür eine geladene Schrotflinte. Er sagt, der Höhlenmensch sei für ihn ein einträgliches Geschäft, und wenn ihm einer dazwischenfunkt, wird er ihm eine Schrotladung aufbrennen!«

»Meint er damit etwa den Archäologen?« fragte Justus.
»Ja. Und jeden, der sich an den Höhlenmenschen heranmacht. Ich habe Angst davor, daß etwas passiert – etwas wirklich Schlimmes!«

Eleanor, die Schwindlerin

Die Spicer-Stiftung befand sich in einem sehr geräumigen Haus auf einer Anhöhe an der Straße, einen Kilometer hinter McGees Anwesen. Kein Zaun umschloß die glatten grünen Rasenflächen, doch dafür gab es steinerne Torpfosten und ein Tor. Die Jungen gingen mit Eleanor die Zufahrt entlang. Sie öffnete die Haustür und trat ein, ohne anzuklopfen.
Eine Eingangsdiele gab es hier nicht. Eleanor und die Jungen standen gleich in einem großen Wohnraum. Dr. James Brandon schritt im Zimmer auf und ab, und er blieb ungehalten stehen, als Eleanor ihm die Jungen vorstellte.
»Ihr seid hier, um die Sensation zu begaffen«, äußerte er. Es klang wie eine Anschuldigung.
»Um den Höhlenmenschen zu sehen?« entgegnete Peter. »Ja, das haben wir vor.«
»Ihr und Heerscharen von Neugierigen«, sagte Brandon. Er nahm seine Wanderung wieder auf. »Sie werden alles niedertrampeln. Wenn es hier in den Bergen noch mehr fossile Knochen gibt, werden die dabei zerstört. Wenn ich ein Gewehr hätte . . .«
»Würden Sie sie alle umlegen«, ergänzte eine gelassene Stimme.
Die Jungen wandten sich um. Ein großer, sorgenvoll aussehender Mann war ins Zimmer getreten. Justus erkannte ihn sofort als den Mann, der an dem Abend, als Dr. Birkensteen starb, in die Klinik nach Rocky Beach gekommen war. Damals hatte er einen abgetragenen grauen Anzug angehabt.

Nun trug er verblichene Shorts und ein T-Shirt. Er setzte sich in einen Sessel beim Kamin und blickte auf seine knochigen Knie herunter.
»Dr. Terreano, Justus Jonas kennen Sie ja schon –« begann Eleanor Hess.
»Tatsächlich?« Terreano sah überrascht aus.
»Er hat mir beigestanden, als ich mit Dr. Birkensteen in Rocky Beach war«, erklärte Eleanor. »Er war in die Klinik mitgekommen, wissen Sie nicht mehr?«
»O ja, nun erinnere ich mich. Nett, dich wiederzusehen – und unter erfreulicheren Umständen.« Terreano lächelte und wirkte plötzlich viel jünger.
»Dr. Terreano ist auch Archäologe«, erklärte Eleanor. »Er schreibt zur Zeit ein Buch.«
Terreano lächelte. »Wir Forscher schreiben doch immerzu Bücher.«
»Ach ja!« sagte Justus schnell. »Ich weiß! Sie haben ›Der Feind aus der Urzeit‹ geschrieben!«
Terreano zog die Brauen hoch. »Das hast du gelesen?«
»Ja«, antwortete Justus. »Ich lieh es mir aus der Bibliothek. Es ist faszinierend, aber entmutigend. Wenn der Mensch schon immer das Bedürfnis hatte, seine Mitmenschen zu bekämpfen, und wenn er das auch in Zukunft nicht lassen wird . . .«
»Traurig, nicht wahr?« meinte Terreano. »Die Aggression ist uns angeboren. Sie ist eines unserer entscheidenden Merkmale, zusammen mit einem großen Gehirn und der Fähigkeit zum aufrechten Gang.«
»Ach, Unsinn!« rief Brandon. »Der Mensch ist nicht von Natur aus gewalttätig. Das legen Sie ganz falsch aus.«
»Meinen Sie?« Terreano blickte sich um. »Nehmen Sie doch zum Beispiel Abraham Spicer«, sagte er. »Spicer wollte der Menschheit helfen. Er hat diese Stiftung gegründet, eine wirklich edle Tat. Aber auch Spicer war ein Mörder. Er war Großwildjäger.«

Terreano zeigte auf den Kaminsims. Darüber hing der Kopf einer zierlichen Gazelle mit starren Glasaugen. An der Wand über niedrigen Bücherregalen prangten weitere Trophäen – die Köpfe eines Tigers, eines Pumas und eines riesigen Wasserbüffels. Auf dem Fußboden waren Bären-, Löwen- und Leopardenfelle ausgelegt.

»Wer statt eines Menschen ein wildes Tier tötet«, sagte Terreano, »kann den Kadaver mitnehmen und ausstopfen. Wir finden das normal. Aber es gab einmal eine Zeit, als es genauso üblich war, die Knochen eines Feindes zu zertrümmern und das Mark zu essen.«

»Da irren Sie sich aber gewaltig!« rief Brandon erregt.

»Sie regen sich immer mächtig auf, wenn wir uns über dieses Thema unterhalten«, bemerkte Terreano. »Schon das liefert mir gewissermaßen den Beweis, daß ich recht habe.«

Ein kleiner, kahlköpfiger Mann trat eilig ins Zimmer. »Sie reden wieder mal von Knochenmark?« sagte er. »Ich will das jetzt vor dem Mittagessen nicht hören.«

Eleanor stellte Dr. Elwood Hoffer vor. »Dr. Hoffer ist Immunologe«, erklärte sie den Jungen. »Er hat eine Menge weißer Mäuse, die wirklich ganz niedlich sind. Könnte ich Justus und seinen Freunden Ihre Mäuse zeigen?«

»Ja, aber faßt im Labor nichts an«, sagte Dr. Hoffer.

»Bestimmt nicht.«

Eleanor führte die Jungen über einen langen Flur, der quer zur Hausfront verlief.

»Die Arbeitsräume und Labors gehen alle von diesem Flur ab«, erläuterte Eleanor. »Dr. Hoffers Labor ist hier.«

Sie öffnete die nächste Tür. Zuerst ging es in einen kleinen Waschraum. Eleanor holte vier Mundschutzmasken. »Hier, die müßt ihr benutzen«, trug sie den Jungen auf. Sie legte selbst eine Maske an und zog ein Paar dicke Gummihandschuhe über.

Eine zweite Tür führte in einen großen, sonnendurchfluteten Raum. An den Wänden standen Dutzende von Käfigen in

Glasvitrinen, und kleine Tiere huschten in jedem Käfig hin und her.

»Geht nicht zu nahe heran und faßt nichts an«, ermahnte Eleanor die Jungen noch einmal. Sie machte sich ans Füttern der Mäuse und ging fürsorglich von Käfig zu Käfig.

»Diese Mäuse sind etwas ganz Besonderes«, sagte sie. »Dr. Hoffer hat ihre natürlichen Abwehrkräfte künstlich herabgesetzt, also dürfen sie sich nicht erkälten oder sonstige Infektionen bekommen. Deshalb müssen wir die Masken tragen. Manche Tiere verfügen über gar keine Abwehrkräfte gegen Infektionen.«

»Das hört sich ja betrüblich an«, fand Bob. »Sterben die Tiere nicht, wenn sie keine Abwehrkräfte haben?«

»Ja, leider gehen immer wieder Tiere ein«, berichtete Eleanor. »Aber Dr. Hoffer nimmt an, daß wir manche Krankheiten bekommen, eben weil wir unser Immunsystem haben! Unser Körper produziert spezielle Zellen, die Viren und Bakterien auffressen, aber manchmal können diese Zellen auch den eigenen Organismus schädigen. Möglicherweise bekommen wir aufgrund unserer Immunreaktion Arthritis oder Magengeschwüre oder sogar gewisse Formen psychischer Krankheiten.«

»Ach!« Peter sah richtig ängstlich aus.

»Aber ohne Abwehrkräfte würden wir Windpocken bekommen«, wandte Bob ein, »und . . . und Masern, und . . .«

»Das weiß ich«, sagte Eleanor. »Was Dr. Hoffer anstrebt, ist die Möglichkeit, das Immunsystem unter Kontrolle zu bringen, damit es uns zwar schützt, aber nicht schädigt.«

»Großartig!« kommentierte Justus. »Und Dr. Terreano schreibt ein neues Buch.«

»Dr. Brandon auch«, sagte Eleanor. »Über den – hm –, den er im Schrank in seinem Zimmer eingeschlossen hat.«

»Wie bitte?« fragte Bob. »Da ist jemand im Schrank eingeschlossen?«

»Es ist ein Skelett«, klärte ihn Eleanor auf. »Er hat die Knochen in Afrika gefunden und sie wie ein Puzzle zusammengesetzt, bis er ein ganzes Skelett beisammen hatte. Er macht an den Knochen Messungen und fotografiert sie und vergleicht die Ergebnisse mit den Daten in seinen Büchern.«

»Und mit dem fossilen Wesen in der Höhle möchte er ebenso vorgehen, nicht wahr?« fragte Justus.

»Ja.« Eleanor sah unglücklich aus. »Aber mein Onkel will es ja nicht zulassen.«

Nun war Eleanor mit der Fütterung der Mäuse fertig. Alle vier gingen in den Waschraum zurück, wo das Mädchen Mundschutz und Handschuhe abnahm und sie in einen Deckelkorb beim Spültisch warf. Die Jungen legten ihren Mundschutz auch hinein, und dann gingen sie alle in den Flur zurück.

»Und jetzt bekommt ihr die Schimpansen zu sehen!« kündigte Eleanor an.

Das Labor, in dem Dr. Birkensteen gearbeitet hatte, lag am Ende des Flurs. Es war größer als Hoffers Labor. Die beiden Schimpansen, die hier lebten, teilten sich einen Käfig beim Fenster. Darin gab es Spielzeug und Bälle und eine kleine Wandtafel, worauf die Affen mit Kreide kritzeln konnten.

Die Tiere kreischten freudig bei Eleanors Anblick, und der größere streckte die Arme aus.

»Hallo, ihr beiden!« sagte das Mädchen. Sie öffnete die Käfigtür, und der größere Schimpanse kam heraus und faßte ihre Hand.

»Na, geht's dir gut?« begrüßte ihn Eleanor. »Hast du heute nacht gut geschlafen?«

Der Affe schloß kurz die Augen und legte den Kopf schräg. Dann wies er auf die Uhr an der Wand und malte mit einem Finger Kreise in die Luft.

»Ah, du hast lange geschlafen?« fragte Eleanor.

Der Affe hüpfte auf und nieder und klatschte in die Hände.

Nun kam auch der zweite Affe aus dem Käfig und kletterte auf einen der Tische im Raum.

»Vorsicht!« warnte Eleanor.
Das Tier schaute begehrlich zu einem Wandbrett mit Behältern voller Chemikalien hin.
»Nein, nein! Nichts anfassen!« mahnte Eleanor. Sie wandtc sich den Jungen zu und lachte. »Die Schimpansen sind wie Kinder. Sie möchten alles haben und damit spielen.«
Der Affe wandte sich von dem Wandbrett ab, nahm einen leeren Becher vom Tisch, kletterte auf den Boden hinunter und begann, den Becher als Spielzeug umherzurollen. Eleanor holte Obst und Milch aus einem Kühlschrank, Getreideflokken und Näpfe aus einem Wandschrank.
»Die Tiere verstehen dich, nicht wahr?« fragte Justus, während sie Flocken in die Schüssel schüttete.
»Ja. Und sie können sich mit Zeichen verständlich machen und sogar schwierige Dinge ausdrücken. Dr. Birkensteen behauptete immer, man könne sich mit ihnen so gut verständigen wie mit Kindern im Vorschulalter. Ich beherrsche die Zeichensprache nicht gut, also kann ich das nicht beurteilen, aber ich finde sie spaßig und niedlich, und sie teilen mir ganz deutlich mit, was sie wollen.«
»Und was wird nun aus ihnen?« erkundigte sich Bob.
Eleanor seufzte. »Ich weiß es nicht. Der Vorstand hat im nächsten Monat eine Sitzung. Wahrscheinlich wird dann entschieden, was mit den Tieren geschieht. Die Stiftung hat sie für Dr. Birkensteen gekauft – die hier und noch viele andere. Die meisten sind mittlerweile eingegangen.«
Eleanor stellte Näpfe mit Flocken und Teller mit Obst auf einen niedrigen Tisch, und die Affen kletterten auf kleine Stühle und aßen. Als sie fertig waren, wollte sie Eleanor wieder in den Käfig zurückschicken. Da erhoben beide Affen ein Protestgeschrei und klammerten sich an ihr fest.
»Ist schon gut«, tröstete sie ihre Schützlinge. »Ich komme ja bald wieder. Macht nicht so ein Theater.«
Die Jungen schauten zu, und Justus erkannte, daß er hier zum ersten Mal Eleanor bei einer Tätigkeit beobachten konnte,

bei der sie sich sicher fühlte. Jedenfalls sah sie hier zufriedener aus als im vernachlässigten Haus der McGees.
»Dr. Birkensteen fehlt ihnen«, sagte sie dann. »Ich vermisse ihn auch. Er war sehr nett, auch wenn es ihm nicht gut ging.«
»War er denn schon länger krank?« fragte Justus. »Mir kam es eher so vor, als sei der Zusammenbruch in Rocky Beach ganz unerwartet gekommen.«
»Stimmt«, entgegnete Eleanor, »aber schon einige Zeit vorher wirkte er stark verändert. Er schlief manchmal im Sitzen ein. Manchmal döste er, wenn die Affen nicht im Käfig waren, und dann tobten sie hier herum und stellten den ganzen Raum auf den Kopf. An dem Tag, als er dann . . . starb, ging ich mit ihm, weil ich ihn nicht allein gehen lassen wollte.«
»Warum wollte er übrigens an jenem Tag nach Rocky Beach?« erkundigte sich Justus, im Grunde nur, um etwas zu sagen. Doch plötzlich wurde Eleanor rot.
»Er war . . . war . . . ich weiß eigentlich nicht.« Sie wandte den Blick ab und ging unvermittelt zur Tür.
Peter und Justus sahen einander an, als sie den Raum verließ.
»Was ist denn nun schon wieder?« meinte Peter leise. »Hast du etwas Falsches gesagt?«
Justus runzelte die Stirn. »Sie sagt nicht die Wahrheit. Sie schwindelt. Man merkt es ihr ganz deutlich an. Aber warum sollte sie lügen? Was hat sie zu verheimlichen?«

Ihr werdet hier feststellen: Es ist gar nicht einfach, diesmal hinter mögliche Zusammenhänge zu kommen. Noch niemals reichte ein Fall für die drei ??? in solche Zeiträume – zurück zum Auftreten der ersten Hominiden und vorwärts in die beängstigende Zukunft der Gen-Manipulation. Ja, und worin besteht dieser »Fall für drei ???« nun? Auch der Erste Detektiv beendet dieses Kapitel vorläufig mit – Fragezeichen.

Besuch bei einem Toten

Die Forscher waren schon weggegangen, als Eleanor und die Jungen in den Aufenthaltsraum zurückkehrten. Eine mollige Frau strich gerade die Sofakissen glatt, und ein dunkelhaariger junger Mann putzte die Scheiben der Glastüren zur Terrasse und zum Schwimmbad.

Justus erkannte die Frau an der Stimme wieder. Es war Mrs. Collinwood, die an dem Tag, als Dr. Birkensteen starb, zu Eleanor nach Rocky Beach gekommen war. Sie trug jetzt statt der roten eine aschblonde Perücke, aber die Augen waren ebenso heftig geschminkt. Eleanor machte sie mit den Jungen bekannt.

»Ach ja!« sagte die Frau, als sie Justus die Hand gab. »Ich weiß. Du bist der nette junge Mann, der sich so freundlich um Eleanor kümmerte. Schon damals fand ich, daß du meinem lieben Charles ähnlich bist. Charles Collinwood. Mein letzter Ehemann, und der netteste von allen . . .«

Mrs. Collinwood war eine Plaudertasche, und die Jungen mußten feststellen, daß sie bereits in voller Fahrt war. Sie konnten nichts dagegen tun und mußten den Redeschwall stumm über sich ergehen lassen.

Mrs. Collinwood erzählte ganz glücklich von ihrem ersten Mann, einem Versicherungsvertreter, ihrem zweiten Mann, der Filmdrehbücher geschrieben hatte, und über ihren Lieblingsmann Charles, der Tierarzt gewesen war.

»Eigentlich waren sie alle drei liebe Menschen«, berichtete Mrs. Collinwood. »Sie sind alle jung gestorben. Sehr traurig. Dann kam ich hierher ans Institut, als Hausmeisterin. Die Wissenschaftler machten mir zuerst Angst. So ernst, und immer in Gedanken. Wenn man sie aber näher kennenlernt, sind sie ganz normale Leute. Der gute Dr. Terreano spricht immer davon, wie gewalttätig die Menschen sind, doch er selbst ist so weichherzig, daß er nicht mal 'ner Fliege was zuleide tun würde. Dr. Brandon hingegen behauptet steif und fest, der Mensch sei von Hause aus nicht aggressiv, und doch gerät gerade er manchmal so sehr in Wut. Er sollte nicht so oft mit deinem Onkel Nat zusammenkommen, Eleanor. Sie geraten doch jedesmal aneinander.«

»Ich weiß«, bekannte Eleanor kleinlaut.

Dann zog Mrs. Collinwood ab, und der junge Mann, der beim Fensterputzen war, ließ seine Bürste in den Wassereimer fallen.

»Machst du eine Führung mit deinen Freunden?« fragte er Eleanor.

Die schnippische Bemerkung paßte ihr gar nicht, aber sie machte sie gegenseitig bekannt. »Das ist Frank«, sagte sie. »Frank DiStefano. Er ist bei der Stiftung als Hilfskraft angestellt, wie ich auch.«

Der junge Mann grinste. »Hallo. Freut mich, dich zu sehen, Ellie. Wegen gestern abend tut's mir leid. Ich hatte eine Reifenpanne und das hielt mich so lange auf . . . Es war dann so spät geworden, daß ich mir dachte, nun würdest du nicht mehr warten.«

»Es ist nicht so wichtig«, sagte Eleanor. Sie führte die Jungen in die Bibliothek, die an den Aufenthaltsraum angrenzte, und dann durch einen kleinen Vorplatz zum Hinterausgang des Instituts.

Der Stall lag etwa fünfzig Meter vom Haus entfernt. Eleanor ging wortlos darauf zu. Aber als sie dann bei Bella war, dem Pferd, das Dr. Birkensteen unterrichtet hatte, hob sich ihre Stimmung, und sie sah wieder zufriedener aus. Sie sprach auf die Stute ein und tätschelte sie, und stolz führte sie den Jungen vor, wie Bella rechnen konnte. Sie legte vier Äpfel auf das Geländer der Box.

»Wie viele?« fragte sie.

Das Pferd scharrte viermal mit dem Huf.

»Na, großartig!« Eleanor klatschte Beifall und gab Bella die Äpfel zu fressen.

Die Jungen verabschiedeten sich im Stall von Eleanor und

gingen zurück in die Stadt, um etwas zu essen. In der Innenstadt herrschte Hochbetrieb. Die Jungen beschlossen, sich einen Dinosaurier-Burger zu genehmigen, aber sie mußten fast eine Stunde warten, bis sie in der Imbißstube zu ihrem Mittagessen kamen.

Später schlenderten sie durch die Straßen, beobachteten das Menschengewimmel und sahen sich an, was die Ladenbesitzer alles unternommen hatten, um die Eröffnung der Höhle am nächsten Tag gebührend zu würdigen. Mehrere Schaufenster waren mit Kreidezeichnungen von Höhlenmenschen in Tierfellen und mit Faustkeilen und Keulen dekoriert. Auf einem Bild zerrte ein Höhlenmann eine entzückte Höhlenfrau am Haar hinter sich her. Einige Ladenfronten waren mit bunten Girlanden geschmückt. In dem kleinen Park, in dem am nächsten Tag die Eröffnungsfeier für das Höhlenmuseum stattfinden würde, hängten Frauen Papierlampions in die Bäume, während ein Mann den altertümlichen Musikpavillon mit einem neuen weißen Anstrich versah. Ein Eisverkäufer machte glänzende Umsätze mit seinem Wagen, den er bei dem alten Bahnhof aufgestellt hatte.

Darauf kehrten die Jungen zu der Wiese hinter Nat McGees Haus zurück. Auch hier herrschte geschäftiger Betrieb. Ein großer, hagerer Mann in verwaschener Arbeitskleidung hob gerade einen Werkzeugkasten in einen Transporter und knurrte unwirsch vor sich hin.

»Nicht recht«, erklärte er. »Ist überhaupt nicht recht. Es wird ihnen noch leid tun. Warten wir's nur ab.«

Die Jungen traten näher heran. Sie sahen in dem Transporter Einbauschränke, einen kleinen Gasherd und einen Mini-Kühlschrank. Es gab auch ein sauber gemachtes Bett, und die Jungen fragten sich, ob dieser sonderbare Zeitgenosse wohl in dem Wagen wohnte.

Der Mann sah finster zu ihnen herüber. »Es würde euch an meiner Stelle auch nicht gefallen!« behauptete er.

Und da begann jemand zu rufen.

»Sie sind nicht bei Trost!« Das war Dr. James Brandon. Er stand vor dem fensterlosen Holzbau, der als Museum am Berghang errichtet worden war.
»Machen Sie, daß Sie hier wegkommen!« brüllte Nat McGee von der Eingangstür des Museums herüber. Er hielt eine Schrotflinte in den Händen.
Brandon wich vor Nat zurück und ballte die Fäuste. »Wie kann man nur so borniert und so unverschämt sein?« schrie er McGee an. »Dieser Fund ist nicht Ihr Privateigentum, ebensowenig wie der Regen oder die Sonne. Wie kommen Sie dazu, dieses prähistorische Skelett mit Ihren Kinkerlitzchen zur Schau zu stellen?«
»Sie sind ohne meine Genehmigung hier eingedrungen«, wehrte sich McGee. »Machen Sie, daß Sie fortkommen, und wenn Sie den Höhlenmenschen sehen wollen, dann kommen Sie morgen wieder her und zahlen Sie fünf Dollar wie jeder andere auch!«
Brandon stieß einen zornigen Laut aus, machte kehrt und stapfte davon.
McGee grinste. »War nur eine kleine Meinungsverschiedenheit«, erklärte er den Jungen, die herangetreten waren.
»Es ist nicht recht!« brummelte der Mann mit dem Transporter.
»Keiner hat dich gefragt, ob es recht ist oder nicht«, herrschte McGee ihn an. »Es geht dich gar nichts an. Sagt mal, ihr Jungen, wollt ihr hereinkommen und einen kleinen Vorgeschmack erleben? Meinen Höhlenmenschen ansehen und das Museum, das ich für ihn gebaut habe?«
Er drehte sich um und betrat wieder das Gebäude, und die drei ??? folgten ihm neugierig. Als sie über die Schwelle traten, blieben sie jedoch verdutzt stehen und rissen die Augen auf. Nat McGee hatte die Wände seines Museums mit Großfotos tapeziert – Fotos von Knochen und Totenschädeln. Zwischen diesen eher düsteren Motiven waren Farbposter von interessanten und bekannten Ferienzielen aufgehängt: die

Geysire von Lassen; die Wasserfälle von Yosemite, wie sie die Klippen herabrauschten; die Küste von Big Sur mit tosender Brandung.

Auf Tischen in der Mitte des Raumes standen Modelle der kalifornischen Landschaft in verschiedenen Stadien ihrer geologischen Entwicklung. Auf einem Modell bedeckte ein Gletscher fast den ganzen Staat. Auf einem anderen hatte sich das Eis zurückgezogen und zahlreiche tiefe Täler und Seen hinterlassen. Es gab auch ein Modell eines Indianerlagers mit halbnackten Figürchen, die vor Feuern hockten und Maiskolben rösteten, und ein Modell einer Gruppe von Urmenschen, die ein riesiges Mammut angriffen.

»Macht sich gut, nicht wahr?« meinte McGee. »Freilich ist das hier alles Dekoration. Die wahre Attraktion ist dort drüben.«

Gegenüber dem Eingang führten vier Stufen zu einem kleinen Podest hinauf. Dahinter sah man das nackte Erdreich des Berghangs und die Öffnung der Höhle. Lampen erleuchteten den Höhleneingang.

Justus, Bob und Peter durchschritten den Raum und gingen die Stufen hinauf. Und nun sahen sie den Höhlenmenschen.

Justus zog scharf den Atem ein, und Bob überlief ein Schauder.

Das Skelett war nur zum Teil erhalten. Am Schädel fehlte fast nichts; er sah braun und häßlich aus. Die leeren Augenhöhlen und der entblößte Oberkiefer bildeten eine abstoßende Grimasse. Der Unterkiefer war nicht vorhanden. Einige Rippen ragten aus dem Erdreich hervor, darunter befanden sich Teile eines Beckens und ein paar Beinknochen. Die kleinen Knochen einer Hand lagen ganz nah bei der Höhlenöffnung, als wollten sie nach etwas greifen.

McGee hatte in der Decke der Höhle Lampen einrichten lassen, und auf dem Boden neben dem Schädel leuchtete ein künstliches Lagerfeuer. Im Hintergrund lagen eine zusammengefaltete Navajo-Decke und ein ebenfalls indianischer, geflochtener Weidenkorb.

Die Jungen konnten Brandons Empörung sogleich verstehen. Die kitschige Ausstattung der Höhle war schlimm genug. Aber viel schlimmer waren die Fußabdrücke rings um die Fundstelle. Die kostbaren Gebeine wären um ein Haar zertrampelt worden, als hier Licht und künstliches Feuer eingerichtet wurden.
»Ich wollte unten noch ein Paar Mokassins hinlegen, an die Stelle, wo die Füße sein müßten, wenn er Füße hätte«, sagte McGee. »Das würde dann so aussehen, als habe er sie gerade abgestreift und sich zum Schlafen niedergelegt. Ich fand es dann aber zuviel des Guten.«
Bob mußte an sich halten, um nicht loszuprusten.
»Die trugen damals wahrscheinlich noch keine Schuhe – und auch sonst nichts, oder was meint ihr?« fragte McGee.
Die Jungen zogen es vor, nicht zu antworten. Sie machten wieder kehrt und wandten sich zum Ausgang, vorbei an einem Schaukasten voll glänzender Schlüsselanhänger mit Plastikfigürchen des Höhlenmenschen. Außerdem gab es auch T-Shirts mit dem Aufdruck »Citrus Grove, Wiege der Menschheit« zu kaufen.
»Es ist alles fertig«, sagte Nat McGee. Er schaltete die Lichter aus und schloß die Tür ab. »Zigeuner-John wird heute abend hier Wache halten, damit niemand einbrechen und Schaden anrichten kann.«
»Zigeuner-John?« fragte Justus.
McGee sah zu dem hageren Mann hinüber, der nun im Wagen auf seinem Bett saß.
»Das ist er. Wir nennen ihn Zigeuner-John, weil er in diesem Wagen wohnt statt in einem richtigen Haus.«
McGee stapfte auf sein Haus zu, und John stieg aus dem Wagen.
»Na schön«, sagte er. »Er will, daß ich hier Wache halte, und das tu' ich auch. Aber der Tote da drinnen wird den Rummel nicht mögen. Ich hätte das auch nicht gern, wenn Leute ankämen und meine alten Knochen anstarrten.«

»Aber er merkt es doch nicht«, wandte Peter ein. »Er ist doch längst tot, oder nicht? Tote erfahren es nicht, wenn andere sie anschauen.«
»Bist du da ganz sicher?« fragte Zigeuner-John.

Nächtliche Störung

Das Abendessen bestand wiederum aus Hamburgern in der Imbißstube. Hinterher kauften sich die Jungen an dem Wagen beim Bahnhof ein Eis. Dann zogen sie sich auf ihren Heuboden zurück und lagen da und schauten durchs Fenster, während die Sonne verschwand und der Mond erschien. Die Luft war kühl geworden. Nebelschleier wehten über die Wiese, und die Sterne blinkten. Schließlich krochen die Jungen in ihre Schlafsäcke und legten sich zur Ruhe.
Irgendwann in der Kühle der Nacht wachte Justus auf und hörte, wie eine Tür aufging. Da war jemand in die Scheune getreten – und er winselte wie ein verängstigtes Tier.
Justus richtete sich auf und horchte.
Das Winseln hörte kurz auf, dann kam es wieder.
Peter regte sich auch und setzte sich auf. »Was ist denn das?« flüsterte er.
Justus kroch zur Leiter vor und spähte in die Finsternis da unten.
»He, ihr drei«, drang eine heisere Stimme zu ihnen. »Seid ihr's?« Es war Zigeuner-John. Kaum hatte er gesprochen, als er im Dunkeln irgendwo anstieß und hinfiel.
Bob schrie erschrocken auf, und Peter tastete nach der Taschenlampe, die er neben den Schlafsack gelegt hatte. Damit kroch er zur Leiter hin und richtete den Lichtstrahl auf den Scheunenboden.
Zigeuner-John war über einen Karton mit leeren Blechdosen gestolpert. Nun rappelte er sich mühsam auf und blinzelte ins

Licht hinauf. »Seid ihr das?« rief er mit angstvoller Stimme. »Antwortet doch! Was ist denn los?«
»Ja, wir sind's«, erwiderte Justus, und die drei ??? stiegen die Leiter hinunter. John lehnte an der Stoßstange von Nats Lastwagen und zitterte wie Espenlaub.
»Was gibt es denn?« fragte Justus.
»Der . . . der Tote!« stieß Zigeuner-John hervor. »Ich sagte doch, daß er den Rummel nicht haben will! Sagte ich zu euch! Oder etwa nicht?«
»Ja, aber was ist nun?« wollte Peter wissen. »Was ist passiert?«
»Er ist aufgestanden und weggegangen«, erklärte Zigeuner-John. »Geschieht dem alten Nat ganz recht, wenn er morgen kommt und die Knochen nicht mehr da sind! Er wird behaupten, ich hätte sie fortgeschafft, aber da täuscht er sich. Der Kerl ging auf seinen eigenen Füßen weg! Ich hab' es genau gesehen!«
Das Scheunentor war offen, und die Jungen schauten hinaus zum Hang und zu dem kleinen Museum. Das Gebäude war im Mondlicht klar zu erkennen. Die Tür war allem Anschein nach verschlossen.
»Vielleicht haben Sie schlecht geträumt«, meinte Bob mitfühlend.
»Nein.« Der Mann schüttelte den Kopf. »Ich war in meinem Wagen, und da hörte ich eine Tür aufgehen. Ich schaute hinaus, und da war der Höhlenmensch. Er hatte ein Tierfell umgehängt. Und ich konnte seine Augen sehen. Das war schrecklich – sie blickten starr geradeaus und leuchteten. Und sein Haar – das war lang und zottig. So lief er an mir vorbei und verschwand über die Wiese.«
Zigeuner-John schloß die Augen, als wolle er die Erinnerung an den fürchterlichen Anblick auslöschen.
»Wir gehen mal hin und sehen nach«, entschied Justus.
Sie blieben dicht beisammen, als fürchteten sie, der Urmensch in der Höhle könne sich tatsächlich erheben, seine

ursprüngliche Gestalt annehmen, sich Tierfelle umhängen und über die Felder flüchten.

Doch die Tür zum Museum war verschlossen. Als Justus am Knauf rüttelte, erschien Nat McGee auf seiner Veranda.

»Was ist denn los?« schrie er. »Was treibt ihr da?«

»Nur nachsehen«, rief Justus. »Da war eine Störung, und Ihr . . . Ihr Wachmann sah jemand über die Wiese weggehen.«

Thalia McGee zeigte sich auch auf der Veranda, und Nat kam herunter und schlurfte über die Wiese zum Museum.

»Was ist passiert?« fragte er Zigeuner-John. »War der verrückte Brandon hier, der Schnüffler?«

»Es war der Höhlenmensch«, sagte Zigeuner-John. »Er ist fortgegangen!«

»Was?« McGee starrte ihn entgeistert an. Dann rief er laut: »Thalia! Bring mir meine Schlüssel!«

Thalia McGee kam mit den Schlüsseln angelaufen, und McGee öffnete die Tür zum Museum und knipste die Beleuchtung an. Er schritt durch den Raum nach hinten, vorbei an den Schaukästen, den Modellen und den Großfotos. Dann ging auch im Höhlenraum das Licht an, und McGee schaute zu seinem Schatz hinein.

Auch die Jungen sahen neugierig hin. Der Schädel schien sie aus leeren Augenhöhlen anzustarren und die Zähne zu blekken. Aus der glattgestrichenen Erde ragten die Rippen heraus, und eine Hand schien sich zu krümmen . . .

McGee wandte sich an Zigeuner-John. »Du spinnst ja!« sagte er. »Das Gerippe ist doch da. Was ist denn los mit dir?«

»Er ging aber weg!« behauptete der andere steif und fest. »Ich hab' ihn weggehen sehen. Er hatte ein Fell um, wie die Mexikaner ihren Poncho. Und er hatte Haare! Er war lebendig!«

»Ach, hör auf!« fuhr ihn McGee an. »Willst du die ganze Stadt aufwecken?«

Er schaltete die Höhlenbeleuchtung aus und trat ins Freie. Die anderen folgten ihm.

»Lebendig geworden und weggegangen – nicht zu fassen!«

McGee stieß einen verächtlichen Laut aus, schloß die Museumstür ab und ging zu seinem Haus zurück. Eleanor wartete am Fuß der Verandatreppe.
»Geh ins Haus, Eleanor«, befahl McGee. »Es war nichts. John, der Spinner, hat was gesehen.«
Er wandte sich noch einmal um. »John, hübsch wach bleiben. Ich bezahle dich nicht fürs Schlafen, hörst du?«
Er und Eleanor verschwanden im Haus. Zigeuner-John murmelte etwas vor sich hin und trug einen Klappstuhl aus dem Wagen her. Diesen stellte er zwischen dem Wagen und dem Museum auf. Dann holte er noch eine Schrotflinte aus dem Wagen und ließ sich damit nieder.
Die drei ??? gingen zum Heuboden zurück.
»Der hat bestimmt geträumt«, sagte Peter leise.
»Der Bursche scheint nicht gerade ein Kirchenlicht zu sein«, bemerkte Bob.
»Nein«, pflichtete Justus bei, »aber heißt das gleich, daß er Dinge sieht, die gar nicht da sind?«
»Nein. Allerdings kann es jedem passieren, daß er etwas träumt und dann nicht klar unterscheiden kann, was sich wirklich ereignet und was nicht«, sagte Bob.
»Er war felsenfest überzeugt«, meinte Justus.
»Und die Tür? Die war doch abgeschlossen«, wandte Peter ein.
»Es kann ja jemand noch einen Schlüssel haben«, sagte Justus. Er setzte sich im Schlafsack auf und schaute zum Fenster hinaus. Die Bäume hinter der Wiese hoben sich tiefschwarz gegen den Nachthimmel ab, aber das taubedeckte Gras schimmerte wie Silber. Und eine Reihe dunklerer Flekken zog sich über diese silbrige Fläche – eine Fußspur, die im Schatten unter den Bäumen endete.
War dort jemand gegangen und hatte Grashalme und Tautropfen zertreten?
Justus wollte gerade aufstehen. Da sah er, wie Zigeuner-John sich erhob und über die Wiese hinschaute. John hielt seine

Flinte schußbereit im Arm, und den Kopf hatte er schräggelegt, als horche er gespannt.
Nach etwa zwei Minuten ging er zu seinem Wagen und nahm eine Decke von seinem Bett. Diese legte er um und setzte sich wieder auf den Stuhl.
»Vielleicht war es wirklich ein Traum«, sagte Justus leise. »Aber Zigeuner-John glaubt, es sei der Höhlenmensch gewesen, und bestimmt hat er Angst.«
Peter sah skeptisch durchs Fenster auf die mondbeschienene Wiese hinaus. »Ich mache ihm keinen Vorwurf«, meinte er. »Wenn ich nachts einen Höhlenmenschen umherwandern sähe, hätte ich schreckliche Angst!«

Man muß zugeben: Diese nächtliche Störung ist nichts Alltägliches (beziehungsweise Allnächtliches). Wer könnte welches Interesse daran haben, in der Maske eines Höhlenmenschen Furcht und Schrecken zu verbreiten? Übrigens: Beim Stichwort „Tierfell“ gäbe es etwas zu überlegen (wobei ich ***nicht*** *die Frage meine, ob Urmenschen sich zu bekleiden pflegten oder nicht . . .).*

Es tut sich was in Citrus Grove

Am Samstag früh war Justus als erster wach und vor der Scheune. Im hellen Sonnenlicht sah der Wald überhaupt nicht dunkel und geheimnisvoll aus. Justus schritt über die Wiese darauf zu. Er ging langsam und hielt den Blick gesenkt, aber er konnte keinen einzigen Fußabdruck entdecken. Die dunklen Flecken, die er in der Nacht auf dem Gras gesehen hatte, waren nach dem Verdunsten des Taus verschwunden.
Er war vielleicht dreißig Meter weit gekommen, als er eine

Stelle entdeckte, wo das Gras nur spärlich wuchs und die dunkle Erde unter dem Grün sichtbar wurde. Justus kniete hin. Plötzlich war er ganz aufgeregt.
Er kniete noch immer und betrachtete den Boden, als Peter hinzutrat.
»Was gibt's?« fragte Peter. »Hast du was gefunden?«
»Einen Fußabdruck«, antwortete Justus. »Vor kurzer Zeit ist jemand über diese Wiese gegangen – und zwar barfuß!«
Peter kauerte sich nieder, um sich den Abdruck genauer anzusehen. Dann stand er auf und sah zum Wald hinüber. Er war ganz blaß geworden.
»Barfuß?« wiederholte er. »Hier – in diesem Gelände? Soll das heißen, daß Zigeuner-John tatsächlich etwas gesehen hat?« Er blickte ringsumher.
Justus ging wortlos weiter, auf den Wald zu. Peter faßte sich ein Herz und folgte ihm. Sie waren darauf vorbereitet, noch mehr Spuren desjenigen zu finden, der vor ihnen hier gegangen war, aber das Gras war überall lang und dicht, und sie kamen beim Waldrand an, ohne einen weiteren Abdruck gesehen zu haben.
Zwischen den Bäumen war ein Fußpfad zu erkennen, doch hier war der Boden ganz mit Kiefernnadeln bestreut.
»Hier bleiben Fußabdrücke nicht erhalten«, sagte Justus, »aber vielleicht dort drüben . . .«
»Halt, warte mal!« rief Peter. »Du willst doch nicht etwa da reingehen? Es könnte ja noch einer da sein und . . . und überhaupt, wenn wir Frühstück wollen, machen wir uns lieber auf den Weg. In der Gaststätte wird wieder ein gewaltiger Andrang sein. Komm schon, sonst verhungern wir hier noch.«
»Aber Peter, das könnte doch wichtig sein!« erhob Justus Einspruch.
»Für wen denn?« gab Peter zurück. »Los, komm schon, Justus. Den Wald können wir später immer noch durchsuchen.«
Widerstrebend ließ sich Justus überreden. Er und Peter gin-

gen zur Scheune zurück. Bob kam aus dem Tor, als sie anlangten. Und genau in diesem Augenblick erschien Nat McGee auf seiner hinteren Veranda.
»Morgen!« begrüßte Nat die Jungen. »Herrlicher Tag heute, wie? Goldrichtig zur Eröffnung meines Museums.« Er lächelte befriedigt.
»He, John!« rief er dann laut. Zigeuner-John kam mit einer Schale Cornflakes aus seinem Wohnwagen. »Hast du heute nacht noch mehr Höhlenmenschen gesehen?« Nat kicherte, aber sein Wachmann zog ein finsteres Gesicht.
»Einen hab' ich gesehen, und mir reicht's«, sagte John und zog sich wieder in seinen Wagen zurück.
Ungerührt rief Nat hinter ihm her: »Daß du mir aber dableibst, John! Nach dem Frühstück brauche ich dich, wir müssen im Museum noch etwas richten. Und dann mußt du hier das Gelände bewachen, während im Park die Eröffnungsfeier stattfindet.«
Nat ging ins Haus zurück, und die drei Jungen machten sich zum Frühstück auf. Auch diesmal wartete schon eine ganze Schar Leute bei der Imbißstube, und als die Jungen endlich einen Platz erobert hatten, waren sie völlig ausgehungert.
Während die Kellnerin ihre Wünsche notierte, hörten die Jungen die blechernen Klänge eines Blasmusik-Marsches. Sie schauten an den Fußgängern und parkenden Autos vorbei. Gegenüber im Park probte eine Gruppe jugendlicher Musikanten.
»Das ist sicher das hiesige Schulorchester«, war Bobs Vermutung.
Als sich das Gedränge auf dem Gehweg für kurze Zeit lichtete, konnten Justus und seine Freunde die prächtigen Uniformen der Kapelle in Rot, Weiß und Gold sehen. Ein Aufnahmewagen vom Fernsehen war am anderen Ende des Parks angefahren, und ein Mann in kurzärmeligem Hemd machte sich an dem Mikrofon auf dem Orchesterpodium zu schaffen.
Die Jungen fingen gerade an zu essen, als Dr. Terreano das

Lokal betrat, gefolgt von dem Immunologen Hoffer, der in ein Taschentuch nieste. Die beiden Männer schauten sich im Raum um, und Terreano entdeckte Justus und lächelte herüber.
»Ist hier noch Platz für die beiden?« fragte Justus seine Freunde.
»Klar«, sagte Peter. »Sie können sich doch zu uns setzen.«
Justus ging zum Eingang vor und brachte seinen Vorschlag an, und dieser kam den zwei Wissenschaftlern sehr gelegen. Zusammen gingen sie zum Tisch.
»Sehr nett von euch«, sagte Terreano, als er sich hinsetzte. Sein schmales, melancholisches Gesicht trug einen ergebenen Ausdruck. »Diese Stadt ist ein Irrenhaus. Vermutlich wird das den ganzen Sommer über so bleiben, bis all die Touristen wieder weggefahren sind.«
Terreano spielte mit seinem Messer. »Normalerweise frühstücken wir im Institut, aber James Brandon ist heute kein sehr angenehmer Gesellschafter. Nun, ich kann es ihm nicht verdenken. Das alles hat ihn doch sehr mitgenommen.«
Elwood Hoffer nieste und lächelte mühsam. »Heuschnupfen«, erklärte er den Jungen. Dann wandte er sich an Dr. Terreano. »Ihre Sympathie für Brandon ehrt Sie, Phil, aber ich finde nun mal, er hätte Sie nicht unbedingt einen verkalkten Reaktionär nennen müssen.«
»Brandon ist sehr reizbar«, sagte Terreano mitfühlend. »Und zur Zeit ist es für ihn besonders schwierig. Man muß sich das vorstellen: Er findet ein fast völlig erhaltenes fossiles Skelett, und dann kann er es nicht eingehend untersuchen. Dabei möchte er dringend feststellen, ob der Fund vielleicht unsere Vermutungen über den Ursprung der Menschheit widerlegt. Nicht daß ich glaube, daß es dazu kommen wird – ich nehme an, der kleine Hominid in der Höhle führt wieder einmal in eine jener evolutionären Sackgassen –, aber Brandon hat ihn entdeckt, und er sollte die Gelegenheit haben, ihn zu untersuchen. Ich wäre auch verärgert, wenn ich einen vielleicht

bedeutsamen Fund machte und sich die Dinge dann so entwickelten.«
»Was wollte denn Dr. Brandon mit dem Gerippe anstellen?« erkundigte sich Bob. »Ich hörte da von der Radiokarbon-Methode.«
»Die würde wahrscheinlich in diesem Fall nichts bringen«, sagte Terreano. »Für dieses Verfahren zur Altersbestimmung mißt man den Gehalt an Kohlenstoff des Atomgewichts 14 in dem zu untersuchenden Stück. Dieses ^{14}C oder Radiokarbon ist ein radioaktives Element, das langsam zerfällt, und 5700 Jahre nach dem Absterben einer Pflanze oder dem Tod eines Tieres enthält es noch genau die Hälfte der ursprünglich vorhandenen Radiokarbon-Atome. Man nennt das die Halbwertzeit. Weitere 5700 Jahre später enthält das Fundstück noch ein Viertel des Radiokarbons, und so weiter. Nach vierzigtausend Jahren wäre dann der Gehalt an Radiokarbon zu gering, um noch Schlüsse über das Alter zuzulassen.«
Bob war sehr erstaunt. »Und Sie glauben, der Höhlenmensch ist älter als vierzigtausend Jahre?«
»Es würde mich nicht wundern«, sagte Terreano. »Allerdings ist dieses Verfahren nicht der einzige Weg, um festzustellen, wie alt organische Substanz sein könnte. Dazu gibt es noch andere Methoden, und man hat auch verschiedene Kriterien, um zu beurteilen, wie menschenähnlich ein fossiles Wesen sein könnte. Wir Forscher haben damit ständig Probleme, denn niemand kann mit absoluter Sicherheit sagen, welche Merkmale den Menschen ausmachen. Ist es der aufrechte Gang oder die Größe des Gehirns im Vergleich zum Körper, oder sind es die Zähne . . .«
»Zähne?« wiederholte Bob. »Was läßt sich darüber sagen?«
»Die Zähne sind im menschlichen Kiefer in einem Kreisbogen angeordnet«, sagte Terreano. »Die Zähne anderer Primaten, also Menschenaffen wie Orang-Utan und Schimpanse, stehen in U-Form mit zwei parallelen Seiten. Auch in der Größe der Backenzähne gibt es Unterschiede, und . . .«

». . . und hier kommt unser Frühstück«, stellte Hoffer fest.
»Na endlich.«
»Tut mir leid«, sagte Terreano. »Ich wollte Sie nicht langweilen, Elwood.«
»Es war wirklich interessant«, erklärte Bob rasch. »Ich verstehe jetzt, warum Dr. Brandon so empört ist. Wenn Nat McGee mit den fossilen Knochen etwas anstellt . . .«
»Wird er ganz sicher tun«, bestätigte Terreano. »Aber wie gesagt, wir wissen nicht bestimmt, ob es sich wirklich um die Überreste eines Menschen handelt.«
»Nur keine Haarspalterei, Phil«, meinte Hoffer. »Im übrigen steht für mich fest, daß das Ergebnis einer Untersuchung höchstens eine Handvoll Wissenschaftler interessiert.«
Terreano grinste. »Dr. Hoffers Forschungen zielen eher auf praktische Anwendung ab«, setzte er den Jungen auseinander. »Wenn er beweisen kann, daß Sodbrennen seine Ursache im Bemühen des Körpers hat, einen Katarrh abzuwehren, dann sind wir ihm ja alle dankbar.«
»So abwegig ist das gar nicht, daß Sodbrennen durch eine Immunreaktion hervorgerufen wird«, wandte Hoffer trocken ein. »Ich bin davon überzeugt, daß ein Versagen unserer körpereigenen Abwehr die Ursache vieler Beschwerden ist und daß unsere Gene – unser Erbgut – nur für sehr wenige Probleme verantwortlich sind, auch wenn Karl Birkensteen damit nicht einverstanden wäre.«
Terreano wirkte bei der Erwähnung seines vor kurzem verstorbenen Kollegen recht niedergeschlagen. »Ein hochbegabter Mann«, sagte er ernst. »Für die Wissenschaft ein schwerer Verlust.«
»Mag schon stimmen«, gab Hoffer zu. »Aber Gen-Manipulation ist mindestens ebenso riskant wie Atomspaltung. Wenn man einmal anfängt, wo führt es hin?«
»Hatte Dr. Birkensteen tatsächlich gehofft, menschliche Eigenschaften gezielt zu beeinflussen?« fragte Justus. »Eleanor erzählte uns gestern, er habe klügere Schimpansen

gezüchtet. Glaubte er etwa auch, er könne die Intelligenz des Menschen steigern?«

Terreano war die Frage offensichtlich unangenehm. »Ich glaube nicht, daß ihm etwas so Revolutionäres vorschwebte wie eine Rasse von Superwesen, aber er fand, daß viele Menschen im Hinblick auf ihre angeborenen Fähigkeiten ein zu simples Leben führen. Er war der Meinung, der Mensch sollte es bei seinem wundervollen Gehirn nicht nötig haben, zwölf bis sechzehn Jahre in der Schule zu verbringen, nur um die Fertigkeiten zum Erwerb seines Lebensunterhalts zu entwickeln.«

»Unverschämtheit!« ereiferte sich Elwood Hoffer. »Der Natur auf solche Weise ins Handwerk zu pfuschen kann schreckliche Folgen haben. Birkensteens Tiere sind ein Beweis dafür. Er hat die Zuchtpaare mit Strahlen beschossen und mit Chemikalien vollgestopft. Es war ihm gelungen, Pferde bis zu einem gewissen Grad abzurichten, und seine Schimpansen haben ja wirklich große und leistungsfähige Gehirne. Aber ihre Lebenserwartung beträgt hier eben nur einen Bruchteil dessen, was für Tiere in Gefangenschaft normal wäre. Aber was war dagegen zu tun?«

»Es war fast so, als lebten die Tiere zu schnell«, bestätigte auch Terreano. »Zum Schluß versuchte Birkensteen, den Alterungsprozeß zu verlangsamen. Er hatte Mischungen verschiedener Substanzen hergestellt, wovon er den Schimpansen Gaben verabreichte. Es handelte sich um Chemikalien der Art, wie sie das Gehirn produziert, um Schlaf oder Wachzustand hervorzurufen. Sein Werk war sehr kühn und bisher einmalig. Er sollte den Preis der Spicer-Stiftung erhalten, einen Geldpreis, den der Vorstand alle zwei Jahre an den Wissenschaftler vergibt, dessen Arbeit für die Menschheit den größten Nutzen bringt. Wenn Birkensteen auch nur einen Teilerfolg gehabt hätte, wären ihm damit mehr als eine Million Dollar für seine weitere Forschung zur Verfügung gestanden.«

»Und was wird jetzt?« fragte Peter. »Wer bekommt nun dieses Geld?«
Terreano zuckte die Achseln. »Weiß man's? Dr. Hoffer hier könnte ein Allheilmittel gegen Magengeschwüre entdecken, oder James Brandon könnte uns neue Einsichten über unsere Abstammung vermitteln, oder . . .«
»Wenn man vom Esel spricht . . .«, unterbrach ihn Hoffer. »Sehen Sie mal, da draußen.«
Sie wandten sich zum Fenster. Sie sahen Brandon geradewegs auf das Lokal zukommen.
Terreano winkte ihm zu, als er eintrat. Brandon nahm sich einen freien Stuhl von einem anderen Tisch und setzte sich neben Justus.
»Ich hab's geschafft!« verkündete er zuversichtlich. »Ich habe in Sacramento angerufen. Nach dem Mittagessen werde ich nochmals telefonieren, dann wird der Landrat Zeit für ein Gespräch haben.«
»Der Landrat wird Ihren Hominiden aus der Höhle entfernen lassen?« fragte Terreano.
Hoffer sah Terreano überrascht an. »Ich dachte, Sie beide reden nicht mehr miteinander . . .?«
»Das ist beigelegt«, erklärte Terreano. »James, glauben Sie im Ernst, daß der Landrat helfen wird?«
»Warum nicht?« meinte Brandon. »Wenn der Staat privaten Grundbesitz beschlagnahmen kann, um Straßen und Schulen zu bauen, warum sollte er dann nicht auch einen Grundbesitzer enteignen, um ein Fossil sicherzustellen? Ich werde den Landrat bitten, das ganze Gebiet unter Naturschutz zu stellen. Es ist durchaus denkbar, daß die Berge dort noch weitere Fossilien enthalten, und es wäre unverantwortlich, sie einem Geschäftemacher zu überlassen, der mit einem privaten Museum fünf Dollar pro Kopf kassieren will!«
Brandon hielt inne. Aus dem Park gegenüber drang wieder das Schmettern der Musikkapelle.
»Fünf vor zehn«, stellte Hoffer fest. »Dort drüben steigt

gleich die Feier, und wenn sie zu Ende ist, werden die Volksmassen anmarschiert kommen, um Ihren Höhlenmenschen zu besichtigen. Und dann werden sie sich in die Büsche schlagen und auf eigene Faust nach weiteren Fossilien suchen. Sie kommen zu spät, Brandon. Die Sache ist gelaufen, und Sie können nichts mehr daran ändern!«

Es kommt alles anders

Die Feier zur Eröffnung der Höhle begann mit Verspätung. Als Brandon, Terreano und Hoffer mit den drei ??? im Park ankamen, saß Nat McGee schon auf dem Orchesterpodium, neben ihm Thalia. Sie trug ein schwarzweißes Kleid und weiße Handschuhe, die bis zu den Ellbogen reichten. Neben den McGees saß ein hagerer Mann im leichten Sommerjackett, der im hellen Sonnenschein gleichsam verwelkt aussah.
»Das ist Harry Chenoweth«, flüsterte Terreano Justus zu. »Er ist hier der Bürgermeister, und auch die Drogerie gehört ihm. Er wird die Feierlichkeit leiten. Er hält sehr gern Reden.«
Ein Mann in einem dunklen Anzug mit weißem Beffchen gesellte sich zu den McGees und dem Bürgermeister. Terreano erkannte in ihm den Gemeindepfarrer.
Weitere maßgebliche Bürger der Stadt nahmen ihre Plätze in der Nähe des Pfarrers ein. Terreano benannte noch den Besitzer des Restaurants ›Happy Hunter‹ und den Mann, dem das Motel gehörte. Auch der Geschäftsführer des Supermarktes war erschienen, desgleichen sein Assistent und eine Frau, die in einer der Nebenstraßen einen Andenkenladen führte. Der Gastwirt der Imbißstube eilte über die Straße heran, und der Besitzer der Tankstelle nahm ebenfalls in einer der vorderen Reihen Platz.
»Sie haben alle ihren Laden vorübergehend zugemacht«, sagte Terreano. »Heute ist die ganze Stadt auf den Beinen.

Der Höhlenmensch könnte dem Geschäftsleben großen Auftrieb geben. Die meisten Gewerbetreibenden am Ort hatten nur eben ihr Auskommen. Nun bietet sich die Gelegenheit, einmal wirklich Geld zu machen. In der Stadt gibt es keinen, dem das nicht hochwillkommen wäre.«

Ein Rundblick zeigte Justus, daß im Park sämtliche Vereine der Gemeinde vertreten sein mußten. Mrs. Collinwood tauchte gerade noch rechtzeitig auf, um den drei ??? die Namen der verschiedenen Gruppen zu nennen, die sich jeweils um ihre Fahne scharten: die Pfadfinder, der Juniorenclub der Handelskammer, die zahlreichen Sportvereine.

Der Eisverkäufer hatte seinen Wagen am Rand des Parks abgestellt und machte ein gutes Geschäft. Neben ihm stand ein junger Mann mit einer gewaltigen Traube gasgefüllter Luftballons, von einer Kinderschar umringt.

Als man sich im Park gleichsam auf die Füße trat, erhob sich der Bürgermeister, klopfte ans Mikrofon und hob die Arme, um sich Gehör zu verschaffen.

Justus erspähte soeben noch Eleanor Hess unter den Zuschauern; wie immer sah sie irgendwie bedrückt und kummervoll aus.

»Also, verehrte Gäste!« rief der Bürgermeister. »Bitte Ruhe jetzt, damit Pfarrer Robertson zum Eingang ein kurzes Gebet für unser neues Vorhaben sprechen kann. Anschließend wird die Kapelle des Gymnasiums in Centerdale – bitte Applaus für die jungen Musiker! –, wird also die Kapelle den Festzug von hier zum Höhlenmuseum anführen. Und unsere Patty Ferguson – sie ist Ihnen als Miss Tomate von der Landwirtschaftsschau im vorigen Jahr bekannt – wird das Band durchschneiden und damit die Höhle zum Besuch freigeben.«

Der Bürgermeister machte eine Pause und ließ den Blick über das Publikum schweifen. »Wo sind Sie, Patty?« rief er laut.

»Hier ist sie!« antwortete jemand. Die Menge teilte sich, und ein schlankes Mädchen mit langen blonden Haaren kam nach vorn. Die Leute jubelten ihr zu, als sie das Podest erstieg.

Da war ein Zischen zu hören, und mit einem Schlag wurden auf dem Rasen überall im Park die Sprühdüsen der Beregnungsanlage eingeschaltet!
Die Leute wußten nicht, wie ihnen geschah, und viele schrien vor Schrecken. Manche versuchten wegzulaufen, schafften es aber nicht, denn das Gedränge war zu dicht.
Justus spürte den Schock des kalten Wassers auf Gesicht und Händen, und augenblicklich waren auch seine Kleider naß. Er drehte sich um und wollte Peter etwas zurufen, aber da sank Peter plötzlich mit geschlossenen Augen zur Seite um!
Justus wurden die Knie weich, und auch er konnte nicht mehr stehen. Ihm war, als ob er schwebe, dann falle – als ziehe es ihn hinab ins Bodenlose. Das alles ging so schnell, daß er nicht einmal mehr Angst spürte, ehe ihn die Dunkelheit umfing.

Alles war kalt. Justus roch feuchte Erde. Er war ganz steif und verkrampft, und in der Nase kitzelte es. Er machte die Augen auf. Er lag auf dem Boden, mit dem Gesicht im Gras. Die Rasensprenger waren abgestellt.
»Was ist denn . . .?« ließ sich eine vertraute Stimme hören.
Justus stützte sich auf einen Ellbogen auf und sah Brandon. Peters Kopf lag auf Brandons Hüfte.
Von überall kam Gemurmel und Geschrei, als die vielen Leute im Park aufzustehen versuchten. Die Kirchturmuhr begann zu schlagen.
Justus blickte zum Turm hinauf und zählte die Schläge. Es war elf Uhr! Also waren er und alle übrigen Anwesenden länger als vierzig Minuten ohne Bewußtsein gewesen! Wie war das nur möglich? Wie sollte er sich das erklären?
Und dann fiel ihm alles wieder ein. Die Beregnungsanlage! Da hatte jemand das zu versprühende Wasser mit einer Chemikalie versetzt und die ganze Stadt eingeschläfert!
Ein paar kleine Kinder weinten am Rand des Parks, und der Ballonverkäufer blickte verwundert zum Himmel auf. Seine Ballons waren allesamt davongeflogen!

Endlich gelang es Justus aufzustehen. Gerade wollte er Bob aufhelfen, als Zigeuner-John mit großen, ungelenken Sprüngen den Weg von McGees Haus herunterhastete.
»Der Höhlenmensch!« schrie Zigeuner-John. Seine Stimme war noch heiserer als sonst, und er fuchtelte wild mit den langen Armen. »Er ist weg! Da war was hier und hat ihn mitgenommen!«

Justus zieht seine Schlüsse

Stundenlang war die Wiese bei Nat McGees Haus Schauplatz hektischer Betriebsamkeit. Polizisten machten Fotos und sicherten im Museumsraum Fingerabdrücke. Fernsehreporter interviewten Nat und Thalia McGee, die aus ihrer Empörung keinen Hehl machten. Die Reporter sprachen auch mit James Brandon, dem die Sache ebenfalls sehr zugesetzt hatte, und dann unterhielten sie sich noch mit dem Bürgermeister und einigen Geschäftsleuten. Auch Zigeuner-John wurde befragt.
»Da ist was gekommen!« berichtete John. »Ich hielt Wache, genau wie es mir Mr. Nat auftrug, und da hörte ich hinter mir ein Geräusch . . . und . . . und drehte mich um . . .«
Er duckte sich und blickte über die Schulter zurück.
»Und da war dieses Ding!« sagte er. »Ein schreckliches Ding mit einem einzigen großen starren Auge und . . . und Stoßzähnen wie bei einem Elefanten. Ein Mensch war das nicht! Plötzlich lag ich auf dem Boden, und die Tür zum Museum war offen, und als ich hineinschaute, war das Gerippe weg!«
»Der Mann ist ja betrunken!« vermutete jemand.
Aber John hatte keinen Alkohol getrunken, und der Höhlenmensch war tatsächlich verschwunden.
Schließlich brachen die Leute vom Fernsehen wieder auf, und der Sheriff ließ zwei Wachmänner da und fuhr ebenfalls weg.

Die Schaulustigen verzogen sich. McGee stand bei seiner Scheune und sprach mit einem der Hilfssheriffs, die Wache halten sollten. Und die drei ???, die sich ganz in der Nähe aufgehalten hatten, gingen zum Museum hinüber.
»Tut mir leid, Jungs«, sagte der Mann, der an der Tür zum Museum Posten bezogen hatte. »Hier könnt ihr jetzt nicht rein.«
Justus beäugte die Tür, die einen Spalt offen stand. »Der Dieb, der die Knochen gestohlen hat, hatte wohl einen Schlüssel, nicht?«
Der Mann drehte sich überrascht zur Tür um.
»Die Tür weist keine Spuren von Gewaltanwendung auf«, stellte Justus fest. »Und der Türrahmen ebensowenig. Wenn der Eindringling hier regelrecht eingebrochen wäre, müßte man an der Tür und am Rahmen Spuren finden.«
Der Mann grinste und trat dann zur Seite. »Na schön, Sherlock Holmes«, räumte er ein. »Dann schau dich mal da drinnen um. Vielleicht entdeckst du sogar noch was Neues.«
Und so bekamen die drei ??? Zutritt zum Museum.
In dem kleinen Gebäude sah es nach wie vor sauber aus, abgesehen von den schwarzen Flecken, welche die Experten von der Spurensicherung mit dem Fingerabdruckpulver hinterlassen hatten. Justus blickte sich um, dann durchschritt er den Raum und schaute in die beleuchtete Höhle. Das Erdreich des Höhlenbodens war an der Stelle, wo die Skeletteile gelegen hatten, zerwühlt, sonst aber glatt und unberührt.
Doch dann bemerkte Justus einen einzelnen Fußabdruck in der Erde bei dem leeren Platz. »Das ist der Abdruck einer gerippten Gummisohle«, stellte er fest. »Nat McGee trägt Cowboystiefel und Zigeuner-John Schnürstiefel mit Ledersohlen. Da Mr. McGee und John die einzigen sind, die heute vor dem Diebstahl hier waren, muß der Abdruck von der Person stammen, die sich die Knochen holte. Der Dieb trug vermutlich Turnschuhe – da ist ein Sternmuster in der Ferse und in der Sohle.«

Der Wachmann nickte. »So sehen wir es auch. Ein Fotograf machte eine Aufnahme von der Fußspur. Wir können nun zwar nicht alle möglichen Schränke durchstöbern, um die Schuhe zu finden, von denen die Spur stammt, aber man weiß nie, wozu ein Foto als Beweismaterial vielleicht doch gut ist.«

Justus zog ein Maßband aus der Tasche und ermittelte die Länge der Fußspur. Es waren einunddreißig Zentimeter.

»Ein ziemlich großer Mann«, sagte Justus.

Der Wachmann grinste. »Du machst das ja recht geschickt. Willst du einmal Detektiv werden?«

»Bin ich schon«, gab Justus zurück, ließ sich allerdings nicht näher darüber aus. Er sah sich verwundert um. »Warum nur?« meinte er. »Ich begreife das nicht. Irgendwer hat sich hier unheimlich viel Mühe gemacht. Jemand hat eine Chemikalie in das Wasser der Beregnungsanlage gemischt, um die Stadtbevölkerung einzuschläfern . . .«

»Das nehmen wir auch an«, sagte der Wachmann. »Ein Kollege hat schon eine Wasserprobe entnommen, um sie im Labor zu untersuchen. Auch das Wasser aus dem Reservoir oberhalb der Stadt, unserer zentralen Wasserversorgung, wird überprüft.«

»Es ist schon recht eigenartig«, sprach Justus weiter. »Wie in einem Science-fiction-Film. Während die ganze Stadt schläft, zieht sich der Dieb eine furchterregende Maske über, schleicht sich an Zigeuner-John heran und besprüht ihn vermutlich ebenfalls mit einem Betäubungsmittel. Dann dringt der Dieb ins Museum ein und stiehlt das fossile Skelett.

Die Frage lautet nach wie vor: Warum? Alte Knochen an sich sind ja nichts Kostbares wie Gold oder Schmuck. Und sie sind nur von Wert in Verbindung mit dem Fundort. Die beiden Menschen, die das größte Interesse an den entwendeten Knochen haben, sind McGee und Brandon, und sie beide waren zur Tatzeit bewußtlos.«

»Ein unheimliches Verbrechen«, bestätigte der Wachmann. »Und wir wissen nicht einmal, wie wir es angehen sollen. Ist das schwerer Diebstahl, der mit allem erdenklichen Aufwand aufzuklären ist? Oder ist es ein kleineres Delikt, etwa nur grober Unfug?«

»Glauben Sie, daß man den Dieb finden wird?« fragte Bob.

»Die Umstände sprechen eher dagegen.« Der Mann schien keine große Hoffnung zu haben. »Viele Diebstähle werden niemals aufgeklärt. Sie sind einfach zu zahlreich – und wir haben nicht genug Leute, die zur Zusammenarbeit mit der Polizei bereit sind. Ich schätze, daß der Fall ›Skelettdiebstahl‹ als Kuriosum zu den Akten gelegt wird.«

Die Jungen schwiegen betreten.

Der Mann wandte sich zur Tür. »Tja, ihr drei, und nun geht ihr besser nach Hause.«

Die Jungen traten folgsam hintereinander ins Freie, auf Nat McGees Wiese. Drüben bei der Scheune stand nun Thalia bei Nat und dem anderen Hilfssheriff, und auch Eleanor, die offenbar gerade die Post geholt hatte, war dabei. Sie hatte ein kleines Bündel Briefe und eine Zeitschrift in der Hand.

Nat McGee hielt einen Umschlag und einen Bogen Papier. Als die drei ??? näherkamen, sahen sie, daß auf dem Briefbogen hellgrüne Blockbuchstaben standen.

Nat war aschfahl. Er blickte von dem Brief zu dem Polizisten, dann zu seiner Frau hin.

»Unglaublich, was hier steht!« stieß er mit zornbebender Stimme hervor. »Lest das hier. Lest es selbst!« Er hielt den Brief in die Höhe, damit ihn jeder sehen konnte. Da stand:

ICH HABE IHREN HÖLENMENSCH UND
WERDE IHN GUT VERWAREN BIS SIE
10.000 DOLLAR
ZAHLEN. WENN ICH DAS GELD NICHT
BEKOMME, WERDE ICH IHN AN EINEM
ORT VERGRABEN WO SIE IHN NIE
WIDER FINDEN. SIE HÖREN VON MIR!

»Nun ist die Sache also klar«, sagte Justus. »Wir wissen, wozu jemand ein Gerippe mitgehen ließ – das ist Erpressung!«

. . . und nun gebt gut acht, wie Eleanor gleich auf diesen Vorfall reagiert. Verdächtig, wie? Nur – was meint sie?

Die Fußspur mit den vier Zehen

»Zehntausend!« rief Eleanor Hess. »Das ist zu viel!«
Nat McGee war rot vor Zorn. »Wenn ich den erwische, der das getan hat, den durchlöchere ich wie ein Sieb!«
Der Polizist nahm den Erpresserbrief von McGee entgegen. Er warf einen Blick auf die Briefmarke auf dem Umschlag und las dann den Text nochmals.
»Der Dieb macht Rechtschreibfehler«, stellte der Mann fest. »Drei Worte hat er falsch geschrieben. Aber er geht planvoll vor. Dieser Brief wurde gestern in Centerdale aufgegeben.«
Er steckte den Bogen ein. »Mr. McGee, wer hat Schlüssel zum Museum?«
Nat McGee zog einen Schlüsselbund aus der Tasche. »Ich natürlich. Der hier ist es«, sagte er. »Der Zweitschlüssel hängt in der Küche. Sonst gibt es keine.«
Eleanor lief ins Haus, kam aber gleich zurück und meldete, am Schlüsselbrett in der Küche fehle der Museumsschlüssel.
»Es war ein beschrifteter Anhänger dran«, sagte Eleanor. »Vermutlich erkannte der Dieb daran . . .«
»Das ist anzunehmen«, bestätigte der Hilfssheriff. »Und Sie hatten die Hintertür an Ihrem Haus nicht abgeschlossen, stimmt's? Hier im Ort schließt man ja nirgends ab. Der Dieb brauchte nur einzutreten und den Schlüssel mitzunehmen.

Auch wenn Sie die Tür verschlossen hätten, hätte er sich Zutritt zur Küche verschaffen können. Dieses primitive, altmodische Türschloß könnte jeder mit einem Dietrich oder sogar einem Taschenmesser aufmachen.«

Nat und Thalia McGee zogen sich ganz geknickt ins Haus zurück, und Eleanor ging mit hinein. Die drei ??? erkletterten ihren Heuboden und setzten sich ans Fenster. Justus zog ein finsteres Gesicht.

»Ich frage mich nur«, äußerte er, »wer über den Schlüssel in der Küche Bescheid wußte . . .«

»Wer das wußte?« wiederholte Peter. »Kommt es denn darauf an? Viele Leute bewahren ihre Schlüssel in der Küche auf, und wenn die Tür sich so leicht öffnen ließ . . .«

»Du meinst, jeder hätte sich den Schlüssel holen können«, sagte Justus. »Leider trifft das zu. Mich beschäftigt aber noch etwas anderes – nämlich der Fußabdruck in der Höhle.«

Bob war verdutzt. »Na und?« meinte er. »Es ist eine Fußspur von dem Dieb, und er trug Tennis- oder Laufschuhe. Was soll man noch dazu sagen?«

»Erinnert ihr euch, wie die Höhle gestern abend aussah?« fragte Justus. »Als McGee uns herumführte?«

Peter und Bob sahen sich betroffen an.

»Das Erdreich rings um die Knochen war völlig zertreten«, sagte Justus. Er schloß die Augen, als stelle er sich die in der Erde steckenden Fossilien vor. »Und dann hatte Zigeuner-John mitten in der Nacht einen Alptraum, und er bildete sich ein, der Höhlenmensch sei aufgestanden und weggelaufen. Dann öffnete McGee das Museum, und wir alle sahen den Höhlenmenschen an seinem Platz. Gab es zu diesem Zeitpunkt Fußspuren?«

Peter und Bob dachten nach. Dann sagte Peter: »Nein. Du hast recht. Aber das bedeutet . . . das bedeutet, daß McGee hinterher Ordnung gemacht hat – daß er die Erde um die Knochen wieder glattgestrichen hat.«

»Das bleibt abzuwarten«, sagte Justus.

Er kletterte vom Dachboden herunter, trabte zum Haus der McGees hinüber und pochte heftig an die Tür.
Thalia McGee kam zur Tür, und dann erschien auch ihr Mann. Er wechselte ein paar Worte mit Justus. Gleich darauf drehte Justus sich um und eilte zur Scheune zurück.
»Nat McGee sagt, er hätte in der Höhle nicht saubergemacht«, berichtete Justus den Freunden, »und er sagt, Zigeuner-John könne es auch nicht getan haben. Er hat John in der Höhle nicht allein gelassen – nicht mal für eine Minute.«
»Das bedeutet also, daß sich während der Nacht jemand Zutritt verschafft und die Fußspuren verwischt hat«, folgerte Peter. Er schluckte. »Das will mir nicht einleuchten. Die Tür war verschlossen. Es sei denn, der . . . Höhlenmensch sei tatsächlich aufgestanden. Aber das ist doch unmöglich!«
»Nun, jedenfalls hat irgend jemand auf der Wiese einen Fußabdruck hinterlassen«, erinnerte sich Justus. »Ich werde mal rasch in die Stadt gehen. Gestern sah ich in einer Seitenstraße ein Bastelgeschäft, und dort will ich mir etwas besorgen. Bleibt ihr hier und haltet die Augen offen.«
Justus verschwand wieder über die Leiter, und diesmal war er fast eine halbe Stunde weg. Mit einem Paket kam er wieder zurück. »Gips«, sagte er. »Ich werde von diesem Abdruck auf der Wiese einen Gipsabguß machen.«
Er begann im Gerümpel auf der Werkbank herumzusuchen, und bald hatte er einen Eimer und ein paar Holzstücke.
Justus schüttete Gips in den Eimer und gab Wasser aus dem außen am Toilettenhäuschen angebrachten Wasserhahn hinzu. Dann rührte er mit einem Stöckchen um, bis die Masse etwa so dick wie geschmolzene Eiscreme war.
»Was versprichst du dir denn von dem ganzen Aufwand?« fragte Peter, während die Jungen über die Wiese gingen.
»Ich weiß nicht«, sagte Justus. »Vielleicht kommt auch gar nichts dabei heraus. Aber hier ist jemand barfuß gegangen, und ich finde, wir sollten den Beweis dafür lieber sichern, ehe die Spur zertreten oder vom Wind weggeblasen wird.«

Als die Jungen den Abdruck wieder gefunden hatten, kniete Justus nieder und besprühte ihn mit Haarspray, das er ebenfalls in der Stadt gekauft hatte.
»Wozu denn Haarspray?« fragte Peter.
»Erstens um die Spur zu fixieren, und zweitens damit der Gips nicht alle möglichen Erdkrumen und Verunreinigungen aufnimmt«, sagte Justus.
Als nächstes stellte sich Justus einen einfachen Rahmen aus vier hölzernen Latten her. Die Holzteile hielt er mit starkem Klebeband zusammen, und dann legte er den Rahmen um den Fußabdruck. Nachdem das alles vorbereitet war, goß Justus sorgfältig eine Schicht Gipsmasse über den Fußabdruck. Er drückte ein paar Zweige in den Gips, um den Abguß zu verstärken, und wartete, bis die erste Schicht langsam aushärtete. Dann goß er Gipsmasse nach.
»Gute Arbeit!« lobte Peter.
»Eigentlich schade, daß wir keinen Auftraggeber haben, der uns das alles lohnt«, sagte Bob. »Glaubst du, McGee würde uns anstellen?«
»Glaubst du, die drei ??? würden ihn als Auftraggeber schätzen?« fragte Justus dagegen.
»Nur das nicht!« wehrte Peter heftig ab. »Er ist ein mieser Kerl, und seine Frau ist nicht viel besser. Ich weiß nicht, wie Eleanor Hess es bei den beiden aushält.«
Justus seufzte. »Die Frau, der das Bastelgeschäft gehört, kannte Eleanors Mutter«, berichtete er. »Mrs. Hess war hübsch, und die Frau meinte, daß Thalia McGee eifersüchtig auf sie war. Sie machte eine Anspielung, daß Thalia dies Eleanor jetzt entgelten läßt. Sie sagte frei heraus, daß Nat so geizig ist, daß er Eleanor die Kosten für Essen und Wohnung berechnet, und das, seit ihre Eltern umgekommen sind.«
Bob war ganz erschrocken. »Aber sie war doch damals erst acht. Hatten ihr die Eltern Geld hinterlassen?«
»Sie besaßen ein Haus in Hollywood«, sagte Justus. »McGee hat es vermietet und kassiert die Miete.«

»Aha«, sagte Bob. »Und das alles hast du von der Ladenbesitzerin erfahren? Wie ist dir das nur gelungen?«
»Ich erwähnte, daß wir in McGees Scheune kampieren, und da wollte sie wissen, wieviel er dafür verlangt. Als ich es ihr sagte, schüttelte sie nur den Kopf, und dann begann sie zu berichten. Sie erzählte mir auch, daß Zigeuner-John weder lesen noch schreiben kann. Er schlägt sich mit Gelegenheitsarbeiten durch, und sie meint, Nat haut ihn übers Ohr, weil er die Zeit, die er für Nat arbeitet, nicht genau berechnen und kontrollieren kann.«
»Merkt ihr was?« fragte Bob. »Wenn John nicht schreiben kann, konnte er den Erpresserbrief nicht geschrieben haben.«
»Er könnte ein Komplize sein, aber irgendwie halte ich das für unwahrscheinlich«, äußerte Justus. »Er ist wirklich kein so großes Licht, daß ihn einer ins Vertrauen ziehen würde. Und ich glaube auch, daß er heute früh kein Theater spielte. Er hatte tatsächlich Angst. Also nehmen wir ihn aus. Der Fall dürfte auch ohne ihn verzwickt genug sein.«
»Dann übernehmen wir den Fall doch, wie?« fragte Peter. »Aber wer ist unser Auftraggeber? Eleanor?«
»Müssen wir denn unbedingt einen Auftraggeber haben?« entgegnete Justus. »Ist dieses Rätsel nicht an sich schon eine Herausforderung für uns? Die fossilen Überreste eines Menschen, der vor Jahrtausenden lebte, wurden gestohlen, und der Dieb praktizierte etwas in die Beregnungsanlage im Park und schläferte damit die Bewohner der ganzen Stadt ein.«
Bob grinste. »Die Sache ist so verrückt, daß sie mir richtig Spaß macht.« Er setzte sich auf den Boden, holte aus der Tasche Notizblock und Stift und begann zu schreiben.
»Ein Höhlenmensch wird als vermißt gemeldet«, zählte er auf. »Ein bislang unbekannter Zusatz im Leitungswasser. Ein Erpresserbrief mit Schreibfehlern. Na, das ist vielleicht nicht so wichtig. Die Rechtschreibung, meine ich. Die Fehler könnten auch vorgetäuscht sein. Und damit kommen wir zu den Verdächtigen.«

Bob sah zu seinen Freunden auf. »Brandon?« mutmaßte er. »Es war ganz in seinem Sinne, daß die Knochen aus der Höhle verschwinden, und möglicherweise hat er zur Ablenkung diesen primitiven Erpresserbrief verschickt.«
»Aber er schlief im Park, als die Knochen gestohlen wurden«, wandte Peter ein. »Beim Aufwachen lag ich halb auf ihm. Alle Leute aus dem Ort schliefen doch im Park! Wir haben gar keinen Tatverdächtigen!«
»Wir wissen nicht bestimmt, ob wirklich jedermann aus der Stadt zu der Feier gekommen war«, sagte Justus. »Auf jeden Fall konnte es der Dieb selbst einrichten, der Wirkung der betäubenden Substanz im Wasser zu entgehen. Unter dieser Voraussetzung könnte wiederum jedermann der Tatverdächtige sein.«
»Vorsicht«, warnte Bob. »Hier kommt Eleanor.«
Justus drehte sich um und sah Eleanor Hess über die Wiese herankommen. Rasch rückte Justus zur Seite, so daß er zwischen Eleanor und dem Gipsabguß am Boden saß. »Hallo«, begrüßte er das Mädchen. »Wir . . . wir unterhalten uns gerade über die sonderbaren Vorfälle, die sich heute ereigneten.«
Eleanor nickte. Sie zögerte einen Augenblick, als sei sie nicht sicher, ob sie hier willkommen war, setzte sich aber dann den drei ??? gegenüber. »Ich . . . hm . . . ich gehe jetzt ins Institut, und da dachte ich, vielleicht möchtet ihr mitkommen.«
»Das wäre sehr schön«, sagte Justus. »Da könnten wir . . .«
»Nur wenn ihr richtig Lust dazu habt«, fiel Eleanor ein. »Ich dachte eben, falls ihr nichts Besseres zu tun habt . . .« Und plötzlich sprudelte es aus ihr heraus: »Zehntausend Dollar! Eine solche Riesensumme! Onkel Nat besucht jetzt ein paar Leute in der Stadt, die ihm helfen sollen, das Geld aufzubringen. Das alles . . . das ist so schlimm!«
Sie brach in Tränen aus.
»Hör mal, das ist doch keine Katastrophe«, beschwichtigte Bob. »Der Höhlenmensch ist doch nichts als ein Knochenge-

rippe. Das ist doch etwas anderes, als wenn jemand einen Menschen entführt und Lösegeld fordert, oder nicht?«
»Ja, schon. Aber mein Onkel hat genauso reagiert, als sei das der Fall. Er ist so außer sich, daß mir richtig bange wurde. Er behauptet, er verliere jede Sekunde bares Geld, seit der Höhlenmensch verschwunden ist. Das kann natürlich sein. Mit dem Höhlenmenschen hätte er vielleicht ein besseres Geschäft gemacht als mit dem Haushaltswarenhandel. Der läuft nicht immer so gut.«
»Hilfst du im Laden auch aus?« wollte Justus wissen.
Eleanor nickte. »Wenn ich nicht im Institut bin. Bei den Tieren bin ich allerdings viel lieber. Dort brüllt keiner herum außer Dr. Brandon, und der meint es nicht so.« Sie lächelte plötzlich, und das Blut stieg ihr in die Wangen. »Dr. Brandon ist so nett. Er sagt, ich solle aufs College gehen – in San Diego oder einer anderen Stadt.«
»Und warum tust du's nicht?« fragte Bob.
»Na, dazu würde ich einen Wagen brauchen, und davon will Tante Thalia nichts wissen. Sie sagt, es sei die reinste Verschwendung, ein Mädchen aufs College zu schicken, und im übrigen solle ich mich nicht über meine Herkunft erheben.«
»Wie meint sie denn das?« fragte Peter.
»Daß ich hochnäsig werde, wenn ich aufs College gehe«, erklärte Eleanor. »Tante Thalia sagt, das sei schon meiner Mutter zu Kopf gestiegen. Mutter habe geglaubt, sie sei zu vornehm für die Kleinstadt, und so ging sie weg und heiratete meinen Vater. Ja, und das hätte sie nun davon . . .«
Eleanor hielt inne. Ihr Ausdruck wurde hart und verbittert. »Das ist so gemein von ihr!« sagte sie. »Damit hat doch dieser Autounfall nichts zu tun. Man braucht nicht schlecht oder arrogant zu sein, um an einer Kreuzung von einem Bus gerammt zu werden. Meine Mutter war sehr lieb. Sie hatte so schönes Haar. Mein Vater war auch nett. Er spielte Oboe bei den Philharmonikern in Los Angeles, und ich erinnere mich noch daran, wie er übte. Die Oboe ist ein wundervolles Instru-

ment. Hier haben wir gar keine Musik im Haus – nur Radio und Fernsehen.«

Sie machte wieder eine Pause, und dann stieß sie hervor: »Ich möchte hier weg! Darauf spare ich, so gut ich kann. Von meinem Verdienst beim Institut habe ich schon über hundert Dollar zurückgelegt. Onkel Nat und Tante Thalia verrechnen die Miete für das Haus meiner Eltern in Hollywood mit den Kosten, die ich ihnen verursache. Aber das Geld vom Institut gehört mir allein!«

»Hast du mit deinem Onkel und deiner Tante einmal wegen dieser Mieteinnahmen gesprochen?« erkundigte sich Justus. »Wenn du hier weggehst, dann würden sie das Geld ja nicht mehr für dich aufwenden müssen, oder?«

Da schien es Eleanor mit der Angst zu bekommen. »Aber das bringe ich nicht über mich. Sie wären bitterböse – und sie würden mich hinauswerfen!«

»Na und?« meinte Peter. »Du willst ja sowieso weg.«

»Aber ich wüßte nicht, wohin ich gehen soll!«

»Du könntest doch in dem Haus in Hollywood wohnen«, schlug Bob vor.

»Nein, das geht nicht. Das ist ja vermietet.«

Sie stand auf. »Ich spare weiter«, sagte sie. »Wenn ich genug beisammen habe, gehe ich weg. Kommt ihr jetzt mit zum Institut?«

»Wir kommen gleich nach«, sagte Justus. »Wir müssen vorher noch einmal in die Scheune.«

Die Jungen sahen Eleanor nach.

»Meint ihr, sie wird es je schaffen, hier wegzukommen?« fragte Peter.

»Ich weiß nicht«, meinte Justus. »Sie hat das Leben hier satt, aber gleichzeitig hat sie nicht den Mut zu einer Veränderung.«

Dann wandte sich Justus wieder seinem Gipsabguß zu. Nun war der Gips hart geworden, und das Modell einer nackten rechten Fußsohle ließ sich vom Boden aufheben.

»Sehr gelungen!« bewunderte Peter das Werk.

»Oh, der wandelnde Höhlenmensch hatte aber Kummer mit seinen Gehwerkzeugen«, fand Justus. »Seht mal her. Man sieht die große Zehe, dann eine Lücke, und dann drei kleine Zehen. Es sieht so aus, als sei die zweite Zehe hochgedrückt, so daß sie sich nicht im Erdreich abzeichnete.«
»Eine Hammerzehe!« Bob kannte den Fachausdruck. »Und das bei einem Höhlenmenschen!«
»Nicht sehr glaubhaft, wie?« meinte Justus. »Fußleiden kommen normalerweise von schlecht sitzendem Schuhwerk.«
Justus nahm sein Bandmaß und ermittelte die Länge. Sie betrug 23 Zentimeter.
»Der Dieb, der im Museum seinen Schuhabdruck hinterließ, war von großer Gestalt«, bemerkte Justus. »Dieser barfüßige Wanderer hingegen muß wesentlich kleiner sein.«
Peter schluckte. »Und wenn es nun doch der Höhlenmensch war?«
»Der Höhlenmensch ist tot«, erwiderte Justus. »Und zwar seit Jahrtausenden, und Tote können nicht aufstehen und weggehen. Als der von uns Gesuchte kommen eine Menge Leute in Betracht – aber niemals ein Toter!«

Fehlende Blätter

Die Jungen fanden Eleanor Hess im Pferdestall. Sie striegelte Bella, die Dr. Birkensteens besonderer Schützling gewesen war. Frank DiStefano war auch da. Er lehnte an der Box und sah zu.
»Der Höhlenmensch ist also weg«, fing er an. »Da hab' ich ja was versäumt. Ich lag mit einer Darminfektion im Bett.«
»Das ist nichts Schönes«, sagte Justus. »Geht's jetzt wieder?«
»O ja, ganz gut. So etwas dauert ja nicht lange.«
»Die Sache im Park war wirklich unheimlich«, mischte sich Peter ein. »Alle Anwesenden schliefen einfach ein.«

»Na und?« witzelte DiStefano. »Das ist doch hier ganz normal. Die Leute brauchen schließlich ihr Mittagsschläfchen!« Er warf Eleanor einen Blick zu und riet: »Immer mit der Ruhe. Überarbeite dich nicht.« Dann ging er ins Freie, mit lautlosem Schritt in gummibesohlten Schuhen.
Peter sah ihm nach. »Er trägt Turnschuhe«, bemerkte er.
»Das tun doch viele«, meinte Eleanor.
Nun war sie mit dem Putzen des Pferdes fertig. Sie führte es auf die Koppel beim Stall, räumte das Putzzeug weg und ging zum Haus hinüber.
Gemeinsam betraten die vier den Arbeitsraum, den Birkensteen benutzt hatte. Die Schimpansen hopsten in ihrem Käfig herum, als sie Eleanor zu Gesicht bekamen, und kreischten freudig.
»Ja, ja, ist schon gut!« Eleanor lachte und öffnete den Käfig, und die Schimpansen tanzten um sie herum.
»Sie vertragen sich gut mit dir«, sagte Peter.
Eleanor lächelte. »Sie sind drollig, nicht? Und sie mögen mich gern, aber sie vermissen Dr. Birkensteen.«
»Natürlich. Das ist ganz normal«, fand Bob.
Justus schwieg. Er stand vor dem Schreibtisch des verstorbenen Wissenschaftlers, wo dessen Terminkalender lag. Er öffnete das Buch und blätterte lässig darin. Dann wurde er plötzlich aufmerksam. Nach der Seite für den 28. April kam die Seite für den 19. Mai.
»Hier in Dr. Birkensteens Terminbuch fehlt über die Hälfte der Seiten für den Mai«, teilte Justus den anderen mit. Er runzelte die Stirn. »Das ist ja interessant! War es nicht Anfang Mai, als er starb? Ich weiß noch, daß es einer der nebligen, kühlen Tage war, die wir im Frühjahr manchmal haben.«
Eleanor saß ganz still da, ohne Justus anzusehen. »Es war . . . es war im Mai, stimmt«, sagte sie leise.
»Warum sollte er Blätter aus dem Kalender herausgerissen haben?« fragte Justus verwundert.
»Ich . . . ich weiß nicht, wirklich«, gab sie zurück. Sie hielt

einen der Schimpansen in den Armen und schaukelte ihn wie ein Kind. Bob und Peter wandten sich ihr aufmerksam zu.
»Du begleitetest Dr. Birkensteen nach Rocky Beach«, sagte Justus. »Und an diesem Tag starb er dann. Könnten die fehlenden Seiten etwas damit zu tun haben?«
»Nein«, sagte sie. »Nein, ich . . . ich glaube nicht.«
»Hatte diese Reise etwas mit den Schimpansen zu tun?« forschte Justus hartnäckig weiter.
»Vielleicht. Das könnte schon sein. Ich wußte eigentlich nicht viel über seine Arbeit. Ich kümmerte mich eben um die Tiere. An diesem Tag ging ich mit ihm, weil . . . weil ich ihn mochte und weil er sich damals nicht wohl fühlte.«
»Wohin wolltet ihr denn in der Harborview Lane? Wer wohnt dort?« drang Justus in Eleanor.
Sie sah verängstigt und verwirrt aus. Sie räusperte sich und zog den Kopf ein, und die Jungen sahen eine Träne über ihre Wange hinabrinnen.
»Mir ist heute gar nicht gut«, erklärte sie. »Es tut mir leid. Vielleicht geht ihr jetzt besser wieder.«
Da gingen die Jungen. Auf dem Flur vor dem Arbeitszimmer trafen sie Mrs. Collinwood. Sie trug eine Schürze mit Rüschen über ihrem buntbedruckten Kleid, dazu eine dunkle Perücke mit einer hellen Strähne.
»Alles in Ordnung?« fragte sie mit strahlendem Lächeln.
Da fiel Justus ein, daß sich Mrs. Collinwood doch in alles einmischte – und somit nutzbringende Kenntnisse haben konnte. Er setzte eine kummervolle Miene auf. »Ich glaube, wir haben Eleanor zu sehr aufgeregt«, behauptete er. »Ich sprach mit ihr über Dr. Birkensteen. Und jetzt weint sie.«
»Tja . . .« Mrs. Collinwood schüttelte den Kopf. »Sie hatte den Doktor eben sehr gern. Aber das galt für uns alle. Er war einer der nettesten hier.«
»Wissen Sie, warum er an jenem Tag nach Rocky Beach fuhr?« fragte Justus. »An dem Tag, als er dort starb? Hatte er Freunde in der Stadt?«

»Ich weiß nicht. Er war nicht sehr mitteilsam. Ich glaube, es hatte mit diesen Tieren zu tun. Ihr könnt euch nicht vorstellen, was für ein Aufhebens er von ihnen machte. Man konnte meinen, er ziehe Kinder auf und bereite sie auf einen guten Schulabschluß vor. Und immer wenn eines einging, nahm er sich das so zu Herzen, als habe er seinen besten Freund verloren.«
»Sind denn viele Tiere eingegangen?« erkundigte sich Justus.
»Ja. Und dann sezierte er sie, um die Ursache zu erforschen. Manchmal nahm er auch an lebenden Tieren Operationen vor. Und wenn sie schliefen, stand er oft einfach dabei und beobachtete sie.«
Sie sah nachdenklich aus. »Sie schliefen überhaupt sehr viel. Jetzt wirken sie lebhafter.«
Aus einem Raum am Ende des Flurs drang Gepolter und Geklirr.
»Du liebe Zeit!« rief Mrs. Collinwood. Sie lief zu einer offenstehenden Tür. »Frank, paß doch besser auf!«
Frank DiStefano kam heraus. In der einen Hand hatte er einen Besen, in der anderen die Scherben eines weißen Tellers. »Halb so schlimm«, warf er in seiner lässigen Art hin. »War ja nichts drauf.«
»Es hätte aber sein können«, erwiderte sie.
Das überhörte er einfach und ging weiter. Den Jungen nickte er kurz zu.
»Wann gehst du endlich einkaufen?« rief ihm Mrs. Collinwood nach.
»Immer mit der Ruhe. Ich mach's ja«, knurrte er ungehalten. »Haben Sie sich nicht so!«
Mrs. Collinwood gab einen Laut des Unmuts von sich, als er durch eine Tür hinten im Flur verschwand.
Als die Jungen das Haus durch die Vordertür verließen, sahen sie DiStefano gerade in ein altes Auto steigen, das in der Zufahrt parkte. Er ließ den Motor an und wartete, bis die Jungen aus dem Haus getreten waren.

»Den Weibern muß man immer mal wieder Bescheid sagen«, meinte er. Er grinste frech und bot den drei ??? an mitzufahren.
Ein Blick auf den Rücksitz enthüllte ein Chaos aus Zeitschriften, verdreckten Gummistiefeln, einer zerknautschten Pakkung Papiertücher, einer Tauchermaske und einem Taucheranzug.
»Nein, vielen Dank«, sagte Justus. »Wir haben es nicht weit.«
DiStefano nickte, und der Wagen brauste davon.
»Unverschämter Lümmel«, fand Peter.
Justus sagte nur »Hm«. Er ließ sich nochmals die Unterhaltung mit Mrs. Collinwood durch den Kopf gehen.
»Wenn nur Dr. Birkensteen nicht so ungesellig gewesen wäre«, äußerte er schließlich. »Wenn er Mrs. Collinwood etwas über sein mysteriöses Vorhaben in Rocky Beach erzählt hätte, dann hätte sie es uns jetzt berichtet. Ihr liegt nichts am Vertuschen und Heimlichtun. Ganz im Gegensatz zu Eleanor Hess! Ich bin überzeugt, daß Eleanor uns anlügt. Aber warum? Was hat sie zu verbergen?«
»Etwas über den Höhlenmenschen?« meinte Bob zögernd.
»Wer weiß?« Justus seufzte.
Als die drei ??? Nat McGees Wiese erreichten, entdeckten sie Thalia McGee auf der hinteren Veranda ihres Hauses. »Habt ihr Eleanor gesehen?« rief sie herüber.
»Die ist noch drüben im Institut«, rief Bob zurück.
»So!« sagte Thalia. »Sie würde diese Viecher auch noch hierherbringen, wenn ich es zuließe, aber ich machte ihr ein für allemal klar, daß mir keiner in dieses Haus kommt, der keine Miete zahlt.«
»Ja, Madam«, bekräftigte Justus gehorsam. »Übrigens, einer der Hilfssheriffs erzählte uns, daß das Wasser aus der Beregnungsanlage zur Zeit untersucht wird. Ist Ihnen schon bekannt, ob man darin etwas gefunden hat?«
»Nein, nichts«, gab Thalia Auskunft. »Jemand von der Polizei rief vor einer Weile hier an. In der Beregnungsanlage fand

sich nichts, und ebensowenig im Reservoir, wo unser Leitungswasser herkommt. Der Sheriff glaubt nun, daß die ganze Stadt einer Massenhypnose zum Opfer gefallen ist!«

Kleiner Tip von mir: Ihr solltet euch das Chaos auf DiStefanos Rücksitzen nochmals betrachten. Dabei befindet sich etwas, das unter bestimmten Umwelt-Verhältnissen recht nützlich sein kann . . .

Spuk im alten Gemäuer?

Justus seufzte, als Thalia McGee wieder ins Haus ging. »An Massenhypnose glaube ich nicht«, eröffnete er seinen Detektivkollegen. »Und dieser plötzliche Tod eines Wissenschaftlers geht mir immer noch durch den Kopf.«
»Vermutest du dahinter etwa auch ein Rätsel?« wollte Peter wissen.
»Nein, ich meine etwas anderes«, sagte Justus. »Ich denke an die fehlenden Seiten aus dem Terminbuch. Bestimmt haben sie etwas zu bedeuten. Ich würde ganz gern mal Dr. Birkensteens Hinterlassenschaft durchsehen. Ob sich das wohl machen ließe?«
»Mach dir nur keine Hoffnungen«, prophezeite Bob. »Wenn sein Werk wirklich so bedeutsam war, sind diese Unterlagen vermutlich in einem Tresor eingeschlossen.«
»Hm.« Justus machte ein finsteres Gesicht. Doch dann hellte sich seine Miene wieder auf. »Sehr interessant übrigens, daß Frank DiStefano heute nicht im Park dabei war«, erwähnte er. »Ich möchte nur wissen, wer sonst noch fehlte, als der Höhlenmensch entführt wurde.«
Bob zog die Brauen hoch. »Alle, die wir kennen, waren mit dabei, außer DiStefano und . . . Zigeuner-John.«

Peter grinste. »Na also!« sagte er. »Nehmen wir mal Zigeuner-John. Den sollten wir nicht außer acht lassen, nur weil er keine Leuchte ist. Vielleicht verstellt er sich und ist in Wahrheit ein ganz gerissener Bursche.«
»Das reimt sich aber nicht zusammen«, hielt Bob dagegen. »Er ist doch schon seit Jahren hier, nicht? Wenn er was drauf hätte, dann wäre er schon längst mal abgehauen.«
»Dann ist er eben nicht gerissen«, schloß Justus. »Wahrscheinlich ist er sogar ziemlich unbedarft. Aber gestern nacht sah er einen Höhlenmenschen davonlaufen, und wir haben einen Gipsabdruck vom Fuß dieses Höhlenmenschen. Wohin ist derselbige also gegangen?«
Peter sah zu dem Wald jenseits der Wiese hinüber. »Na schön«, meinte er. »Suchen wir ihn.«
Die drei ??? wandten sich erst zu der Stelle, wo Justus den Gipsabdruck gemacht hatte. Dann gingen sie langsam weiter, fanden jedoch keine weiteren Spuren, bis sie im Wald waren. Hier gab es an einer Stelle unbedecktes Erdreich, und der unbeschuhte Wandersmann war offensichtlich darübergegangen. Peter zeigte auf einen Fußabdruck. Die drei ??? machten einen Bogen darum und bewegten sich vorsichtig und geräuschlos weiter, als könne ihnen jemand hinter einem Baum auflauern und zuschlagen.
Nun standen die Bäume nicht mehr so dicht, und die Jungen kamen an eine Lichtung. Sie blieben am Waldrand stehen und sahen die von hohem Gras und Dornengesträuch umwucherten Mauern eines halbzerfallenen Gebäudes. Die Wände aus Backstein bröckelten überall ab, und das rote Ziegeldach war an mehreren Stellen eingebrochen, so daß das Dachgebälk zu sehen war.
»Das muß vor langer Zeit einmal eine Kapelle gewesen sein«, bemerkte Bob.
Die beiden anderen blieben stumm, und dann überquerten die Jungen die Lichtung.
Die Pforte war eine hölzerne Flügeltür, aber eine Hälfte war

aus den Angeln gebrochen und lag im Innern des Gemäuers auf dem Fliesenboden. Die Jungen schritten darüber weg und traten in den Kirchenraum.

»Was meint ihr, ist der barfüßige Höhlenmensch wohl gestern nacht hier gewesen?« scherzte Peter mühsam. Er blickte sich nervös um.

»Schwer zu sagen«, meinte Justus. »Auf dem Steinboden sieht man ja keine Fußabdrücke.«

Bob trat zögernd einige Schritte vorwärts. Vorn führten zwei Stufen zu einem Podest hinauf.

»Vermutlich stand hier früher der Altar«, sagte Bob. »Und da – seht mal diese Tür. Sie führt in einen Anbau. Das war wohl die Sakristei, wo der Geistliche den Talar anlegte.«

Die drei ??? standen schweigend da. Jeder scheute sich davor, die Kapelle zu durchqueren, dann die beiden Stufen hinaufzugehen und die Tür zu dem Nebenraum zu öffnen.

Plötzlich hörten sie einen Laut, der ihre Herzen schneller schlagen ließ.

Da bewegte sich jemand hinter der geschlossenen Tür! Es knackte und raschelte, und etwas fiel klappernd auf die Fliesen.

Und dann war alles still.

Peter wich einen Schritt zurück, als wolle er kehrtmachen und weglaufen.

Bob wollte beherzt losgehen, geradewegs auf die Tür zu, aber Peter hielt ihn am Arm zurück. »Nicht!« flüsterte Peter. »Das ist vielleicht . . . *er!*«

Deutlicher brauchte er nicht zu werden. Die beiden anderen hatten begriffen. Wenn der Höhlenmensch nun doch wieder gehen konnte? Und zum Kampf bereit war? Eine gespenstische Vorstellung, und doch drängte sie sich den Jungen unwillkürlich auf.

»Unmöglich«, sagte Justus mutig. Er lief vor und ging die beiden Stufen hinauf. Und da hörten die Jungen ein weiteres Geräusch, als sei etwas gegen die Tür gestoßen, so daß sie

leise zitterte. Justus umschloß den Türknauf mit der Hand, und dann erstarrte er. Ein Schauer des Grauens prickelte auf seiner Kopfhaut.
Der Knauf drehte sich in seiner Hand von allein! Dann ächzten widerstrebend die alten Angeln, und die Tür ging langsam auf!

Noch ein Diebstahl

»Ach du liebe Zeit!« rief Dr. Hoffer, die Hand noch am Türgriff. »Habt ihr mich aber erschreckt! Ich hätte nicht gedacht, daß jemand hierher kommt.«
Justus zitterte noch, aber er brachte ein Lächeln zuwege. »Wir wollten hier Ermittlungen anstellen«, erklärte er.
Hoffer trat in den Kapellenraum. Hinter ihm konnten die Jungen in ein kleines Zimmer blicken, das einen Ausgang ins Freie hatte.
»Hier müßt ihr vorsichtig sein«, sagte Hoffer. »Das ist Privatbesitz. Das Anwesen gehört der Familie Lewison. Sie haben außerdem noch ein großes Haus auf der anderen Seite des Berges. Ich bekam die Erlaubnis, mich hier aufzuhalten, aber Fremde sind bestimmt nicht gern gesehen.«
Er setzte sich auf die Stufen zum Altarpodest. »Erstaunlich, wie sich alles wiederholt«, meinte er. »Da gibt es hier in der Gegend ein altes Gemäuer, und schon stellt ihr drei hier Forschungen an. Natürlich hätte ich es als Junge genauso gemacht. Als ich in eurem Alter war, gab es in unserer Nachbarschaft in Milwaukee ein leerstehendes Haus. Wir Kinder entdeckten ein unversperrtes Fenster und stiegen ein und richteten uns im Keller einen Clubraum ein. Und wir genossen das sehr – weit weg von Eltern und Lehrern.«
Dr. Hoffer hielt inne und nieste. Er zog ein Taschentuch hervor und betupfte sich die Augen.

»Immer dieser Heuschnupfen«, sagte er. »Ich bin gegen alles mögliche allergisch. Daher interessiere ich mich auch so sehr für das Immunsystem.«

Er stand auf. »Für heute bin ich genug spazierengegangen«, erklärte er. »Irgend etwas in der Luft hier tut mir nicht gut. Kommt ihr Jungen mit zur Stadt zurück? Ich würde euch nicht raten, hier weiter herumzustöbern. Edward Lewison hat nämlich eine Schrotflinte, und damit verjagt er unliebsame Eindringlinge.«

»Aha – das kommt mir bekannt vor«, sagte Justus. »Wie McGee.«

»Gut, dann gehen wir eben zur Stadt zurück«, schlug Peter vor.

Die Jungen folgten Dr. Hoffer durch die Sakristei ins Freie.

»Sie interessieren sich also für Allergien?« fragte Justus, als sie durch den Wald gingen. »Und Sie sind Immunologe geworden. Diese beiden Fachgebiete hängen ja wohl eng zusammen.«

»Stimmt«, sagte Hoffer. »Immunität ist eine Art allergischer Reaktion.«

»Tatsächlich?« fragte Bob.

Hoffer nickte. »Unser Körper hat verschiedene Möglichkeiten, sich zu verteidigen. Er kann die sogenannten Antikörper produzieren. Diese Antikörper zerstören eingedrungene Viren und Bakterien, oder sie machen das von den winzigen Eindringlingen ausgeschiedene Gift unschädlich. Wenn jemand zum Beispiel Masern bekommt, beginnt der Organismus Antikörper zu produzieren und so die Infektion zu bekämpfen. Wenn sich das einmal so abgespielt hat, kann man mit dieser Krankheit nicht mehr infiziert werden, denn die Antikörper bleiben im Organismus wirksam. Der Betreffende ist damit immun gegen Masern.

Nun gibt es aber diesen Fall: Der Körper produziert Antikörper als Reaktion auf Stoffe, die bei den meisten Menschen keine Wirkung auslösen. Angenommen, jemand ist allergisch gegen eine bestimmte Pollenart. Sein Organismus wird dann

Antikörper produzieren, die als Reaktion auf die Pollen eine Substanz namens Histamin freisetzen. Dieses läßt die Nasenschleimhäute anschwellen und die Augen tränen.
Also ist unser körpereigenes Immunsystem lebensrettend, wenn es eine Erkrankung zu bekämpfen gilt, aber es kann unser Leben zur Qual werden lassen, wenn es überempfindlich reagiert. Ich bin der Meinung, daß viele Menschen durch solche Fehlreaktionen ihres Immunsystems viel mehr zu leiden haben, als man gemeinhin annimmt.
Nehmen wir weiter an, das Abwehrsystem eines Menschen produziert Substanzen, die seine Gelenke anschwellen lassen, ähnlich wie bei der Pollenallergie die Nasenschleimhäute anschwellen. Könnte Arthritis sein, nicht wahr? Warum sollte diese Erkrankung nicht eine allergische Reaktion sein? Und Krebs? Es gibt eine Virus-Theorie zur Krebsentstehung. Warum nicht auch eine Allergie-Theorie? Eine Krebsgeschwulst besteht aus Zellen, die unkontrolliert wuchern, möglicherweise als Reaktion auf Schadstoffe. Oder das Thema Verbrechen!«
»Verbrechen?« wiederholte Peter.
»Ein Verbrechen kann man auch als Reaktion auf eine Bedrohung deuten«, sagte Dr. Hoffer. »Stellt euch jemanden vor, der in einer Umgebung voller Gefahren aufwächst. Um sich zu schützen, entwickelt dieser Mensch eine Reaktion auf herannahende Gefahren – eine aggressive Reaktion. Ohne Überlegung wird er angreifen, ehe er selbst angegriffen wird. Das Abwehrsystem ist gleichsam auch hier außer Kontrolle geraten.«
Dr. Hoffer sah bei diesen Worten sehr ernst aus. »Das Abwehrsystem ist unser wertvollster Besitz, gleichzeitig aber auch unsere größte Bedrohung. Ich habe Ratten im Labor, die in Glaskäfigen isoliert leben und vor jeglicher Infektion geschützt sind. Ich konnte ihr Immunsystem kurzschließen, und sie werden viel länger leben als Ratten, die der Umwelt schutzlos ausgesetzt sind. Natürlich sind erstere besonders

anfällig für Krankheiten, da sie nicht über Abwehrkräfte verfügen. Wenn ich jedoch ihre Reaktionen steuern und ihr Abwehrsystem kontrollieren könnte, dann könnten sie auch außerhalb der Glaskäfige existieren und trotzdem vielen Erkrankungen entgehen, an denen ihre Artgenossen sterben. Und nun überlegt, was kontrollierte Immunität für die Menschheit bedeuten könnte? Stellt euch ein Leben ohne all jene schlimmen Erkrankungen vor!«

Hoffer nickte. »Eine echte Herausforderung für die Forschung!« sagte er. »Birkensteens Experimente mit der Intelligenz waren Phantasterei und vermutlich auch riskant. Und Brandon ist ein kleiner Junge, der mit verstaubten Knochen spielt. Die Forschungen, die ich betreibe, sind praktischer Art und könnten binnen kurzem durchschlagenden Erfolg haben.«

Sie hatten die Wiese hinter McGees Haus erreicht. Hoffer blieb stehen und verabschiedete sich mit einem Händedruck von den Jungen. Dann ging er über die Straße und weiter bergan zum Institut.

Erst standen die Jungen tief beeindruckt und schweigend da. Dann sagte Peter: »Das hat mich überzeugt. Ich würde Dr. Hoffer die Million Dollar aus dem Spicer-Stiftungsfonds zuerkennen.«

Ganz schlaue Leser, die zu Anfang der Lektüre aufmerksam die Liste der Kapitelüberschriften überfliegen, können hier zu einem Aha-Erlebnis kommen!

Justus nickte nur, und die Jungen gingen weiter zur Imbißstube.

Auf den Straßen der Stadt herrschte nun kein solches Gedränge mehr, und man mußte nicht mehr so lange auf einen freien Platz warten. Die Jungen nahmen ein frühes Abendessen zu sich und unterhielten sich in Ruhe über die Ereignisse des Tages.

»Ein unheimlicher Vorgang«, fand Peter. »Wirklich zum Gruseln. Die Bewohner einer ganzen Stadt verfallen in einen Tiefschlaf, während sich ein Höhlenmensch auf die Wanderschaft macht . . .«

»Und wir haben einen Fußabdruck dieses Höhlenmenschen, falls es ihn tatsächlich gibt«, sagte Justus. »Was können wir daraus ersehen? Was meint ihr, sollen wir ihn Dr. Brandon zeigen? Er ist doch darin geübt, aus Einzelheiten wie einem Knochenstück oder einem Fußabdruck im Schlamm Schlüsse zu ziehen. Wenn ein Zusammenhang zwischen der Fußspur auf der Wiese und dem Höhlenmenschen denkbar wäre, würde er dies sofort feststellen.«

»Aber Justus, der Höhlenmensch selbst kann das nun wirklich nicht gewesen sein«, meinte Bob.

»Einverstanden, aber jedenfalls war jemand barfuß über die Wiese gelaufen, und Zigeuner-John kann beschwören, er habe einen Höhlenmenschen gesehen, und im übrigen würde es Dr. Brandon bestimmt interessieren, davon zu erfahren, oder nicht?«

»Doch, doch«, bestätigte Bob. »Versuchen wir's mal.«

Nach dem Essen liefen die drei zur Scheune zurück, wo sie den Gipsabdruck aus Justs Schlafsack holten. Dann gingen sie zum Institut. Sie fanden James Brandon in seinem Arbeitszimmer.

Der Forscher saß an einem mit Papier und Büchern überhäuften Tisch. Er sah mit starrem Blick auf, als die drei ??? zur Tür hereinkamen. Die Jungen befürchteten schon, er werde gleich wieder einen seiner Zornesausbrüche bekommen. Doch als er das Buch, in dem er gelesen hatte, zuklappte, konnten sie sehen, daß er nicht zornig war, sondern sich nur ganz in seine Lektüre vertieft hatte.

»Na?« fragte er. »Was gibt's denn?«

»Wir brauchen einen Rat«, sagte Justus, »und vielleicht einige Informationen. Dr. Brandon, wir sind zur Zeit auf dem Heuboden in Nat McGees Scheune untergebracht, und vom Fenster aus können wir das Museum sehen. Gestern, spät in der Nacht, gab es da einen Zwischenfall.«
Justus schilderte Zigeuner-Johns eigenartiges Erlebnis und den Fund des Fußabdrucks auf der Wiese. Dann zeigte er Brandon das Gipsmodell.
»Natürlich ist es undenkbar, daß der Höhlenmensch über die Wiese gelaufen ist«, sagte Justus. »Aber da ist wirklich jemand gegangen, und Sie sind doch darin erfahren, anhand geringster Merkmale Aussagen über eine Person zu machen.«
Brandon lächelte. »Wenn du so redest, fühle ich mich geradezu in eine Kriminalgeschichte aus dem vorigen Jahrhundert versetzt.« Er legte das Gipsmodell auf seinen Schreibtisch. »Nun, wenn ihr euch ein prähistorisches Wesen erhofftet, dann muß ich euch enttäuschen«, stellte er fest. »Der Mensch, dessen Fußabdruck dies ist, trägt normalerweise Schuhe. Wenn jemand ständig barfuß geht, werden seine Füße breiter, und die Zehen spreizen sich. Die Person, die Abdrücke wie diesen hier hinterläßt, hat hingegen schmale Füße. Und überdies eine Hammerzehe! Das ist sehr unwahrscheinlich bei jemandem, der keine Schuhe trägt.«
»Zigeuner-John behauptete aber, es sei ein Höhlenmensch gewesen«, brachte Bob hervor. »Er sprach von langem zottigem Haar und umgehängten Tierfellen.«
James Brandon lachte. »Glaubt ihr im Ernst, daß der Urmensch bekleidet war? Ich weiß nicht, was Zigeuner-John sich einbildet, aber die Person, von der dieser Abdruck stammt, ist nicht der Höhlenmensch. Selbst wenn man annimmt, daß ein toter Hominide sich auf die Beine macht: Einmal sind die Füße zu schmal – und im übrigen sind sie zu groß.«
»Zu groß?« Das überraschte Peter. »Aber die sind doch klein! Nur dreiundzwanzig Zentimeter!«

»Die Urmenschen waren sehr klein«, führte Brandon aus. »Ich habe das Fossil in der Höhle vermessen, und im Hinblick auf die Länge der Knochen würde ich sagen, daß unser Höhlenmensch etwa fünfundneunzig Zentimeter groß war, wenn er aufrecht ging. Der Mensch, von dem euer Fußabdruck stammt, muß mindestens ein Meter sechzig groß sein.«
Brandon ging zu einem Schrank an der Wand. »Bei einer Forschungsreise nach Afrika«, berichtete er, »hatte ich das Glück, ein fast vollständig erhaltenes fossiles Skelett zu finden, das nahezu zwei Millionen Jahre alt sein muß. Es ist etwas kleiner als der Hominide aus Citrus Grove, aber es wird euch eine recht anschauliche Vorstellung vermitteln.«
Brandon schloß den Schrank auf und öffnete beide Türen weit.
Dann stand er wie angewurzelt und starrte auf den leeren Schrank. »Es ist weg!« flüsterte er fassungslos.
Dann holte er tief Atem und brüllte: »Weg! Es ist weg! Man hat mir mein Skelett gestohlen!«

Mühsame Suche

An diesem Abend errang Justus einen kleinen Sieg über Nat McGee. Er verkündete, inzwischen seien doch so viele Touristen, die zur Eröffnung der Höhle nach Citrus Grove gekommen waren, abgereist, und deshalb würden er und seine Freunde nun vom Heuboden zum Campingplatz umziehen. Prompt ermäßigte McGee die Miete von zehn auf drei Dollar, und die Jungen zahlten und zogen sich triumphierend auf ihren Dachboden zurück.
Eine Zeitlang lagen sie still im Dunkeln und überdachten die Ereignisse des Tages. Schließlich sagte Peter: »Es ist schon verrückt. Alles reißt sich um alte Knochen.«
»Ich frage mich, wann der Diebstahl bei Dr. Brandon verübt

wurde«, meinte Bob. »Er sagte, er sei mit anderen Dingen so beschäftigt gewesen, daß er zwei oder drei Monate lang nicht mehr in diesen Schrank gesehen hat.«
»Dann könnte es auch im Frühjahr gewesen sein«, folgerte Justus, »etwa um die Zeit von Dr. Birkensteens Tod.«
Peter stöhnte. »Nicht schon wieder! Birkensteen hatte gar nichts mit Fossilien zu tun. Er wohnte eben zufällig im Institut, doch sonst gibt es keinen Zusammenhang mit der Knochengeschichte.«
»Wir dürfen aber Eleanor Hess nicht außer acht lassen«, sagte Justus. »Stimmt das, was sie über diese Reise nach Rocky Beach berichtete, oder nicht? Sie wußte, daß das Ziel eine Adresse in der Harborview Lane war. Dann sollte sie eigentlich auch wissen, wo das ist und wer dort wohnt.«
»Eben«, bestätigte Bob. »Und sie weicht unserem Blick aus, wenn das Gespräch darauf kommt.«
»Und warum fehlen die Blätter aus Birkensteens Terminbuch?« Justus griff diesen ungeklärten Punkt nochmals auf. »Was für Aufzeichnungen hatte Birkensteen auf diesen Seiten gemacht? Riß er sie selbst heraus, oder war das jemand anders?«
»Paßt mal auf!« Peter setzte sich aufrecht hin. »Angenommen, Birkensteen hatte in Rocky Beach einen Bekannten, und diesem gegenüber erwähnte er zufällig den Höhlenmenschen. Könnte sich nicht daraus die Idee eines Diebstahls entwickelt haben? Wir gingen bisher immer davon aus, daß jemand in Citrus Grove der Dieb sein muß. Aber vielleicht trifft das gar nicht zu. In der Stadt wimmelte es ja heute von auswärtigen Besuchern!«
»Gute Überlegung«, sagte Justus. »Allerdings hat Brandon den Höhlenmenschen erst entdeckt, nachdem Birkensteen schon tot war.«
»Oh.« Nun war Peter enttäuscht!
»Einen Zusammenhang könnte es immerhin geben«, räumte Justus ein. »Vielleicht eher versteckt. Wenn wir nur diese feh-

lenden Blätter aus dem Terminbuch hätten. Und Birkensteens sonstige Aufzeichnungen. Was er sich in den letzten Tagen seines Lebens über seine Arbeit notierte, würde möglicherweise einen Hinweis enthalten.«

»Vielleicht findet sich auch ein Fingerzeig in Rocky Beach«, erwog Bob. »Du hast erzählt, daß Birkensteen die Harborview Lane suchte. Ich kenne diese Straße. Es ist eine kurze Sackgasse, eine Seitenstraße des Sunset Boulevard. Ich könnte ja hinfahren und an den Haustüren klingeln und sagen, daß Dr. Birkensteens Aktentasche vermißt wird, und ich könnte fragen, ob er sie etwa hier zurückgelassen hat, als er im Mai hier war. Zwar kam er nicht an sein Ziel, aber wenn jemand aus der Harborview Lane ihn gekannt hat, würde ich das auf diese Weise immerhin herausbekommen. Ich werde den Bus frühmorgens nehmen, dann kann ich in zwei Stunden in Rocky Beach sein.«

»Sehr schön«, lobte Justus. »Ich gehe nochmals zum Institut und suche Dr. Birkensteens Aufzeichnungen. Dr. Brandon hilft mir vielleicht dabei. Heute abend war er ja ganz zugänglich.«

»Und ich gehe nach Centerdale«, beschloß Peter.

»Was willst du denn dort?« wollte Bob wissen.

»Das weiß ich noch nicht sicher«, antwortete Peter, »aber es ist die nächste Ortschaft an der Landstraße hier, und dort wurde der Erpresserbrief wegen des Höhlenmenschen aufgegeben. Könnte doch sein, daß ich irgendeine Spur finde.«

»Ja, warum nicht«, meinte Justus. Er schloß die Augen und lauschte den Schlägen der Turmuhr an der Kirche. Er fing an, die Schläge zu zählen, kam aber nicht weit. Er schlief unterdessen ein, und dann kam es ihm vor, als sei erst eine Minute verstrichen, als er davon aufwachte, daß Peter ihn schüttelte.

»Es ist gleich acht«, sagte Peter. »Wir wollen los!«

Bob war schon auf. Justus und Peter trafen ihn am Wasserhahn, und bibbernd wuschen sich die drei in der kühlen Luft. Die Jungen nahmen in ihrem Stammlokal, der Imbißstube,

ein herzhaftes Frühstück zu sich, und dann trennten sich ihre Wege. Justus ging auf der Straße weiter zum Spicer-Institut. Die Haustür des großen Gebäudes stand offen, und drinnen konnte Justus Mrs. Collinwood hören.
»Gestern war sie nicht da, das kann ich beschwören«, sagte Mrs. Collinwood. »Ich suchte überall danach.«
Justus spähte durch die Tür. Mrs. Collinwood war im Wohnzimmer. Heute früh trug sie eine braune Perücke mit wallenden Locken, die bis auf die Schultern fielen.
»Ich sagte Ihnen doch, das Ding würde wieder auftauchen«, meinte eine andere Frau. Sie trug ein blaues Hauskleid mit weißer Schürze. Mit einem Staubwedel in der Hand stand sie da und sah zu, wie Mrs. Collinwood ihre Perücke vor einem Spiegel zurechtzupfte.
»Sie hatten Sie verlegt, nichts weiter«, sagte sie.
»Verschwunden war sie!« behauptete Mrs. Collinwood steif und fest. »Eine Perücke verlegt man nicht!«
Die Frau zog mit ihrem Staubwedel ab, und Mrs. Collinwood bemerkte Justus, der auf der Türschwelle stand.
»Falls du Eleanor suchst, die ist noch nicht hier«, gab Mrs. Collinwood Auskunft.
»Ist Dr. Brandon da?« fragte Justus.
»Ja – falls du den Mut hast, ihm unter die Augen zu treten«, sagte Mrs. Collinwood. »Du weißt ja, wo sein Zimmer ist.«
Justus bedankte sich und ging durch das große Wohnzimmer in die Diele. Noch ehe er Brandons Arbeitszimmer erreichte, konnte er den Archäologen hören. Brandon brüllte, daß die Wände wackelten, und es krachte und polterte, als werfe er mit irgendwelchen Gegenständen um sich.
Vor der Tür zögerte Justus kurz und fragte sich, ob er sich anzuklopfen traute.
Da wurde die Tür aufgerissen. »Was ist los?« schrie Brandon, als er Justus sah. »Was willst du?«
»Nun reißen Sie dem Jungen nicht gleich den Kopf ab«, sagte jemand. Es war Terreano, der ruhig in einem Sessel saß.

Brandon sah aus, als wolle er gleich wieder losbrüllen, aber da lächelte er plötzlich. »Es tut mir leid«, entschuldigte er sich. »Komm herein.«
Justus betrat das Zimmer. Auf dem Fußboden lagen Bücher und Papiere verstreut, und der Schreibmaschinentisch war umgestürzt.
Terreano nickte Justus zu. »Entschuldige das Chaos hier. Dr. Brandon mußte starke Gefühle abreagieren. Nun, es ist begreiflich.«
Brandon wurde rot und verlegen. Er stellte den Schreibmaschinentisch wieder auf und rückte ihn an seinen Platz beim Schreibtisch. Dann hob er die Schreibmaschine auf. Die Walze fiel zu Boden und rollte weg.
»Verdammt!« rief Brandon.
»Dr. Brandon wird nie gewalttätig gegen Menschen«, erklärte Terreano. »Nur die Möbel müssen es manchmal entgelten, wenn er wütend ist.«
»Soll man sich da etwa nicht aufregen?« fragte Brandon. »McGee, dieser Giftzwerg, behauptet, ich hätte seinen Höhlenmenschen gestohlen, damit die Leute nicht mehr darauf herumtrampeln, und dann hätte ich ihm einen Erpresserbrief geschickt, damit es so aussehen solle, jemand anders sei der Dieb gewesen. Und dann behauptet er noch, ich hätte die Knochen, die ich hier im Schrank aufbewahrte, irgendwo versteckt, damit alle glauben, es laufe hier ein Verrückter herum und klaue Gerippe.«
Brandon sah Justus empört an. »Ruft dieser unverschämte McGee doch hier an und wirft mir all das an den Kopf! Ich könnte ihn umbringen!«
»James, niemand glaubt im Ernst, daß Sie etwas gestohlen haben«, beschwichtigte Terreano. »McGee ist außer sich, weil sein Höhlenmensch verschwunden ist. Er schlägt vor Wut blindlings um sich.«
»Dr. Brandon, ist es nicht eigenartig, daß auch Ihr Skelett gestohlen wurde?« fragte Justus.

»Das ist nicht eigenartig«, fuhr Brandon auf. »Das ist eine Sauerei!«
»Ist es denn wahrscheinlich, daß ein zweiter Dieb die Finger im Spiel hat?« meinte Justus. »Wir müssen wohl annehmen, daß die gleiche Person, die Ihnen den Hominiden aus dem Schrank entwendete, zuvor auch den Höhlenmenschen gestohlen hat. Wer wußte eigentlich über das Skelett im Schrank Bescheid?«
Brandon horchte auf. »Junge, du hast recht! Das war doch in Citrus Grove gar nicht bekannt. Sicher, die Leute vom Institut wissen es. Mrs. Collinwood. Und Dr. Terreano.«
»Und was ist mit Eleanor Hess?« fragte Justus. Er sah Dr. Brandon scharf an.
»Dieser kleine Angsthase?« Brandon schüttelte den Kopf. »Die traut sich niemals einen Diebstahl, selbst wenn sie von meinem Hominiden etwas gewußt hätte. Andererseits . . . ich glaube, sie belauert mich. Ich habe sie dabei ertappt, wie sie mich einfach anstarrt. Heimlich, um die Ecke. Das ist schon sonderbar.«
Terreano mußte lachen. »Haben Sie das noch nicht gemerkt?« fragte er. »Sie ist in Sie verliebt. Sie benimmt sich ganz typisch. Sie stößt vor Verlegenheit an Möbel, wenn Sie in der Nähe sind, und sie läßt Dinge aus der Hand fallen. Nun, sie ist sehr jung. Eben verliebt wie ein Schulmädchen.«
»Das hat noch gefehlt!« sagte Brandon. Nun war er selbst ganz verlegen.
»Eleanor Hess hat allen einen Vorteil voraus«, erklärte Justus. »Sie kennt den Betrieb hier ganz genau, und obendrein weiß sie, wie es im Hause McGee zugeht.«
Brandon sah Justus scharf an. »Warum interessiert dich das eigentlich so sehr?« wollte er wissen.
»Meine Freunde und ich sind Detektive«, sagte Justus.
»Detektive?« Brandon mußte ein Lachen unterdrücken.
»Ja.« Justus zog eine Karte aus der Tasche und reichte sie Brandon. Darauf war gedruckt:

Die drei Detektive
???
Wir übernehmen jeden Fall

Erster Detektiv	*Justus Jonas*
Zweiter Detektiv	*Peter Shaw*
Recherchen und Archiv	*Bob Andrews*

»Ist ja sehr eindrucksvoll«, fand Brandon. Er blinzelte Terreano zu und gab die Karte an ihn weiter.
»Wir sind keine Anfänger mehr, Dr. Brandon«, sagte Justus selbstbewußt. »Wir haben Fälle gelöst, vor denen erfahrene Spürhunde kapitulierten. Normalerweise arbeiten wir für einen Auftraggeber, diesmal haben wir allerdings keinen. Aber ein entführter Höhlenmensch – das ist einmalig. Wir wollen unbedingt herausfinden, was sich hier tatsächlich abgespielt hat.«
»Da mache ich mit«, sagte Brandon spontan. »Schön, mein wissensdurstiger junger Freund, ich gebe dir darin recht, daß Eleanor Hess gewissermaßen vom Schicksal begünstigt ist. Einerseits ist sie Nat McGees Nichte, andererseits hier angestellt. Aber sie hat nicht den Mumm, einen Diebstahl zu begehen.«
»Sie verstand sich sehr gut mit Dr. Birkensteen«, brachte Justus vor. »Könnte es einen Zusammenhang zwischen dem Diebstahl des Höhlenmenschen und Dr. Birkensteens Reise nach Rocky Beach geben?«
»Damals, als er starb?« mischte sich Terreano ein. »Aber das liegt doch fast drei Monate zurück! Damals war der Höhlenmensch überhaupt noch nicht entdeckt!«
»Lassen wir das mal außer Betracht«, meinte Justus. »Wissen Sie, warum Dr. Birkensteen nach Rocky Beach fuhr?«
Brandon zog die Brauen zusammen. »Nein. So richtig vertraut war er hier mit keinem von uns.«
»Ich glaube, Eleanor weiß darüber Bescheid«, sagte Justus.

»Aber auch sie ist sehr zurückhaltend. Noch etwas: Es fehlen Blätter aus Dr. Birkensteens Terminbuch, und zwar die für den Zeitraum Ende April bis Mitte Mai. Ich überlegte mir schon, ob ich wohl seine Aufzeichnungen aus dieser Zeit einsehen könnte. Sie enthalten vielleicht einen Fingerzeig.«
Brandon sah zu Terreano hin, und dann nickte er. »In Birkensteens Zimmer wurde nichts verändert«, erklärte er Justus. »Mit seinen Aufzeichnungen hat sich bisher niemand befaßt.«
Die drei verließen Brandons Arbeitszimmer und gingen über den Flur zu Birkensteens Labor.
Hier gab es bündelweise Notizen. Sie waren säuberlich in Mappen mit Aufschriften wie »Reaktionszeit« und »Feinmotorische Fertigkeiten« und »Kommunikationsfähigkeit« eingeordnet. Auch einzelne Notizbücher waren vorhanden, zu Themen wie chemische Einflußnahme oder Dauer und Häufigkeit von Röntgenbestrahlungen. Darin standen Fachausdrücke, die selbst Justus noch nicht begegnet waren.
»Es wäre schon ein zweiter Genetiker erforderlich, um das anderen verständlich zu machen«, sagte Terreano.
Justus nickte. »Allerdings«, bestätigte er. »Aber es könnte sich hier etwas ergeben. Und so abwegig es auch scheinen mag – es hat vielleicht mit dem Höhlenmenschen zu tun.«
Schweigend blätterten Justus, Brandon und Terreano die Aufzeichnungen durch. Nach geraumer Zeit sagte Justus: »Für Versuche nach dem zehnten April gibt es keine Niederschrift mehr.«
Brandon blätterte das Buch, das er gerade zur Hand genommen hatte, rasch durch. »Du hast recht«, sagte er. »Hier zum Beispiel stammen die letzten Aufzeichnungen vom fünfundzwanzigsten März.«
Sie nahmen ein Buch nach dem anderen vor und stellten jeweils das Datum der letzten Eintragung fest. Nach den ersten Apriltagen gab es keine Notizen mehr.
»Weitergearbeitet hat er aber«, erklärte Brandon. »Tag für Tag. Und er ging immer sehr methodisch vor. Er *muß*

Aufzeichnungen gemacht haben. Was ist daraus geworden?«
»Das frage ich mich auch – wo sind die Seiten aus seinem Terminbuch?« meinte Justus.
Auf einem Arbeitstisch lag ein Stapel Zeitschriften, und Justus nahm eine auf und blätterte sie durch. Die Zeitschrift trug einen Stempel »Eigentum der Staatsbibliothek Kalifornien«, und in das Heft war ein Zettel als Merkzeichen eingelegt.
»Aha – Dr. Birkensteen informierte sich hier über die Auswirkung von Sodiumpentothal auf das Gehirn und seine Funktion«, stellte Justus fest.
»Sodiumpentothal ist ein Narkosemittel«, sagte Terreano. »Es betäubt das Empfinden, und es führt zu Bewußtlosigkeit.«
Justus nahm eine zweite Zeitschrift zur Hand. Es war ein Heft der »Ärztlichen Monatsschrift« und enthielt einen Artikel über Distickoxid.
»Auch ein Narkosemittel«, erklärte Brandon. »Es wird manchmal bei Zahnbehandlungen angewendet. Man nennt es auch Lachgas.«
Daneben gab es noch weitere Zeitschriften und Sonderdrucke von Artikeln. Sie handelten ausnahmslos von Narkosemitteln der verschiedensten Typen.
»Leuchtet mir ein«, sagte Terreano. »Er nahm an den Schimpansen des öfteren Operationen vor. Dazu brauchte er Narkosemittel.«
»Und gestern wurde eine ganze Stadt eingeschläfert«, bemerkte Justus nüchtern dazu.
Justus und die beiden Männer durchsuchten systematisch das Labor. Sie fanden nichts, das als Narkosemittel verwendet werden konnte. Es gab keinen Äther, kein Sodiumpentothal, kein Novocain.
Als Justus schließlich wegging, ließ ihn der Gedanke an Eleanor nicht los. Hatte sie die Aufzeichnungen etwa an sich genommen? Wenn ja, warum? Und hatte sie die Seiten aus

dem Terminbuch vernichtet? Wenn ja, warum? Sie war doch viel zu gehemmt, um sich an einem Diebstahl zu beteiligen. Oder etwa doch nicht?

Fragen über Fragen

Als es Mittag wurde, hatte Peter Shaw erkannt, daß er nur seine Zeit vertat. Centerdale war größer als Citrus Grove, aber sonst nicht viel anders. Es gab zwei Supermärkte statt einem und vier Tankstellen statt zwei. Die Bushaltestelle war nicht vor der Drogerie, sondern vor dem ›Hotel Centerdale‹. Nichts ließ einen Verdacht aufkommen. Und außerdem wußte Peter gar nicht genau, was er suchte.

Er seufzte. Wäre er doch mit Justus zur Spicer-Stiftung gegangen! Kaum war ihm dieser Gedanke gekommen, als ein verstaubtes altes Auto an ihm vorbeifuhr und um eine Ecke bog. Am Lenkrad saß Frank DiStefano.

Peter sauste vor zu der Kreuzung, wo der junge Mann soeben abgebogen war. Er sah den Wagen auf der baumbestandenen Seitenstraße in der Zufahrt zu einem verlotterten Haus. DiStefano ging gerade mit einer braunen Papiertüte in das Haus.

Peter wartete. Nach etwa zwei Minuten kam DiStefano wieder heraus. Er stieg in sein Auto, setzte zur Fahrbahn zurück und fuhr auf Peter zu. Peter wandte sich ab, als DiStefano sich der Ecke näherte. Nachdem er wieder in die Hauptstraße eingebogen und in Richtung Citrus Grove davongebraust war, ging Peter zu dem Haus, bei dem er geparkt hatte. Er stand lange da und sah es sich an. Er überlegte gerade, was er nun tun solle, als sich ein Wagen näherte und in die Zufahrt einbog. Der Motor wurde abgestellt, und eine mollige Frau mit kurzgeschnittenem grauem Haar stieg aus.

»Suchst du hier etwas?« fragte sie Peter.

»Nein, Madam«, entgegnete Peter. Er überlegte kurz, ob wohl eine Erklärung für sein Herumstehen angebracht wäre, und dann grinste er freundlich. »Ich hatte gedacht, ich könnte hier vielleicht Frank DiStefano treffen und mit ihm nach Citrus Grove zurückfahren. Er war da, aber er fuhr mir vor der Nase weg.«

»Du hättest dich eben bemerkbar machen sollen«, meinte die Frau. »Heute kommt er wahrscheinlich nicht mehr her.«

»Kannst du nun nicht mehr nach Citrus Grove zurück?« forschte die Frau besorgt. »Du wirst doch nicht per Anhalter fahren? Das ist zu gefährlich!«

»Nein, Madam«, beruhigte sie Peter. »Es fährt auch ein Bus.«

»Dann ist's ja gut.« Sie öffnete den Kofferraum und holte eine große Tragetasche mit Lebensmitteln heraus. Peter ging ihr rasch zur Hand, und sie dankte ihm und betrat mit ihm das Haus durch den Seiteneingang.

»Sind Sie Mrs. DiStefano?« fragte Peter.

»Franks Mutter? O nein. Ich bin seine Vermieterin. Er hat bei mir ein möbliertes Zimmer.«

Peter stellte die Tragetasche auf dem Küchentisch ab.

»Wohnst du in Citrus Grove?« erkundigte sich die Frau, wartete aber die Antwort gar nicht erst ab. »Warst du gestern dort, als es so unheimlich war und alle Leute eingeschlafen sind? Ich wette, da hat jemand etwas ins Leitungswasser getan. Die Behörden sollten sich damit befassen.«

»Ist schon geschehen«, berichtete Peter. »Das Wasser wurde im Labor der Kripo untersucht. Es war nichts darin.«

Die Frau schüttelte den Kopf. »Es macht einem richtig Angst. Gestern ärgerte ich mich gewaltig über Frank. Ausgerechnet gestern muß er krank werden und das ganze Theater verpassen! Mich wundert ja, daß er nicht öfter krank ist, wo er bis spät in die Nacht Musik hört. Gestern lag er den ganzen Morgen im Bett und schnarchte. Wenn er nach Citrus Grove gegangen wäre, dann hätte er mir aus erster Hand davon berichten können. Wenigstens zum Teil! Sonst ist er nämlich so mit sich selbst beschäftigt, daß er andere Leute gar nicht wahrnimmt. Ich wollte eigentlich auch zu der Höhle fahren, aber da war das Parkplatzproblem.«

»Aha.« Peter trat rückwärts zur Küchentür hin.

»Soll ich Frank ausrichten, daß du hier warst?« fragte die Frau. »Und welchen Namen soll ich sagen? Nicht daß er sich besonders für Namen interessiert, aber sicher ist sicher.«

»Peter«, antwortete Peter. »Vielleicht erinnert er sich auch gar nicht.«

»Na, ich werd' ihm Bescheid sagen«, versprach die Frau.

Endlich kam Peter los und konnte zur Hauptstraße zurückgehen, wo er in den Bus nach Citrus Grove stieg.

Im Garten der McGees fand Peter den Ersten Detektiv auf einer alten Schaukel. Justus hörte sich den Bericht seines Kollegen über Centerdale an und seufzte.

»Also war Frank DiStefano gestern früh tatsächlich krank«, sagte er. »Ich hatte mich schon gefragt, ob er wohl etwas mit dem Diebstahl zu tun hat, aber nun glaube ich es nicht mehr. Er war der einzige unter unseren Bekannten, der kein Alibi hatte, und nun hat er doch eins.« Er zuckte die Achseln. »So geht es eben.«

Peter streckte sich im Gras aus, und Justus saß grübelnd da und zupfte an seiner Unterlippe – ein Zeichen dafür, daß er tief in Gedanken war. So fand Bob die beiden vor, als er um vier Uhr zurückkam.

»Na?« fragte Justus, als Bob um das Haus herumkam.

»Birkensteen hatte an dem Tag, als er starb, eine Verabredung mit Dr. Henry Childers«, verkündete Bob triumphierend. »Childers wohnt in der Harborview Lane. Er ist Narkosearzt und arbeitet in der Klinik St. Brendan in Santa Monica. Als ich ihn fragte, ob Dr. Birkensteen im Mai eine Aktentasche bei ihm vergessen habe, zuckte er zusammen, als habe ihn eine Wespe gestochen. Er hatte damals den ganzen Tag auf Birkensteen gewartet, aber es war niemand gekommen. Später erfuhr er natürlich von Birkensteens Tod.«

»Ein Narkosearzt?« fragte Justus. »War er mit Birkensteen befreundet?«
»Nein. Ein gemeinsamer Bekannter an der Universität in Los Angeles hatte ein Zusammentreffen der beiden vermittelt. Childers wußte nicht, weshalb Birkensteen ihn aufsuchen sollte, und der Dozent in Los Angeles wußte es auch nicht. Aber ich finde es jedenfalls hochinteressant, daß dieser Childers Narkosearzt ist. Ich fragte ihn dann noch, ob es ein so starkes Narkosemittel gebe, daß es im Verlauf von Sekunden die Bevölkerung einer ganzen Stadt einschläfern könne.«
»Aha!« Justus horchte auf. »Und wie lautete die Antwort?«
»Er sagte nein. Er hatte von dem Vorfall gestern gehört, aber er blieb bei seiner Meinung, das halte er nicht für möglich.«
»Hm!« machte Justus.
In diesem Augenblick kam Eleanor auf die hintere Veranda heraus, nickte den Jungen zu und ging zur Scheune hinüber. Ihr Onkel ging ihr von draußen nach.
»Ellie, wohin willst du?« rief Nat.
»Doris Clayton hat mich zum Abendessen eingeladen«, gab Eleanor Auskunft.
»Na, dann komm nicht so spät nach Hause«, gebot Nat streng.
Der Transporter ruckte an, und Eleanor fuhr im Rückwärtsgang zur Scheune hinaus.
Ihr Onkel blieb stehen und sah ihr nach.
Justus trat hinzu und räusperte sich, so daß McGee sich zu ihm umdrehte.
»Ich bin gerade am Überlegen«, sagte Justus. »Haben Sie noch etwas von dem Entführer gehört?«
»Nein«, antwortete McGee widerwillig. »Und außerdem würde *ich* mir gut überlegen, ob ich dir das auf die Nase binden soll.« Damit schritt er energisch ins Haus.
Die Jungen hielten sich eine Zeitlang in der Imbißstube auf und diskutierten über Narkosemittel. Dann machten sie noch einen Spaziergang durch die Stadt.
Eleanor kam erst nach Mitternacht zurück. Die Jungen auf

dem Dachboden hörten, wie sie den Transporter in die Scheune fuhr. Nat McGee rief ihr aus dem Haus zu, wo sie denn so lange gesteckt hätte. Als sie hineingegangen war, wurden die Fenster zugeknallt, und nun drang erregter Wortwechsel und Schluchzen gedämpft herüber.

»O je!« sagte Peter. »So klein ist sie doch nicht mehr. Die behandeln sie ja wie ein Schulmädchen.«

»Sie ist alt genug, um wegzugehen«, meinte Bob.

Endlich war alles im Haus ruhig, und die Jungen schliefen wieder ein. Am Montag waren sie frühzeitig wach und aus dem Haus, ehe sich dort etwas rührte. Nach dem Frühstück riefen sie Lester Wolf an, um zu erfahren, wann er nach Rocky Beach zurückfahren würde, und zu ihrer Genugtuung hörten sie, daß er noch mindestens einen Tag in Citrus Grove zubringen mußte.

Als sie zum Haus der McGees zurückgingen, sahen sie Eleanor im Transporter. Sie fuhr bei der Tankstelle am Park vor und machte sich ans Auftanken.

»Eleanor muß mit ihrer Freundin gestern abend eine ausgiebige Spritztour gemacht haben«, meinte Bob. »Ich sah doch, wie gestern Nat McGee volltankte, und wenn der Tank heute früh schon wieder leer ist . . .«

Doch Bob kam mit seinem Satz nicht zu Ende, denn die Pumpe wurde wieder abgestellt, als es erst ein paarmal geklingelt hatte. Eleanor zog den Stutzen heraus, schraubte den Tankdeckel zu und holte Geld aus der Tasche, um beim Tankwart zu bezahlen.

»Das waren nur knapp acht Liter«, bemerkte Justus, der die Klingelsignale gezählt hatte. »Das wären bei diesem Fahrzeug etwas über sechzig Kilometer. Damit hätte sie nach Centerdale fahren können, nicht?«

»Vielleicht wohnt die Freundin in Centerdale«, sagte Peter. »Oder vielleicht hat sie sich mit jemand anderem getroffen. Vielleicht hat sie den Tank wieder aufgefüllt, damit ihr Onkel sich nicht wundert, wo der Kraftstoff geblieben ist.«

Justus schnitt eine Grimasse. »Wir haben keinen Anlaß für einen Verdacht«, äußerte er. »Wir haben wirklich keinen Grund, sie in irgendeiner Weise zu verdächtigen. Es sind alles Mutmaßungen. Vielleicht wäre es eher ratsam – und wirksam –, sie ganz offen zu fragen, ob sie etwas über den Höhlenmenschen weiß, das uns weiterbringen könnte.«

»Dann wird sie wieder lügen«, gab Bob zu bedenken. »Sie sagt ja auch nicht die Wahrheit über die Fahrt seinerzeit nach Rocky Beach, oder?«

»Ich denke das auch. Aber sie kommt mir irgendwie allein gelassen vor, und vielleicht wäre es eine Erleichterung für sie, sich auszusprechen. Und was haben wir schließlich zu verlieren?«

»Nichts«, bestätigte Bob. »Aber wenn du mit ihr reden willst, dann mach das lieber allein. Sie wird nämlich anfangen zu heulen, und das macht mich immer ganz fertig. Außerdem soll es nicht so aussehen, als wollten wir zu dritt über sie herfallen.«

»Na schön«, stimmte Justus zu.

Als die Jungen bei den McGees ankamen, stellte sich heraus, daß Eleanor schon zum Institut gegangen war. Also trennte sich Justus von seinen Freunden und machte sich auf den Weg dorthin. Er wollte gerade an der Haustür klingeln, als er drinnen Eleanor laut und aufgebracht sprechen hörte.

»Was soll das heißen, es ist zu spät?« rief sie. »Es darf nicht zu spät sein!«

Justus trat rasch vom Eingang zurück. Ein Fenster des Wohnzimmers stand offen, und er ging hin und spähte in den Raum. Niemand war zu sehen. Die Tierköpfe an der Wand blickten starr geradeaus.

»Ist mir egal, wenn du ihn schon angerufen hast«, sagte Eleanor. »Ruf ihn eben noch mal an. Sag ihm, es war nur ein Scherz!« Da fiel Justus ein, daß im Flur vor den Laborräumen ein Wandtelefon war. Offenbar führte Eleanor gerade ein Gespräch.

»Das lügst du!« schrie sie. »Das hast du nicht für mich getan! Was aus mir wird, kümmert dich ja überhaupt nicht!«
Eine kurze Pause folgte. Dann sagte Eleanor: »Na gut, dann warte nur ab, was ich jetzt unternehme.«
Der Hörer wurde hingeknallt.
Justus trat vom Fenster weg. Gleich darauf wurde die Haustür aufgerissen, und Eleanor lief heraus. Sie hielt den Kopf hoch und die Lippen zusammengepreßt, und sie sah weder nach rechts noch nach links, als sie die Vortreppe hinunter- und zum Gartentor hinauseilte.
Justus folgte Eleanor, rief sie aber nicht an. Als er auf halber Strecke war, überquerte sie gerade beim Haus der McGees die Wiese und öffnete dann das Scheunentor. Peter und Bob kamen ans Fenster des Dachbodens und beobachteten, wie sie den Transporter herausfuhr. Hastig und ruckweise wendete sie das Fahrzeug, und dann bog sie schnell in die Fahrbahn ein und raste stadteinwärts. Die drei ??? trafen vor der Scheune zusammen.
»Wo will die Dame denn hin?« fragte Peter.
»Ich weiß nicht«, bekannte Justus. »Irgend etwas hat sie zur Weißglut gebracht. Ich glaube, sie wird allmählich ganz aktiv.«
»Da ist sie nicht die einzige«, berichtete Bob. »Vor etwa zehn Minuten lief Nat McGee aus dem Haus, ganz grimmig und entschlossen, und seine Frau schrie ihm nach, er solle nicht noch mehr Geld ausgeben. Sie sagte, sie hätten an diesen Höhlenmenschen schon viel zuviel verschwendet. Er reagierte nicht und ging los, Richtung Stadtmitte.«
»Das Lösegeld!« vermutete Justus nach kurzem Überlegen. »Er will vermutlich das Lösegeld deponieren. Endlich spitzt sich die Sache zu!«

Doppelte Überraschung

»Los, kommt!« forderte Justus die Freunde auf. »Wir wollen doch sehen, wie Nat das mit der Geldübergabe anstellt!« Schon trabte er los zur Stadt.

»Wie will er es wohl machen?« fragte Peter, als er Justus eingeholt hatte. »Den Wagen hat er jedenfalls nicht genommen.«

»Zu Fuß ist man in der Stadt schneller«, sagte Justus ungeduldig. »Kommt nur mit!«

Die Jungen gingen die Hauptstraße entlang. Sie kamen gerade an dem kleinen Park vorbei, als sie McGee aus der Imbißstube kommen sahen. Mr. Carlson, der Wirt, und noch zwei andere Männer hatten sich zu ihm gesellt. Justus erkannte in dem einen den Besitzer der Drogerie. Als die vier auf die Bank an der Ecke zugingen, trat noch ein Mann zu ihnen, der aus dem Motel geeilt kam.

»Genau das hatte ich vermutet«, sagte Justus. »All die Geschäftsleute in der Stadt haben ein finanzielles Interesse an dem Höhlenmenschen, und nun werden sie das Lösegeld gemeinsam aufbringen.«

Justus setzte sich auf eine Parkbank. Er sah durch das Panzerglasfenster, daß der Bankdirektor hinter seinem Schreibtisch hervorkam, um die Männer zu begrüßen. Mit sehr ernstem Gesicht schüttelte er Nat die Hand und nickte den anderen Männern zu. Dann geleitete er die Gruppe zu einem Raum im hinteren Teil des Gebäudes.

»Was machen wir jetzt?« fragte Bob.

»Abwarten«, sagte Justus. »Es dürfte nicht allzulange dauern.«

Fünf Minuten später, als die Uhr am Kirchturm gerade zehn schlug, kam Nat McGee wieder aus dem Bankgebäude. Er trug einen Geldsack aus Leinen. Der Gastwirt war noch bei ihm.

»Aha!« sagte Justus.

McGee und sein Begleiter gingen zu dem Parkplatz vor der

Imbißstube. Sie stiegen in einen dort geparkten Volkswagen und fuhren los.
»Ich habe das Gefühl, daß die Herren nicht lange weg sein werden«, äußerte Justus. Er zeigte auf die Bank gegenüber. Die beiden Männer, die vorher noch bei McGee gewesen waren, traten nun zusammen mit dem Bankdirektor ins Freie. Sie standen einige Minuten auf dem Gehweg und wechselten besorgte Blicke. Dann gingen sie in das Lokal und setzten sich an einen Tisch bei der Theke.
Die Jungen warteten. Die Turmuhr schlug viertel nach zehn und dann halb elf. Nun kamen Nat und sein Begleiter angefahren, stellten den Wagen ab und gingen ebenfalls in die Gaststätte. Nat hatte den Geldsack nicht mehr bei sich.
»Wollen wir's wagen, sie anzusprechen?« fragte Justus.
Er stand auf und lief über die Straße. Nach kurzem Zögern folgten ihm die beiden anderen.
Außer den Männern am Tisch, dem Kellner an der Theke und einer Serviererin, die Zuckerdosen nachfüllte, war das Lokal leer, als die Jungen eintraten. McGee warf ihnen einen Blick zu und sah dann weg. Justus, Bob und Peter wählten einen Tisch in der Nähe, und Justus nickte freundlich.
»Warten Sie auf den Anruf des Erpressers?« fragte er.
Nat McGee machte stumm den Mund auf und wieder zu.
»Sie haben doch das Lösegeld abgeliefert, nicht wahr?« forschte Justus weiter.
Da kam McGee hinter seinem Tisch vor und packte Justus vorn am Hemd.
»Was weißt du davon?« herrschte er ihn an. »Du – du hängst doch da mit drin! Ihr habt uns die ganze Zeit nachspioniert!«
Justus wehrte sich nicht. Er entgegnete nur: »Ich hänge keineswegs mit drin.«
»He, Nat, immer mit der Ruhe«, mahnte der Wirt.
Mit bitterböser Miene ließ Nat McGee von Justus ab.
»Straftaten sind mein Hobby, und auch das meiner Freunde«, erklärte Justus verbindlich. »Es ist mehr als ein Hobby. Wir

fühlen uns dazu berufen. Allerdings begehen wir keine Verbrechen. Wir versuchen sie aufzuklären, und oft haben wir dabei Erfolg.«

»Unreife Lümmel seid ihr!« knurrte McGee. Er ging zu seinem Tisch zurück.

»Erwarten Sie, daß Ihnen der Dieb nun mitteilt, wo das Skelett zur Zeit ist?« richtete Justus noch einmal das Wort an ihn.

McGee antwortete nicht, aber der Gastwirt griff die Frage auf. »Tja . . . da können wir nur hoffen.«

Justus nickte, und wieder trat eine Gesprächspause ein.

»Wenn nun jemand anders das Geld findet . . .« setzte der Bankier an. »Angenommen, es kommt einer zufällig an diesen Grillplatz und . . .«

»Hören Sie auf!« stieß Nat hervor. Er sah ganz elend aus, und feine Schweißperlen traten ihm auf die Stirn.

Bob stützte sich auf die Ellbogen und erörterte vernehmlich, wo es wohl ein gutes Versteck für das Gerippe eines Höhlenmenschen geben könne. »Im Film«, sagte er, »verstecken die Täter immer das Zeug in Schließfächern auf Bahnhöfen. Hier fährt aber keine Eisenbahn mehr. Und die Bushaltestelle ist im Freien, vor der Drogerie.«

»Aber den Bahnhof gibt es noch«, stellte Justus richtig.

Eisiges Schweigen folgte. McGee und der Gastwirt drehten sich um und blickten durchs Fenster zu dem kleinen Bahnhofsgebäude drüben beim Park hin. Das sah nicht anders aus als sonst – verstaubt und verlottert.

»Ich werd' verrückt!« sagte der Wirt.

Die Männer an dem Tisch sprangen alle gleichzeitig auf und rempelten einander an. McGee war als erster an der Tür.

Die Jungen liefen den Männern nach und hielten sich dicht hinter ihnen. Schon hastete McGee die Vortreppe zum Bahnhof hinauf. Dann spähte er durch die staubige, verschmierte Fensterscheibe ins Innere des Warteraums.

»Nichts anfassen!« rief Justus. »Vielleicht gibt es hier Fingerabdrücke!«

McGee trat vom Fenster zurück und warf sich mit der Schulter gegen die Türfüllung. Holz splitterte krachend.
In Sekundenschnelle entstand ein Menschenauflauf. Die Kunden, die beim Einkaufen im Supermarkt waren, strömten herzu, und Leute aus den umliegenden Häusern kamen angelaufen. James Brandon und Phil Terreano fuhren in Brandons Wagen zufällig vorüber, und Brandon parkte am Randstein. Elwood Hoffer trat aus der Drogerie und gesellte sich ebenfalls zu den Schaulustigen. Doch er hielt sich im Hintergrund.
McGee warf sich immer wieder gegen die Tür. Schließlich gab das Holz mit einem Ächzen nach, und das Türblatt wurde aus den Angeln gerissen.
Die Leute drängelten, alle wollten sie gleichzeitig in den Bahnhof.
»Zurückbleiben!« brüllte McGee. »Nichts anfassen!«
Das wirkte. Die Neugierigen hielten inne.
In dem Raum befand sich als einziges ein ziemlich lädierter Schrankkoffer. Er stand mitten auf dem Fußboden. Ringsum waren Spuren im Staub, die erkennen ließen, daß jemand das Behältnis durchs Fenster hereingehoben und am Boden entlanggeschleift hatte.
»Ist das Gerippe da drin?« fragte jemand.
Der Gastwirt hob den Kofferdeckel und rief: »Ah!«
James Brandon schob sich zwischen den dicht gedrängten Umstehenden durch nach vorn. Er starrte auf den Inhalt des Koffers – ein Chaos aus Bruchstücken, die als Knochen kaum mehr kenntlich waren, und einen Schädel.
Brandon verschlug es die Sprache, und er wurde erst blaß, dann rot im Gesicht. Es sah aus, als wolle er sich gleich auf Nat stürzen. »Was ist denn *das*?« rief er dann.
McGee wich verdutzt zurück.
Philip Terreano legte Brandon die Hand auf den Arm. »Nehmen Sie es nicht so schwer, James«, versuchte er zu beschwichtigen.
Er wandte sich an McGee. »Da ist . . . eine ganz blödsinnige

Verwechslung passiert«, erklärte er. »Wenn ich mich nicht sehr täusche, sind das nämlich die Knochen eines afrikanischen Hominiden aus Dr. Brandons Besitz, und . . .«
»Ihr wollt mich wohl zum Narren halten!« brüllte McGee. »*Mein* Höhlenmensch ist das.«
Brandon zwang sich mühsam zur Beherrschung. »Sie werden beschriftete Anhänger an den Knochen finden«, sagte er. »Ich fertigte diese Etiketten an, um jedes Teil mit einem Hinweis auf den Zeitpunkt der Auffindung und die Fundstelle zu versehen.«
»Mr. Carlson!« rief jemand von draußen. »Mr. McGee!«
Die Menge teilte sich, und der Kellner aus der Imbißstube drängte sich vor. »Da hat eben einer angerufen«, meldete er. »Er sagt, falls Sie Ihren Höhlenmenschen suchen, dann sehen Sie hier im Bahnhof in einem alten Koffer nach . . .« Verdutzt starrte er auf den Koffer. »Aber das haben Sie ja schon getan.«
»Da haben Sie's!« rief McGee. »Es sind die Knochen aus meiner Höhle. Sie müssen es sein! Wie könnte der Dieb sonst wissen, wo sie sind? Oder . . . oder das alles ist ein Schwindel!«
McGees Augen waren vor Wut weit aufgerissen. »Ein aufgelegter Schwindel!« schrie er. »Alles Schwindel, von Anfang an!«
McGee sprang auf Brandon los und versuchte, ihn an der Kehle zu packen. »Sie haben die Knochen in meine Höhle gelegt!« kreischte er mit schriller Stimme. »Sie haben nur so getan, als hätten Sie dort welche gefunden! Sie wollten nur, daß die Leute auf Sie aufmerksam werden, Sie wollten sich wichtig machen! Und mich haben Sie dazu auf übelste Weise mißbraucht!«
Brandon holte zu einem Schlag aus, aber Terreano hielt ihn zurück. »Lassen Sie es gut sein«, riet er seinem aufgebrachten Kollegen. »Nicht durchdrehen jetzt!«
Ein Polizist betrat das Bahnhofsgebäude und ging auf McGee und Brandon zu. Und genau in diesem Augenblick fiel Justs

Blick auf Dr. Hoffer, der hinten in der Menge stand. Hoffer sah Brandon unverwandt an. Seine schmalen, dunklen Augen hatten einen auffallend interessierten Ausdruck, und seine Miene war unverkennbar zufrieden.

Hoffer weidet sich an der Empörung seines Kollegen – kein schöner Zug. Ist das etwa auch eine allergische Reaktion?

Justus geht ein Licht auf

»Dr. James Brandon ist ein angesehener Mann«, sagte Terreano. »Er hat es gewiß nicht nötig, für sich Reklame zu machen. Und einen prähistorischen Fund würde er schon gar nicht vortäuschen!«
»Er muß es aber getan haben«, widersprach McGee. »Und der Entführer ist auf den gleichen Betrug hereingefallen!«
»Nein!« rief Justus. »Hören Sie doch! Es liegt auf der Hand! Es waren zwei Garnituren Fossilien, nicht wahr?«
»Stimmt«, sagte Brandon.
»Vorgestern abend beauftragte Nat McGee den Mann, den alle Zigeuner-John nennen, mit der Bewachung des Museums, damit dort kein Unbefugter eindringen sollte. Zigeuner-John kampierte in der Nähe des Eingangs zum Museum, und in der Nacht wurde er von jemandem gestört, den er uns als den Höhlenmenschen beschrieb. Da kam er zur Scheune, in der wir schliefen, und weckte uns. Er erzählte uns, der Höhlenmensch sei über die Wiese weggegangen, und er habe zottiges Haar und trage ein Tierfell umgehängt. Aber was auch immer Zigeuner-John sah, es war nicht das prähistorische Wesen, dessen sterbliche Überreste sich in der Höhle

gefunden hatten. Ich glaube, John sah jemanden, der sich als Höhlenmensch verkleidet hatte und sich irgendwie einen Schlüssel zum Museum beschafft hatte, vielleicht aus McGees Küche. Der Dieb nahm die fossilen Knochen vom Boden der Höhle und legte statt dessen die Gebeine des afrikanischen Hominiden hin, die Dr. Brandon sonst in seinem Arbeitszimmer aufbewahrte. Dann verschloß der Dieb die Tür wieder und entkam mit dem einheimischen Knochenfund über die Wiese.«

»Ist doch Wahnsinn!« stieß Nat McGee hervor. »Wie sollte einer auf eine so absurde Idee kommen?«

»Es könnte jemand sein, der Dr. Brandon schaden will«, entgegnete Justus. »Früher oder später hätten die Knochen in der Höhle von Experten begutachtet werden müssen. Diese Fachleute hätten dann die Knochen eines afrikanischen Hominiden gefunden, sogar mit Etiketten in Dr. Brandons Handschrift als Beweis!«

Terreano schüttelte den Kopf. »Aber Brandon machte Fotos von dem neu entdeckten Höhlenmenschen. Angenommen, es gab zwei Garnituren Knochen, und diese befanden sich zu verschiedenen Zeiten an derselben Stelle in der Höhle. In diesem Fall ließen sich doch Abweichungen erkennen, was man in den Aufnahmen deutlich sehen würde.«

»Fotos als Beweis?« fragte Justus skeptisch. »Der Schädel des in der Höhle aufgefundenen Hominiden steckte zum Teil im Erdreich. Man würde vermuten, Brandon habe die afrikanischen Knochen in die Höhle praktiziert und erst dann fotografiert.«

»Genau das hat er getan!« behauptete McGee. »Er legte irgendwelche alten Knochen hin. Allerdings wurden die geklaut – und hier sind sie nun wieder aufgetaucht. Und das Schlimmste: Ich und meine Freunde sind zehntausend Dollar los und haben zum Schaden noch den Spott!«

Er wandte sich an Brandon. »Ich werde Sie verklagen!« drohte er. Wütend schritt er davon.

Brandon starrte ihm mit finsterem Blick nach. Dann bückte er sich und begann, die Knochen aus dem Koffer aufzusammeln.
»Tut mir leid, Dr. Brandon«, sagte der Polizist. »Wir können nicht zulassen, daß Sie diese Knochen mitnehmen. Wir müssen den Koffer samt Inhalt beschlagnahmen. Es handelt sich um Beweismaterial.«
In stummer Empörung ging Brandon mit verbissener Miene ebenfalls weg. Als die Zuschauer sich verliefen, warteten auch die Jungen nicht länger. Nun standen sie draußen auf der Straße im Sonnenschein, und Peter grinste.
»Du hast den Fall gelöst!« wandte er sich an Justus.
»Stimmt nicht ganz«, erwiderte Justus. »Ich legte nur eine mögliche Erklärung vor. Den wahren Sachverhalt werden wir erst erfahren, wenn wir wissen, wer sich als wandelnder Höhlenmensch verkleidet hat und wer die Leute im Park eingeschläfert hat. Nun eine andere Sache: Wo sind die Fossilien, die Dr. Brandon ursprünglich in der Höhle gefunden hatte?«
Die Jungen gingen zu McGees Haus, aber schon nach einigen Schritten wurden sie von Frank DiStefano aufgehalten. Der junge Handlanger im Dienst der Spicer-Stiftung hatte seinen Wagen am Straßenrand geparkt. Er stand daneben und sah sich die Leute an, die noch immer in Gruppen vor dem Bahnhof beisammenstanden.
»Sagt mal, was ist denn hier los?« fragte DiStefano. »Habe ich etwas versäumt? Was machen denn all die Leute hier?«
»Die Knochen, die aus der Höhle gestohlen wurden, fanden sich in einem Koffer im Bahnhofsgebäude«, klärte ihn Bob auf.
»Na großartig!« sagte DiStefano. »Und was war dann? Hat man den Burschen festgenommen, der das getan hatte? Oder haben McGee und seine Freunde brav das Lösegeld bezahlt?«
»Sie haben bezahlt«, entgegnete Justus. »Schon heute früh.«
DiStefano nickte. »Na also«, meinte er. »Und jetzt sind alle glücklich und zufrieden.«
»Nicht ganz«, wandte Justus ein. »Da gibt es noch Komplika-

tionen.« Ihm war plötzlich ein Einfall gekommen. »Hast du Eleanor Hess gesehen?« fragte er.
DiStefano schüttelte den Kopf. »Nein. Wieso?«
»Ich würde sie gern etwas fragen«, sagte Justus. »Vielleicht ist sie nach Centerdale gefahren. Fährst du jetzt dorthin?«
»Ja. Wollt ihr mitkommen?«
DiStefano setzte sich ans Lenkrad und beugte sich herüber, um auf der Beifahrerseite die Tür zu öffnen. Peter und Bob mußten auf dem Rücksitz erst eine Taucherausrüstung zur Seite schieben, ehe sie Platz fanden. Justus setzte sich vorn neben DiStefano.
Der Wagen fuhr an, und es ging an den Läden und am Bahnhof vorüber. Dann kam das öffentliche Schwimmbad in Sicht. Kinder kletterten auf das hohe Sprungbrett und sprangen ins Wasser. »Scheint denen Spaß zu machen, was?« meinte DiStefano. »Wenn ich schwimmen könnte, wäre ich auch dafür zu haben.«
Nun ging es aus der Stadt hinaus und die kurvenreiche Straße nach Centerdale entlang.
Justus drehte sich zu Peter um. Peter hatte die Tauchermaske in die Hand genommen und runzelte die Stirn. Als er aufsah, begegnete sein Blick dem seines Freundes. Justus schüttelte kaum merklich den Kopf. Peter legte die Maske wieder hin und lehnte sich auf dem Sitz zurück.
Justus sah DiStefano an. Der junge Mann war sichtlich gutgelaunt und hatte die Lippen geschürzt, als pfeife er lautlos vor sich hin. Zwischen den Vordersitzen lag alles mögliche kunterbunt durcheinander – Einwickelpapier von Kaugummis, eine Plastikdose ohne Deckel, eine leere Limonadendose und ein zerrissener Briefumschlag mit leuchtend grüner Beschriftung.
Justus hob den Umschlag auf. Er diente DiStefano als Notizenraum für eine Liste von Dingen, die zu erledigen waren. Da stand »Benzinpumpe« und »Reparatur Kfz Dinstag fertig« und »Chemex, Wadlee Road«.

Justus legte das Kuvert wieder hin. »Du kannst also nicht schwimmen«, wandte er sich an DiStefano.
»Nee.«
»Aber du hast doch da eine komplette Tauchausrüstung.« Justus zeigte hin.
»Ach, die . . . die gehört nicht mir. Die ist von einem Freund.«
»Wirklich?« meinte Justus. Seine Stimme war leise und eindringlich, und sein Ton ließ DiStefano aufmerken und dann ganz schnell den Blick abwenden.
Nun waren sie schon weit draußen vor der Stadt, auf der von Bäumen gesäumten Schnellstraße. DiStefano tippte die Bremse leicht an und horchte mit schräg gehaltenem Kopf.
»Na, was ist da los?« meinte er.
»Was denn?« fragte Justus.
»Ein Geräusch im Motor«, sagte DiStefano. »Hört ihr das nicht?« Er fuhr an den Randstreifen, zog die Handbremse und stieg aus.
Peter auf dem Rücksitz wurde mißtrauisch. »Ich hab' nichts gehört«, sagte er.
»Vielleicht habt ihr kein so scharfes Gehör.« Nun stand DiStefano neben seinem Wagen. Er sah durchs Fenster zu den Jungen hinein, und sein Lächeln war voller Hohn.
Justus holte tief Atem. »Die Tauchausrüstung«, fing er an. »Jetzt sehe ich endlich klar. In Birkensteens Labor gab es ein Narkosemittel – eine Substanz, die sehr schnell wirkt und eine ganze Stadt einschläfern kann und die dann rückstandsfrei verdunstet. Du wolltest das Zeug natürlich nicht einatmen oder damit in Berührung kommen, also hattest du einen Taucheranzug und ein Atemschutzgerät angelegt. Zigeuner-John glaubte, er habe ein Monster mit einem Auge und Stoßzähnen gesehen. Was er in dem Augenblick, ehe er das Bewußtsein verlor, wirklich sah, waren Taucherhelm und Luftschläuche.«
DiStefano sah Justus an, ohne eine Miene zu verziehen.
»Eleanor Hess wollte dich heute früh besuchen«, sagte Justus.

»Wo ist sie jetzt?«
Und dann – zu spät – erkannte Justus, daß DiStefano eine Plastiksprühflasche in der Hand hielt. Vermutlich war sie beim Fahrersitz verstaut gewesen. DiStefano hob die Flasche und zielte auf Justus.
Peter stieß einen Schrei aus und drängte sich hastig im Wagen vor, um aussteigen zu können.
DiStefano drückte auf das Ventil, und die drei Jungen spürten feuchten Sprühnebel im Gesicht.
DiStefano trat zurück und schlug die Autotür zu. Justus spürte, wie seine Glieder erschlafften, als er auf seinem Sitz zur Seite sank. Dunkelheit umfing ihn, fühlbar wie eine dicke Hülle. Aber noch während er zu fallen, immer tiefer zu fallen schien, erkannte Justus in einem Augenblick des Triumphs: Das war die Lösung!

Ihr habt das Glück, in der Situation des Lesers, den mannigfaltigen Risiken und Gefahren, denen die drei ??? ausgesetzt sind, zu entgehen. Nun könnt ihr ab jenem Punkt, an dem Justus der Chemie zum Opfer fällt, weiterkombinieren. Wer nützt diese Chance?

Flucht und Verfolgung

Justus war wach. Er spürte, daß er wach war. Es roch muffig, und neben ihm atmete, regte sich jemand.
Nur war es immer noch dunkel.
Justus setzte sich auf und spürte Erde unter den Händen. In der Finsternis stöhnte jemand leise.
»Wer ist das?« fragte Justus. Er streckte die Hand aus und berührte einen Körper. Ein heller Aufschrei war die Folge.
»Eleanor?« fragte Justus. »Eleanor Hess?«

»Laß mich!« schrie Eleanor. »Laß mich in Ruhe!«
Irgendwo in der Nähe stöhnte Peter, und von Bob hörte Justus ein Gemurmel.
»Ja, schon gut«, sagte Justus. Er bemühte sich, ganz ruhig zu sprechen. »Ich bin's, Justus Jonas. Peter, wie geht's dir? Und Bob?«
»Och . . . ganz gut«, antwortete Peter. »Wo zum Kuckuck sind wir hier?«
»Bob?« wiederholte Justus.
»Alles klar«, meldete sich auch Bob.
»Eleanor, weißt du, wo wir sind?« fragte Justus.
»In einer alten Kapelle im Wald«, kam die Stimme des Mädchens. »Gottverlassen und halb verfallen. Unter dem Fußboden ist eine Gruft, wo man früher . . . Tote bestattete!«
Sie begann verzweifelt zu weinen. »Nie mehr kommen wir da heraus!« schluchzte sie. »Kein Mensch kommt je hierher!«
»Auch das noch!« ließ sich Peter stöhnend vernehmen.
»Die Krypta«, stellte Justus fest, »in der ehemaligen Kapelle. Aber . . . aber Eleanor, es muß doch einen Ausgang geben. Wie sind wir hereingekommen?«
»Oben an der Treppe ist eine Luke«, erwiderte Eleanor, »aber die ist dicht. Ich konnte das kurz sehen, als Frank aufmachte und hinunterschaute. Aber dann schläferte er mich wieder ein.«
»Mit seiner Sprühflasche«, sagte Justus.
Eleanor putzte sich die Nase. Offenbar war sie bestrebt, die Fassung wiederzugewinnen.
»Ich hatte eine solche Wut auf Frank«, begann sie. »Heute früh fuhr ich zu ihm. Ich sagte ihm, ich würde die Polizei einschalten, wenn er den Höhlenmenschen nicht zurückgäbe, und dann würde er im Gefängnis landen. Da meinte er, mich würden sie gleich mit einsperren. Aber das war mir egal!«
»Und daraufhin besprühte er dich mit diesem Zeug?« fragte Peter.
»Ja. Und als ich hier im Dunkeln aufwachte, hatte ich schreck-

liche Angst. Ich schrie und schrie, aber keiner kam, und ich wagte mich kaum zu rühren, aus Furcht vor einer Grube oder vor Schlangen oder dergleichen. Lange Zeit später öffnete Frank die Luke, und da merkte ich, wo ich war. Ich wollte die Treppe hinauf, aber Frank sprühte mich sofort wieder an, und da schlief ich noch mal ein. Wahrscheinlich hatte er gerade euch hergebracht.«

»Die Substanz in Franks Sprühflasche war Dr. Birkensteens Erfindung, nicht wahr?« forschte Justus.

»Ja. Er nannte sie 23–4, weil er sie erstmals am 23. April benutzte. Er fand, die Schimpansen lebten zu schnell und starben zu früh, und das wollte er verhüten. Die Substanz schläferte die Schimpansen ein, hatte aber sonst keine Auswirkung. Da war Dr. Birkensteen enttäuscht. Aber dann meinte er, das Mittel könnte vielleicht bei Operationen von Nutzen sein, denn es schien ja keinerlei Nebenwirkungen zu haben.«

»Und deshalb ging er nach Rocky Beach, um sich mit einem Narkosearzt zu unterhalten«, fuhr Justus fort. »Nur starb er dort, ehe er sein Vorhaben ausgeführt hatte. Den Rest können wir uns denken. Du erzähltest Frank DiStefano von dem Mittel, und einer von euch beiden kam dann auf die Idee, all die Leute im Park einzuschläfern und die Knochen des Höhlenmenschen zu stehlen.«

Justus erwartete einen neuerlichen Tränenausbruch, aber Eleanor blieb gefaßt. »Ich war der Meinung, wir sollten nur wenig Geld verlangen«, berichtete Eleanor. »Für mich wollte ich nur ein paar hundert Dollar, um von hier wegzukommen und mich durchzubeißen, bis ich Arbeit gefunden hätte. Frank hat die Sache vermasselt mit seiner irrsinnigen Lösegeldforderung. Ich hätte mir das freilich denken können. Es ist meine eigene Schuld. Aber dem nächsten, der mich herumschubsen will, dem werd' ich was husten!«

»Na fein«, sagte Peter anerkennend, »aber vorerst sollten wir lieber zusehen, wie wir hier herauskommen, sonst gibt es vielleicht kein nächstes Mal.«

Er stand auf und machte vorsichtig einen Schritt in die Dunkelheit, und dann noch einen. Da stieß er irgendwo an und wäre fast gestrauchelt.
»Die Treppe«, erkannte er.
»Moment mal«, sagte Bob. Er tastete sich mit ausgestreckten Armen an Peter heran. Dann stiegen die beiden langsam die Stufen hinauf, immer an der Ziegelmauer entlang. Schließlich ging es nicht mehr weiter, denn nun kam die Luke, von der Eleanor gesprochen hatte, und die war zu.
Peter kroch unter die Luke und versuchte, mit gestreckten Beinen und gekrümmtem Rücken die Klappe aufzustemmen, aber sie gab nicht nach.
Bob hämmerte mit den Fäusten gegen die Luke, aber auch das war natürlich vergebens.
»Es *muß* einen Ausweg geben«, sagte Bob.
»Eben nicht«, erklärte Eleanor. Ihre Stimme war unsicher, aber sie fing nicht wieder zu schluchzen an. »Wir sitzen hier fest, und wenn Frank nicht wiederkommt und uns herausläßt, dann kommen wir nie . . . nie mehr . . .«
»Nur Geduld«, warf Justus rasch ein. »Der kommt schon.«
»Oder auch nicht«, hielt ihm Bob entgegen. »Du, Peter, spürst du auch den Luftzug? Hier, von der Wand her?«
Peter sagte nichts, aber beide Jungen tasteten mit den Händen die Steine ab, aus denen die dicke Mauer der Krypta bestand. Es waren brüchige alte Ziegel, und der Mörtel in den Fugen war an mehreren Stellen zerbröckelt und herausgefallen.
»Wir müssen hier über dem Erdboden sein«, sagte Bob. »Was da durch die Mauerritzen dringt, ist frische Luft.«
Er ballte die Hand zur Faust und schlug mit der Seite gegen die Wand. Dann rief er: »Da rührt sich was! Hier sitzt ein Stein locker!«
Er scharrte mit den Fingernägeln, und noch mehr Mörtel bröckelte ab. Dann gab es einen schürfenden Laut, als er einen Ziegel aus der Mauer zog.
»Hoppla!« rief er. Der Ziegel krachte auf den Fußboden der

Krypta, und im Dunkeln mahnte Justus: »Mann, paß doch auf!«
»Entschuldige«, sagte Bob. Er hatte sich schon den zweiten Stein vorgenommen, und er scharrte und zerrte und kratzte, bis sich auch dieser lockerte.
Der dritte Stein ließ sich dann schon leichter entfernen, und ebenso ein vierter. Hinter der ersten Wand aus Ziegelsteinen befand sich eine Schicht Mörtel, die allein schon beim Anfassen zerfiel, und dahinter kam noch eine Ziegelwand.
Peter streckte die Hand vor und drückte mit aller Kraft, und zwei Ziegel fielen nach außen, hinaus auf den Waldboden vor der alten Kapelle.
Und dann sahen Eleanor und die drei ??? wieder das Tageslicht!
Nun ging es ganz einfach. Sie zogen an den Ziegelsteinen, sie kratzten und scharrten Mörtel weg, sie drückten und schoben. Bald konnte Bob durch die Öffnung kriechen. Er war schmutzbedeckt und zerschrammt, und an seinen Fingern waren blutige Kratzer.
Nach einer Minute hörten die drei zurückgebliebenen Gefangenen ein schabendes Geräusch über ihren Köpfen. Bob rückte jetzt die schweren Balken und Steinquader zur Seite, mit denen DiStefano die Luke beschwert hatte. Währenddessen sah sich Justus die Krypta in dem Licht an, das nun von dem Loch in der Mauer einfiel. Es war ein langer, schmaler, nicht sehr großer Raum. Entlang der Innenwand waren dunkle Nischen, die einst Särge enthalten hatten. Justus erschauerte beim Gedanken daran, daß sie im schlimmsten Fall hier ohne Särge lebendig begraben gewesen wären.
Endlich konnte Bob die Luke anheben, und die drei anderen stiegen die Stufen der Krypta hinauf.
Eleanors Gesicht war schmutzig, ihre Augen waren verweint, und ein Riß klaffte in einem Hosenbein, aber sie sah entschlossen aus. Zum ersten Mal, seit die Jungen sie kannten, schien sie ihrer Sache sicher zu sein.

»So«, sagte sie, während sie als erste aus der verfallenen Kapelle trat. »Und jetzt wollen wir uns Frank schnappen, ehe er sich absetzen kann. Wenn wir es nicht schaffen, kann die Sache noch schlimm ausgehen. Er hat nämlich die Aufzeichnungen aus Dr. Birkensteens Büchern gestohlen, und er trägt sie bei sich. Er hat das Herstellungsverfahren für 23–4!«
»Du meinst, er kann jederzeit mehr von dem Zeug herstellen, um Leute einzuschläfern?« fragte Peter.
»Natürlich. Es ist nicht schwer, wenn man von der Sache was versteht. Und Frank hat auf dem College Chemie studiert, ehe er seine Ausbildung abbrach.«
»Dann nichts wie los!« rief Peter.
Im Laufschritt ging es durch den Wald und über die Wiese. Als sie die Scheune erreichten, entdeckten sie, daß das Auto dastand und der Zündschlüssel steckte. Thalia McGee mußte gerade vom Einkaufen zurückgekehrt sein, denn auf den Rücksitzen standen noch Tragetaschen mit Konserven, Brot und Gemüse.
Beherzt setzte sich Eleanor ans Lenkrad und griff nach dem Schlüssel.
»Warte noch einen Augenblick!« rief Peter. Er riß die hintere Tür auf und stieg schnell ein. Bob setzte sich neben ihn, und Justus lief um den Wagen herum und stieg zu Eleanor ein.
Thalia McGee kam aus dem Hintereingang des Hauses gelaufen und schrie ihnen laut nach, als Eleanor startete und rückwärts aus der Scheune fuhr. Eleanor kümmerte sich nicht darum. Sie schaltete, bog schlitternd auf die Straße ein und raste stadteinwärts.
»Wohin fahren wir?« fragte Justus.
Da wurde Eleanor urplötzlich wieder unsicher. Sie nahm den Fuß vom Gaspedal und sah Justus mit bangen Augen an. »Ich . . . ich dachte, vielleicht nach Centerdale«, brachte sie heraus.
Justus war in Sorge. »Frank ist sicher auf der Flucht«, meinte er. »Bestimmt hat er die Befürchtung, daß wir uns aus der

Krypta befreien konnten oder daß wir vermißt und gesucht werden.«

»Aber er muß in Centerdale sein!« rief Eleanor. »Jetzt hat er es noch nicht eilig, denke ich. Er glaubt doch nicht, daß wir so schnell wieder freigekommen sind! Wenn wir ihn nicht erwischen, wird es wirklich schlimm. Er könnte Dr. Birkensteens Mittel literweise herstellen! Er könnte wahllos Leute damit betäuben!«

Eleanor fuhr in den Parkplatz der Imbißstube ein. »Ich werde den Sheriff anrufen«, erklärte sie. »Ich werde ihn bitten, eine Fahndung einzuleiten.«

»Einen Augenblick«, sagte Justus. Er schloß die Augen und rief sich den Merkzettel ins Gedächtnis, den er in Frank DiStefanos Wagen gesehen hatte.

»Was ist denn?« fragte Eleanor. Sie rüttelte Justus am Arm. »Komm doch, wir wollen nicht länger Zeit verschwenden.«

»Vorsicht!« sagte Peter warnend. »Justus versucht sich an etwas zu erinnern.«

»Wadlee Road«, sagte Justus. »Wo ist die Wadlee Road?«

»Das ist ein kleines Gewerbegebiet in Centerdale.«

»Dann haben wir's schon!« rief Justus. »Auf dem Zettel stand ein Name. Chemex. Das muß eine Firma sein, die mit chemischen Produkten handelt. DiStefano will dort die Chemikalien kaufen, die er zur Herstellung des Narkosemittels benötigt!«

»Oh!« sagte Eleanor nur. Schon war sie ausgestiegen und suchte nach Kleingeld für die Telefonzelle am Parkplatz.

»Hier!« Bob stand neben ihr und reichte ihr Münzen.

Ein Zehncentstück rasselte in den Automaten, und Eleanor wählte eine Nummer. Sie mußte etwa 20 Sekunden warten, dann sagte sie: »Hier ist Eleanor Hess, Nat McGees Nichte. Der Dieb der fossilen Knochen aus der Höhle in Citrus Grove ist Frank DiStefano. Zur Zeit ist er vermutlich bei der Firma Chemex in der Wadlee Road in Centerdale. Er will dort Chemikalien kaufen, um noch mehr von der Substanz herzustellen, die Menschen narkotisiert. Bei der Festnahme sollten Ihre Leute vorsichtig sein, sonst kann er sie damit ganz schnell außer Gefecht setzen.«

Eleanor legte auf und lief mit Bob zum Wagen zurück. Dann fuhr sie schnell aus dem Parkplatz, Richtung Centerdale.

»Hoffentlich haben sie mir auf dem Revier auch gut zugehört«, sagte Eleanor.

»Das hoffe ich auch«, bestätigte Justus.

Nun waren sie vor der Stadt, und Eleanor trat das Gaspedal durch. Der Wald zu beiden Seiten der Fahrbahn sauste nur so vorüber. Justus stemmte die Füße gegen das Bodenblech und stützte sich ab, wenn sie eine Kurve nahmen.

Alle schwiegen, bis sie am Ortsschild von Centerdale vorbeikamen. Nun trat Eleanor auf die Bremse.

»Schließlich wollen wir uns jetzt nicht noch mit der Verkehrspolizei anlegen«, erklärte sie.

Sie fuhren an den beiden Supermärkten vorbei, die einander an der Straße gegenüberlagen. Dann bog Eleanor rechts ab. Die Jungen sahen kleinere Läden und ein paar Wohnhäuser, und dann waren sie in einer Ansiedlung von Industriebetrieben. Eleanor bog noch einmal ab.

»Das ist die Wadlee Road«, sagte sie. »Ich sehe jedoch keinen Polizeiwagen.«

Doch dann erspähten sie einen fensterlosen Klotz von Gebäude, dazu den Dienstwagen des Sheriffs an der Laderampe. DiStefanos Wagen war ebenfalls dort abgestellt. Frank stand mit seiner Sprühflasche neben dem Polizeiwagen. DiStefano fuhr herum, sah Eleanors Wagen kommen und sprang auf sein Auto los.

Eleanor bog in die Zufahrt des Chemiebetriebs ein. Die Jungen sahen, daß der Wachtmeister im Wagen des Sheriffs vornübergesunken war und sein Kopf auf dem Lenkrad ruhte. DiStefano saß nun in seinem Wagen, und er brüllte mit verzerrtem Gesicht etwas herüber. Wiederholt versuchte er, den Wagen zu starten, aber der Motor wollte nicht anspringen.

Schließlich klappte es doch, und der Wagen schoß vorwärts zur Straße. Die Reifen quietschten auf dem Asphalt.
Eleanor Hess kurbelte wie besessen am Lenkrad.
Es krachte und schepperte und dröhnte, und Metallteile rollten auf die Fahrbahn. Eleanor hatte Frank DiStefano vorne rechts erwischt und die Stoßstange gegen das Rad gedrückt.
DiStefano stieß einen Fluch aus und kletterte aus seinem Wagen. Er lief auf Eleanor zu, die Sprühflasche in der Hand.
Da sprang Peter hinter dem Rücksitz hervor. Er holte mit einem schweren, grünlichen, runden Gegenstand aus und warf diesen mit aller Kraft. Das Ding traf DiStefano an der Stirn. Der junge Mann strauchelte, ließ die Sprühflasche fallen und stürzte, als er über die eigenen Füße stolperte.
Von der Straße her näherten sich Sirenengeheul und Blaulicht, und ein zweiter Polizeiwagen fuhr in das Gelände ein. Er kam mit einem Ruck zum Stehen, kurz vor dem am Boden liegenden DiStefano. Polizisten stiegen aus, die Pistole im Anschlag. Fragende Blicke streiften erst DiStefano, dann Eleanor und die Jungen.
»Hinten im Wagen lag doch all das Grünzeug«, erklärte Peter strahlend. »Die Honigmelone kam mir gerade recht.«

Tatmotiv: Eine Million Dollar

Tags darauf, am Dienstag, saß der Sheriff auf der Terrasse hinter dem Spicer-Institut und schaute sehnsüchtig zum Schwimmbecken hin, dessen Wasserfläche in der Sonne funkelte.
»Wir haben ausreichend Beweismaterial gegen DiStefano«, sagte er. »Seine Fingerabdrücke befinden sich auf dem Koffer, den wir gestern in dem alten Bahnhof sicherstellten. Und dieser Koffer gehört seiner Vermieterin. Er hatte ihn von ihrem Dachboden entwendet.«

Der Polizist sah sich in der Runde um, die sich auf der Terrasse versammelt hatte. Nat und Thalia McGee waren auf Dr. Terreanos Betreiben gekommen. Eleanor Hess saß neben Mrs. Collinwood, bei der sie die Nacht verbracht hatte. Ab und zu tätschelte Mrs. Collinwood begütigend den Arm des Mädchens.

Justus, Bob und Peter waren am Vorabend noch eine Zeitlang bei den Leuten des Sheriffs in Centerdale gewesen und dann mit Eleanor nach Citrus Grove zurückgekehrt. Jetzt am Morgen hatten sie die McGees auf dem Weg zum Institut gesehen und hatten sich angeschlossen.

Philip Terreano und James Brandon waren aus ihren Arbeitsräumen ins Freie gekommen. Hoffer, der im Schwimmbecken gewesen war, als der Sheriff eintraf, war herausgestiegen, hatte sich ein Badetuch umgelegt und sich zu dem Kreis auf der Terrasse gesellt.

»Was ist nun mit meinem Höhlenmenschen?« wollte Nat McGee wissen. »Wann bekomme ich ihn wieder?«

»Die Knochen im Koffer sind doch gar nicht von Ihrem Höhlenmenschen!« rief Brandon. »Das sind die Knochen meines afrikanischen Hominiden!«

»Hier dreht es sich um zwei Urmenschen«, setzte Terreano hinzu. »Kompliziert, aber wahr!«

»Warum fragen Sie dann nicht die da?« Thalia McGee zeigte auf Eleanor. »Der traue ich es glatt zu, daß sie ein Skelett an sich nimmt und versteckt, aus reiner Bosheit.«

Eleanor hob trotzig den Kopf. »Aber ich weiß doch nicht mehr darüber als . . . als das, was ich schon erzählte.«

»Wenn du so viel erzählt hast, warum bist du dann nicht im Gefängnis?« fragte Thalia erbittert. Sie wandte sich an den Sheriff. »Wünschen Sie, daß wir auf dem Revier eine Aussage machen? Schließlich ist sie die Mittäterin – zusammen mit diesem DiStefano, oder etwa nicht?«

»Miss Hess ist gegen Kaution auf freiem Fuß«, sagte der Polizist.

»Kaution?« knurrte McGee. »Wer gibt sich denn für so was her? Ich würd's bestimmt nicht tun.«
»Ich habe das erledigt«, ließ sich Brandon vernehmen.
McGee fuhr auf: »Sie? Wie kommen Sie dazu?«
»Ich hielt es für richtig«, sagte Brandon. »Man kann einem jungen Menschen, der all die Jahre in Ihrem Haus gelebt hat, manches nachsehen.«
Thalia McGee bebte vor Entrüstung. »Reden Sie nicht solchen Unsinn!« fuhr sie Brandon an. »Wir haben uns nichts zuschulden kommen lassen. Nur sie! Das ist nun der Dank dafür, daß wir ihr ein Zuhause geboten haben!«
Eleanor setzte sich kerzengerade hin. »Ich wollte nur etwas von dem zurückhaben, was mir wirklich zusteht! Ich wollte weg von hier und mir in San Diego oder Los Angeles einen Arbeitsplatz suchen und vielleicht noch einmal auf die Schule gehen und . . . meine eigene Wohnung und Freunde haben. Jedesmal, wenn ich Geld auf der Hand hatte, habt ihr es mir weggenommen und mir vorgehalten, was ich euch alles koste. Ich wäre hier versauert, und ihr hättet euch weiter bereichert!«
Sie beugte sich zu Thalia McGee vor, die erschrocken zurückzuckte. »Ich wollte ja gar nicht viel«, fuhr Eleanor fort. »Vielleicht fünfhundert Dollar oder so. Aber jetzt bekomme ich etwas Besseres: nämlich mein Recht. Ich werde mir einen Anwalt nehmen, und der wird abrechnen und reinen Tisch machen.«
»So, so, und was für Reichtümer hast du?« rief Thalia.
»Mein Vater hatte eine Lebensversicherung, oder etwa nicht?« fragte Eleanor zurück.
Thalia preßte die Lippen aufeinander und wich Eleanors Blick aus.
»Und dann das Haus in Hollywood«, redete Eleanor weiter. »Das gehört doch mir, nicht wahr? Was wurde eigentlich aus all dem Geld, das das Haus über so viele Jahre an Miete einbrachte?«

Nat McGee räusperte sich. »Nun mal langsam, Ellie«, sagte er. »Deshalb braucht man doch nicht zum Anwalt zu laufen. Wenn du hier weg willst – gut. Du bist alt genug, um das zu entscheiden. Wir können dir eine Wohnung in San Diego oder Oceanside einrichten und dir ein paar hundert Dollar als Startkapital überlassen. Du brauchst wirklich nicht gleich so ausfallend zu werden.«

»Ein paar hundert?« wiederholte Eleanor geringschätzig. »Und ihr glaubt im Ernst, dann seien wir quitt – mit ein paar hundert?«

»Dann eben tausend«, sagte Thalia. »Oder nein – zweitausend.«

Eleanor starrte die Tante nur verächtlich an.

»Fünftausend!« bot Thalia an.

»Zehn!« forderte Eleanor.

»Gut, Thalia«, meinte Nat. »Zehntausend. Dann kann uns wenigstens niemand Ungerechtigkeit nachsagen.«

Eleanor lehnte sich zurück. »So hätte ich das schon längst machen sollen«, stellte sie fest. »Nächstes Mal werde ich geschickter vorgehen.«

»Und vor allem mutiger«, empfahl Terreano. »Zivilcourage. Das ist immer besser als List und Tücke.«

»Und nun zu den Knochen«, kam Nat McGee wieder auf sein Thema zu sprechen. »Die will ich endlich . . .« Anscheinend fiel es ihm immer noch schwer, zwischen dem afrikanischen und dem amerikanischen Hominiden zu unterscheiden.

»Tut mir leid«, sagte der Sheriff. »Wir müssen den Koffer samt Inhalt unter Verschluß halten, bis DiStefano vor Gericht kommt.«

»Und das Skelett des anderen Urmenschen werden Sie wohl auch beschlagnahmen wollen«, warf Justus ein. »Das des amerikanischen.«

Alle wandten sich ihm zu.

»Es ist doch in der Krypta in der alten Kapelle, nicht wahr, Dr. Hoffer?« forschte er.

Hoffer saß da wie versteinert.
»Sie wollten Dr. Brandon in Verruf bringen«, fuhr Justus fort. »Sie selbst wollten sich die Million Dollar von der Spicer-Stiftung sichern, um Ihre eigenen Forschungen zügig weiter zu betreiben. Sie gingen in Nat McGees Museum, und zwar am Vorabend der Eröffnung. Dies war geschickte Planung. Den Schlüssel zum Museum hatten Sie sich bereits vorher aus McGees Küche geholt und einen Zweitschlüssel anfertigen lassen. Sie nahmen die in der Höhle aufgefundenen Knochen dort weg und legten dafür die Skeletteile des afrikanischen Urmenschen hinein, die Sie aus Dr. Brandons Schrank entwendet hatten. Dann richteten Sie das Erdreich wieder entsprechend her. Als Sie mit Ihrer Beute die Höhle verließen, wachte Zigeuner-John auf und sah Sie. Sie hatten sich auf diese Möglichkeit vorbereitet. Sie hängten sich ein Tierfell um und setzten eine Perücke auf. Der arme John glaubte, er habe es wirklich mit einem Höhlenmenschen zu tun.«
Hoffer machte eine wegwerfende Geste. »Absolut lächerlich!« sagte er.
»Ich hatte Sie zunächst gar nicht im Verdacht«, sprach Justus weiter. »Bis sich dann die Überreste des afrikanischen Hominiden in dem Koffer im Bahnhof fanden. Erinnern Sie sich, wie befriedigt Sie dabei zusahen? Es gab mir zu denken.
Ich wußte doch, daß es hier im Haus Dutzende von Tierfellen gibt, und daß eine von Mrs. Collinwoods Perücken eben zu der Zeit abhanden gekommen war, als der Höhlenmensch entführt wurde – danach war sie plötzlich wieder da. Das deutete auf jemanden vom Institut hin.
Als ich dann mit Peter und Bob über die Wiese und durch den Wald zu der Kapellenruine ging, sahen Sie uns, und das verunsicherte Sie ein wenig. Also folgten Sie uns, um zu verhindern, daß wir die Knochen zufällig entdeckten. Sie kamen in die Kapelle und setzten sich dort auf die Stufen – genau über der Luke, die in die Krypta führt. Sie setzten sich kurzerhand darauf, damit wir sie nicht bemerken sollten.«

Hoffer lächelte gezwungen. »Das sind alles unhaltbare Vermutungen«, wehrte er sich. »Ich versichere hiermit, daß ich keineswegs nachts mit einem Tierfell umherzuwandern pflege. Ich rate dir gut, dich nicht mit mir anzulegen, Junge. Hör auf mit solchen Anschuldigungen.«
»Manches davon ist Vermutung«, räumte Justus ein, »aber es gibt auch einen eindeutigen Beweis. Sie wollten ganz stilecht auftreten, und Höhlenmenschen trugen keine Schuhe. Also hatten Sie auch keine an. Sie liefen barfuß über die Wiese. Dabei hinterließen Sie einen Fußabdruck, Dr. Hoffer, und ich machte davon einen Gipsabdruck. Dieser zeigte uns, daß der Dieb verhältnismäßig kleine Füße haben mußte – und obendrein eine Hammerzehe.«
Alle Augen richteten sich auf Hoffers bloße Füße. Hoffer zog sie rasch zurück, als wolle er sie unter seinem Stuhl verstekken. Doch da erkannte er, daß es sinnlos war, und er stand auf, so daß die hochgekrümmte Zehe an seinem rechten Fuß klar zu sehen war. »Ich werde mich anziehen«, sagte er, »und dann meinen Anwalt anrufen.«
»Hoffer, wie konnten Sie nur?« fragte Terreano. Sein Ton war nachsichtig, aber seine Miene war zutiefst betroffen.
Hoffer vermied es, Terreano anzusehen. Er ging ins Haus, gefolgt vom Sheriff.
Brandon lächelte. »Auch ich werde meinen Anwalt anrufen«, sagte er. »Vielleicht kann ich eine Art Verfügung erwirken, damit Sie mir diesen Höhlenmenschen nicht wieder abspenstig machen, McGee – zumindest vorläufig.«
Brandon stand auf und ging ins Haus, wobei er zufrieden vor sich hinsummte.
»Der wird sich wundern«, erklärte McGee. »Das sind schließlich *meine* Knochen!«
»So würde ich es nicht ausdrücken, McGee«, sagte Terreano. »Ich denke nicht, daß sich Ihre Ahnenreihe bis zu dem Höhlenmenschen zurückverfolgen läßt.«

Alfred Hitchcock hört und staunt

Einige Tage nachdem die drei ??? nach Rocky Beach zurückgekehrt waren, sprachen sie bei ihrem Freund und Gönner Alfred Hitchcock im Universum-Studio in Hollywood vor. Der große Regisseur hatte vor sich auf dem Schreibtisch eine Zeitung ausgebreitet. Ein Artikel war rot angestrichen.

»Man spricht wieder einmal von euch«, stellte Mr. Hitchcock fest. »Ihr habt euch um die jüngste – oder soll ich besser sagen: die älteste? – Attraktion von Citrus Grove verdient gemacht. Ich nehme an, daß es um die beiden Hominiden aus der Höhle und aus dem Schrank nun wieder ruhiger geworden ist.«

Bob hatte zwei Tage damit zugebracht, seine Notizen über den Fall zu einem Protokoll zu verarbeiten. Das reichte er nun Mr. Hitchcock, und alle drei Jungen warteten gespannt, bis der große Regisseur den Report über die Ereignisse in Citrus Grove gelesen hatte.

»Haarsträubend«, sagte Alfred Hitchcock dann. »Wenn man bedenkt, daß es DiStefano beinahe geschafft hätte!«

Justus nickte. »Trotz seiner Nachlässigkeit kam er fast ans Ziel. Eigenartigerweise war es der eine Versuch, sorgfältig vorzugehen, der ihn zu Fall brachte. Er vernichtete die Seiten aus Dr. Birkensteens Terminbuch, worauf dieser sich Notizen zu dem Zusammentreffen mit dem Narkosearzt gemacht und möglicherweise noch anderes im Zusammenhang mit dem Narkosemittel festgehalten hatte. Als ich entdeckte, daß diese Blätter fehlten, mußte Eleanor natürlich vorgeben, sie wisse nichts davon. Aber ich war sicher, daß sie Bescheid wußte.«

»Eleanor tut mir offen gestanden leid«, bekannte Mr. Hitchcock. »Meint ihr, DiStefano hätte sich abgesetzt und sie in dieser Krypta zurückgelassen? Und außerdem euch drei?«

»Wer weiß?« sagte Justus. »Wahrscheinlich überlegte er gar nicht lange, was uns dort schlimmstenfalls passieren könnte, und es kümmerte ihn wohl auch nicht.«

»Der Bursche war wirklich zerfahren und unaufmerksam«, warf Peter ein. »Er handelte völlig unüberlegt. Hat er da seine Tauchausrüstung im Wagen, wo er doch gar nicht schwimmen kann! Und den grünen Stift benutzte er fleißig weiter, statt ihn wegzuwerfen.«

»Das Lösegeld holte er sich unter einem Holztisch auf einem Grillplatz zwischen Citrus Grove und Centerdale«, berichtete Bob. »Er stopfte es in den Kofferraum seines Wagens, und dort blieb es liegen. Die Schuhe, die er trug, als er den Höhlenmenschen stahl, fand man unter seinem Bett in Centerdale. Anhand des Fotos, das der Sheriff von dem Sohlenabdruck in der Höhle machte, wurde er überführt.«

»Wie kam es eigentlich dazu, daß ihr ihn im Verdacht hattet?« erkundigte sich Mr. Hitchcock. »Er hatte immerhin ein Alibi für die Zeit, als der Höhlenmensch gestohlen wurde.«

»Ich finde, er fiel gerade dadurch auf, daß er nie dabei war, wenn etwas passierte«, sagte Justus. »Immer tauchte er erst später auf. Er war eben nicht im Park mit allen anderen eingeschlafen, während der Diebstahl stattfand. Und an dem Tag, als die Knochen im Koffer gefunden wurden, ging er gar nicht erst zum Bahnhof, um zu sehen, was dort los war. Jeder andere wäre aus purer Neugierde hingekommen. Auch war er der einzige, der offenbar zu allen Elementen des Falles Verbindung hatte. Er kannte Eleanor Hess, also konnte er durchaus über Nat McGees Schlüssel Bescheid wissen. Und von Eleanor war er über Birkensteens chemische Substanz informiert, die bei den Leuten sofortiges Einschlafen herbeiführte. Er kannte sich im Spicer-Institut aus, und die Pläne für die Eröffnung der Höhle waren ihm vertraut.

Sein Alibi für die Zeit des Diebstahls hörte sich wirklich hieb- und stichfest an, bis mir klar wurde, daß seine Vermieterin ihn überhaupt nicht zu Gesicht bekommen hatte – sie hatte lediglich sein Schnarchen gehört. Es stellte sich heraus, daß er eineinhalb Stunden lautes Schnarchen auf Band aufgenommen und dieses in seinen Kassettenrecorder eingelegt hatte. Er sagte zu der Frau, er fühle sich nicht wohl, stellte das Bandgerät an, setzte sich durchs Fenster ab und fuhr nach Citrus Grove. Er brauchte nicht zu befürchten, daß die Vermieterin in sein Zimmer schauen würde, denn das kam niemals vor. Er hatte es nämlich nicht gern.

Er fuhr zum Wasserreservoir von Citrus Grove, vermutlich über Nebenstraßen, um nicht beobachtet zu werden. Er gab das Narkosemittel ins Wasser, und dann wartete er, bis die Beregnungsanlage in Betrieb ging. Natürlich hatte er die Zeituhr vorgestellt, so daß sich die Sprühdüsen um zehn Uhr zwanzig einschalteten. Als das funktionierte, ging er im Taucheranzug zum Museum, besprühte auch Zigeuner-John mit dem Mittel, holte sich aus McGees Küche den Schlüssel zum Museum und führte seine Untat zu Ende. Er steckte die Knochen in einen Sack und schaffte diesen zum Bahnhof. Sie befanden sich in dem Koffer im Warteraum, noch ehe der erste der Schlafenden wieder erwachte.

Natürlich gründet sich das zum Teil auf bloße Vermutung, denn DiStefano will ja nicht reden, aber wir können die Tat sehr wohl rekonstruieren. Wir haben einen Zeugen, dem sein parkender Wagen beim Reservoir auffiel, und Eleanor sah ihn am Nachmittag vor dem Diebstahl mit der Tauchausrüstung das Institut verlassen. Und das Narkosemittel verschaffte er sich tatsächlich aus Birkensteens Labor.

Eleanor wurde es angst und bange, als er statt tausend oder zweitausend gleich zehntausend Dollar Lösegeld forderte, aber sie traute sich nicht, aus der Sache auszusteigen.«

»Das dumme Ding tut mir richtig leid«, sagte Alfred Hitchcock noch einmal. »Und was wird nun aus ihr?«

»Sie tritt im Prozeß gegen DiStefano als Belastungszeugin auf«, erwiderte Peter, »und als Angeklagte wird sie vermutlich zu einer Haftstrafe mit Bewährungsfrist verurteilt werden, so daß sie nicht ins Gefängnis muß. Sie bereut ihre Beteiligung an dem Plan aufrichtig, und das muß man nun anerkennen.«

»Sie hat ausführlich und ohne Scheu ausgesagt«, setzte Justus hinzu. »Sie gibt zu, daß sie hinter dem Rücken der McGees über die beiden lästerte, obwohl sie nie den Mut aufbrachte, es ihnen ins Gesicht zu sagen. Sie fand es empörend, wie sie von den beiden behandelt wurde, und sie war es leid, nie Geld zu haben, zumal die beiden doch vermutlich hohe Mieteinnahmen aus dem Haus in Hollywood erzielten. Aber sie scheute sich davor, ihr Leben zu ändern und für sich selbst sorgen zu müssen.
Die McGees hatten ihr tatsächlich eingeredet, daß sich außer ihnen kein Mensch jemals um sie kümmern würde. Sie sagte einmal zu Mrs. Collinwood, Thalia McGee habe sie ein armes, elendes Geschöpf genannt, das niemals einen Mann zum Heiraten finden würde. Thalia prophezeite ihr, nach Nats und Thalias Tod werde sie als Serviererin in einer Spelunke enden und in einem möblierten miesen Zimmer hausen. Ich denke nicht, daß Eleanor das alles glaubte, aber es hat sie eben stark verunsichert. Und sie hatte ja weder einen ordentlichen Schulabschluß noch eine Berufsausbildung. Das wußten die McGees zu verhindern.«
Alfred Hitchcock schüttelte den Kopf. »Äußerst unangenehme Zeitgenossen«, fand er. »Man sollte sie zusammen mit DiStefano hinter Gitter bringen.«
»Das geschähe den beiden recht«, bestätigte Bob. »Aber meine Mutter meint, deshalb müsse man sich keine grauen Haare wachsen lassen. Solche Leute machen sich am Ende selber unglücklich.«
»Aber wessen Idee war es nun, den Höhlenmenschen zu entführen und Lösegeld zu fordern?« erkundigte sich Mr. Hitchcock. »Stammt sie von Eleanor? Glaubte sie im Ernst, so ließe sich der Konflikt lösen?«
»Eleanor erinnert sich nicht mehr genau, wer nun wirklich auf die Idee kam«, sagte Justus. »Sie hatte DiStefano von Dr. Birkensteens Narkosemittel erzählt. Nach Birkensteens Tod wollten die Vorstandsmitglieder der Spicer-Stiftung seine

Aufzeichnungen durchsehen und entscheiden, was damit geschehen sollte. Als DiStefano davon erfuhr, meinte er zu Eleanor, es sei wirklich zu schade, wenn eine so großartige Sache wie das Narkosemittel in Vergessenheit geriete. Er sagte, mit einer Substanz, die einen Menschen einschläfert und dann rückstandslos verdunstet, wäre wirklich das große Geld zu machen.

Eleanor sagt nun, daß sie das erst für einen Scherz hielt und sich dazu etwa so äußerte: ›Aber klar. Wir könnten Onkel Nat einschläfern und uns seinen Höhlenmenschen schnappen und ihn an das nächste Museum verkaufen.‹ Sie will es nicht so gemeint haben, aber DiStefano griff die Idee auf und sagte: ›Nein, verkaufen wollen wir den Höhlenmenschen nicht, aber entführen und Lösegeld fordern.‹ Sie meinte, er mache Witze, aber je öfter sie davon redeten, desto klarer trat der Plan zutage. Eleanor wußte, daß es unrecht war, und sie fand DiStefano im Grunde gar nicht sympathisch. Sie sagt, er habe immerzu versucht, etwas umsonst zu bekommen. Auch fing er immer wieder davon an, wie sie sich von den McGees ausbeuten lasse, und er fand es herrlich komisch, die ganze Stadt in Tiefschlaf zu versenken. Schließlich fand Eleanor das alles ganz in Ordnung und zeigte ihm, wie er an Birkensteens Substanz und den Museumsschlüssel kommen konnte. Sie hatte ja tatsächlich Anspruch auf den Ertrag ihres Hauses in Hollywood. Freilich hatte sie nicht damit gerechnet, daß DiStefano zehntausend Dollar fordern würde, und sie glaubte nicht im Ernst, daß er sich mit dem Mittel abzusetzen gedachte und es möglicherweise für weitere kriminelle Zwecke einsetzen wollte.«

Alfred Hitchcock nickte. »Die Möglichkeiten, die ein solches Mittel einem Verbrecher eröffnet, sind unbegrenzt«, sagte er. »Er könnte Banken und Juweliergeschäfte ausrauben – ganz nach Belieben.«

»Statt dessen ist Frank jetzt übel dran«, berichtete Bob. »Die Anklage lautet auf Erpressung, Einbruch und Entführung und schließlich noch Widerstand bei der Festnahme. Und nach dem Gesetz ist es ein schweres Vergehen, jemanden mit Hilfe eines Betäubungsmittels bewußtlos zu machen, um ein kriminelles Delikt zu begehen, und so wird er auch noch dafür belangt, daß er die Leute in der Stadt eingeschläfert hat. Er ist ein richtiger Widerling. Er dachte einfach, man würde ihm schon nicht auf die Schliche kommen. Ich kann mir das nicht erklären, aber das glaubte er wirklich.«

»Eine bei Kriminellen allgemein verbreitete Selbsttäuschung«, erklärte Alfred Hitchcock. »Sie glauben alle, man werde sie nie erwischen. Aber was ist nun mit Hoffer? Wo ist er jetzt?«

»Er ist nicht mehr am Spicer-Institut – er wurde vor die Tür gesetzt«, antwortete Justus. »Er hat vermutlich nur mit einer Geldstrafe zu rechnen, aber es hat sich herumgesprochen, daß er auf übelste Weise Brandons Ruf zu schädigen versuchte. Nun wird er es selbst schwer haben, weiterhin als anerkannter Wissenschaftler zu gelten. Und natürlich bekommt er die Forschungsprämie der Spicer-Stiftung nicht. Der Vorstand hat beschlossen, sie in diesem Jahr gar nicht zu vergeben. Ironie des Schicksals ist es, daß Hoffer das Geld möglicherweise bekommen hätte, wenn er nichts unternommen und Brandon unbehelligt gelassen hätte. Hoffers Arbeit ist tatsächlich von hohem wissenschaftlichem Wert.«

»Und was passiert mit den fossilen Knochen?« fragte Mr. Hitchcock.

»Beide Garnituren sind noch beim Sheriff unter Verschluß«, antwortete Justus. »Sie werden erst wieder freigegeben, wenn die Gerichtsverfahren gegen DiStefano und Hoffer abgeschlossen sind. Nat McGee ist bitterböse, weil er erst dann sein Museum wieder aufmachen kann. Dr. Brandon wird nach Sacramento reisen, um zu erwirken, daß der Landrat McGees Hanggrundstück unter Natur- oder Denkmalschutz stellt, damit er und Terreano weiter nach fossilen Funden graben können. Er hofft auch, daß ihm der Höhlenmensch zur

Untersuchung überlassen wird, ehe er wieder ins Museum einzieht.
Eleanor Hess wird künftig ihr Haus in Hollywood bewohnen. Die seitherigen Mieter haben gekündigt, weil sie wegziehen wollen. Eleanor will das Haus zu einem Wohnheim für junge Mädchen machen, die in die Großstadt kommen und vorerst keine eigene Wohnung haben. Davon kann sie ihren Lebensunterhalt bestreiten, solange sie das College besucht, und außerdem wird sie nicht einsam sein.«
»Sehr vernünftig«, sagte Alfred Hitchcock. »Und was gibt es Neues von diesem erstaunlichen Narkosemittel?«
»DiStefano hatte einen Zettel in der Tasche, als er verhaftet wurde«, berichtete Peter. »Als man ihm im Gefängnis bei der Aufnahme die Handschellen abnahm, aß er das Papier auf. Vermutlich war es die Rezeptur für das Narkosemittel. Und Birkensteens Aufzeichnungen muß DiStefano schon zuvor vernichtet haben, denn sie sind nirgends zu finden.«
»Na also – Ende gut, alles gut«, meinte Alfred Hitchcock.
»Nur werden wir jetzt nie erfahren, ob dieses Narkosemittel der Menschheit Segen gebracht hätte«, bemerkte Justus dazu.
»Eins noch zum Schluß«, sagte Mr. Hitchcock. »Justus, wie hast du herausgefunden, wo Hoffer den Höhlenmenschen versteckt hatte?«
»Hier war ich auf Vermutungen angewiesen«, gab Justus zu, »aber die Krypta erschien mir logisch. Hoffer konnte ja nicht das Risiko eingehen, die Knochen im Institut zu verstecken, und er konnte sie auch nicht gut mitten in der Nacht vergraben – schließlich war er barfuß und halbnackt. Die Polizei stellte die Gebeine in einer Mauernische der Krypta sicher. Die ursprünglich in diesen Nischen befindlichen Särge hatte man vor der Schließung der Kapelle auf dem Friedhof in Centerdale bestattet, als das Anwesen verkauft wurde.«
»Aha.« Alfred Hitchcock nickte lächelnd. »Und so könnte man nun doch von einem Höhlenmenschen auf Wanderschaft sprechen, auch wenn Zigeuner-John bei seiner diesbezügli-

chen Wahrnehmung absichtlich genarrt wurde. Welch ungewöhnlicher und bizarrer Fall für euch drei! Ich muß anerkennen, daß ihr euch wieder wacker geschlagen habt. Und das unter erschwerten Bedingungen! Gleich zweimal im Verlauf eines Falles mit einem Narkosemittel eingeschläfert zu werden, ist schließlich nicht alltäglich!«